베이징맨

Missing Beijingman

하지윤 장편소설

gasse·가쎄

1.

주구점 용골산 페이원중

페이원중은 막 편지 한 장을 받았다. 지질조사소에서 온 편지였다. 미학적 외양이 전혀 없는 편지였다. 손이 부들부들 떨렸다. 치장 한 줄 없는 건조한 내면을 겨우겨우 읽어나갔다.

> 굳이 하겠다면 말리지는 않겠습니다.
> 하지만 혼자 해야 합니다.
> 우리는 아무런 지원도 할 수 없습니다.

1927년으로 들어설 무렵이었다. 주구점의 대형 발굴을 주도했던 데이비슨 블랙, 샤르댕, 양종건 등 저명한 학자들은 현장을 떠나고 있었다. 발굴단원들도 떠나고 있었다. 그동안 지층의 제4층까지 파괴했지만 고인류의 화석이 전혀 나오지 않았기 때문이다. 그래도 페이원중은 정적과 외로움만 남은 주구점을 결코 떠날 수 없었다. 그 이유는 온전히 아버지 때문이었다.

페이원중의 집안은 지독하게 가난했다. 끼니를 때울 음식이 없어 밥을 굶는 경우가 허다했지만 페이원중의 아버지는 갑옷을 제대로 갖추어 입은 당당한 기상의 장수처럼 조금의 부끄러움도 없었다.

"배는 비게 해도 머리를 비게 할 수는 없다."

페이원중은 아버지의 이런 단호한 가치관 덕분에 학교에 가서 공부에 매진할 수 있었다. 또래 친구들 대부분 소를 몰거나 허드렛일을 하던 시절이었다. 하지만 집안의 가난은 전혀 나아지지 않아서 페이원중이 베이징대학에 다닐 때도 밥 굶기는 마찬가지였다. 허기에 시달렸고 허기가 불러온 정적에 시달렸고 정적이 불러온 외로움에 시달렸다. 그렇다고 배를 채우기 위해서 머리를 비게 하지는 않았다. 페이원중의 어떤 방식의 고난이 닥쳐도 인내할 수 있는 미증유의 능력은 아버지로부터 대를 이어

완성되어 있었던 것이다.

　페이원중은 애당초 주구점 발굴 현장으로 가는 것에 그다지 흥미가 없었다. 발굴 대원들을 관리하거나 회계 일을 돕는 하찮은 일이었기 때문이다. 당장의 절박한 가난 때문에 어쩔 수 없이 선택했던 달갑지 않은 일이었기 때문이다. 더구나 당시 발굴 현장을 돕는 동네 일꾼들은 주구점의 투박한 토착 전설을 오랫동안 믿어왔고 그 전설은 진실이 되어 발굴 작업까지 방해하고 있는 형편이었다.

　　아주 오래전에 신비한 동굴이 하나 있었습니다.

　　그 동굴에는 용들이 떼를 지어 살고 있었다고 합니다.

　　용들은 주위에 있는 온갖 동물들을 모조리 잡아먹었습니다.

　　얼마 후 용들은 마귀가 되었습니다.

　　마을 사람들은 마귀가 된 용들을 죽이려고 했지만

　　용들은 마법으로 마을 사람들을 미치게 만들었습니다.

　　그때 이후로 감히 이 동굴에 들어가는 사람은 없었습니다.

　페이원중은 객쩍은 일과 항간 전설이라는 열악한 상황 속에 빠진 셈이었다. 하지만 주구점 발굴 현장에 발을 내린 순간 정말 믿을 수 없는 일을 경험했다. 주구점 어딘가에 있을 조상 인류를 찾고 싶다는 심오한 열망이 불현듯 생겨난 것이다. 자신이 주구점을 선택한 것이 아니라 주구점이 자신을 선택한 것이라는 신비한 예감까지 생겨난 것이다. 페이원중은 그때부터 고고학의 현장 지식을 습득하기 위해 미친 듯이 뛰어다녔다. 마귀가 된 용들의 마법에 걸린 듯 미친 듯이 돌아다녔다. 주구점 용골산 구석구석을 원시 인류처럼 맨발로 돌아다니기도 했고 현생 인류처럼 신발로 돌아다니기도 했다.

페이원중은 발굴 현장을 떠나는 학자들을 만류하기도 했다.

"주구점의 화석 분포가 다양하고 복잡해서 아직 고인류의 화석이 없다고 쉽게 단정 지을 수 없습니다. 제발 한 번만 더 생각해주십시오."

하지만 대부분의 학자들은 페이원중의 이야기를 묵살해버렸다. 주구점에는 더 이상 희망이 없다며 일말의 재고도 없이 떠나버렸다. 페이원중은 이때부터 지푸라기라도 잡겠다는 절박한 심정으로 지질조사소에 편지를 보내기 시작했다. 자신만의 발굴을 허락해 달라는 간곡하지만 황당한 내용의 편지였다.

"아무리 단단한 암반층을 만나도 난 깨부술 수 있어."

페이원중은 스스로 도취 상태에 빠진 채 편지를 지치지도 않고 보냈고 답신을 지치지도 않고 기다렸다.

　지질조사소는 처음엔 시큰둥했다. 베이징대학을 갓 졸업한 지질조사소의 신참 연구원인 페이원중의 주장을 대놓고 무시했다. 아예 들으려 하지도 않았다. 하지만 페이원중은 아버지의 단호한 가치관을 잊지 않고 있었다. 갑옷을 제대로 갖추어 입은 당당한 기상의 장수처럼 조금의 부끄러움도 없이 답신을 기다렸다. 이미 허기도 물리치고 정적도 물리치고 외로움도 물리친 판이었다. 그런데 드디어 편지가 도착한 것이다. 물론 지질조사소는 거장 학자들이 떠난 주구점 발굴 현장에 어떤 기대도 없었다. 그저 페이원중의 지치지도 않는 편지 공세가 지긋지긋한 나머지 형식적이고 소극적인 허가를 내린 것뿐이었다.

　어쨌든 이제부터는 페이원중이 주구점 발굴 현장의 책임자가 된 것이었고 여기에는 주목할 만한 상징성이 내포되어 있었다. 중국인이 처음으로 독립적이고 주체적인 책임자가 된 것이기 때문이다. 그동안 주구점 발굴 현장의 책임자들은 안데르손을 비롯한 외국의 전문가들뿐이었다. 호랑이가 떠난 산에서 원숭이가 왕이 된 꼴이었다. 이제 주구점 발굴 현장은 페이원중의 손바닥 안에 있었다. 조상 고인류 또한 페이원중의 손바닥

안에 있었다.

그런데 한 가지 문제가 있었다. 발굴 현장은 극소수의 발굴 대원들만 남은 최악의 상황이었던 것이다. 대형 발굴단의 시끌벅적함은 진작에 사라졌고 배고픔에 우는 짐승 소리와 외로움에 우는 바람 소리만이 남아있었다. 이제부터 페이원중은 어떤 지원도 없이 혼자만의 길을 가야만 했다.

페이원중은 이전 발굴단이 포기해버린 가장 단단한 지층, 제5층을 먼저 폭파했다. 떠나간 발굴자들의 예상대로 아무것도 없었다. 페이원중은 그다음 층인 제6층을 폭파했다. 아무것도 없었다. 그다음 층인 제7층을 폭파했다. 아무것도 없었다. 떠나간 발굴자들의 예상이 점점 맞아 들어가고 있었다. 발굴단원들은 매일 밤의 절망과 매일 아침의 극복을 왕복하는 극단의 구도 속에 점점 핏줄이 마르고 있었다. 페이원중도 매일 밤의 악몽과 매일 아침의 해몽을 왕복하는 극단의 구도 속에서 점점 똥줄이 타고 있었다. 하지만 이대로 포기할 순 없었다.

어쩌면 페이원중이 폭파하려는 지층은 그저 단단한 광물의 층위가 아니라 중국에서의 고인류 현현을 믿지 않으려는 세상의 편견과 세상의 비굴함과 세상 경멸의 무한한 층위였을 것이다.

페이원중은 제8층을 폭파했다. 떠나간 자들의 예상이 여지없이 빗나가기 시작했다. 고인류의 이빨 몇 개가 나온 것이다. 페이원중은 가슴을 크게 쓸어내렸다. 하지만 고인류의 실존을 믿지 않으려는 세상의 편견과 비굴함과 경멸에 장난처럼 이빨 몇 개를 건넬 순 없었다. 이것만으로는 확실한 증거가 되지 못했다. 더 확실한 증거가 필요했다. 어쨌든 희망이 있었다. 그런데 발굴단원들의 생각은 페이원중과 달랐다. 주구점에서 고인류의 중요한 뼛조각이 더는 나오지 않을 거라고 자포자기하고 있었다. 더구나 지질조사소와 고고학계로부터 거의 잊히다시피 하고 있었다. 발굴단원들은 괄목할 만한 성과도 없는 발굴 현장에서의 철수를 제안했다.

하지만 페이원중은 발굴단원들 각자의 역할과 그 역할의 역사적 사명감을 강조하며 집요하게 설득했다. 그동안 제8층까지 폭파해오며 고인류가 거주했던 범위가 상당히 넓었을 것이라는 확신이 들었기 때문이다. 페이원중은 발굴단원들의 사보타주에도 불구하고 혼자 묵묵히 발굴 현장을 걸어올라 폭파 준비를 했다. 위험천만한 일이었다. 이렇게 된 이상 발굴단원들은 페이원중의 외로운 사명감을 더이상 외면할 수만은 없었다.

페이원중은 기어이 제9층을 폭파했다. 그런데 없었다. 아무
것도 없었다. 페이원중은 자신의 곁에 간당간당 남아있는 발굴
단원들보다 더 큰 충격을 받았다. 오장육부가 쪼그라드는 것
같았다. 고인류의 화석이 있을 것이라고 떠들어대던 경망스러
운 호들갑을 당장 멈추고 싶은 심정까지 들었다. 게다가 주구점
용골산의 뼛속 깊이 파고드는 일상의 한기에 발굴단원들은 너
나 할 것 없이 심각한 고통을 느끼고 있었다. 주구점 어딘가에
있을 조상 인류를 찾고 싶다는, 자신이 주구점을 선택한 것이
아니라 주구점이 자신을 선택한 것이라는, 페이원중의 심오한
열망과 신비한 예감이 끝장날 지경이었다.

그래도 포기할 수 없었다. 발굴단원들을 다시 설득했다. 고집
스럽고 끈질긴 설득이었다. 페이원중의 외양과 내면 모두 심오
한 열망과 신비한 예감을 믿어야 한다는 광신도의 신앙 같은 것
이 기승을 부리고 있었다.

페이원중은 발도 제대로 디딜 수 없는 좁은 곳에서 흙을 파
냈다. 설 수도 앉을 수도 없는 상태로 흙을 파냈다. 그리고 파낸

흙을 광주리에 가득 담았다. 그리고 광주리를 밧줄에 단단히 묶었다. 그리고 발굴단원들이 광주리를 끌어올렸다. 그리고 동네 일꾼들이 광주리의 흙을 맨손으로 직접 꺼내서 버렸다. 그야말로 가장 원시적인 발굴 작업의 연속이었다. 이런 고된 작업은 모두가 오래 버티기 힘들었다. 모두가 쓰러지기 직전이었다.

"앗."

페이원중은 짧은 비명을 질렀다.

그동안 떠들어대던 경망스러운 호들갑이 단번에 신랄한 정색으로 낯빛을 바꾸고 있었다. 사슴 뼈가 140여 개나 나온 것이다. 아직 크게 기뻐하기는 일렀지만 사슴 뼈가 많이 나왔다는 것은 사슴을 식량으로 먹었던 고인류가 살았었다는 확실한 증거이기도 했다. 페이원중은 점점 신이 났다. 발굴단원들도 점점 신이 났다. 페이원중은 기껏 몇 개의 이빨만 보여줄 고인류가 절대 아니라고 생각하며 더 깊이 파 내려갔다. 이제 발굴 층의 깊이도 더 깊어졌다. 그런데 가장 큰 어려움이 닥쳤다. 무시무시한 주구점 용골산의 겨울철 추위가 시작된 것이었다. 50만 년을 그래왔듯이 추위는 스스로 돌아갈 도피로조차 차단한 채아주 필사적으로 추웠다. 발굴단원들은 이제 고통이 아니라 극통을 느끼고 있었다.

땅은 딴딴한 빙하처럼 얼어버렸다. 이런 땅을 발굴한다는 것은 사실 불가능했다. 급기야 지질조사소에서는 더 이상의 발굴을 그만두라는 권고가 아닌 명령을 보내왔다. 발굴을 마음대로 해도 좋다는 이전의 편지는 아무 소용이 없었다. 더 이상의 인명사고를 책임지지 않으려는 사무적인 꼼수였다. 페이원중은 지질조사소로부터 버려지고 있는 발굴단원들의 앞날을 염려해야만 했다. 페이원중은 애끓는 심정으로 몇 날 며칠을 고심했지만 결국 이대로 포기할 수 없다는, 포기해서도 안 된다는 결론을 내렸다. 고인류의 운명과 자신의 운명이 서로 불화하지 않는다는 마지막 믿음을 가져보기로 결심한 것이다. 이번이 진짜 마지막이라고 스스로에게 최면을 걸었고 발굴단원들에게도 최면을 걸었다.

"이번이 마지막이다."

페이원중은 자신이 누구보다 앞장서야 한다는 것을 너무도 잘 알고 있었다. 다시 시작했다.

1929년 12월 2일. 그날의 날씨는 마귀가 마법이라도 부리듯 지독하게 추웠다. 페이원중과 조금도 타협하지 않는 주구점 용골산의 추위는 조금의 늙음도 없이 깡패 같은 젊음으로 들이닥쳤다. 추위는 페이원중과 발굴단원들의 살갗을 찢어내며 뼛속을 헤집었다. 손가락과 발가락을 파고들며 살 속을 뒤집었다.

 그리고 오후 4시 해가 지고 있었다. 붉은 낙조가 주구점 용골산에 파다했다. 페이원중은 딴딴하게 언 땅을 파 들어가고 있었다. 한참 파고들어 가다 문득 깔때기 모양의 퇴적층을 만났다. 바로 그때였다. 느닷없이 작은 틈새가 벌어진 것이다. 페이원중은 고인류가 자신의 삶을 드러내는 확실한 방식을 찾았다는 생각이 들었다. 이 작은 틈새 아래 자신의 삶을 살던 고인류가 있는 게 분명했다. 그래서 지나치게 조급해졌다.

 페이원중은 떨리는 손으로 그 틈새를 조심스럽게 벌려보았다. 그 틈새 아래 작은 동굴이 보였다. 페이원중은 전기에 데인듯이 온몸을 부르르 떨었다. 잠시 휴식을 취하고 있던 발굴단원들을 허겁지겁 불렀다. 발굴단원들은 앉은 자리를 박차고 일어나 허겁지겁 달려왔다. 그리고 작은 동굴을 확인했다. 저마다흥분해서 알아들을 수 없는 감탄을 쏟아냈다. 페이원중은 즉시 밧줄로 자신의 몸을 단단히 묶고 작은 동굴 안으로 천천히 내려갔다. 50만 년 전으로 천천히 내려갔다. 페이원중은 작은 동굴 바닥에 가볍게 발을 내렸다. 50만 년 동안 켜켜이 쌓인 나이 든 모래와 그만큼 나이 든 공기가 콧속으로 훅 쳐들어왔다.

페이원중의 눈에 눈물이 차올랐다. 가슴은 대책 없이 쿵쿵 뛰었다. 페이원중은 당장 기절이라도 할 것처럼 넋이 나갔다.

페이원중은 이미 고인류의 운명과 스스로의 운명을 하나의 운명으로 맞이할 의식을 치를 준비가 되어 있었다. 촛불을 밝혔고 손전등을 들었다. 그리고 5미터 아니 6미터쯤 걸어갔다. 세상에서 가장 신성한 의식을 치르는 경건한 사제처럼 겸손하게 걸어갔다. 그러다 갑자기 쭈그려 앉았다. 동굴 바닥에 허연 뼈가 아주 가지런히 놓여있는 것을 보았기 때문이다. 죽은 이후 한 번도 움직임이 없었던 것처럼 단정한 자세로 누워있는 고인류 화석이었다. 페이원중은 무릎을 꿇은 채 화석 표면의 먼지를 조심스럽게 털어냈다. 그러자 본래의 모습이 드러났다. 순간 페이원중은 너무나 기쁜 나머지 아무 생각 없이 벌떡 일어났다.

"앗."

동굴 천장이 낮다는 사실을 깜빡했던 것이다. 동굴은 성인 남자가 일어나면 머리를 부딪칠 높이 정도였다. 페이원중은 동굴 천장에 머리를 부딪쳐 잠깐 기절하고 말았다. 얼마나 기절해 있었던 걸까? 50만 년간 갇혀있던 아수라의 빛무리들이 한데 모여 페이원중의 몸으로 쏟아져 내렸다. 막무가내로 쏟아지는 빛무리 속에서 페이원중은 서서히 깨어났다. 머리에서 피가 흐르고 있었다. 페이원중은 동굴 밖으로 빠져나와 고인류의 출현을 애타게 기다리던 발굴단원들을 향해 울부짖었다.

"내가 찾았어."

페이원중은 발굴단원들과 함께 다시 작은 동굴로 내려갔다. 그들 손에는 모두 촛불과 망치와 삽과 솔이 들려있었다. 모두 굳게 입을 다물고 있었다. 그 어떤 방해도 물리치겠다는 단단한 도원결의였다. 그들의 50만 년 전을 향하고 있는 눈빛은 단하나의 깜빡임도 없었다. 중국에서 온 중국의 고인류를 만나는 최선의 자세였다. 발굴단원 하나가 갑자기 고함을 질렀다. 페이원중은 고함소리에 심장이 덜컹했다. 빛보다 빠르게 달려갔다. 고함을 지르던 발굴단원은 이미 울고 있었다. 페이원중은 그 발굴단원이 울면서 가리키는 곳을 보았다. 그동안 찔끔찔끔 차오르던 눈물은 이제 펑펑 큰 울음으로 터지고 있었다.

"고인류의 머리야. 고인류의 머리야. 고인류의 머리..."

페이원중은 말을 하는 건지 흐느끼는 건지 그야말로 미친 사람 같았다. 50만 년 동안의 지난한 고단을 견딘 완벽한 진실의 등장에 그야말로 미친 사람 같았다. 얼마나 미쳐있었던 걸까? 불현듯 정신이 들었다. 고인류 머리의 안위를 염려해야 했다.

페이원중은 요동치는 심장을 억누르며 고인류의 두개골을 만져보았다. 고인류 두개골은 절반은 땅 위로 드러나 있었고 나머지 절반은 땅 아래 감추어져 있었다. 페이원중은 땅 아래 감추어져 있는 두개골을 천천히 꺼내었다. 그리고 신줏단지 모시듯 두 손으로 공손히 받쳐 들었다. 고인류의 적나라한 모습이 만천하에 드러났다. 고인류의 두개골은 육안으로 보아도 현생인류의 두개골보다 훨씬 두꺼웠다. 50만 년 전에 살았던 고인류는 중국에서 온 중국인이었다. 어떤 시시비비도 없을 완벽한 현현이었다.

"중국인은 중국에서 왔어."

페이원중은 50만 년간 고인류 삶의 터전이었을 신비한 동굴 벽을 쾅... 쾅쾅... 쾅... 조용히 때렸다. 숱한 풍화에도 무너지지 않고 고인류를 보호해준 신비한 동굴에 대한 의전이 아닌 경의였다. 페이원중은 자신이 인류 역사상 가장 위대한 발견을 했다는 것을 아직 실감하지 못했다. 페이원중이 찾아낸 고인류는 50만 년 전에 살았던 중국에서 온 중국인 바로 베이징맨이었다.

2.

쾅... 쾅쾅... 쾅...

핑은 장쾌한 무협의 악몽 어딘가를 달리고 있었다. 아버지를 쫓고 있었다. 아버지는 자신의 앞모습을 제대로 보여주지 않았다. 잡힐 듯 말 듯 뒷모습만 보이며 땅을 박차고 날며 수작을 부렸다. 핑은 아버지의 까다로운 뒷모습을 겨우 따라가고 있었다. 아버지는 보였다 싶으면 사라졌고 사라졌다 싶으면 보였다. 아버지는 정녕 경공의 고수였다.

'아버지...'

핑의 절박한 목소리는 목구멍을 뚫고 나오지 못했다.

핑은 아버지의 뒷모습이라도 잡으려고 악전고투했지만 아버지는 조금의 여백도 없이 문을 닫아버렸다. 핑은 닫은 문을 열었다. 또 문이 나타났다. 아버지는 또 문을 닫았다. 핑은 또 닫은 문을 열었다. 그렇게 문은 열고 닫는 삶의 연속성과 죽음의 연속성을 아슬아슬하게 비껴가고 있었다. 그런데 그 문이 웬일인지 모골이 서늘하게 익숙했다. 그제야 핑은 알아차렸다. 아, 문은 자신이 살고 있는 방의 문이었다. 바로 그 문이었다.

'아버지...'
핑은 아버지가 쌩쌩하게 죽은 유령으로 보이지 않았다. 쌩쌩하게 살아있는 유령으로 보였다. 하지만 아버지가 살아있기만 한다면 이렇게 쌩쌩하게 살아있는 유령으로 위장한 모습이라도 상관없었다. 그런데 이상했다. 아버지는 분명 첩첩의 문을 계속 닫고 있는데 핑은 분명 첩첩의 문을 계속 열고 있는데 또 누군가는 첩첩의 문을 계속 두드리고 있었다.
'꿈속에서 또 꿈을 꾸고 있는 거야.'
핑은 꿈속의 꿈속에서 오락가락하고 있었다. 그런데 문을 두드리는 소리는 점점 더 뚜렷해졌다.

절대 요새와도 같은 핑의 악몽에 누군가 침입한 것이다. 핑의

악몽은 아버지만이 출연할 수 있는 악몽이었다. 쾅... 쾅쾅... 쾅
또다시 문을 두드리는 소리가 들렸다. 아까보다 더 커진 소리는
핑의 악몽 근처를 획획 날아다녔다. 핑은 악몽의 문안과 문밖 경
계를 갈팡질팡하며 문소리의 출처를 찾아내려 했다. 핑의 수많은
악몽의 밤을 대변하는 고단한 냄새가 스며있는 문이었다. 아버지
에 대한 그리움과 아버지에 대한 슬픔이 완전하게 투사된 문이었
다. 아버지만이 그 문을 쾅... 쾅쾅... 쾅 두드릴 수 있었고 아버지
만이 그 문을 박차고 들어올 수 있었다. 오직 아버지만이.

지난겨울 어느 날이었다. 아버지의 낡은 중절모가 유령처럼
바닥에 툭 떨어졌다. 마법처럼 바닥에 툭 떨어졌다. 10년 전 아
버지가 사라지던 그날, 아버지는 많이 허물어진 자신의 중절모
를 벗어주었다. 핑의 머리에 얹어주었다. 그날 아버지는 백합꽃
한 다발도 가져왔다.

"내가 가장 좋아하는 꽃이다. 백합꽃을 만나면 길을 제대로
찾은 거야. 꼭 기억해라."

아버지에게는 하늘의 길잡이별처럼 신령스러운 백합꽃 한
다발이었다.

평생 동가숙서가식의 궁핍한 삶을 살았던 아버지는 세상 온
갖 후미진 곳을 쏘다니는 삶을 살았던 아버지는 핑에게 물려줄

유산이 없었다. 그런데 처음으로 핑에게 유산을 준 것이다. 그 유산은 아버지 머리 위에 걸터앉아 왜소한 보물 사냥꾼의 운명을 지켜주던 부적 같은 중절모였고 업적 없는 허름한 보물 사냥꾼의 역사를 지켜주던 호적 같은 중절모였다. 아버지의 중절모였다.

핑은 아버지의 중절모를 머리에 쓰고 거울을 보았다. 비로소 아버지의 거짓 없는 인정을 제대로 받았다는 생각에 우쭐했다. 핑에게 아버지는 영웅이었다. 사라진 모든 전설을 본 사람이었기 때문이다. 사라진 모든 운명을 본 사람이었기 때문이다. 그런데도 핑은 아버지를 여기저기 떠벌리며 자랑하지 못했다. 핑에게 아버지는 마음속에 감추고 있는 비밀스러운 영웅이었기 때문이다. 그래서였을 거다. 아버지에게 받은 중절모를 쓰고 다니지도 않았다.

당시 핑은 베이징대학 고고학과에 갓 입학한 새내기 고고학도였다. 아버지는 고고학자가 될 아들을 세상에 대놓고 자랑스러워했다. 핑은 보물 사냥꾼인 아버지를 세상에 대놓고 숨겼다. 또래 고고학도들과 저명한 고고학자들은 보물 사냥꾼이라고 하면 그저 사기꾼이나 협잡꾼쯤으로 치부했기 때문이다.

핑은 당시에는 깨닫지 못했었다. 핑이 아버지의 중절모를 머리에 쓰던 그 순간 아버지의 사라진 전설과 사라진 운명을 교직한 정교한 숙명을 물려받았다는 것을. 사기꾼이거나 협잡꾼인 보물 사냥꾼의 원형질을 물려받았다는 것을. 그리고 아버지의 죽음을 예감한 구겨진 유서까지 물려받았다는 것을.

그런데 어이없이 툭 떨어진 것이다. 중절모를 걸어둔 못은 갈고리못이었다. 중절모 스스로 떨어질 수 없었다.

정확히 그날부터였다. 아버지의 중절모가 유령처럼 마법처럼 바닥에 툭 떨어진 그날부터였다. 핑이 살고 있는 오피스텔 방의 문이 제멋대로 열리고 닫히고 열리고 닫히는 미친 짓거리를 하기 시작했다. 핑은 문이 열리면 가서 닫았고 문이 닫히면 가서 열었다. 그렇게 한동안 핑은 문과 숨 막히는 패권 다툼을 했다. 핑은 지긋지긋한 문의 장난질 때문에 오피스텔을 떠날까도 생각했었다. 진절머리 나는 문의 지랄을 떠날까도 생각했었다. 하지만 막상 문을 떠나갈 엄두는 내지도 못했다. 문의 이런 노련한 취권은 핑의 악몽 어딘가에서 종횡무진 경공의 무협을 날리며 문을 닫는 의기양양한 아버지를 닮아 있었기 때문이다.

문은 미칠 듯한 그리움과 터질 듯한 슬픔이 매몰된 아버지의 정서로 치장된 희극과 비극이었기 때문이다. 문에는 진짜 보물은 발굴해본 적 없는 한낱 싸구려 보물과 싸구려 내용과 싸구려 희망에 인생을 걸었던 가난한 보물 사냥꾼 아버지가 아들에게 전하는 필부의 정서가 있었기 때문이다. 고고학도들과 고고학자들이 사기꾼, 협잡꾼이라고 비난하고 폄하하는 초라한 보물 사냥꾼 아버지가 아들에게 전하는 범부의 정서가 있었기 때문이다. 그러니까 문의 형국은 절대 고쳐지지 않는 문의 형국이었다. 핑은 그때부터 자신의 문이기도 하고 악몽 어딘가에서 아버지의 문이기도 한 이 상징을 존중하고 내버려 두기로 했다.

쾅... 쾅쾅... 쾅...

악몽 밖의 현실에서 문을 두드리는 자의 불량배 같은 뻔뻔함이 점점 절정으로 치달았다. 끼이익 문의 경첩은 이음새가 헐렁해져서 오늘따라 유난히 B급 공포영화처럼 B급 공포를 조장했다. 오늘따라 유난히 널뛰는 미친년처럼 요란함을 시전했다. 결국 경첩이 버티지 못하고 백기를 들었다. 문의 대못 하나가 빠져나와 또르르르 바닥을 굴렀다. 그 소리가 방정맞았다. 오직 잠밖에 없어야 할 옆집 앞집 윗집 아랫집의 피로한 혼수의 새벽잠은 얇은 패널 벽을 통해 어이없이 증발하고 말았다. 각종 욕이 난무하기 시작했다. 온종일 막노동이라는 가난의 본질 속에

절었을 오피스텔 거주자들의 욕지거리가 문을 두드리는 자 못 지않았다.

기어이 피를 보고 말겠다는 제각각의 충동적인 일종의 전쟁 선포였다. 이들에게 악몽 없는 깊은 잠은 가난이라는 질병으로 부터의 도피처였기 때문이다. 핑은 목구멍을 뚫고 나오려던 악몽의 찌꺼기를 도로 밀어 넣었다. 결국 아버지는 악몽 어디쯤 존재하는 카게무샤일 테니까. 설마 저 문을 박살 낼 듯 두드리는 누군가는 아버지는 아닐 테니까. 이제 일어나서 저 문을 두드리는 자와 대면해야만 했다.

핑은 누에고치처럼 말고 자던 이불 속에서 얼굴을 빼꼼히 내밀었다. 정면의 LED 벽시계를 쳐다보았다. 시계의 숫자가 막 4시로 바뀌며 삐삐삐삐 알람 소리를 내고 있었다.

"젠장, 왜 알람이 설치는 거지?..."

핑이 중얼거리는 순간 거실 테이블에 있던 핑의 노트북이 번쩍 빛을 내며 켜졌다. 자동 부팅된 것이다. 핑은 이런 낯선 패턴에 짜증이 났다. 시계 알람을 새벽 4시에 예약해 놓은 적도 없었고 노트북의 자동 부팅을 새벽 4시에 예약해 놓은 적이 없었기 때문이다. 핑은 애초부터 겁대가리가 없는 새벽 4시의 문밖 누군가를 패 죽이고 싶다는 꼬장이 생겨났다. 핑은 누군지 짐작이 가긴 했다. 짐작이 맞는다면 굳이 일어나서 맞닥트리고 싶지도 않았다. 마음을 바꿨다.

"넌 무덤도 없이 죽게 될 거다. 비석도 없이 죽게 될 거다. 이 잡놈아."

핑은 흉한 악담을 농담처럼 중얼거리며 다시 이불 속으로 기어들어갔다. 오피스텔 거주자들의 광분이 잦아들었는지 어느새 조용해졌다. 어차피 오피스텔 거주자들도 내일의 허름하고 초라한 일상을 위해서 결국 자야 할 것이다. 핑은 잡놈 잡놈 욕을 해대며 참을성 있게 대기 중인 악몽의 잠을 다시 불러내려 했다. 그런데 문을 두드리는 소리는 더욱 거칠어졌다. 핑은 당연히 랴오위일 것이라고 생각하고 있었다. 핑은 이불로 머리통까지 완전히 덮었다.

"버르장머리 없는 잡놈. 절대 안 열어줄 거다. 이 잡놈아."

핑이 베이징시 중심가도 아닌 변두리의 냄새나고 더럽고 궁상스러운 이 오피스텔에 사는 걸 아는 사람은 세상에 단 두 사람뿐이었다. 핑의 대학 스승인 장한 교수와 잡놈 랴오위였다. 장한 교수가 오피스텔 비용을 주긴 했지만 구체적인 주소를 물어본 적은 없었다. 두 사람 모두 오피스텔의 위치만 알고 있을 뿐이었다. 핑이 문밖의 잡놈을 랴오위라고 확신하는 이유는 있었다.

사실 랴오위는 어젯밤 핑을 느닷없이 찾아왔었다. 핑이 무술을 연마하는 도장이었다. 핑은 유행에 한참 뒤떨어지는 취권을 연마하고 있었다. 순전히 아버지의 취향 때문이었다. 아버지는 성룡의 영화 취권을 본 이후로 아들인 핑에게 취권을 강권했었다. 처음엔 알음알음 스승을 찾아 훈련했었고 점점 실력이 일취월장하자 도장에서 스승 없이 혼자 훈련을 했다. 핑이 무술을 연마하는 도장은 이층에 있었고 이층 도장까지 오르는 계단은 너무 가파르고 좁아서 찾아오는 누구라도 오를 생각을 포기하고 일층 입구에서 기다리곤 했었다.

핑이 땀을 닦아내며 계단을 내려오자 랴오위가 이미 기다리고 있었다. 랴오위는 핑을 보자마자 야단스럽게 껴안고 볼 뽀뽀를 하고 꼴값을 했다. 지금 막 유랑 서커스단의 서커스 공연을 끝내고 온 서커스 단원처럼 노란색 재킷을 걸친 랴오위의 차림새는 남사스러웠다.

"옷차림이 이게 뭐야?"

핑은 괜히 앞서 걸었다. 같이 걷기도 창피했다. 그런데 랴오위는 눈치가 없는 건지 일부러 그러는 건지 핑과 나란히 걸었다. 핑이 길을 걸어가는 내내 사람들은 걸음을 멈추고 랴오위를 흘긋거렸다. 젊은 여자들은 아예 손을 흔들거나 윙크를 하기도 했다. 랴오위가 군중들의 주목을 받는 이유는 꼭 광고판 같고 신호등 같은 우스꽝스런 옷차림 때문만은 아니었다.

사실 랴오위는 매우 잘생긴 보물 사냥꾼이었다. 키는 180센티를 훌쩍 넘었고 떡 벌어진 넓은 어깨와 굵고 딴딴한 허벅지는 많은 여자들이 금세 반할만한 매력적인 외모였다. 그의 퍼포먼스 또한 외교관 뺨칠 정도였다. 검증된 학력이 전무한 랴오위의 이런 외모와 매너는 세계를 여행하는 사업가라는 타이틀을 달고 다니는 그의 험난한 사기성을 완벽하게 감추어주었다. 랴오위는 돈이 되는 보물이라면 사족을 못 쓰고 달려들었고 쏠쏠하게 큰돈 잔돈 푼돈을 꽤 건지기는 했지만 곧 거지 신세가 되어 핑을 다시 찾아와 구걸하곤 했었다. 한탕 거리가 있다는 거창한 유언비어를 날리면서 말이다. 보물 사냥꾼의 명제가 인생 한방이라고 하지만 랴오위의 돈 씀씀이는 정말 이해 불가였다.

랴오위는 한때 서태후의 음부 야광주를 찾아다녔다. 1928년 국민혁명군의 도굴범 손전영이 서태후의 시신에서 그녀의 입을 찢고 야광주를 훔쳤다. 그러나 이보다 더 귀한 보물이 있었으니 바로 서태후의 음부에 박혀있던 음부 야광주였다. 이 음부 야광주는 불로불사를 선사한다는 야단스런 소문이 난 야광주였다. 삽시간에 퍼진 이 얄궂은 소문은 모든 보물 사냥꾼의 무모한 도전을 재촉했다. 그런데 보물 사냥꾼이 아닌 전문적인 도굴범 손전영이 이 불로불사의 음부 야광주를 훔친 것이다. (사실 보물 사냥꾼과 전문적인 도굴범은 거기서 거기였다. 보물 사냥꾼도 보물 사냥꾼이라고 말하고 다녔고 전문적인 도굴범도 보물 사냥꾼이라고 말하고 다녔다. 다르다면 다르고 같다면 같다.) 그 후 이 음부 야광주는 알 수 없는 경로로 국민당 정부의 주석인 장개석의 아내 송미령에게 건너갔다. 과연 송미령이 이 음부 야광주 덕분에 어떤 불로불사를 얻었는지 남편 장개석이 어떤 불로불사를 얻었는지 알 수 없지만 어쨌든 음부 야광주의 행방은 여기까지가 마지막이었다. 그리고 그 후가 기막히게 묘연했다.

"음부 야광주는?"
핑은 랴오위의 근황을 떠보았다.
"그걸 찾으러 다니다 왔습니다. 형님."
랴오위는 성실한 보고자 같았다.

"그래서 찾았고?"

핑은 당연히 랴오위가 찾았을 리 없다는 걸 알고 있었다.

"서태후라니... 그 요부의 음부에 박힌 야광주라면 돈 좀 있다는 허세로 어린 여자한테 껄떡거리는 노인네들이 환장할 터. 으하하. 불로불사는 맞지. 다 죽어가는 노인네들의 거시기를 벌떡 세우고 살리니 말이야... 으하하..."

랴오위는 입으로 웃고 있었지만 눈깔은 빙빙 돌고 있었다. 랴오위가 새로 개발한 색즉시공이었다. 핑은 랴오위가 무언가 감추려는 것이 있고 무언가 알아내려는 것이 있다는 것을 금방 눈치챘다.

"하여간 뭔가는 찾은 모양이고... 또 뭔가는 찾으려는 모양이고..."

핑은 랴오위의 빙빙 도는 눈깔 뒤에 숨긴 색즉시공이 자못 궁금했다.

보물 사냥꾼들은 서태후의 음부 야광주를 최고의 보물 중 하나로 숭상했기 때문에 가슴에 칼을 품고 찾아다닐 정도였다. 보물 사냥꾼들에겐 진시황의 불로초에 필적할 만한 진귀한 보물이었다. 진시황의 불로초가 피안의 보물이었다면 서태후의 음부 야광주는 차안의 보물이었다. 랴오위는 송미령 이후 행방불명된 서태후의 음부 야광주를 목줄 풀린 도사견처럼 찾아 다녔고 이 과정에 수많은 보물 사냥꾼들을 만났다. 실제 현장을 싸돌아다니는 보물 사냥꾼들로부터 살아있는 정보를 쏙쏙 손에 넣었고 그래서인지 랴오위는 중국 공안 정부보다 미국의 CIA보다 더 쏠쏠한 정보를 많이 알고 있다는 우스개 평판이 있기는 했다. 사실 여기저기 정치적 틈새에 복잡하게 얽혀있는 보물에 관한 정보에 관해선 누구보다 빠삭했다.

어쨌든 핑에게는 그저 한낱 잡놈일 뿐이었다. 명분조차 없는 돈에 환장한 보물 사냥꾼이었기 때문이다. 랴오위 스스로 보물 사냥꾼이라는 말을 내뱉을 때마다 핑은 랴오위의 턱주가리를 치고 싶은 충동에 시달리곤 했다. 돈에 점령된 보물 사냥꾼 랴오위가 사명감에 점령된 보물 사냥꾼인 아버지를 모욕하는 것으로 들렸으니까.

간이술집은 더러웠다. 술집 바닥은 술집 바닥만큼 싸구려 인생들이 뱉어놓은 가래와 침이 들러붙어 끈적거렸다.

"뭔가 찾긴 찾았지…"

랴오위는 혼잣말처럼 했다. 술이 서너 잔 들어가자 취한 척인지 취한 건지 설레발을 늘어놓기 시작했다. 필리핀 루손섬이 어쩌구 골든릴리 동굴이 어쩌구 야마시타 금궤가 어쩌구 한참 야바위꾼처럼 호객 행위를 했다. 핑은 랴오위의 일장 연설이 전혀 어쭙잖은 공갈은 아닐 것이라고 짐작하고 있었다.

"그래서, 금궤라도 찾았어?"

핑은 랴오위를 쩔러보았다.

"금궤를 찾은 게 아니라 금궤를 찾을 겁니다."

랴오위는 붉은 잇몸을 드러내며 으하하 웃었다. 핑은 잇몸을 드러내며 웃는 작자들을 정말 싫어했다. 왠지 모르게 정신도 육신도 헤프다는 선입견 때문이었다. 실제로 랴오위는 두 가지 다 헤프긴 했다.

"난 모른다. 그리고 안 간다."

핑은 랴오위의 설레발과 호객 행위에 넘어가지 않겠다는 각오를 던졌다. 랴오위의 접근을 애당초 차단하려는 의도였다.

핑은 랴오위가 떠벌리는 필리핀 루손섬과 골든릴리 동굴과 야마시타 금궤를 모르지 않았다. 모두는 하나의 프레임에 갇힌 한 통속이었다. 그리고 보물 사냥꾼이라면 누구라도 들어봤을 대단한 명성의 엘도라도였다.

"형님, 아직도 베이징맨을 찾고 있는 거예요? 설마?"

랴오위는 뜬금없이 베이징맨이라는 미끼를 툭 던졌다. 아마 베이징맨이라는 미끼를 언제 던질지 아까부터 계산하느라 눈깔을 빙빙 돌렸을 것이다. 핑은 미끼를 무는 척 놀란 척했다.

"베이징맨? 이미 실존하지 않는 베이징맨을? 내가?"

"진짜 어디 있는지 몰라요?"

랴오위의 빙빙 돌던 눈깔은 정지 상태였다. 핑의 속내를 기어코 알아내겠다는 집요함이었다. 핑은 랴오위가 심심풀이로 베이징맨이라는 미끼를 던진 게 아니라는 것을 알았다.

"형님 아버지가 그 때문에 사라졌는데, 알 수가 없죠... 그죠? 형님? 맞죠?"

랴오위는 또 헛이빨을 들이밀었다. 자신이 원하는 확언을 꼭 들어야겠다는 한심한 집착이었다.

핑은 난생처음으로 랴오위의 낯짝을 똑똑히 쳐다보았다. 랴오위는 심부름꾼의 눈빛을 어설프게 감추고 있었지만 완전히 감추지는 못하고 있었다.

"바다에 가라앉았던 베이징맨이 다시 떠오르기라도 했어?"

핑은 호사가들의 가십거리처럼 설렁 얘기했다. 순간 랴오위의 눈깔은 거친 폭풍을 만난 파도처럼 출렁였다. 핑은 랴오위의 금방 들켜버린 눈빛을 놓치지 않았다. 역시 허술한 눈빛이었다.

'멍청한 놈.'

핑은 랴오위가 불쌍했다.

"그렇죠? 형님? 그거 소문이 전설이 된 요상한 케이스예요. 있지도 않은 베이징맨을 왜 찾아요? 그까짓 게 뭐라고? 돈이 되기는 하나?"

핑은 랴오위의 색즉시공을 알아챘다. 랴오위가 드디어 돈 냄새를 맡은 것이다. 베이징맨의 돈 냄새를 맡은 것이다. 베이징맨과 관련된 돈 냄새를 맡은 것이다. 그렇다면 바다에 가라앉았던 베이징맨이 바다 위로 떠오른 게 분명했다. 핑의 악몽 어딘가에서 응축된 결기로 숨어있던 아버지의 베이징맨이 자유를 갈망하고 있는 게 분명했다.

"형님, 나랑 금궤나 찾으러 갑시다. 골든릴리로 갑시다. 내 친구 시치안이 뒤를 봐준다고 했소. 내가 형님을 피붙이 형님으로 생각하니까 알려주는 겁니다. 형님. 내 맘 알죠? 형님?"

랴오위는 진심인 척 핑을 끌어들이려고 했다. 핑은 되도록 포커페이스를 유지했다. 보물 사냥꾼의 모토는 장차 사냥할 보물에 대한 자신의 진심을 절대 들키지 않는 것이었다.

"아이고, 형님이 무슨 고고학자라고 양심이니 정의니 세계 질서니 우주 평화니 뭐 이런 거 아니겠죠? 으하하... 형님? 그쵸? 형님?"

랴오위는 사람 좋은 웃음을 웃었다.

"랴오위, 난 양심 같은 거 없는 놈이야. 정의도 모르는 놈이고. 세계 질서? 우주 평화? 그리고 도대체 베이징맨과 금궤가 무슨 상관관계가 있니? 무슨 개뼈다귀 같은 잡설이야? 무슨 개뼈다귀 같은 금궤야?"

핑은 장난처럼 만만했다. 랴오위의 얼굴은 금세 굳어졌다.

핑은 술자리에서 일어섰다. 랴오위는 따라 일어나며 초조한 표정을 지었다.

핑은 랴오위의 초조한 표정을 보자 이상한 정도가 아니라 수상했다. 랴오위 같은 보물 사냥꾼은 절대 베이징맨에 집착할 리가 없었기 때문이다.

"랴오위, 너 아직도 게임하니? 돈 털렸어?"

핑은 랴오위가 집에 처박혀 있을 땐 게임에 몰방하는 걸 알고 있었다. 시간만 몰방하는 게 아니라 돈도 몰방하는 걸 알고 있었다. 뭔가 사달이 난 게 틀림없었다. 랴오위는 자신의 뒷머리를 긁적이며 웃었다. 이러지도 저러지도 못하는 어정쩡한 웃음

이었다

　핑은 순간 그동안 폐쇄되어 있었던 자신의 혼돈을 비로소 깨
달았다. 어쩌면 핑에게도 랴오위처럼 훌륭한 퍼포먼스와 천박
한 사기성이 내재하고 있을 수도 있다는 각성이었다. 스스로 보
물 사냥꾼과 고고학자 사이의 경계에서 고상함과 천박함 사이
를 어슬렁거리는 어설픈 방랑자였으니까.

　핑은 랴오위의 러프한 계략을 가늠해 보았다. 랴오위는 스스
로 전략을 세울만한 인물은 못되었다. 대담하고 치밀하지 못했
고 소심하고 엉성했기 때문이다. 랴오위가 언급한 시치안이라
는 자가 랴오위를 부리고 있는 게 분명했다. 그리고 랴오위는
시키는 일은 꽤 잘하는 편이었다. 그런데 왜 하필 지금 자신에
게 골든릴리의 금궤를 언급하는 것인지 따져봐야 했다. 왜 하
필 지금 자신에게 베이징맨을 언급하는지 따져봐야 했다.

　일본은 전쟁 당시 아시아 전역에서 엄청난 금을 긁어모았다.
특히 중국에서 엄청난 금을 긁어모았다. 그런데 전쟁에서 패한
후 이렇게 약탈한 엄청난 양의 금을 일본 본토로 수송할 수 없
게 되자 전부 금궤로 만들었다. 그리고 이 금궤를 필리핀 루손

섬으로 비밀리에 옮겼다. 필리핀 최대 크기의 섬인 루손섬은 당시 필리핀 주둔 사령관 야마시타 도모유키가 통치하고 있었다. 야마시타 도모유키는 금궤를 북부 바기오 근처 175개의 동굴에 은닉했다. 이 작전의 이름이 바로 골든릴리(긴노 유리) 작전이었다. 골든릴리는 금궤 약탈 작전의 이름이자 175개 동굴의 이름이자 은닉한 금궤의 이름이기도 했다. 이 작전의 총지휘자는 일본 천황의 동생인 지치부 왕자와 사촌동생인 다케타 츠네요시로였다. 두 왕자는 아시아 전역의 보물들을 약탈하는 총책임자였다.

골든릴리는 보물 사냥꾼들에게 유명한 사냥터의 사냥감이었지만 어쩌면 찰나의 꿈에 불과했다. 골든릴리 금궤를 야쿠자가 관리한다는 설이 문서도 없는 법률 쪼가리가 되어 돌아다녔기 때문이다. 때로 용감한 보물 사냥꾼들이 골든릴리에 아귀처럼 악착같이 달려들었지만 금궤를 차지하지도 살아서 돌아오지도 못했다. 그 후 모든 보물 사냥꾼들에게 골든릴리 금궤는 감불생심이었다. 그래서인지 골든릴리 금궤는 언제든지 철거가 가능한 일종의 가건물이 되어버렸다. 이미 오래전에 쇠락해버린 항구의 잊힌 창녀가 되어버렸다. 결국 골든릴리에는 오래된 소문과 더 오래된 소문만이 남게 되었다.

쾅... 쾅쾅... 쾅...

방정맞은 문소리는 전투 명령처럼 다시 시작되었다. 이제는 문을 두드리는 것이 아니라 문을 때리고 있었다. 핑은 슬슬 걱정되기 시작했다. 욕설이나 한 마디씩 던지며 잠결에 입 전쟁을 외치던 오피스텔 거주자들이 혼수의 새벽잠을 뚫고 각자 도끼나 망치, 그리고 방망이나 칼이라도 챙겨 들고 다짜고짜 핑의 방으로 몰려들 수 있기 때문이었다. 그리고 이해하기 힘든 정적이 꽤 오랫동안 지속되고 있기 때문이었다. 지나친 정적은 폭풍을 몰고 오기도 하는 법이다. 백수와 건달이 우글거리는 이 오피스텔은 언제라도 아무 이유 없이 싸울 준비가 되어 있는 불한당들의 화약고였다. 그들의 파김치처럼 숨죽어 있던 피로감은 임계점을 넘어서고 있을 것이다.

"잡놈."

핑은 또다시 욕을 뱉었다.

이제는 귀찮아도 일어나야 했다. 그렇지만 랴오위를 방으로 들일 생각은 추호도 없었다. 돈에 환장한 싸구려 보물 사냥꾼 랴오위에게 들키고 싶지 않은 벽면이 있기 때문이었다. 핑은 누에고치같이 돌돌 말려있는 이불을 신경질적으로 벗겨냈다. 핑의 몸은 선명한 벌거숭이였다. 희미한 달빛 아래 드러난 그의 몸뚱이는 오랫동안 무술을 연마해서인지 갓 발굴된 고대 유물처럼 아름다웠다. 핑은 굳이 옷을 다 챙겨 입지 않기로 했다. 그깟 잡놈 때문에 옷까지 챙겨 입고 싶지 않았다. 그냥 팬티만 입었다. 문을 열자마자 면상을 한 대 갈기고선 얼른 보내버릴 작정이었다. 핑은 주먹을 불끈 쥐고 달리듯 성큼성큼 걸어가 문을 벌컥 열었다. 문은 이미 열려있었던 것처럼 어이없이 쉽게 열렸다.

"이놈의 문."

핑은 잠시 멈칫했다. 그 잠깐 사이 열린 문으로 랴오위가 황급히 뛰어들었기 때문이다. 그리고 제 방마냥 문부터 후딱 닫았다. 핑은 랴오위를 한 대 칠 기세로 욕부터 시작했다.

"이 잡놈, 랴오..."

핑은 이름을 부르다 말았다. 온몸에 차가운 살 비늘이 두두두 솟아올랐다. 아직 불도 켜지 않은 짙은 어둠이었지만 랴오위 잡놈은 아니었다. 온몸에 찌든 담배 노린내와 술 비린내는 결코 아니었다. 여자 없는 남자 사타구니 냄새도 결코 아니었다. 핑은 당황했다.

3.

　그런데 오피스텔을 장악한 냄새는 핑이 매우 좋아하는 냄새였다. 아니 향기라는 말이 적당했다. 핑의 아버지가 핑에게 중절모를 건네주던 날 등장했던 백합꽃 향기였다. 지금 핑의 득달같은 공세를 완만한 수세로 바꾼 백합꽃 향기는 바로 아버지 인생의 길잡이별이었다. 바로 그 길잡이별이 지금, 핑을 옴짝달싹 못하게 하고 있었다. 그러니까 진작에 랴오위 잡놈이 아니었던 것이다.

　핑의 심장은 쿵쿵거렸고 얼굴은 벌컥 뜨거워졌다. 숨소리까지 거칠어졌다. 문의 정체성을 부수고 쳐들어온 백합꽃 향기를 향해 길잡이별을 향해 낮은 목소리로 물었다.

"누굽니까?"

핑은 동시에 빠르게 불을 켰다. 순간 낯선 여자의 말간 얼굴이 또렷이 드러났다. 핑의 팬티만 입은 알몸도 또렷이 드러났다. 핑은 제일 먼저 여자의 얼굴을 보았고 여자는 제일 먼저 핑의 팬티를 보았다. 그리고 새벽의 무단 침입자인 낯선 여자는 자신의 이름이 백합꽃 향기가 아님을 길잡이별이 아님을 당돌하게 선포했다.

"저예요."

핑은 아무 말도 떠오르지 않았다. 핑은 낯선 여자가 자신을 알고 있다는 의심부터 해보았다. 자신의 이름이나 출신을 말하기 전에 오랫동안 알아왔던 친밀한 사이처럼 '저예요'라고 말했으니까. 핑은 낯선 여자에게 장난기가 발동했다.

"저예요? 그런데요?"

그런데 낯선 여자는 대답하지 않았다.

핑은 아버지의 길잡이별인 백합꽃 향기로 변장하고 나타나 새벽잠을 깨운 낯선 여자에게 대가를 치르게 하고 싶었다. 아버지를 만날 수 있는 핑의 악몽을 깨웠기 때문이다. 그런데 화를 내려 해도 화가 나지 않았다. 백합꽃 향기와 낯선 여자의 조합 때문인 듯했다. 게다가 여자는 예뻤다. 너무 예뻤다. 핑은 풋 웃고 말았다. 자신도 잡놈 랴오위처럼 온갖 세상의 속물 냄새를 덕지덕지 붙이고 여자 앞에서 온갖 기교의 퍼포먼스를 뽐내고 싶은 결국은 수컷, 남자라는 생각이 들었기 때문이다.

핑은 오피스텔에 박혀 남자도 여자도 없이 그냥 마냥 살아온 자신의 지루한 풍경 속으로 돌진해온 낯선 여자의 '저예요'가 참 신선했다. 낯선 여자는 벌거벗은 핑 쪽으로 점점 가까이 다가왔다. 핑은 엉겁결에 벽면을 가리고 있던 싸구려 비닐 커튼을 획 잡아채 하체를 대충 가렸다. 유치한 꽃무늬 비닐 커튼이었다. 그 바람에 벽면에 어지럽게 엉켜있는 여러 개의 좌표와 필리핀 지도와 확대된 루손섬의 지도와 골든릴리 동굴의 지도와 베이징맨이라는 특정 단어와 복잡한 메모와 메시지들이 맨몸뚱이로 드러났다. 그리고 '아버지 실종 10년'이라는 핑의 아젠다까지 드러났다. 지금은 중단된 아젠다였다.

그런데 백합꽃 향기를 몰고 온 낯선 여자에게 핑의 매뉴얼을 몽땅 들켜버린 것이다. 핑의 라이브러리를 엉망으로 들켜버린 것이다. 낯선 여자는 놀란 눈이 되어 벽면으로 다가갔다. 핑은 자신의 하체를 가리고 있던 비닐 커튼으로 벽면을 가렸다.

낯선 여자의 눈길이 다시 드러난 핑의 하체를 향했다. 핑은 그제야 눈치를 챘다. 낯선 여자는 핑의 하체에 관심을 두는 척 연기하고 있었던 것이다. 핑은 비닐 커튼으로 자신의 하체를 가리는 연기를 해보았다. 핑의 예상대로 낯선 여자의 눈길이 벽면을 향했다. 핑은 낯선 여자가 스파이라고 추측했다.

'그런데 왜?'

핑은 여자의 희한한 태도가 의심스러웠다. 이른 새벽에 문을 쾅쾅 두드리고 쳐들어오는 스파이가 있다는 것도 해괴하기 짝이 없었다.

'혹시... 미인계?...'

핑은 별의별 생각을 다 해보았다. 하지만 핑의 오피스텔에는 한 나라의 흥망성쇠는커녕 이 오피스텔의 흥망성쇠를 좌지우지할 만한 일급비밀도 없었다. 벽면에 덕지덕지 붙은 지도도 핑에게만 탐미적이거나 실용적일 뿐이지 다른 사람들에겐 쓰레기나 다름없었다. 핑의 오피스텔에는 미인계를 펼칠 스파이가 탐낼만한 그 어떤 것도 없었다.

"이제 말해도 되겠어요."

낯선 여자는 엄청난 비밀을 발설하려는지 속삭이듯 말했다.

핑은 팬티만 입은 몸뚱이를 감추려던 장난을 그만두기로 했다.

핑이 비닐 커튼으로 자꾸 감추려고 했던 가장 큰 이유는 '아버지 실종 10년'이라는 아젠다 때문이었다. 감추고 싶은 아버지의 구구절절한 행적 때문이었다.

낯선 여자는 팔만 뻗으면 잡힐 거리에 있었다. 핑은 은밀하고 짜릿한 상상에 점령당한 꼭두각시가 되어가고 있었다. 핑은 낯선 여자의 눈동자를 응시했다. 낯선 여자는 랴오위와 같기도 하고 랴오위와 다르기도 했다. 허술하고 어설픈 눈빛은 랴오위와 같았고 허술하고 어설픈 눈빛을 감추려 하지 않는 것은 랴오위와 달랐다.

'왜 저렇게 복잡한 눈동자를 갖게 된 거지?'

핑은 낯선 여자가 산전수전에 지친 보물 사냥꾼일 거라고 추측을 바꾸었다. 낯선 여자는 눈빛의 방향을 틀었다. 다시 벽면을 향했다. 핑은 낯선 여자가 벽면을 채우고 있는 지도의 형식과 지도의 내용과 지도의 명제를 어느 정도 알고 있다는 생각이 들었다.

"말해보세요. 제대로 된 이유가 아니라면 경찰에 신고할 겁니다."

핑은 침대 협탁 위에 놓인 휴대폰을 집어 드는 척했다. 사실

제스처일 뿐이었다. 순간 낯선 여자는 전광석화처럼 핑의 손목을 꺾어 잡았다. 핑은 손목이 나가떨어지는 줄 알았다. 핑의 손에 있던 휴대폰이 저만치 나가떨어졌다. 핑은 낯선 여자로부터 손목을 빼려 했지만 그 힘이 결코 만만치 않았다. 도저히 뺄 수가 없었다. 낯선 여자는 손목과 팔의 힘이 남달랐다.

'보물 사냥꾼이 아닌가? 이 여자 뭐지?'

핑은 슬슬 긴장하기 시작했다. 스파이도 보물 사냥꾼도 아닌 낯선 여자에게 더 이상 당할 순 없었다. 무술 한답시고 도장을 들락거리던 자신이 정말 쪽팔렸다.

그런데 낯선 여자의 얼굴이 울 듯 말 듯 한 표정으로 바뀌었다. 조금 전의 무술유단자였던 태도와는 전혀 딴판이었다. 핑은 이 기회를 놓칠세라 먼저 선수를 쳤다. 낯선 여자가 단번에 밀고 들어올 정도로 허술한 문을 가진 오피스텔이지만 주인의 위치를 회복해야 했다.

"장한."

낯선 여자는 이름 하나를 뱉고 핑의 손목을 놓아주었다. 핑은 낯선 여자가 뱉은 이름 하나에 광속으로 휘둘렸다.

"당신이 어떻게 그 이름을 알고 있지?"

핑은 공격적으로 쏘아붙였다.

핑에게 낯선 여자의 입에서 흘러나온 장한이라는 이름이 너무나 비현실적이었다.

'장한... 장한을 알다니...'

핑은 그제야 낯선 여자가 고통의 바람 속을 서성이고 있다는 것을 감지했다. 지금까지의 백합꽃 향기와 간단한 호신술은 전부 가짜였을 뿐이었다. 핑은 낯선 여자의 눈동자를 가진 또 한 사람을 기억해 냈다. 보기 드문 회색 눈동자였다. 낯선 여자도 그의 원형질을 물려받은 셈이었다. 핑의 짐작이 맞는다면 낯선 여자는 스파이도 아니고 보물 사냥꾼도 아니었다. 낯선 여자는 장한 교수의 딸이었다.

"아버지?"

핑은 낯선 여자의 회색 눈동자에 중첩된 장한 교수의 회색 눈동자를 다시 보았다. 낯선 여자는 고개를 오른쪽으로 살짝 갸웃했다. 그러자 4월의 훈풍처럼 서늘하고 상쾌한 바람이 일렁이는 듯했다. 또다시 백합꽃 향기였다.

'고개만 살짝 움직였을 뿐인데...'

핑은 그 순간 낯선 여자에게 반해버렸다.

장한 교수는 핑이 다녔던 베이징대학 고고학과 교수였다. 젊은 나이에 정교수가 되며 천재라는 말이 나돌 정도로 낭중지추였다. 주로 보수적인 노장파 고고학자들이 포진하고 있는 베이징대학 고고학과에 젊은 피의 수혈이라는 파격을 몰고 왔다. 학생들과 교수들은 천부적인 천재성과 그에 걸맞은 운으로 출세의 순류에 올라탄 장한 교수를 선망하기도 하고 시기하기도 하고 질투하기도 했다. 하지만 천재라는 찬사를 받는 장한 교수의 천재성을 입증할 실적이나 업적이 무엇인지에 대해서는 아무도 말하지 못했다.

그가 미국의 록펠러 재단의 뛰어난 장학생이었고 록펠러 재단 회장의 강력한 후원을 받는다는 소문이 있긴 했다. 더 중요한 건 그가 베이징맨에 관한 매우 유용한 자료를 어떤 기관과 학자보다 많이 보유하고 있다는 놀라운 소문이었다. 그런데 그 자료는 교수들과 강사들뿐 아니라 학생들도 절대 열람할 수 없는 컨피덴셜이었다. 베이징대학 고고학과의 학과장인 왕애지 교수는 장한 교수를 임용하면서 베이징맨을 다시 찾을 수 있다는 기대와 희망에 눈물까지 흘렸다는 팩션까지 잡담으로 돌아다녔다.

펑은 장한 교수의 제자였다. 대학에 입학하자마자 장한 교수의 연구 파트너가 되었다. 장한 교수는 핑에게 자연스럽게 먼저 다가왔고 함께 중국의 고인류 베이징맨에 대한 연구를 하자는 제안을 했다. 천재라고 소문이 자자한 정교수가 학부 학생을 치켜세우며 그것도 대학 새내기에게 연구 파트너가 되어달라고 제안한 것이었다. 이 또한 젊은 피의 수혈이라는 파격이었다.

핑은 아버지가 만약 베이징대학의 고고학과 교수였다면 바로 장한 교수와 크게 다르지 않을 거라 생각했다. 장한 교수의 이런 탈관습성은 아버지의 그것과 많이 닮아 있었다. 핑에게 아버지와 장한 교수는 서로 반대 진영에 있는 베이징맨의 거장이었던 셈이다. 마침 아버지가 실종되고 얼마 되지 않은 시기였다. 핑은 장한 교수의 제안을 단번에 수락했다. 핑과 장한 교수는 그때부터 베이징맨의 행방을 포커페이스로 무장한 채 추적에 몰두했다. 그러니까 두 사람만의 무인지경의 비밀스러운 매몰이었던 것이다.

"장리예요."
낯선 여자는 자신의 이름을 말했다.
"장리."
핑은 여자의 이름을 불러보았다. 왠지 친숙하게 느껴졌다.

그런데 장리는 아까와 달리 병든 닭 같은 기색이 완연했다. 이른 새벽 핑의 오피스텔 문을 두드리던 호전성과 핑의 벌거벗은 몸뚱이를 쳐다보던 패기는 사라지고 없었다. 핑은 장한 교수가 자신의 딸을 이른 새벽에 그것도 위험한 변두리 지역에 그것도 혼자 사는 남자의 오피스텔에 보냈다는 것이 의심스러웠다.

"그런데 무슨 일이에요?... 이 시간에?"

핑은 말을 짧게 끊었다. 핑은 자신의 호감을 아직은 알리고 싶지 않았다.

장리는 대답도 없이 핑의 얼굴로 이불을 휙 던졌다. 장리가 잠깐 만진 이불에서도 백합꽃 향기가 꿈틀거렸다.

"걸치세요."

핑은 자신이 팬티만 입고 있다는 사실을 상기했다. 일단 이불로 자신의 몸뚱이를 돌돌 말았다.

"그런데... 일본에서 자란 거 맞죠? 장한 교수님이 나가사키 어딘가에서 살았다는 말씀을 하신 적이 있거든요."

핑은 진짜 장한 교수의 딸인지 다시 확인하고 싶었다. 보기 드문 회색 눈동자가 전부는 아니었다.

"나가사키 마쓰가에. 어렸을 때 잠깐 살았지만... 소나무만 아주 많고 재미는 없었어요. 맨날 아빠를 따라 무슨 모임 같은 데

나가고... 진짜 재미 하나도 없는 그런 유년 시절... 장난감 기차만 갖고 놀았죠. 항상 어딘가로 떠나고 싶었거든요... 어쨌든 아빠와 도망치듯 떠난 후 다시 가본 적도 없고요."

장리는 마쓰가에 라는 지명을 말하면서 인상을 찌푸렸다.

"혹시... 장한 교수님이 보냈어요?"

핑은 장리의 거짓말을 잡아낼 날카로운 눈초리로 보았다. 장리는 곧장 대답하지 못했다. 핑의 머릿속은 조악한 의심의 레퍼토리가 산발하고 있었다. 그런데 장리가 눈물을 주르륵 흘렸다. 핑은 순간 심장이 쿵 내려앉았다. 장리가 몰고 온 백합꽃 향기와 오른쪽으로 살짝 갸웃하는 고개와 그 바람에 얼굴로 떨어지는 긴 머리칼과 그리고 첫 번째 눈물에 그만 심장이 쿵 쿵 내려앉았다. 핑은 애초부터 어영부영 장리에게 끌려다니고 있었던 것이다.

"여기 도청되는 거 아니죠? CCTV도 없는 거죠?"

장리는 눈물을 흘리면서 물었다.

핑은 비몽사몽의 어딘가에 있었다. 장리는 더 많은 눈물을 흘렸다. 핑은 그제야 퍼뜩 고개를 끄덕였다. 도청과 CCTV는 당연히 없었다. 말도 안 되는 일이었다.

"누군가 몰래 설치했을 수도 있잖아요?"

장리는 오피스텔 안을 빠르게 스캔했다. 그러다 핑의 노트북에 시선을 고정했다.

"혹시, 저 노트북 해킹당하고 있는 거 아니에요?"

장리는 심각했다. 핑은 픽 웃었다. 이제야 비몽사몽이 사라지는 것 같았다. 핑은 평소 가장 중요한 정보는 노트북에 담지 않는 습관이 있었다. 오로지 자신의 머릿속에만 저장했다.

"내가 뭐 대단한 인물이라고 내 노트북을 해킹해? 그리고 노트북엔 아무것도 없어. 모든 게 내 머릿속에 저장되어 있다고."

핑은 어이가 없었다.

"아빠가 납치되었다는 걸 말하려고 왔어요... 그래서 모든 걸 의심해야 하는 상황이거든요."

장리는 사색이 된 얼굴이었다. 핑은 믿을 수 없었다. 핑이 알고 있는 장한 교수는 돌다리도 두드려보고 건널 정도로 신중한 사람이었다. 게다가 장한 교수는 권력자도 아니고 정치가도 아니고 억만장자도 아니었다. 납치라는 단어와 어울리지 않는 삶을 사는 사람이었다.

"두어 달 전에 잠깐 만났어요, 그게 마지막이었어요."

핑은 기억을 더듬었다. 장한 교수의 마지막 말이 떠올랐다.

두어 달 전이었다. 장한 교수가 자신을 만나러 왔었다. 그때 잠깐 짧은 이야기를 나누었고 그게 마지막이었다. 장한 교수는 과묵한 성격이었다. 그런데 그날은 끊임없이 떠들었다. 알아들을 수 있는 말과 알아들을 수 없는 말이 한데 섞여 있었다. 핑은 평정심을 잃은 장한 교수의 낯선 모습을 보는 것이 불편했다. 그리고 불편한 변화의 이유를 추측하는 것은 더 어려웠다.

"내가 찾았어. 찾은 거 같아..."

장한 교수는 오리무중의 멘션을 반복해서 늘어놓기도 했다. 핑은 굳이 캐묻지도 않았다. 캐묻는다고 해도 말해줄 것 같지 않았기 때문이다.

장한 교수는 이야기를 마치고 당장 약속이라도 있는 듯 급하게 떠났다. 핑은 그의 뒷모습이 어쩐지 익숙했다. 잡힐 듯 말 듯 뒷모습만 보이며 땅을 박차고 날며 수작을 부리는 모습이 익숙했다. 악몽 어딘가에서 늘 그런 경공을 보였던 아버지의 경공이었기 때문이다. 핑은 장한 교수가 자신이 찾고자 하는 것을 찾은 것이 분명하다고 생각했다. 평생 오매불망 찾고자 했던 것을 손에 넣은 사람의 호접지몽을 보여준 것이다. 장한 교수는 그날 내리막이 끝난 오르막을 오르는 꽤 멋진 풍경을 보여준 것이다. 핑은 그 이후 장한 교수에 대한 어떤 소식도 듣지 못했다.

"두 달 전이요? 확실해요? 두 달 전이면, 아빠가 학교를 그만 두었을 시기와 겹쳐서요."

장리는 의문을 표시했다.

"학교를 그만두셨다고? 그렇다고 해도 절대 납치될 리 없어."

핑도 의문을 표시했다.

"아빠에 대해 그렇게 잘 아세요?"

장리의 뜻밖의 공격이었다. 핑은 방어할 뜻밖의 무기가 없었다.

"아빠는 언젠가부터 이상했어요. 진짜 세계를 손에 넣을 수 있다... 이런 얘기를 자주 하곤 했거든요. 아빠답지 않았어요... 전혀 다른 사람처럼 보였어요..."

핑은 깜짝 놀랐다. 장리의 입을 통해 터져 나온 이 맥락의 워딩을 과거에 들어본 적이 있었기 때문이다.

장한 교수는 자신에 대한 평판을 일관되게 유지했다. 매우 모범적이고 매우 성실했다. 매우 조심스럽고 매우 진중했다. 장한 교수는 도서관이든 연구실이든 가장 마지막까지 남아있는 교수였다. 오죽하면 대학 도서관이나 연구실에 밤늦게까지 불이 켜있으면, '장한 교수가 남아 있는 거야' '장한 교수야'라는 말이 유행어처럼 나돌 정도였다. 장한 교수가 강의하는 고인류문화 강좌는 타 대학 학생들까지 몰려들 정도로 인기가 높았다.

핑은 장한 교수를 존경했었다. 장한 교수가 록펠러 재단의 천문학적인 스카우트 금액을 거절했다는 이야기를 들었을 때였다. 록펠러 재단은 장한 교수에게 [베이징맨 웹]이라는 연구실까지 만들어주려 했지만 거절했다고 했다. 또 베이징대학 내의 아름답기로 유명한 미명호의 나이 든 경비원을 유난히 챙긴다는 이야기를 들었을 때였다. 타 학과 교수들이 장한 교수에게 품위 유지를 하라는 민원까지 제기했지만 이 또한 거절했다고 했다.

"교수님, 하필 왜 그 경비원을 챙기시는 거예요?"

핑은 어느 날 물었다.

"그 경비원은 기억이 없어. 자신이 어떤 삶을 살았는지 기억이 없는 사람이라서. 내가 잃어버린 기억을 찾아주고 싶어서 말이야."

장한 교수는 무심하게 대답했다.

그리고 전형적인 공붓벌레들과는 어울리지 말라며 입버릇처럼 말하기도 했다. 그런 공붓벌레들이 아무리 뛰어나다 해도 결국 권력자에게 지배를 당할 뿐 권력자가 되어 지배할 수는 없다는 것이었다.

"핑. 아무리 가난해도 절대 지배당하면 안 돼. 지배당하는 건

곧 가축이 되는 걸 의미하는 거야. 그러니까 나와 함께 해. 나와 함께하면 진짜 세계를 손에 넣을 수 있어."

핑은 장한 교수가 돈과 명성을 거절할 정도의 진짜 세계가 무엇을 말하는지 감히 물어보지는 못했었다. 당시 핑에게 장한 교수는 비르투오소였기 때문이다. 비르투오소에게는 전폭적인 열광만 바칠 수 있었기 때문이다.

"납치되었다고 생각하는 이유는?"

핑은 짧고 퉁명스러웠다.

"베이징맨."

장리도 짧고 퉁명스러웠다.

핑은 정말 이상한 새벽이라고 생각했다. 핑의 지난 행적은 고고학자도 보물 사냥꾼도 아닌 불우한 날들이었다. 그런데 갑자기 랴오웨이와 장리가 동시에 베이징맨이라는 간판을 들고 불쑥 나타난 것이다.

"베이징맨."

핑은 불러보았다. 그 순간 이상하게도 장리에 대한 피아와 자아가 느슨해지는 걸 느꼈다. 장리에 대한 자기방어의 둑이 허물어지는 걸 느꼈다. 핑은 장리의 손목을 갑자기 낚아채서 자기 앞으로 바짝 잡아당겼다. 핑의 코앞에 장리가 있었다. 핑은 장리에게 눈빛으로 묻고 있었다. 장한 교수가 납치된 것이 진짜인지 묻고 있었다. 장리는 자신의 손목을 잡은 핑을 자기 앞으로 바짝 낚아챘다. 장리의 입술 앞에 핑이 있었다. 장리는 핑에게 눈빛으로 대답하고 있었다. 장한 교수가 납치된 것이 진짜라고 대답하고 있었다.

핑은 장리를 의심했던 조잡하고 복잡한 체계를 단번에 날려보냈다. 핑은 비로소 장한 교수가 납치되었다는 것이 심심한 추측이나 불손한 의심이 아니라 사실에 가깝다는 것을 확신하게되었다. 핑은 이렇게 장리에게 덜컥 걸려들고 말았다. 핑은 사실 장리에게 덜컥 걸려들기를 원하고 있었다. 자신은 감히 부술 엄두도 내지 못했던 그 문을 부수듯 열고 들어왔을 때부터였다.

4.

장리는 베이징에 소재하고 있는 내셔널 지오그래픽 로컬에 인턴연구원으로 근무하고 있었다. 그런데 한 달 전쯤 미국 록펠러 재단에 근무하는 메이슨으로부터 이상한 메일을 받았다. 전혀 모르는 사람으로부터 온 메일은 아니었다. 문제는 메일의 내용에 있었다.

장리는 작년에 칭화대학의 시한 교수와 함께 미국의 록펠러 재단을 방문한 적이 있었다.

시한 교수는 베이징대학 내에 있는 미명호 아래 중국의 고대 유물이 있다는 독특한 주장을 하는 학자였다. 시한 교수는 장비를 이용해 호수 바닥을 탐사하고 싶어 했다. 엄청난 비용이 드는 프로젝트였다. 시한 교수는 내셔널 지오그래픽에 탐사 지원서를 제출했지만 탈락했다. 그런데 얼마 후 록펠러 재단의 메이슨에게서 연락이 왔다. 시한 교수의 탐사에 대한 관심을 표명하며 프레젠테이션을 해달라는 것이었다. 시한 교수는 장리에게 함께 가자고 부탁했다. 만약 지원이 확정된다면 탐사 과정을 장리에게 독점 기사로 보상하겠다는 약속까지 했다. 장리는 당시 제대로 된 기사를 내지 못 해 안달복달하던 중이었다. 시한 교수의 동행 제안을 거절하기 어려웠다.

장리는 그때 처음으로 메이슨을 만났다. 메이슨은 동아시아 고인류를 연구하는 학자들의 프로젝트 컨펌과 그에 따른 지원 비용을 책정하는 팀 리더라고 자신을 소개했다. 메이슨은 130킬로가 넘는 초고도비만이었다. 결코 매력적인 외모라고 할 수 없었다.

'생긴 건 딱 빵셔틀이나 하게 생겼는데 꽤 능력자네... 록펠러 재단이라니... 게다가 팀 리더라니...'

장리는 메이슨의 외모와 어울리지 않는 능력만큼은 질투를 느꼈다. 그런데 메이슨은 능력자들이 흔히 갖고 있는 오만함이나 거만함은 없었다. 장리에게 음료수를 챙겨주거나 샌드위치를 챙겨주며 소탈하고 친근하게 굴었다. 그리고 무엇보다도 베이징맨에 대한 관심이 아주 많았다.

"오로지 베이징맨 때문에 록펠러 재단에 입사했어요."

메이슨은 베이징맨 광팬이라고 자처했다. 장리는 메이슨의 의외의 모습에 놀랐다. 그래서 메이슨과 친해지기로 마음먹었다. 어쩌면 생각지도 못한 정보를 얻을 수도 있기 때문이었다. 장리는 메이슨이 베이징맨에 관한 비밀스런 정보를 많이 알고 있을 거라는 기대감에 잠을 설치기도 했었다.

메이슨은 초고도비만답게 간식거리와 음료를 달고 살았다. 메이슨이 가장 좋아하는 음료는 고함량 카페인 음료 모아모아였다. 장리는 미국에 머무는 열흘 동안 한 손에 모아모아를 한 손에 노트북을 들고 매일 메이슨을 찾아갔다. 그리고 자신이 베이징맨에 관한 정보와 자료에 있어서는 최고라는 사실을 자랑하듯 강조했다. 아빠 덕분이라는 사실도 빼놓지 않았다.

"아빠가 베이징대학 고고학과 교수예요. 아마 베이징맨에 관한..."

"알아요. 베이징맨의 거장이시죠. 아마 세계 최고일 겁니다.

그런데 아직 변방에 머물러 있는 분이죠. 그리고 일생일대의 기회를 찾으려는 분이기도 하고요. 흐흐... 그동안 얼마나 모아놓은 거예요? 좀 보여줘 봐요."

메이슨은 오히려 장리의 자료와 정보를 보고 싶다고 자청했다.

장리는 노트북을 열어 그동안 저장한 수많은 정보를 보여주며 유리천장을 깨부수려는 아마조네스처럼 열정적으로 떠들었을 뿐 아니라 그동안 모아놓은 자료와 정보를 몽땅 보여주었다. 정말 몽땅 털어주었다. 오로지 아빠 장한 교수를 위한 과장된 작전이었다. 장리가 볼 때 아빠는 베이징맨에 미쳐있다고 해도 과언이 아니었다.

메이슨은 장리의 이야기에 귀를 기울여주었다. 장리의 자료를 볼 때마다 감탄을 쏟아내는 것은 물론이었으며 중간중간 메모까지 하며 이야기를 들어주었다. 메이슨은 고인류학 분야에 풍부한 지식을 소유하고 있었다. 장리는 메이슨과 대화가 너무 즐거워서인지 시간 가는 줄 모르고 새벽까지 대화를 나누기도 했다.

그러던 어느 날 메이슨은 장리의 귀에 속삭였다.
"그런데 장리... 베이징맨은 살아있어요. 그것도 중국 본토에 살아있어요."

장리는 말문이 막혔다. 대꾸할 말이 없었다. 믿기 어려웠다.

베이징맨은 태평양에 가라앉았다는 게 정설이었다. 설사 베이징맨이 살아있다 해도 태평양에 있어야만 했다. 또 미국 국적의 선박에 실렸다는 설도 있으니 미국에 있어야 했다. 또 일본 국적의 선박으로 옮겨졌다는 설도 있으니 일본에 있어야 했다. 그런데 중국 본토에 그대로 있다는 건 말도 안 되는 어불성설이었다.

"그렇다면... 혹시... 시한 교수의 프로젝트가 완전히 허풍은 아니라는 거예요?"

장리는 절대 그럴 리 없다는 표정으로 물었다.

"노노. 미명호 호수 바닥은 너무 지나친 과대망상이고... 베이징맨이 자취를 감추고 수만 년이 흐른 것도 아닌데... 그사이 산과 바다가 그 위치를 바꾼 것도 아닌데, 어떻게 물속에 있어요? 내가 검토해보긴 했지만, 글쎄... 하지만 중국 본토에 있는 건 맞아요."

메이슨은 흐흐 웃었다.

장리는 이미 시한 교수의 프로젝트에 관심을 두지 않고 있었다. 간당간당하던 인턴직이 날아갈까 봐 동행했었지만 시한 교수에게 사기꾼의 냄새가 났다. 유명세를 얻고자 하는 덜 유명한 학자의 원맨쇼 냄새가 났다. 고고학자의 냄새가 아니라 보물 사냥꾼 냄새가 났다.

장리는 그 후에도 메이슨과 많은 대화를 나누었다. 메이슨과 베이징맨이라는 주제로 옥신각신하며 점점 가까워졌다. 장리가 중국으로 돌아갈 때 메이슨은 공항까지 마중 나와서 이별을 아쉬워했다.

"내가 좋은 소식 있으면 장리한테 먼저 알려줄게. 우리 메일 나누자."

메이슨은 장리를 꼭 껴안고 눈물까지 글썽였다.

메이슨은 장리가 중국으로 돌아온 후에도 자주 메일을 보냈다. 주로 베이징맨에 관한 이야기들이었다. 메이슨은 베이징맨의 발굴과 분실 당시의 소소한 에피소드를 많이 알고 있었다. 꽤 재미있었다. 장리는 어차피 애인도 없었기 때문에 집에 돌아오면 메이슨과 메일을 주고받는 낙으로 살았다. 메이슨이 여자친구인 것처럼 잔 수다와 폭풍 수다를 떨며 놀았다. 급기야 올해 초 메이슨은 장리의 생일에 맞춰 선물까지 보내왔다. 여자라면 누구나 감동할 한정판 명품 백이었다. 장리는 어느덧 메이슨을 자신의 베스트 프렌드라고 생각하기에 이르렀다.

장리는 베이징맨이라는 메일 제목을 보자 긴장되었다. 메이슨의 약속이 생각났기 때문이다.

"내가 좋은 소식 있으면 장리한테 먼저 알려줄게. 우리 메일 나누자."

그동안 메이슨이 보내오던 메일 제목과 많이 달랐기 때문이다. 장리는 떨리는 심정으로 메이슨이 보낸 메일의 내용을 열었다. 그리고 숨을 참고 빠르게 읽어내려갔다.

"아...."

장리는 탄식의 소리를 내뱉었다. 메이슨이 보낸 메일의 내용은 거짓말이 아니라면 조작된 게 아니면 엄청난 정보였다. 장리는 도저히 흥분을 가라앉히기 힘들었다. 냉장고에서 맥주 한 병을 꺼내 단번에 들이마셨다. 베이징맨 스스로 마법의 봉인을 해제하고 나오려는 강렬한 몸부림이 느껴졌다.

메이슨의 메일은 바로 베이징맨이 무덤에서 부활했다는 내용이었다.

나의 베스트 프렌드 장리,

너와의 우연한 만남은 매우 기쁘고 매우 행복했어.

네가 모아모아를 들고 왔을 땐 정말 감동 먹었지.

게다가... 우리 둘 다 베이징맨이라는 아젠다를 갖고 있다는

사실에 환호를 했어. 우리가 만나는 게

미리 예정된 운명이었을까?

사실, 베이징맨은 많은 사람들에게

이미 죽어있는 이야기잖아?

그런데 너의 눈빛에서 난 살아있는 베이징맨을 보게 된 거야.

베이징맨이 실존한다고 믿는 사람은 나밖에 없는 줄 알았거든.

음... 생각해 보니 또 한 사람이 있긴 하네.

하여튼 난 너와 수많은 대화를 나누면서,

인류 진화의 잘못된 가계도를 바로 잡으려는

너의 무서운 집념을 보았어.

너는 분명히 진짜 세계에 기여할 만한 인물이야.

그래서 이런 엄청난 비밀을 알려주는 거야.

아, 가슴이 떨린다.

이건 대외비일 뿐 아니라, 어떤 언론에도 릴리스하지 않은

아주 신선한 정보야. 장리. 난 진짜 떨려.

다음 달에 야쿠자 보스 야마구치(山口)가

자신의 생일을 축하하는 파티를 여는데,

여기까진 전혀 놀랍지도 않지만...

놀랍게도 1941년에 분실된 진품 베이징맨이 나온다는 거야.

어때? 베이징맨은 살아있다고 했던 내 말 기억하지?

난 살아있다는 것을 굳게 믿고 있었거든.

구체적으로 어디에 살아있는지 몰랐을 뿐이지.

난 듣자마자 장리에게 알려야 한다고 생각했어.

이건 최고급 정보야. 장리.

장리가 기뻐하는 모습이 떠올라. 보고 싶다 장리.

참, 장리의 아빠 장한 교수에게도 꼭 알려줘.

　　장리는 메일을 여러 번 읽은 후 야마구치에 대한 검색부터 시작했다. 장리가 알아낸 바로는 야마구치는 일본 최대 규모의 폭력 조직 야마구치파를 이끄는 이인자 보스였다.

　　야마구치파는 마약과 도박, 매춘, 부동산, 대부업, 연예 사업까지 장악하고 있을 뿐 아니라 부동산과 미술품에 대한 투자 그리고 국책사업인 공항 건설까지 관여하고 있었다. 또한 다양한 영역의 기업들을 우회적으로 소유하고 있었다. 연간 매출이 수십 조에 달한다고 알려져 있었다. 연 수입이 천억 가까이 된다고 알려진 야마구치는 이상하게도 이인자 행세를 하고 있는 일인자였다. 야마구치는 일본 내의 극우 저명인사들을 암암리에 지원하고 있었고 일본 정계 막후에서 큰 힘을 행사하는 거물 중의 거물이었다. 야마구치가 대외적으로 얼굴마담으로 내세운 야쿠자 일인자인 다나카 한지로, 나이가 이미 80세를 넘긴 당장 죽어도 여한이 없을 힘없는 노인네였다.

야마구치는 본인과 가족을 외부에 노출한 적이 없었다. 조직 내부에서도 아주 가까운 몇 명만 그의 가족 신상을 알고 있을 정도로 보안에 철저했다. 야마구치 가족을 알고 있는 그 몇 명은 야마구치가 살아있을 때는 야마구치와 같이 부와 명예를 누리지만 야마구치가 죽으면 같이 죽어야 할 순장 조였다. 야마구치는 마약 카르텔 보스처럼 어둠의 세계에서 피비린내 나는 돈을 벌고 있지만 그의 취미는 그의 직업과 도무지 어울리지 않게 고상했다. 고대 유물과 미술품을 수집하는 것이 그의 도락이었고 특히 고대 유물에 관한 라이브러리는 타의 추종을 불허했다. 야마구치는 개인 박물관까지 소유하고 있었다. 그 수집품의 규모는 미국의 게티 박물관 수준을 능가한다는 것이었다. 하지만 아무도 그의 박물관을 구경한 사람은 없었다.

장리는 이후에도 메이슨으로부터 두 통의 메일을 더 받았다. 그의 메일 내용에 의하면 야마구치는 자신의 생일 파티에 베이징맨을 특별 전시하면서 일본이 세계 최고의 우수 인류라는 걸

과시하고자 한다는 것이었다. 또 자신이 세계 최고의 고대 유물 수집가라는 걸 자랑하고자 한다는 것이었다.

하지만 장리가 더 깊이 알아본 바에 의하면 야마구치에겐 다른 속셈도 있었다. 얼굴마담이었던 일인자 다나카 한지로가 갑작스레 사망하면서 조직 내부에서 치열한 권력 다툼이 일어났다. 잘 먹고 잘살았던 야마구치 무사시의 수하들에 비해 잘 못먹고 잘 못 살았던 다나카 한지로 수하들의 오래된 반역의 분출이었다. 그런데 그 과정에서 일반인이 사망하는 실수가 발생했다. 그리고 이 실수를 흐지부지 무마하려는 시도가 발각되었다. 사실 일본의 폭력조직은 일반인은 건들지 않는다는 불문율이 존재하고 있었다. 어쨌든 이 사건으로 일본 사회는 들끓었다. 야쿠자의 완전 소탕을 원하는 시위까지 여기저기 우후죽순이었다. 엄청난 스캔들이었다. 일본 열도를 흔들었던 록히드마틴 사건만큼 임팩트가 어마어마했다.

야마구치 조직과 유착되어 있던 경찰들의 이름이 오르내리기 시작했고 야마구치와 상부상조하던 정치인들의 이름도 오르내리기 시작했다. 일본의 모든 경찰 간부들과 모든 정치가들 중 야마구치의 돈을 안 받은 사람은 없었다. 그렇지만 그들도 지금 당장은 야마구치의 외연과 내연에 등을 돌려야 할 판이었다. 야마구치는 조직의 전화위복을 위해서라도 떠나는 경찰들과 정치가들을 감동시킬만한 이벤트를 준비해야 했다. 캐치프레이즈가 필요했다. 경찰과 정치가를 자기편으로 만든다는 것이 곧 일본을 자기편으로 만드는 것과 같았기 때문이다.

야마구치가 일본과 일본 극우세력의 시대착오적인 애국심에 호소할 깜짝 선물을 구상하다가 만나게 된 사람이 바로 일본의 사이비 인류학자인 후지무라 신이치였다. 후지무라 신이치는 가짜 고인류 사건 때문에 희대의 사기꾼으로 전락해 버린 후 폐인처럼 숨어 살고 있었다. 세상 돌아가는 눈치 하나는 기막히게 빠삭한 후지무라 신이치는 야마구치를 먼저 찾았다. 그리고 자신의 자존심과 야마구치의 자존심을 부활시켜줄 절호의 기회를 제안했다. 바로 베이징맨이었다.

후지무라 신이치는 사기성으로 점철된 세 치 혀로 야마구치를 적극적으로 설득했다. 진짜 베이징맨이 어디 있는지 알고 있다고 꼬드겼다. 야마구치는 후지무라 신이치의 입에서 베이징맨이라는 단어가 나왔을 때 깜짝 놀랐다. 왜냐하면 베이징맨에 관한 문제는 혼자 독단적으로 결정할 수 있는 사안이 아니었기 때문이다. 야마구치는 3만여 명이 넘는 조직원을 둔 보스답게 신중했다. 꽤 오랫동안 고심을 했다. 그리고 결론을 내렸다. 경찰들과 정치가들의 배신으로부터 가족과 개인 박물관을 지켜야겠다는 결론이었다. 더 좋은 대안을 찾을 시간적 여유가 없었다. 후지무라 신이치의 제안을 받아들이기로 한 것이다. 그런데 신이치는 딱 하나의 조건을 걸었다. 야마구치의 개인 박물관을 보여달라는 것이었다. 야마구치는 신이치의 조건을 흔쾌히 받아들였다. 그때부터 야마구치와 후지무라는 한통속이 되었다.

야마구치는 자신의 생일 파티에 일본의 많은 고고학자들과 경찰들, 정치가들을 초대했다. 물론 들끓고 있는 일본 사회가 전혀 눈치채지 못하게 비밀스럽게 초대했다. 야마구치는 베이징맨을 거창하게 선언하고자 했다. 그의 선동은 가장 강력한 단 한 줄이면 충분했다.

'중국인은 일본인이다.'

이 선동적인 선언은 죽지 못한 삶과 살지 못한 죽음의 수많은 비명으로 쌓아올린 전장의 승전 깃발처럼 모순으로 펄럭이는 캠페인이었다.

장리는 베이징맨이 어떻게 야쿠자 야마구치 무사시의 손에 들어가게 된 것인지 어리둥절했다. 베이징맨이 살아있다는 것 뿐만 아니라 그것이 야쿠자의 손에 있다는 것은 역사상 가장 강력한 토픽감 중 하나였다. 타블로이드판에 실릴만한 여담이 절대 아니었다. 전 세계 주요 일간지 일면을 장식할 핵폭풍을 몰고 올 진짜 기사였다. 아직도 세계는 베이징맨의 존재를 어정 쩡하게 인정하고 있었기 때문이다.

고인류 화석이 발굴된 적이 없는 북미대륙을 제외한 전 세계 가 베이징맨이 살아있기를 바라지 않을 수도 있었다. 약 100만 년 전에 아프리카를 떠난 호모 에렉투스가 천천히 유럽과 아시 아로 이동했다는 학설은 이미 공고한 진실이 된 터였다. 하지만 이 진실의 내면에는 인류 최고의 고인류 조상은 아시아인이 될 수 없다는 매우 노골적이고 배타적인 함의가 내포되어 있었다. 그리고 이런 불쾌한 진실은 매장해야 마땅했다.

장리는 이때부터 베이징맨과 야마구치라는 전쟁에 빠져들기 를 자처했다.

그런데 이때부터였다. 장리는 새벽 4시가 되면 잠에서 깼다. 새 벽 4시면 노트북이 저절로 부팅되었고 시계 알람이 시작되었다.

당연히 장리는 노트북 자동 부팅을 설정한 적도 없고 시계 알람을 설정한 적도 없었다. 장리는 노트북을 완전히 종료시킨 후 잠이 들었다. 집안의 시계도 모두 없애버렸다. 그래도 새벽 4시가 되면 어김없이 노트북 자동 부팅은 계속되었고 휴대폰 알람이 계속되었다. 장리는 수면제와 안정제를 복용하기도 했다. 실체를 증명할 수 없는 노이로제에 시달리기 시작한 것이다.

어느덧 장리는 이런 공세를 내버려 두기로 했다. 공세에 저항하지 않기로 했다. 노이로제는 약 없으면 일상을 살 수 없는 질병이 되어 가고 있었기 때문이다. 장리는 어느덧 새벽 4시의 이상하고 수상한 통솔력에 적응되어 갔다.

장리는 아빠 장한 교수의 지대한 관심이 베이징맨이었기 때문에 베이징맨에 관한 많은 정보를 그 누구보다 많이 알고 있었다. 베이징맨은 1941년 12월 7일 일본이 진주만 공격을 시작하던 날 감쪽같이 사라졌다. 베이징맨을 싣고 친황다오를 출발한 프레지던트호가 태평양 깊은 심해 속으로 가라앉았다는 목격자 없는 전언만이 남아있었다. 베이징맨과 프레지던트호와 프레지던트호의 선장과 선원들 모두가 일장춘몽처럼 사라졌다.

그 후 상당 기간 동안 세계 곳곳에서 자신이 베이징맨 진품을 소유하고 있다고 나서는 사람들이 왕왕 있었다. 미국 미네소타주의 한 할머니는 자신이 베이징맨을 갖고 있다고 TV쇼에 나와서 이빨 없는 입으로 이빨을 풀기도 했다. 중국의 톈진에 사는 한 청년은 아버지로부터 베이징맨을 가문의 보물로 물려받았다고 여러 신문과 인터뷰까지 하기도 했다. 그러나 모두 거짓으로 판명되었다. 거짓일 수밖에 없었다.

어디가 시작인지 어디가 끝인지 어디가 위인지 어디가 아래인지 도통 오리무중인 분실 내지 약탈 사건이었기 때문이다. 미국의 한 할머니가, 중국의 한 청년이 소유하고 있다는 자체가 이미 언어도단이었다. 지금은 이런 말초적인 쇼맨십도 사라진 지 오래였다. 이렇게 쇼맨십이 사라지자 사람들의 흥미도 사라졌다. 엄마들이 잠자기 전 아이들에게 읽어주는 동화책에나 나올 법한 옛날 옛적에 어쩌고저쩌고 페어리 테일이 된 것이다. 또한 베이징맨이 야마구치 손에 있다는 것은 허무맹랑함의 최전선일 수도 있었다. 혹시 고대 유물을 비밀리에 수집하는 억만장자가 소유하고 있다면 허무맹랑함은 오히려 맹랑하기만 했을 것이다.

장리는 메이슨에게 당장 전화를 걸어 꼬치꼬치 캐묻고 싶었다. 하지만 메일 내용에 야쿠자, 일본 최대 폭력조직, 야마구치생일 파티, 베이징맨이라는 범상치 않은 단어들의 나열만으로도 조심해야 할 필요가 있었다. 이런 불온한 단어의 조합은 보이지 않는 거대한 감시자에게 노출될 뿐 아니라 역으로 장리의정체까지 검색당할 수도 있었다. 조심해서 나쁠 건 전혀 없었다. 어쩌면 진짜 위험한 음모가 배후에 준비되어 있을 수 있었다. 그렇다면 메이슨과 주고받은 메일도 증거로 남겨둘 필요가있었다. 메이슨을 믿지 못 해서가 아니었다. 자신과 메이슨을보호할 장치를 해둘 필요가 있었다, 장리는 웹에서만 존재하는메일은 결코 사라지지 않는다고 확신하고 있었다. 장리는 메이슨과 주고받은 메일을 따로 파일을 만들어 보관했다.

장리는 다시 메이슨에게 메일을 보냈다. 메이슨이 그동안 보내준 정보의 진짜 정체를 알고 싶다고 했다.

"메이슨은 어떻게 이런 정보를 알게 된 거지? 너도 조심해야하는 거 아니야?"

장리는 오히려 메이슨을 걱정해주었다.

메이슨은 조금도 미적거리지 않았다. 오로지 장리의 메일만을 기다렸다는 듯이 빠른 답장을 보내왔다. 메이슨은 정보의 경로로 자신의 누나를 들먹였다. 메이슨의 누나 크리스틴 초는 현재 록펠러 재단에서 고위 간부로 일하고 있으며 누나에게 정보를 준 정체는 누나의 친구인 FBI 아시아 정보원이라고 했다. FBI 정보원이 베이징맨과 야마구치 생일 파티에 관한 정보를 주었다는 것이다. 그러므로 매우 확실하고 안전한 정보라고 강조했다. 또 FBI 쪽에서는 베이징맨에 관해 별다른 관심이 없어 보인다는 사족도 곁들였다.

"하긴... FBI에서 뭐 하러 고대 유물에 관심을 갖겠어?"

장리는 일단 걱정은 접어두기로 했다. FBI 쪽에서 관심을 갖는 건 베이징맨이 아니라 야쿠자 야마구치 무사시일 거라고 생각했다.

하지만 여전히 의심은 남았다. 메이슨도 록펠러 재단 간부였고 메이슨의 누나 크리스틴 초도 록펠러 재단 간부였다. 공교롭게도 두 사람 모두 록펠러 재단과 깊은 인연이 있었다. 그냥 우연이라고 하기에는 뭔가 찝찝한 느낌이 들었다. 누군가를 조금의 의심도 없이 완전히 믿게 되면 그 결말은 두 가지 중 하나였다. 일생 최고의 인연을 만나거나 일생 최고의 교훈을 얻거나였다. 장리는 메이슨과 급속도로 가까워졌고 지나치게 믿고 있었다. 이유는 또 있었다. 록펠러 재단 때문이었다. 록펠러 재단과 베이징맨은 떼려야 뗄 수 없는 관계였기 때문이다. 저의가 있다는 생각이 들었기 때문이다.

   미국의 거대 기업 록펠러는 록펠러 재단을 만들었고 만든 재단을 통해 기금을 조성했고 조성된 기금으로 동아시아 지역의 고인류 화석 발굴에 투자했기 때문이다. 고인류 화석이란 다름 아닌 베이징맨이었다. 그러니까 록펠러 재단은 베이징맨의 탄생을 만든 직접적인 장본인이었다.

록펠러 재단과 베이징맨

   "아시아 동부 중국의 베이징에서 확인된 유골은 50만 년 전에 살았던 고인류가 확실합니다."
   주구점 발굴의 책임자였던 스웨덴의 지질학자 요한 구나르 안데르손은 베이징에서 이렇게 발표했다. 그리고 이 발표는 세계 고고학계를 발칵 뒤집어 놓았다.
   그동안 세계 고고학계는 아시아 대륙에는 오래된 고인류의 화석이 없다고 주장해 왔었기 때문이다. 당시 고고학자들은 아프리카를 떠난 호모 에렉투스가 유럽과 아시아로 퍼졌다는 학설을 성경처럼 믿고 있었다. 그들의 확고한 신앙은 그들의 종교

만큼이나 진화가 힘들었는지 오래된 고인류의 탄생지는 오로지 아프리카였고 고인류의 화석 출토지도 오직 아프리카였다. 그때까지 모든 고고학자들에게 아프리카는 인류 탄생의 에덴이었다. 그리고 이런 비이성적인 광신은 고고학계의 매우 보편적인 상식이었다.

저명한 지질학자인 안데르손은 스스로 자신을 황제라고 불렀던 원세개의 초청으로 중국에 왔다. 황제 원세개는 안데르손에게 중국북양정부농상부광정사고문이라는 매우 긴 이름의 신분을 주었다. 황제 원세개가 안데르손을 초청한 표면적인 이유는 중국의 문화재에 대한 서양인들의 막무가내 약탈을 막기 위해서였다. 말이 서양인이지 제대로 말하면 서양인 도적놈들이었다. 19세기 초 중국의 실크로드가 알려지기 시작하면서 수많은 서양인 도적들이 떼로 몰려들고 있었다. 서양인 도적들이 훑고 간 지역은 메뚜기 떼가 지나간 것처럼 아무것도 남은 게 없었다.

서양 도적놈들에겐 인류가 만든 역사와 그 역사가 만든 유물에 대한 정체성이나 책임감 따위는 애초에 없었다. 황제 원세개는 이 서양인 도적놈들을 막을 힘이 없어서 처음엔 그저 수수방관만 했다. 그러다 고심 끝에 서양인 도적놈들이 유적을 약탈할 수 없도록 법으로 금지시켜 보았다. 하지만 도적놈이 괜히 도적놈인가? 도적놈이라는 불로불사의 이름값은 그냥 저절로 생긴 것이 아니었다. 도적놈들은 세상 뛰어난 도굴전문가들이자 유물약탈자들이었다. 황제 원세개가 금지시킨 법을 가볍게 비웃으며 종횡무진 설치며 싸돌아다녔다.

서양인 도적놈들은 약탈한 유물들을 아무런 제약 없이 타국으로 팔아넘겼다. 그야말로 중국의 유물들을 초토화시켰다. 황제 원세개는 더 이상은 손 놓고 있을 수 없었다. 천하무적 서양인 도적놈들을 때려잡을 프로페셔널한 전문가가 필요했다. 그런데 황제 원세개가 선택한 프로페셔널한 전문가는 어림군도 아니었고 병마용도 아니었다. 바로 세계적인 명성을 가진 스웨덴의 지질학자 요한 구나르 안데르손이었다.

당시 항간에는 황제 원세개가 자신의 최측근이자 비선 실세였던 무당 무비자의 지시대로 안데르손을 데려온 것이라는 이상하고 망측한 소문이 돌았다. 황제 원세개가 무비자와 작당하여 중국의 진귀한 보물을 캐려 한다는 것이었다. 하지만 황제 원세개가 캐려는 진귀한 보물이 무엇인지 아무도 알지 못했다. 도대체 얼마나 진귀한 보물을 캐야 하기에 중국인도 아닌 고인류학자도 아닌 지질학자인 안데르손을 데려왔을지 이런저런 발칙한 시시비비가 모든 밥상과 모든 술상을 한동안 돌아다녔다.

안데르손이 베이징에 오자마자 가장 먼저 관심을 가진 것은 하버러의 치아였다. 하버러는 안데르손보다 먼저 베이징에 와서 의료 활동을 했던 독일인 의사였다. 하버러는 의료 활동 틈틈이 베이징을 돌아다녔다. 용골과 용치를 구입하려고 오래된 상점을 샅샅이 뒤졌다. 하버러는 고포유 동물에 대한 관심이 지대했고 학자 수준의 식견도 갖고 있었다. 이 용골과 용치는 고포유 동물의 척추뼈와 치아였다. 하지만 중국인들은 이 용골과 용치가 고포유 동물의 척추뼈와 치아라는 것을 알지 못했다. 그저 전설의 동물인 용의 뼈와 용의 치아라고만 믿고 있었다.

중국인들은 이 용골과 용치를 한약재로 널리 사용했다. 그야말로 무지가 저지른 해프닝이었다. 용골과 용치는 매우 비싸게 거래되었고 특히 용치는 용골보다 훨씬 더 비쌌다. 중국인들은 용골과 용치가 두통, 어지럼증, 건망증, 불면증, 설사, 궤양, 간질 등의 병을 치료한다고 알고 있었으니 그야말로 진정한 만병통치였던 셈이다. 하버러는 마침내 베이징의 가장 오래된 상점에서 용골과 용치를 구입하게 되었다. 고포유 동물의 척추뼈와 치아였다. 하버러는 이 용골과 용치를 소중하게 보관하고 있다가 베이징에서의 모든 의료 활동을 끝내고 독일로 귀국할 때 가져갔다.

독일로 귀국한 하버러는 유명한 척추동물학자인 슐로저 교수를 찾아가서 용치를 보여주었다. 하버러는 이 용치가 고포유동물의 화석인 것까지는 알았지만 어떤 종의 고포유 동물 화석인지 몰랐다. 하버러는 용치가 어떤 고포유 동물의 것인지 몹시 궁금했던 것이다. 슐로저 교수는 하버러가 가져온 고포유 동물의 용치를 보자마자 깊은 관심을 가졌고 곧바로 분리하는 작업을 시작했다. 그리고 이 용치에서 치아 두 개를 분리해냈다. 그런데 슐로저 교수는 이 치아 두 개가 고인류의 것이 아니라고 단정 지어버렸다. 슐로저 교수 또한 당시의 많은 고고학자들과 마찬가지로 아프리카에서 건너온 호모 에렉투스가 유럽에서 아시아로 퍼져나갔다고 인식하고 있었기 때문이다.

그러니까 중국의 베이징에서도 한참 떨어진 작은 마을 주구점에서 출토된 이 용치가 당연히 고인류의 것일 리가 없었던 것이다. 또한 중국에서 호모 에렉투스보다 더 높은 연대의 고인류가 살았을 거라고는 아예 상상조차 하지 못했던 것이다. 그런데 사실 이 치아 두 개는 고인류의 것이었다. 슐로저 교수가 틀렸던 것이다.

안데르손은 바로 이런 히스토리가 있는 하버러의 치아를 염두에 두었고 그 출처가 어디인지 알아내려고 했다. 그래서 베이징에 도착하자마자 용골과 용치의 원산지부터 찾아다닌 것이다. 안데르손은 인류의 아프리카 기원설에 반박하며 오히려 고인류가 동아시아로부터 전 세계로 퍼져나갔다고 주장하는 비주류 고고학자들에게 경도되어 있었다. 그래서 하버러의 치아 두 개가 비주류학자들의 이런 주장을 뒷받침할 확실한 증거가 될 것이라고 추측했다. 안데르손은 용골과 용치를 부지런히 수집했다. 용골을 수집한다고 소문을 내기도 했다. 언젠가 소문을 듣게 된 누군가가 자신을 찾아올 거라는 기대를 했기 때문이다.

그리고 한참 후에야 이 막연한 기대의 결실을 맺을 만남이 찾아왔다. 안데르손이 소문을 남발한 지 무려 4년 후였다. 연경대학 교수인 화학자 깁이 안데르손을 찾아왔다. 깁은 빈손으로 오지 않았다. 주구점 계골산에서 출토된 용골과 용치를 가져온 것이다. 안데르손은 계골산의 용골과 용치를 보자마자 하버러의 치아 두 개와 관계가 있을 거라고 확신했다. 당장 달려갔다. 그런데 중요하지 않은 몇 개의 화석만을 발견했을 뿐이었다. 하지만 안데르손은 결코 실망하지 않았다. 하버러의 치아 두 개의 출처가 주구점 계골산이라는 사실을 확인한 것으로 크게 만족했기 때문이다. 그리고 안데르손의 이런 성과는 개인의 만족으로 끝나지 않았다. 오스트리아 생물학자 오토 즈단스키가 주구점을 발굴하겠다는 결심을 하게 만들었기 때문이다. 이것은 정말 놀랄만한 진전이었다.

오토 즈단스키가 주구점에 도착하자 중국인들은 자발적으로 찾아왔다. 용골과 용치를 찾는다면 계골산보다 훨씬 좋은 장소가 있다고 친절하게 알려주었다. 그 장소가 바로 주구점 노우구의 용골산이었다. 즈단스키는 곧바로 이 용골산 발굴부터 시작했다. 그리고 용골산 발굴을 시작한 지 얼마 되지 않아 석영 조각 여러 개를 발견했다. 석영은 동물의 살과 뼈를 분리하기 위해 고인류가 사용했던 광석으로 알려져 있었다. 석영이 발견되었다는 것은 용골산 지역에 매우 오래된 원시인 즉 매우 오래된 고인류가 살았다는 반박할 수 없는 증거이기도 했다.

insert)
네덜란드의 해부학자인 외젠 뒤부아는 자바섬 솔로 강변 트리닐섬에서 고포유 동물의 화석을 발견했었다. 원숭이와 인간의 중간 정도 두개골과 아래턱뼈 그리고 이빨과 대퇴골 등이었다.

뒤부아는 이 화석을 연구실로 가져와서 조립해 보았다. 뒤부아는 조립을 끝낸 후 이 화석의 주인공이 두 발로 직립보행했음을 확신했다. 뒤부아는 이 화석의 주인공 이름을 출토지의 이름을 따서 자바원인(Java Man)이라고 명명했다.

그러나 세계 고고학계는 자바원인을 인정하지 않았다. 오히려 평가절하하고 폄하했다. 소두증에 걸린 기형아의 유골일 뿐이라고 일축했다. 뒤부아는 자신이 잃어버린 고리를 찾았다고 자신만만해했지만, 학자들은 비난을 멈추지 않았다. 뒤부아는 학자들의 빗발치는 비난에 결국 굴복하고 말았다. 뒤부아는 인류 역사상 가장 더디게 진화하는 편견에 굴복한 거나 마찬가지였다. 자신이 발견한 자바원인은 인간이 아니라 원숭이라고 공식적으로 인정해버렸다.

그런데 뒤부아가 자바에서 찾았다고 생각했던 바로 그 잃어버린 고리가 아시아 동부 베이징 주구점 용골산에 나타난 것이다. 실로 엄청난 사건이었다.

즈단스키는 석영 조각들을 찾아내었고 점점 자신감을 갖게 되자 주구점 용골산 유적을 이 잡듯 뒤지고 다녔다. 그러다가운 좋게도 용치 하나를 발견했다. 심지어 이 용치는 고포유 동물의 치아가 아니라 고인류의 치아였다. 하지만 즈단스키는 이 용치를 중요하게 생각하지 않았고 보고서에 기록도 하지 않았다. 그의 명백한 실수였다. 그런데 즈단스키는 3년 후 자신의 명백한 실수를 만회할 수 있는 기적 같은 운명을 맞이하게 된다. 즈단스키는 주구점 용골산 유적의 또 다른 발굴지에서 또 하나의 용치를 발견한 것이다. 이번에는 이 용치가 즈단스키의 눈에 뚜렷이 들어와 박혔다.

사실 3년 전에 발견했었지만 고포유 동물의 치아라고 보고서에 기록도 하지 않았던 그 용치와 같은 용치였던 것이다. 특히 이번에 발견된 용치는 3년 전에 발견한 용치에 비해 전혀 마모된 부분이 없는 온전한 용치였다. 즈단스키는 이 용치에서 군더더기를 분리하는 작업을 했다. 그리고 현생 인류의 치아와 비교해 보았다. 즈단스키는 자신이 발견한 용치가 고인류의 치아임을 확신했다. 미국의 고생물학자 아마데우스 그레이보는 이 치아의 주인공에게 이름을 붙여주었다. 페킹맨(Pekingman)이었다. 당시 중국 베이징의 영어 이름은 페킹이었다. 베이징맨의 탄생이었다.

이후 미국의 인류학자인 데이비슨 블랙은 특별한 재단의 재정 지원을 받아 본격적인 주구점 유적 발굴을 시작했다. 바로 록펠러 재단이었다. 이후 데이비슨은 베이징맨의 나머지 부분체를 연달아 발견했다. 또한 발굴팀의 연구원이던 볼린도 고인류의 어금니를 발견했다. 이 어금니 역시 상태가 온전했다. 볼린은 자신이 발견한 고인류 치아와 즈단스키가 발견한 고인류의 치아를 서로 비교해 보았다. 치아 두 개는 완벽하게 서로 맞아떨어졌다. 드디어 데이비슨 블랙은 중대한 선언을 하기에 이르렀다.

"아시아 동부 중국의 베이징에서 확인된 치아의 주인은 50만 년 전에 살았던 고인류가 확실합니다."

이때부터 베이징맨이 페이원중에 의해서 완벽한 완전체로 세상에 모습을 드러내게 되는 순간까지 록펠러 재단은 발굴 작업에 아낌없이 지원했다.

5.

장리는 메이슨과 메이슨의 누나 크리스틴 초까지 록펠러 재단과 깊은 관련이 있다는 것이 싫지만은 않았다. 록펠러 재단의 베이징맨에 대한 지속적인 관심과 투자이기도 했기 때문이다. 하지만 베이징맨에 대한 정보를 소수의 몇 사람만이 비밀스럽게 공유한다는 것은 수상했다. 당장 중국 정부 쪽에 공식적으로든 비공식적으로든 알리지 않는 것은 더 수상했다. 록펠러 재단이 발굴 비용을 투자했다고 해서 베이징맨이 록펠러 재단 소유물은 아니었기 때문이다. 당장 중국 정부 쪽에 공식적으로든 비공식적으로든 알려야 했기 때문이다. 록펠러 재단의 메이슨과 누나 크리스틴 초와 베이징맨은 그야말로 조마조마한 풍경을 그려내고 있었다.

메이슨은 장리에게 야마구치의 생일 파티를 취재하라고 강력하게 설득했다. "야쿠자의 파티라고 해서 불안해할 필요 없어. 내가 FBI 요원을 소개할게. 마침 야마구치에 대한 자세한 정보를 캐려 하니까. 장리가 이 임팩트한 취재에 성공한다면 특종이 문제가 아니야. 아마 퓰리처상도 수상할 수 있을걸? 너의 시상식에 가고 싶다. 네가 수상만 한다면 내가 너의 드레스를 사줄게."

메이슨은 호들갑을 떨었다. 장리는 여러 날 고민에 고민을 거듭했다. 그리고 메이슨의 제안을 수락하기로 결심했다. 탐탁지 않은 점이 여러 가지 있었지만 너무나 매력적인 제안이기도 했기 때문이다. 그리고 이런 결심의 가장 큰 이유는 아빠 장한 교수 때문이었다.

장리는 아빠 장한 교수에게 메이슨의 메일을 전달했다 아빠가 간다면 자신도 꼭 동행해야 한다는 협박에 가까운 멘트도 빼놓지 않았다. 위험한 야쿠자 생일 파티를 딸의 안위로 변명할 게 뻔했기 때문이다.

장한 교수는 딸 장리의 메일을 받자마자 야마구치 생일 파티에 가겠다고 결심했다. 대학시절부터 지금까지 오직 베이징맨의 실체에 접근하기 위해 살아왔다고 해도 과언이 아니었다. 베이징맨에 대한 정보를 알고 있는 사람은 거의 다 만나보았을 것이다. 어떤 학자보다 어떤 기관보다 많은 자료와 정보를 소유하고 있었다. 하지만 번번이 그 실체의 절대성에 접근하지 못했었다. 오랫동안 공을 들인 정보원이 있기는 했었다. 베이징맨 실체의 정곡을 알고 있는 정보원이었다. 하지만 실패하고 말았다. 이렇게 아무리 찾으려 해도 찾아지지 않던 베이징맨이 스스로 나타난 것이었다. 믿기 힘들 정도로 충격적인 정보였다.

장한 교수는 한때 핑과 함께 베이징맨 연구팀을 따로 만들 정도로 열성을 부렸다. 하지만 핑은 장한 교수의 기대에 영 못 미쳤다. 베이징맨에 대한 정보가 거의 없다시피 했다. 장한 교수는 핑에 대해서 몹시 실망했지만 핑을 내치지 않았다. 곧 대학 내 연구실을 폐쇄하고 주구점 용골산 근처에 아지트를 마련해 주었다. 그런데도 핑은 베이징맨에 대한 성과를 내지 못했었다. 장한 교수의 실망은 이만저만 한 것이 아니었다. 그래도 내치지 않았다.

그 후 장한 교수는 독자적으로 베이징맨을 추적했다. 바로 그 무렵 베이징맨과 야쿠자의 연관성이 그의 레이더에 잡혔다. 그리고 야쿠자 배후에 자리하고 있는 거대한 조직 '몬'이라는 이름을 듣게 되었다. '몬'과 야쿠자의 관계는 금시초문이었다. 하지만 '몬'은 전혀 낯선 이름이 아니었다. 장한 교수의 가슴에 뜨거운 열망을 품게 했던 단 하나의 이름이었다. 장한 교수는 자신의 어린 시절 첫사랑이었던 엔비라는 여자가 말없이 사라지자 온갖 곳을 헤매며 찾아다녔다. 그러다 우연히 엔비가 마쓰가에 47번지에 있다는 소식을 접하고 무작정 47번지로 들어갔다. 그리고 47번지에서 엔비와 극적으로 조우했다. 장한 교수는 이때 '몬'의 조직에 대해서 처음으로 알게 되었다. 엔비의 집안이 '몬'과 깊은 관련이 있었기 때문이다.

일본 나가사키 마쓰가에 47번지에 작고 오래된 예쁜 양옥집이 있었다. 이 집에는 1865년부터 미국 사람들이 세를 들어 살았다. 그 집의 출입구에는 프리메이슨의 엠블럼이 정교한 음각으로 새겨져 있었다. 당시 일부 지식인들은 이 엠블럼을 보고 프리메이슨의 일부가 건너와 정착했다고 추측했다. 그리고 이 추측은 빠르게 전파되었다. 이후 일부 지식인들이 이 조직에 차츰 가입하기 시작했고 규모가 커지기 시작했다. 오래지 않아 일본 나가사키 마쓰가에 47번지의 작은 양옥집은 프리메이슨이라는 세간의 추측을 버리고 자신들만의 프리메이슨을 선언하게 되었다. 바로 '몬'이었다. 사실 일부 지식인들은 오랜 역사를 가졌지만 집시처럼 떠돌던 '몬'의 후손들이었다. 그때부터 47번지의 이 작고 오래된 예쁜 양옥집의 출입구에는 엠블럼이 바뀌었다. '몬'의 엠블럼이 정교한 음각으로 새겨지게 되었다. 그리고 '몬'의 성지가 되었다.

  장한 교수는 엔비로부터 '몬'이 베이징맨을 찾고 있다는 이야기를 들었었다. 엔비는 베이징맨이 살아있다고 확신하고 있는 말투였다. 장한 교수는 엔비가 '몬'이라는 사이비종교에 빠져 지독한 세뇌를 당한 거라고 생각했었다. 너무 어처구니가 없었기 때문이다. 하지만 그들의 신당을 방문할 때마다 거창하게 드리워진 검은 휘장과 붉은 글자에 압도당했었다. 그리고 엔비 아버지를 둘러싼 비밀스런 집단의식을 보면서 베이징맨에 대한 그들의 믿음이 진실일 거라는 생각이 들기 시작했다. 게다가 그 비밀스런 집단과 집단의식에 친밀감까지 느끼기 시작했다. 자신도 그 집단과 집단의식에 포함되고 싶다는 뜨거운 열망이 폭발하고 있었다. 그건 마치 영화 대부의 마지막 장면에 대한 오마쥬였다.

문안에서 마이클 코를레오네는 부하들에게 자신의 손에 키스할 수 있도록 거만하게 오른손을 내민다. 진정한 대부로 인정받는 순간이다. 그런데 문밖에서 그의 아내 K는 그 모습을 불안하게 쳐다본다. 그러자 그의 부하 알 네리가 아내 K의 시선을 차단하고자 문을 쾅 닫아버린다. 문안과 문밖이 철저하게 단절된 것이다. 바로 그 느낌과 흡사했다. 아니 그 느낌 자체였다. 감히 허락받지 않은 자는 결코 열 수 없는 그 문, 결코 들어갈 수 없는 문, 그 문을 열고 문안으로 들어가고 싶다는 미칠듯한 열망의 폭발이었다. 평범한 남자의 흔한 로망이라고 해도 상관없었다. 장한 교수는 이 미칠듯한 열망을 실현하기 위해 엔비와 약혼까지 했다. 그런데 그 집단의식에 주체가 되어 참석하지는 못했다. 엔비 아버지의 인정을 받지 못했기 때문이다. 크나큰 좌절이었다. 장한 교수는 좌절감을 이기지 못하고 47번지를 도망치듯 떠나왔다.

장한 교수는 야마구치의 생일 파티에 꼭 가야 했다. 자신에게 크나큰 좌절로 남았던 베이징맨을 차지해야 했다. 그리고 그 좌절을 극복해야 했다. 장한 교수는 야마구치 생일 파티에 반드시 '몬'의 누군가가 나타날 거라고 확신했다. 자신만큼이나 베이징맨을 차지하고 싶어 하는 누군가 나타날 거라고 확신했다.

그리고 오랫동안 전설인지 진실인지 소문만 요란했던 야쿠자와 '몬'이라는 두 떠돌이 집단의 교집합과 합집합을 통해 베이징맨을 갖고 노는 '몬'의 누군가를 만날 수 있을 거라고 확신했다. 누군가 베이징맨을 훔치기 전에 찾아야 했다. 누군가 베이징맨을 훔치기 전에 제거해야 했다.

장한 교수는 자신을 향해 직진해 오는 베이징맨의 운명의 방향을 절대 놓칠 수 없었다. 이제야말로 제대로 된 운명의 방향이었다. 이 운명의 방향에 올라타고 달려야 했다. 장한 교수가 진짜 세계를 통치할 거대한 권력을 가질 수 있는 절체절명의 기회가 드디어 도래한 것이다. 미칠듯한 열망이 실현되기 직전이었다. 그 문, 그 문안의 마이클 코를레오네가 되고 싶었다. 강력한 권력자 대부가 되고 싶었다.

장한 교수는 장리에게 메일을 보냈다. 일본 나가사키 마쓰가에 지역에 살던 그 시절부터 몸담았던 한 단체로부터 베이징맨의 실존에 대해 이미 알고 있었으며 그때부터 베이징맨은 자신의 종교이자 이데올로기이자 운명이 되었고 이 모든 일념은 50만 년 동안 죽지 않고 살아난 베이징맨의 일념과도 같은 것이라고 털어놓았다. 그리고 엔비와의 로맨스도 살짝 흘렸다.

"장리야. 세상은 서피스월드가 단지 1%만 지배하고 있지. 이건 가짜 세계다. 딥월드가 나머지 99%를 지배하고 있다. 넌 딥월드의 그 권력을 모르고 있어. 그런데 나에게 그런 이모탈을 줄 수 있는 권력을 찾은 거야. 드디어 찾았다. 장리야. 나와 함께라면 진짜 세계를 지배할 수 있어. 99%의 진짜 세계를."

장리는 아빠의 메일 내용이 도무지 뜬금없고 엉뚱해 보였다. 장리가 알고 있던 아빠의 올곧은 내면이 전혀 아니었다.

"아빠의 첫사랑이 엔비?... 그럼 엄마는?... 엄마가 엔비라는 여자인가?"

장리는 출생의 비밀까지 상상해보았다. 장리가 알고 있는 엄마에 대한 정보는 장리를 출산하다가 죽었다는 것뿐이었다. 사실 얼굴도 몰랐다. 아빠는 홀로 딸 장리를 키웠었다.

"또 베이징맨과 서피스월드, 딥월드가 도대체 무슨 관련이 있다는 거지?"

장리는 아빠가 열거한 단어들이 서로 관련이 없어 보였다. 장리에게 서피스월드와 딥월드 그리고 1%의 가짜 세계와 99%의 진짜 세계는 너무 어두운 운명의 스펙터클이었다.

장리가 알고 있는 서피스월드란 오프라인뿐만 아니라 온라인

상으로 드러난 세상을 말하는 것이고 딥월드란 오프라인으로 드러나지 않고 온라인상으로도 드러나지 않은 세상이었다. 딥월드에는 수십만 범죄자들이 지하 개미굴의 개미들처럼 집단으로 우글거리면서 수십만 종의 범죄를 만들어내고 있었다. 장리는 우연히 그들이 만들어낸 기괴한 영상을 접한 이후 치를 떨었었다. 다시는 상종도 못할 카오스의 세계였다. 삶과 죽음의 어느 중간지대에 살고 있는 듯한 그들은 온전한 죽음도 온전한 삶도 아닌 영화 속 좀비들처럼 보였다. 하긴 콩고어로 좀비가 신이라는 의미를 가진다고 하니 딥월드의 좀비들은 딥월드에서 신으로 군림하고 있을지도 몰랐다. 여하간 장리에게는 좀비월드였다.

그런데 아빠가 이런 대혼돈의 딥월드가 99%의 진짜 세계를 지배하고 있다고 주장한다니 이거야말로 가공할만한 주장이었다. 아빠가 그동안 어떤 정신적 변화와 가치관의 이동을 겪었는지 모르지만 참으로 위험천만해 보였다. 장리는 그들의 기괴한 영상과 아빠가 자꾸 겹쳐지는 바람에 짜증이 났다. 하지만 장리에게는 이러나저러나 아빠였다. 도둑도 강도도 사기꾼도 살인자도 아빠였다. 그런데 장리의 아빠인 장한 교수는 도둑도 강도도 사기꾼도 살인자도 아니었다. 자신만의 세계에서 자신만의 뚜렷한 무릉도원을 실천하는 한낱 필부일 뿐이었다. 자신만의 세계에서 자신만의 뚜렷한 베이징맨이라는 딥월드를 추구하고 있는 한낱 교수일 뿐이었다. 아빠의 정신과 가치관 속에 실재하는 99%의 진짜 세계는 좀비월드는 아닐 것이라고 믿고 싶었다. 그래서 아빠의 종교와 이데올로기와 운명을 실현시켜 주고 싶었다.

그리고 장리 스스로도 더 이상 인턴직원으로 살고 싶지 않았다. 대외적으로 인정받고 싶었다. 더구나 베이징맨은 불멸의 명성을 가져다줄 것이 틀림없었다. 80억 분의 1의 확률의 행운이었다. 베이징맨의 부활은 6,500만 년 전의 멕시코 유카탄반도로 직행했던 소행성의 충돌과 맞먹는 고고학계 최대의 임팩트가 될 게 명약관화했다.

"그래. 퓰리처상이다."

장리는 씩씩하게 외쳤다.

장리는 아빠의 의미심장한 메일을 받은 후 메이슨에게 다시 메일을 보냈다. 메이슨이 언급한 FBI 요원을 소개받고 싶다고 했다. 야마구치의 생일 파티가 아무리 파티라고는 했지만 어쨌든 야쿠자들의 파티였다. 장리에게 야쿠자는 날이 긴 검으로 사지를 절단하는 철판 갑옷 입은 사무라이거나 어둠 속에서 암기를 날리는 사슬 갑옷 입은 닌자였다. 아직 한창 젊은 나이의 여자인 장리와 세상 물정에 어리숙한 대학교수인 아빠와 단둘이 가기에는 몹시 불안했고 몹시 두려웠다. 게다가 초대장 없이 야마구치 생일 파티에 들어가는 것은 불가능했다.

메이슨은 이번에도 빠른 답장을 보내주었다. 브래드 버드라는 이름의 FBI 요원을 소개해주겠다는 약속을 했다. 또 야마구치 생일 파티의 정식 초대장에 올릴 이름이 필요하다고 했다. 장리는 메이슨에게 자신의 이름과 아빠의 이름을 중국어와 영어로 보내주었다. 잠시 후 메이슨에게서 다시 메일이 왔다.

야마구치가 보내는 생일 파티 초대장에는 장리와 장한 교수의 이름이 뚜렷하게 적혀있었다. 그런데 야마구치의 생일 파티 장소가 놀랍게도 도쿄가 아닌 나가사키 마쓰가에였다. 장리는 순간 머리끝에 전기가 오르며 쭈뼛했다. 온몸에 소름이 오돌오돌 돋아났다. 나가사키 마쓰가에는 아빠인 장한 교수의 종교와 이데올로기와 운명을 탄생시킨 정신적 고향이기도 했지만 장리의 육신을 탄생시킨 고향이기도 했다. 장리에게 전혀 낯선 장소가 아니었다. 어린 시절을 잠깐 보냈던 곳이었다. 그런데 바로 그곳

마쓰가에에 야마구치의 별장이 있는 줄은 전혀 몰랐었다. 장리는 너무도 이상한 기시감이 과연 우연인지 필연인지 헛갈렸다.

메이슨은 장리가 별장 안으로 들어가서 이층으로 올라가는 달팽이 계단을 서른한 번째 밟았을 때 FBI 요원 브래드를 만날 것이며 암호는 'KING'이라고 했다. 이 암호를 꼭 외우라고 했다. 장리는 이런 내용도 아빠인 장한 교수에게 빼먹지 않고 전달했다.

그리고 어젯밤 장리에게 청천벽력 같은 메일 한 통이 도착했다. 아빠에게 메이슨의 메일을 전달한 지 두 달 만이었다. 아빠의 영상 메일이었다.

장리가 인상을 찌푸리며 고개를 오른쪽으로 살짝 갸웃했다. 그녀의 긴 머리카락이 오른뺨을 살짝 덮었다. 그녀의 유난히 검은 머리카락이 그녀의 흰 얼굴을 돋보이게 만들었다. 장리의 머리카락 한 올이 그녀의 입술에 달라붙었다. 핑은 그녀의 입술에서 그 머리카락을 떼어내고 싶은 충동을 느꼈다. 핑이 서시의 침어를 떠올리며 오만가지 오욕에 함몰되고 있을 때 장리는 기운 없이 말했다.

"지금 이 순간까지도 이해가 되지 않아요. 왜 아빠는 나를 버려두고 혼자 간 걸까요? 아빠는 내가 야마구치 생일 파티에 얼마나 가고 싶어 했는지 알고 있었어요. 그런데 나에게 말도 없이 혼자 간 거예요.”

장리가 슬픔에 허우적대고 있었고 핑은 열정의 몽환에서 허우적대고 있었다.

“당신에게 솔직히 말할게요. 그래야 내 마음이 조금이라도 편해질 것 같아요. 아빠가 나 때문에 그런 변고를 당한 것 같단 말이에요.”

장리의 눈에는 눈물이 그렁그렁했다. 핑은 장리의 눈물을 보자마자 정신이 퍼뜩 들었다.

“무슨 말이야? 장리 때문에 아빠가 실종되다니? 그건 말도 안 돼. 자책하지 마.”

핑은 계속 반말이었다.

“아빠를 돕고 싶다는 마음보다 내가... 내가 풀리처상을 받겠다는 생각을 먼저 했어요. 그러니까... 아빠의 꿈보다 내 꿈이 더 강렬했어요. 난... 난 아빠를 보디가드처럼 대동하고 가고 싶었던 거예요. 난 너무... 나쁜 마음을 먹었던 거예요. 아빠는 내가 받아야 할 벌을 대신 받은 거예요. 그래서 괴로워요. 그래서 미치겠어요. 그래서 이젠... 베이징맨도 풀리처상도 다 필요

없어요... 아빠만 살아있으면 돼요. 아빠만..."

장리는 결국 눈물을 떨구었다.

핑은 여자가 눈물을 흘릴 때 대처해야 하는 방법을 알지 못했다. 이런 과정을 겪어 본 적도 없었다. 핑은 책상 위에 놓여있는 두루마리 휴지와 장리의 얼굴을 번갈아 보기만 했다. 핑이 아무 데나 막 쓰려고 산 휴지였다. 장리의 눈물을 닦기에 미안할 정도로 싸구려였다. 더 중요한 것은 이 궁상스러운 휴지마저 건네줄 용기조차 나지 않는다는 것이다.

핑이 오락가락하는 사이 장리는 어느새 마른 눈이 되어 있었다. 핑은 지은 죄도 없이 주눅부터 들었다. 무슨 말이든 먼저 해야 했다.

"아마 나라도 두고 갔을 거야. 난 장한 교수님이 충분히 이해가 되는데... 이렇게 예쁜 딸을 그렇게 위험한 소굴에 데려가겠어? 거긴 평범한 남자들이 모이는 곳이 아니잖아? 험악하고 위험한 남자들이 우글우글 모여있는 곳이라고."

핑은 진심이었다. 거짓이 아니었다. 장한 교수가 충분히 이해가 되고도 남았다. 야마구치 생일 파티는 마초적인 느와르로 가득한 야쿠자들의 모임이었다. 술과 마약과 성의 파티가 벌어지는 난장판일 게 뻔했다. 그런 곳에 자신의 딸을 데려간다는 건 상상만 해도 끔찍했다. 다시는 돌아오지 못할 노예선의 쌍놈 같은 뱃놈들에게 딸을 성노예로 상납하는 기분일 것이다. 핑은 생각만으로도 기분이 더러워졌다.

"그렇다면... 또 이상한 게 있어요."

장리는 조금 전보다도 더 마른 눈이 되어있었다. 건조한 사막의 눈이었다. 핑은 이번에도 지은 죄도 없이 주눅이 들었다. 그런데 이번엔 아무 말도 생각나지 않았다. 식은땀만 흘렀다.

"핑, 당신에게 왜 알리지 않고 갔을까요? 두 분은 오랫동안 함께 베이징맨 연구 파트너였잖아요? 팀이었잖아요? 팀 맞죠?"

장리는 팀이라는 말을 힘주어 강조했다. 핑은 장리의 막무가내 취조에 잠시 당황했지만 장리에게 미안한 마음이 없지 않았다. 지금은 그 미안함을 사과하기엔 너무 늦은 감이 있었다.

"사정을 이야기하자면 길어. 하여튼 내가 베이징맨의 행방을 추적하는 일을 그만두겠다고 했어. 물론 일방적인 통보였지. 그런데 이상하게도 장한 교수님은 내가 왜 그만두려 하는지 전혀 캐묻지 않았어. 전혀 서운함이 없어 보였어. 그동안 함께 한 세월이 몇 년인데? 내가 오히려 서운했다니까. 조금이라도 날

붙잡을 줄 알았어... 어쨌든 난 교수님이 너무 많이 화가 나서 오히려 그랬을 거라고 위안했지. 점잖으신 분이잖아? 아마 그런 이유 때문에 내게 알리지 않고 혼자 가시지 않았을까?"

핑은 최선을 다해 미안함을 늘어놓았다.

하지만 장리의 팽팽한 의심의 눈초리는 핑의 나머지 죄책감까지 끄집어내려 하고 있었다. 장리는 '네가 같이 갔으면 아빠는 납치되지 않았을 거야'라고 따지는 무시무시한 눈초리였다.

"왜 그만두겠다고 한 거예요? 이건 개인적으로 정말 궁금해요."

장리는 집요했다.

"옷 좀 입고 얘기하면 안 될까?"

핑은 장난꾸러기 웃음을 지었다.

장리는 몸을 획 돌렸다. 그리고는 알아들을 수 없는 혼잣말을 중얼거렸다. 핑은 몸을 돌려 옷을 입었다.

"알아듣게 말해봐. 그렇게 중얼거리면 알아들을 수가 없잖아?"

핑은 다정하게 말했다.

"어젯밤 메일을 확인하고 나서야... 아빠가 그곳에 간 걸 알았어요..."

장리의 자책은 끝이 없었다. 핑은 다시 몸을 돌렸다.

"장리. 다 해결하면 돼. 우리가 힘을 합해서 해결하면 된다고."

핑은 장리에게 완전하게 걸려든 말투였다. 장리도 다시 몸을 돌렸다. 핑과 장리는 비로소 아무런 사전 내통도 없이 처음으로 서로의 본질을 쳐다보고 있었다.

핑은 좁은 방에서 여자와 단둘이 있자니 안절부절못하였다. 장리를 향해 일방적으로 달려가고 있는 마음의 고열을 숨기는 것 또한 안절부절 이었다.

'내가 왜 이러지?...'

핑은 자신의 감정을 들킬까 봐 괜히 방을 서성거렸다. 사실 서성거릴 공간의 여유도 없는 좁아터진 방이었다. 한 바퀴 돌면 장리가 있었고 반대로 한 바퀴 돌아도 장리가 있었다. 핑은 그 전에는 방이 좁다고 느껴본 적이 없었다. 그런데 지금은 방이 좁아도 너무 좁아서 환장할 지경이었다.

"얼마 전 은사님이신 왕애지 교수님께 연락이 왔었어. 왕애지 교수님은..."

핑은 안절부절을 떨치고 싶었다.

"알아요. 베이징대학 고고학과의 교수이자 중국에서 가장 유명한 고고학자이시죠. 그리고 당신의 담당 교수님이셨고요...

노벨상을 타기 위한 로비 때문에 주로 유럽에 머물고 계시죠. 어때요? 정보력 끝내주죠?"

장리는 정보 수집을 많이 해둔 상태였다. 핑은 장리가 얼굴만 예쁘장한 여자라고만 생각했었다. 그런데 스마트하기까지 했다.

"왕애지 교수님이 어느 날 갑자기 전화하셔서 아버지가 돌아가셨다고 말씀을 해주셨어. 그것도 꽤 오래전에 돌아가셨다고 말씀해주셨지."

핑은 무덤덤하게 얘기했다.

'혹시 냉혈한인가?'

장리는 핑의 느슨한 태도가 마음에 들지 않았다. 자기 아버지의 죽음을 오욕칠정도 없이 늘어놓는 것이 언짢았다.

핑은 아버지의 죽음을 부정하고 있기 때문이었다. 자신이 직접 아버지가 돌아가시는 마지막을 본 것도 아니고 영안실에서 시신을 확인한 것도 아니었기 때문이다. 핑은 왕애지 교수의 종이 쪼가리 하나 없는 예의 없는 죽음의 통보는 그냥 개꿈이라고 치부했었다. 하지만 아버지를 대놓고 자랑스러워하지 않았듯이 아버지의 죽음을 대놓고 부정하지도 않았다. 핑에게 아버지는 여전히 악몽 속에서만 자랑스러웠고 악몽 속에서만 살아 있었다.

"아버지의 죽음을 부정하고 있군요. 당신의 부정이 떳떳한 건지 비겁한 건지는 잘 모르겠지만."

장리의 날 선 말투는 핑의 정곡을 찔렀다. 핑은 왕애지 교수의 생생한 말투가 떠올랐다.

왕애지 교수는 너의 아버지는 오래전에... 오래전에... 오래전에 라는 단어를 몇 번이나 사용했었다. 핑은 그때 살기가 치밀어 오르는 것을 간신히 참았었다. 선전포고 없이 평화로운 마을을 침략한 근본 없는 오랑캐 새끼나 할 만한 비겁한 작당이었다. 대단히 쌍스러운 부음의 통고였다.

그런데 방금 장리가 핑도 왕애지 교수와 오랑캐 새끼만큼 비겁하고 쌍스럽다는 걸 가차 없이 까발려주었다. 핑은 자신이 역겨웠다. 하지만 지금은 허튼 웃음으로 감출 수밖에 없었다.

장리는 또 고개를 오른쪽으로 살짝 갸웃했다. 플래시가 번쩍번쩍 터지는 것 같았다. 장리의 긴 머리카락이 바람에 나부꼈다. 갑자기 시작된 황사 바람 때문에 오피스텔 창문이 열린 것이다. 곧 큰 폭풍이 몰려올 것 같았다. 핑은 사제에게 고해성사하듯 아버지의 실종을 설명하기 시작했다. 누구에게도 하지 않았던 짓거리였다. 이상하게도 장리에게는 털어놓고 싶었다.

"10년이나 되었어..."

핑의 아버지는 보물 사냥꾼으로서는 전설적인 인물이었다. 생사를 넘나드는 악전고투의 탐험을 했던 베테랑 보물 사냥꾼이었고 많은 보물 사냥꾼의 질투와 선망의 대상이기도 했다. 보물 사냥꾼에게 실종이란 연락을 할 수 없는 고달픈 상황이라는 의미일 뿐 죽었다는 의미는 결코 아니었다. 보물 사냥꾼에게 실종은 당장은 죽은 것처럼 보여도 언젠가 반드시 살아 돌아온다는 의미였다. 핑은 아버지가 신의 마을로 가서 불사의 합의를 마치고 인간의 마을로 내려온 반신반인이라고 생각했었다. 그런데 왕애지 교수는 불사의 아버지가 이미 오래전에 죽었다고 건방지게 얘기했던 것이다. 왕애지 교수가 만든 첫 문장은 그래서 더 잊을 수 없었다.
'아버지는 죽었다.'

하지만 왕애지 교수의 건방진 말투는 오히려 핑에게 돈오의 깨달음을 주었다. 아버지가 그동안 자기 삶의 전체 배경으로 두텁게 존재하고 있었다는 각성을 준 것이다. 하지만 왕애지 교수도 핑 아버지의 죽음을 직접 목격한 것은 아니었다. 잘 알고 지내온 고고학 전문 기자 A에게 들었다고 했다.

A는 우연한 기회에 내셔널 지오그래픽 팀과 필리핀 바기오 지역으로 탐사 취재를 갔다. 그런데 그곳에서 길을 잃고 헤매다가 짐승들의 뼈가 잔뜩 널브러진 너른 들판을 만났고 그 들판에 들어서는 순간 순간이동 한 것처럼 이상한 마을로 들어가게 되었다. A는 지도에도 나오지 않는 그 이상한 마을에 한동안 잡혀 있었다. 이상한 마을이라고 한 이유는 그 마을에 소나무가 지천으로 깔려있었기 때문이다. 필리핀은 연평균 기온이 40도를 웃도는 나라였다. 소나무는 이런 기온에 존재할 수 없는 수종이었다. A는 억류되어 있는 동안 원주민 아이 하나와 가깝게 지냈다. 어느 날 원주민 아이가 A에게 목걸이를 자랑했다.

A는 목걸이의 펜던트 뚜껑을 열어보았다. 단란한 세 식구의 가족사진이 있었다. A는 그중 한 사람을 알아보았다. 바로 보물 사냥꾼, 핑의 아버지였던 것이다. 꽤 오래전 사진이긴 하지만 그 얼굴을 몰라볼 수가 없었다. A는 원주민 아이에게 목걸이의 출처를 물었다. 오래전에 목걸이 주인이 마을로 도망쳐 왔다고 했다. 그런데 얼마 후 검은 복장 남자들이 쫓아와서 목걸이 주인을

죽였다고 했다. 검은 복장 남자들은 목걸이 주인이 잠시 머물렀던 방에서 쏟아진 금궤를 갖고 사라졌다고 했다. 그래서 핑의 아버지가 오래전에 죽었다고 생각한 것이다. 그래서 핑의 아버지가 금궤를 훔쳤다고 생각한 것이다.

왕애지 교수는 핑의 아버지가 스스로 베이징맨의 행방을 추적한다고 떠들었지만 그 모든 게 거짓이며 사실은 필리핀 루손 섬 골든릴리 동굴에 감춰둔 금궤를 훔쳐서 도망가다가 바기오에서 죽은 것이라고 했다. 왕애지 교수는 아버지의 죽음을 중언부언했다. 그런데 중언부언은 조심성을 가장하고 있었지만 비아냥거림까지 가장하고 있지는 않았다. 핑은 올드한 설정과 드라마틱한 전개와 비극적인 반전의 권선징악에 열띤 갈채를 보낼 수는 없었다.

"혹시 아버지의 생전 쓰던 물건들이 어디에 있는지 알고 있나?"
왕애지 교수의 내레이션 방식은 아버지에 대한 경멸의 절정이었다. 핑은 왕애지 교수가 원하는 대답을 해줄 수가 없었다. 아버지가 쓰던 생전의 물건들은 전혀 없었기 때문이다.

핑이 베이징맨의 행방을 추적했던 단 하나의 이유는 아버지 때문이었다. 아버지의 종교가 베이징맨이었기 때문에 핑의 종교도 베이징맨이었다. 그런데 아버지의 감추어진 삶과 드러난 삶은 서로 이율배반이었다. 핑의 종교와 아버지의 종교는 서로 이율배반이었다. 더 이상 베이징맨을 찾고 싶지 않았다. 핑은 아버지와 관련된 모든 불손한 작태를 그만두고 싶었고 모든 저열한 추적을 멈추고 싶었다. 그것이 아버지의 종교적 타락에서 벗어나는 방법이었다.

그리고 두 달 전쯤, 장한 교수와 만났을 때 핑은 자신의 결심을 밝혔다. 핑은 장한 교수에게 그 이유까지 굳이 말하고 싶지 않았다. 아버지의 파계를 입으로 내뱉는 것조차 고통이었다. 핑은 보물 사냥꾼을 경멸하는 장한 교수에게 아버지의 자멸을 쉽게 자백할 수 없었다. 장한 교수는 핑의 결정을 존중해주는 듯하더니 잡힐 듯 말 듯 뒷모습만 보이며 땅을 박차고 떠나갔다. 익숙한 모습이었다. 악몽 속에서의 아버지의 경공처럼 보였기 때문이다. 장한 교수와의 만남은 이게 마지막이었다. 사실 핑은 그날 장한 교수와 결별한 것이 아니라 오래된 아버지와 결별한 것이기도 했다.

장리는 이번에도 고개를 오른쪽으로 갸웃했다. 그녀의 긴 머리카락이 그녀의 입술에 또 달라붙었다. 장리의 입술에 달라붙은 머리카락은 좀체 떨어지지 않았다. 핑의 몸뚱아리 전체가 욕망으로 끓고 있었다. 자신의 욕망을 해소할 비상구가 필요했다. 그런데 비상구를 찾을 수가 없었다. 핑은 우왕좌왕했다.

"왕애지 교수가 아버지의 죽음을 직접 목격한 것도 아니고 A라는 고고학 전문 기자 또한 아버지의 죽음을 목격한 것도 아니고..."

장리는 핑의 얼굴에 거의 달라붙어 있었다. 장리의 머리카락이 달라붙은 입술이 핑의 입술과 달라붙을 찰나였다.

"난 왕애지 교수님을 누구보다 믿... 믿... 어."

핑은 말까지 더듬었다. 온몸이 용광로가 되어가고 있었다.

"이상한 마을? 그게 더 이상한데? 게다가 순간이동이라니..."

장리는 어이없다는 듯 웃었다.

"참, 그 A라는 고고학 전문 기자가 살아 돌아왔다면서요?"

핑은 고개를 끄덕였다. 장리는 웹서핑을 하고 있었다.

"없어. 없어. A라는 기자는 없어요."

장리는 혀를 날름 내밀었다. 핑도 장리의 비위를 맞추기 위해 혀를 날름 내밀었다. 스스로도 놀랄 만큼 유치한 장난이었다.

'하긴 남녀상열이 유치하긴 하지.'

장리의 말대로 A라는 기자는 없었다. 고고학 전문 기자들 중에서 그런 이름은 없었다. 다만 이미 사망한 기자 중에 A라는 이름의 기자는 있었다. 꽤 유명했던 고고학 전문 기자였다. 그런데 희한하게도 사망한 A라는 기자는 페이원중이 베이징맨을 발굴할 때 주구점 발굴 현장에 동행했던 기자였다. 발굴 현장에서 숙식하며 수많은 발굴 사진을 남긴 기자였다.

"이건 소설이에요. 소설. 그런데 엉성해요. 엉성하다는 것은 철저하게 계획하지 않았다는 의미일 수 있고... 아니면 허점이 있는 척 일부러 흘린 걸 수도 있고... 그리고 이런 엉성한 소설을 만들어 낸 사람들은 어차피 아버지의 죽음이 진짜인지 가짜인지 관심 없을 거예요. 정작 다른 것에 관심 있을 테니까... 당신이 무언가를 알고 있는 거죠."

장리는 확신에 찬 말투였다.

핑은 자신에게 날아오는 화살의 시작점을 알고 싶었다. 화살의 종착점은 어차피 베이징맨일 테니까.

"내가 무언가 알고 있다고?"

핑은 믿기 어려웠다.

"당신이건 당신의 아버지건. 분명히 베이징맨의 비밀을 알고 있어요."

장리는 재고의 여지가 없다는 듯 말했다.

"난 내가 무엇을 알고 있는지 모르는데?"

펑은 진짜 아는 게 없었다.

6.

핑은 왕애지 교수를 무척 신뢰했었다. 단순히 학식과 명성 때문만은 아니었다. 왕애지 교수는 오랫동안 핑을 세심하게 보살펴주었고 그 세심함은 아버지의 부재를 겪었던 핑의 대학 시절에 큰 힘이 되어주었다. 왕애지 교수는 핑에게 아버지의 대체자였다. 그랬기에 더더욱 이해가 되지 않았다. A라는 이름의 고고학 전문 기자까지 들먹여가면서 거짓말을 할 이유가 무엇인지 알 수 없었다. 아버지의 삶과 죽음에 대해 거짓말을 할 이유가 무엇인지 알 수 없었다. 그런데 좀 이상한 일이 있긴 했다. 사실 입 밖으로 꺼내기에는 부끄러운 일이었다.

핑이 대학에 입학했을 때였다. 아니 입학하자마자였다. 왕애지 교수는 핑을 자신의 연구실로 불렀다. 연구실에는 장한 교수가 이미 와서 기다리고 있었다. 왕애지 교수는 핑에게 [왕의 그림]이라는 책을 던져주었다. 책의 표지는 새것이었지만 책의 나머지는 오래된 것이었다. 핑은 생전 처음 보는 책을 펼쳐보았다. 한눈에 봐도 앉은 자리에서 금방 읽을 만한 책은 아니었지만, 왠지 기시감이 들기는 했다. 어쨌든 눈대중으로 대충 훑기만 했다.

"자네가 입학 점수가 제일 높더군. 옆에 있는 장한 교수의 도움을 받으며 내가 평생 업으로 삼고 있는 이 일을 함께 완수해주게. 자네만 믿겠네."

왕애지 교수의 말에 핑은 깜짝 놀랐다.

자신의 입학 점수가 제일 높을 것이라고 조금도 생각해본 적이 없었기 때문이다. 입학 점수는 커트라인에 턱걸이로 합격할 수 있는 정도의 점수였다. 핑은 잘못된 걸 알았지만 입을 다물었다. 교수 사회와 학교 이사회에서 막강한 권력을 갖고 있는 왕애지 교수의 특별한 배려와 은혜를 받아 교수가 되고 싶었기 때문이었다. 핑은 이때부터 이미 왕애지 교수에게 자발적으로 굴복했던 것이다. 하지만 핑은 굴복이라고 생각하지 않았다.

아버지처럼 무시당하고 경멸당하는 보물 사냥꾼으로 살 수는 없었기 때문이다.

핑은 자신의 목에 걸린 목걸이를 장리에게 보여주었다. 왕애지 교수로부터 받은 아버지의 유품이었다.

"아버지의 전부라고 할 수 있는 목걸이야. 그런데 이 목걸이... 어떻게 왕애지 교수 손에 있었던 거지?"

A라는 기자 이야기가 사기극으로 드러난 이상, 아버지 목걸이를 갖고 있던 왕애지 교수를 의심할 수밖에 없었다.

"직접 받았나 보죠? 두 분이 서로 알던 사이 아니에요?"

장리는 간단명료했다. 핑은 당장은 수긍할 수밖에 없었다. 아버지가 어떤 이유로 왕애지 교수에게 주었을 수 있었다. 다만 아버지의 전부이기도 한 이 목걸이를 하필이면 왕애지 교수에게 왜 주었는지는 알 수 없었다.

장리는 목걸이의 펜던트를 자세히 살폈다. 펜던트는 액세서리 트렌드와는 전혀 거리가 멀었다. 마감이 투박하고 디자인도 촌스러웠다.

"수공 제품 같지?"

핑은 대량으로 찍어낸 제품이 아닌 건 진작에 알고 있었다.

장리는 고개만 까딱했다. 펜던트에 온통 정신이 팔려있었다.

펜던트 뚜껑에는 문자 같기도 그림 같기도 한 무늬가 음각으로 조각되어 있었다. 원래 선명했을 붉은색은 오래전 헤어진 연인에 대한 아련한 미련처럼 희미해져 있었다. 붉은색은 황토색에 붉은색이 섞인 특이한 색상의 오커 레드 색상이었다. 오커는 산화철을 함유한 천연 흙으로 인류가 벽에 벽화를 그릴 때 사용하거나 화장품으로 사용하기도 했던 가장 오래된 안료 중 하나였다.

"고대 유물을 만지는 것 같아요. 이 오묘한 붉은색 좀 보세요... 첫날밤을 부끄러워하는 새 신부의 불그스름한 볼이 떠오르죠? 고대 인류 중 어떤 여자가 자신의 첫날밤에 썼을 거 같아요. 그렇죠?"

장리는 동의를 구했다.

"그래. 아름다워... (네가)..."

핑은 뒷말은 속말로 하고 말았다.

장리의 섬세한 감수성은 펜던트를 손에서 쉽게 내려놓지 못했다. 펜던트의 모든 국면에 숨겨진 비밀을 파헤칠 작정인지 관찰 삼매경에 빠져있었다. 아라비아 아카시아 나무의 점성

물질과 섞은 오커 레드는 얼마나 찰지고 단단한지 조금도 손에 묻어나지 않았다. 그런데 불현듯 딸깍 소리가 나며 펜던트 앞뚜껑이 살짝 열렸다. 장리가 펜던트의 뚜껑을 열자 시침과 분침밖에 없는 그 어떤 장식도 기교도 없는 클래식한 디자인의 시계판이 나타났다. 장리는 자신의 손목시계의 시간과 비교해 보았다. 펜던트 시계는 놀랍게도 현재 시간을 정확하게 가리키고 있었다.

"시계가 멈추지 않았어요. 한 번도 멈춘 적이 없다는 뜻이죠. 그리고 시간이 아주 정확해요. 이건 마법 같아요. 마법."

이쯤 되면 펜던트의 비밀보다 장리의 관찰력이 더 놀라울 지경이었다. 핑은 자신의 목에 걸고 있었지만 펜던트를 관찰할 생각은 하지 못했었다. 장리는 펜던트의 뚜껑을 조심스럽게 닫았다. 뚜껑에 새겨진 음각 형태의 무늬를 다시 들여다보았다.

"낯설지 않지만 그렇다고 익숙하지도 않아요. 그리고 많이 지워졌어요."

핑은 관심을 가진 적이 없는 무늬였다.

"아름답고 신비한 목걸이예요... 펜던트가 진실을 말하고 싶어 하는 것 같지 않아요? 엄청난 진실을 알고 있을 것 같죠?"

장리는 아이처럼 해맑게 웃었다. 핑은 장리의 펜던트 탐사 취재에 얼이 빠져있었다.

"어머니가 아버지께 선물했던 목걸이라고 알고 있어. 별의별 험한 곳을 다니시니까, 행운을 가져다주는 부적으로 생각하라고 주셨던 거지."

핑이 아는 거라곤 이게 다였다. 장리에게 부끄러울 지경이었다.

"잘 짜인 삼류 망작 냄새가 나는 것 같죠? 그걸 아직까지 몰랐다니..."

장리는 혀를 끌끌 찼다.

"망작은 아니야. 이 목걸이만큼은 진짜라고. 아버지의 전부야. 아버지의 현현이라고."

핑은 항변했다. 처음엔 아버지를 버리고 자신만 살아 돌아온 목걸이를 부숴버리고 싶었던 적도 있었다. 하지만 아버지의 목에 걸린 채 온갖 세상을 활보한 아버지의 피와 땀이 묻었을 목걸이를 결국은 자신의 목에 다시 걸 수밖에 없었다.

"왕애지 교수와 연락은 돼요?"

장리가 물었다. 하지만 이미 답을 알고 있는 표정이었다.

"안식년이야. 내 쪽에서 연락 안 돼."

핑은 고개를 저었다.

"자, 그럼 장한 교수님의 이상한 메일에 대해서 말해봐. 그것 때문에 혼자 사는 남자 집에 다짜고짜, 그것도 새벽에... 쳐들어 온 거니까."

핑은 대화의 장을 다른 방향으로 넘기고 싶었다. 아버지와 아버지의 대체자에 대해서 더 이상 얘기하기 힘들었다. 핑은 왕애지 교수가 차라리 치매였으면 좋겠다고 생각했다.

장리는 자신의 백팩에서 노트북을 꺼내더니 화면을 열었다. 잠시 후 장한 교수가 보낸 메일 내용을 보여주었다. 놀랍게도 메일은 텍스트 메일이 아닌 영상 메일이었다. 영상 속의 장한 교수는 몹시 수척했다. 아직 그럴 나이가 아니었음에도 머리칼은 거의 허연 백발로 변해 있었다. 그런데도 눈빛만큼은 먹잇감을 눈앞에 둔 굶주린 짐승의 허기진 살기가 번득였다. 그러나 핑에게는 이 눈빛이 몹시 낯설었다. 소통을 완전하게 차단하고 있는 지독한 에고에 빠진 독재자의 눈빛이었다. 흉흉한 이데올로기로 치닫는 권력자의 눈빛이었다.

장한 교수가 영상 메일을 녹화하고 있는 장소는 어딘지 알 순 없었지만 검은색 벽면을 등지고 앉아있었다. 일반적인 가정집은 벽에 검은 페인트칠을 하거나 검은 벽지를 사용하지 않는다. 호텔도 마찬가지고 모텔도 마찬가지다. 그런데 영상 속의 벽면은 어떤 빛도 먹어치울 것 같은 깊은 검은색이었다. 마치 흑암의 우주 같은 검은색 벽면에 밝게 증폭된 하얀색 타공판이 있었다. 서로 악과 선을 겨루듯 막강한 대비를 만들고 있었다. 핑은 하얀색 타공판에 주목했다. 하얀색 타공판에는 신문 쪼가리 몇 장과 급하게 갈겨 쓴 메모 여럿이 어지럽게 붙어있었다.

사랑하는 나의 딸 장리에게

너도 알다시피.

난 오랫동안 베이징맨의 행방을 추적해 왔다.

나중에 핑도 합류하게 되었지.

그런데 핑은 나의 기대감에 미치지 못했어.

실망했지만 탓할 게 못되었지.

나 혼자서 다시 추적하기 시작했다. 그리고...

베이징맨이 어디에 있는지 알고 있는 사람에게 다시 기대를 걸었어.

이미 오래전부터 알고 있었던 사람이지.

난 그 사람이 진실을 말하기를 인내하며 기다렸다.

그런데 최근에야 깨달았다.

그 사람은 진실을 말할 수 없는 상태였어.

머릿속이 텅 빈 사람 같았거든.

난 절망했지만... 잠시뿐이었다.

이번엔 전과는 다른 방법으로 찾기로 마음먹었다.

보다 확실한 방법이었어.

그런데 바로 그 순간에 핑이 이 일을 그만두겠다고 말했어.

난 핑에게 이유는 묻지 않았어.

어차피 크게 도움이 될 것 같지도 않았거든

핑은 이때부터 끓는 솥의 기름처럼 무지막지하게 튀는 자책감으로 장리의 얼굴을 똑바로 쳐다볼 수가 없었다. 영상 속 장한 교수의 얼굴도 똑바로 쳐다볼 수 없었다. 핑은 장한 교수의 영상 메일에 계속 집중하기 힘들었다.

바로 그 무렵,

네가 메일을 보내준 거야.

정말 얼마나 행복했는지 모른다.

그런데 네가 나에게 그 메일을 보내준 그 무렵부터

난, 아주 이상한 사람들에게 미행당하기 시작했어.

미행자들은 검은 후드와 검은 양복을 입었어.

검은 후드에 검은 양복이라니?

게다가 검은 선글라스를 끼고 있었지.

완벽하게 검은 괴물의 형상이었어.

난 이 미행자들을 앞으로 검은 괴물이라고 부를게

네가 보내준 정보는 매우 간단했다.

일본의 최대 폭력조직인 야마구치파의 야마구치 무사시가

매우 특별한 생일 파티를 한다는 표면적인 내용과

그 파티에 중국의 고대 유물이 나온다는 내면적 내용이었어.

물론 고대 유물은 너도 알다시피 베이징맨이지

베이징맨 진품이라니? 정말 믿을 수가 없었어.

그런데 그 파티는 사실, 베이징맨의 실체만큼이나

의심스럽기도 했던 파티였어. 수상한 냄새가 났지.

힘차게 횃불을 들어 올린 역모의 냄새가 나기 시작한 거야

내 가슴은 미친 듯이 뛰기 시작했어.

잠시나마 경험한 적 있는 권력의 냄새였거든.

난 그때서야 손뼉을 쳤다. 아... 이건 이미... 이미 준비되어 있던

오래된 운명이 나를 향해 달려온 거였어.

 핑은 장한 교수의 '오래된 운명'이라는 말에 그만 숨이 턱 막
혀버렸다. 오래된 운명은 한바탕 울음같이 지독하게 잊히지 않
는 고유명사였기 때문이다.

그리고 잠시 배신감에 치를 떨었어.

왜 베이징맨이 그 피비린내 나는

상스러운 파티에 있어야 하는지 화가 난 거야

베이징맨의 품위를 생각한다면 도저히 있을 수 없는 일이었지

베이징맨과 야쿠자? 이게 말이 되니?

난 내가 베이징맨인 것처럼 분노로 치를 떨었다.

베이징맨은 오래전부터 내 품에 왔어야 하는데...

내 품에 왔다면 베이징맨은 이런 모욕을 당하지 않았을 텐데...

장리. 베이징맨은 원래 내 것이란 말이야. 내 것...

어쨌든 난 가야만 했어. 내 것을 찾으러 가야만 했어.

   갑자기 장한 교수의 눈빛은 불안해지며 양옆을 자꾸 쳐다보았다. 검은 괴물들이 나타나서 위협을 하는 건지 침착성을 잃어가고 있었다. 하지만 영상 속에는 장한 교수 외 어떤 사람도 보이지 않았다. 누군가의 숨겨진 그림자도 보이지 않았다. 누군가의 감추어진 낌새도 보이지 않았다. 그 순간 장한 교수의 안색이 허옇게 변하더니 황급히 영상을 껐다. 금세 화면이 암흑으로 바뀌었다. 좀체 밝아지지 않을 것 같은 화면의 암흑은 두어 번 가는 불빛을 내보내며 몸부림을 했지만 다시 암흑으로 돌아갔다.

핑은 우물쭈물하며 방을 서성였고 장리는 바닥에 앉아 얼굴을 무릎에 파묻었다. 핑은 장한 교수가 괜히 거슬렸다. 장한 교수는 베이징맨이 원래 자신의 것이라고 했다. 그래서 꼭 가야만 한다고 했다. 자신의 것을 찾으러 가야만 한다고 했다. 핑은 장한 교수가 오래전부터 베이징맨의 실존을 알고 있었다는 예감이 들었다. 다만 실존의 방향을 몰랐을 뿐이라는 예감이 들었다.

　'그렇다면... 대학시절 베이징맨을 추적한다며 나를 끌어들였던 이유는 무엇이었을까?'

　핑은 신뢰와 배신의 간극을 방황하며 장한 교수가 다시 나타나기를 기다렸다. 그리고 참을성의 한계가 드러날 무렵 화면은 다시 밝아졌다. 장한 교수의 독백 영상이거나 방백의 영상은 다시 시작되었다. 장리는 벌떡 일어나 모니터에 얼굴을 거의 박다시피 했다.

　　난 야마구치 생일파티에 나타나기를 고대했던 사람이 있었다.
　　베이징맨을 제 맘대로 가지려 하는
　　베이징맨과 떼려야 뗄 수 없는 놈이지.

　　난 숨어서 지켜보았다.
　　그런데 전혀 예상하지 못했던 사람이 나타났어.

네가 말했던 메이슨과 같이 등장했어.

떠들썩하게 등장했지.

난 웃음밖에 나오지 않았다.

그는 절대 그 거대 조직의 보스가 될 수 없는 사람이거든.

그는 사기꾼이야. 희대의 사기꾼.

그는 또 하나의 사기극을 공연하고 있었던 거야.

FBI 요원 브래드도 그 파티에서 죽고 말았다.

서른한 번째 계단에서...

나와 서른한 번째 계단에서 만났지만,

내가 암호 KING을 말하자마자 갑자기 쓰러져 죽고 말았어.

순간 생일 파티 장소는 아수라장이 되어버렸다.

그리고 내가 똑똑히 보았던 베이징맨도 사라지고

그 사기꾼도 사라지고 메이슨과 시한 교수도 사라졌다.

네가 이 메일을 본다면 나는 이미 어떤 사고를 당한 거야.

내가 예약 발송을 취소하지 않은 거니까.

이 메일을 보게 되면 핑을 찾아가길 바란다.

핑과 함께 나를 찾으러 오기를 바란다.

그리고 장리야... 아빠는 절대 죽지 않아.

네가 올 때까지 살아있을 거야.

그때 오피스텔 문 앞에서 어수선한 발소리가 지랄처럼 들려왔다. 십여 명의 발소리였다. 전혀 조심성이 없는 발소리였다.

그리고 핑의 아버지를 만났어. 그는 살아있어.
그가 있는 장소는...

장한 교수의 말소리는 중단되었고 화면은 다시 꺼졌다. 어디선가 기차 경적소리가 얼핏 들리는 듯했다. 이마저도 기차 경적소리인지 정확하지 않았다. 화면은 다시는 밝아지지 않을 암흑으로 바뀌어 있었다. 핑은 자신의 악몽을 떠올리고 있었다. 아버지가 죽지 않았을 거라는 본능은 아버지가 살아있다는 뜻밖의 낭보가 되어 부활한 것이다. 핑은 타의에 의해 비명횡사했던 보물 사냥꾼 아버지의 잘못된 정체성을 바로잡고 싶다는 열망에 들떠있었다. 핑의 악몽 속에서 끊임없이 세차게 문을 열고 닫던 아버지는 핑 스스로 그 문을 한달음에 열기를 바랐던 것이었다. 자신을 찾으러 오기를 바랐던 것이다.

"아... 아버지..."
핑은 소리 내어 불러보았다.

'... 그래 문을 부수자.'

핑은 그간의 기나긴 고통의 악몽을 한순간의 오열로 깔끔하게 토해내고 싶었다. 그리고 아버지에게 기어서라도 가야 했다. 아버지가 살아있는 한 아버지에게 도달해야 했다.

핑은 장한 교수의 납치당했다는 주장보다 아버지가 살아있다는 소식이 더 충격적이었다.

"아버지가 살아있어. 들었지? 살아 있어."

핑은 살아 있어. 살아 있어. 살아 있어. 쉬지 않고 떠들었다. 영락없는 미치광이 짓거리를 하고 있었다.

"제가 그랬잖아요? 왕애지 교수 말은 믿기 힘들다고... 삼류 망작이라고."

장리는 울고 있었다.

언제든 들이닥칠 준비가 되어있는 깡패 같은 발소리는 문득 멈추었다. 깡패 같은 웅성거림이 시작되었다. 진작부터 낡아빠진 문의 정체성을 여지없이 건들고 있었다. 핑은 오피스텔 밖 깡패들의 경거망동에 신경을 세우며 재빨리 짐을 챙기기 시작했다. 장리는 곧 들이닥칠 문밖 깡패들의 막무가내에 신경을 세우며 핑을 졸졸 따라다녔다.

"아빠를 찾으러 같이 가요."

장리는 핑의 팔을 낚아챘다. 확답을 듣기 전에는 절대 놓아주지 않겠다는 어린아이 같은 똥고집이었다.

"응."

핑은 가슴이 쿵쿵 뛰었다. 장리는 손뼉을 치며 폴짝폴짝 뛰었다. 조금 전의 울음은 거짓말처럼 사라지고 없었다.

"그런데 어디로 가는 거예요?"

장리는 여행이라도 가는 것처럼 신이 나 있었다.

"보물 사냥꾼에게 그런 건 묻는 게 아니야."

핑은 자신을 왜 스스로를 보물 사냥꾼이라고 말했는지 덜컹했다. 고고학자라고 말할 걸 그랬나 싶기도 했다. 보물 사냥꾼의 아들이고 현재도 보물 사냥꾼에 불과한데 이상하게 오늘따라 보물 사냥꾼이라는 단어가 난생처음 듣는 단어처럼 통째로 낯설었다. 핑은 보물 사냥꾼이라는 보통명사를 반드시 고유명사로 만들겠다는 옹골찬 기개를 다졌다. 아직 살아있는 아버지를 위해서였다.

도어락이 뜯기는 소리가 들렸다. 핑은 문구멍으로 밖을 살폈다. 검은 후드와 검은 양복의 덩치 큰 남자들이 문 앞에 서 있었다. 순간 장한 교수의 언급이 스쳤다. 검은 괴물이라고 했었다.

장리는 자신의 품속에서 총을 꺼내 들었다. 여자들이 허벅지에 차기도 하는 호신용 권총 데린저였다. 어린아이들 장난감처럼 보이는 작은 총이었지만 가까운 거리에서 살상용으론 쓸만했다.

"총은 안 돼. 장리."

핑은 기함하며 총을 빼앗으려 했지만 장리는 벌써 내빼듯이 오피스텔 발코니 쪽으로 가있었다. 백팩에서 등산용 로프를 홀홀 꺼내고 있었다.

"옥상으로 가요. 꾸물대지 말고."

핑은 말문이 막혔다.

"미쳤어? 여긴 12층이라구. 12층. 떨어져 죽겠다는 거야?"

핑이 거세게 말렸지만 장리는 자신의 몸에 로프를 휙휙 감기 시작했다. 그 손놀림이 결코 아마추어가 아니었다.

"내 암벽등반이 선수급이라구요. 댄 오스만은 아니지만."

장리는 빨리 오라고 재촉했다. 핑은 머뭇거렸다. 벌써부터 아찔했다. 속이 울렁거리고 어지러웠다.

"아빠 찾으러 같이 가겠다고 약속했잖아요? 얼른요."

장리는 다시 재촉했다. 핑을 납치라도 할 기세였다.

"잠깐."

핑은 벽면에 어지럽게 엉켜있는 여러 개의 좌표와 필리핀 지도와 확대된 루손섬의 지도와 골든릴리 동굴의 상세 지도와 베이징맨이라는 특정 단어와 복잡한 메모와 메시지들을 다 떼어내서 백팩에 급하게 구겨 넣었다. '아버지 10년'이라는 메모까지 뜯었다. 핑은 메모를 뜯으며 울컥했다. 핑이 맞았다. 핑이 옳았다. 아버지의 10년은 실종의 10년이었다. 핑은 아버지를 죽음과 실종의 변방에 가두었던 그들과 격전을 치러야 했다. 핑은 장리를 향해 손을 내밀었다. 순간 급작스럽게 황사가 폭풍으로 변하고 있었다. 우우우 우우우 신음소리를 내고 있었다.

"장리. 저 문을 부술 거야."

핑이 냅다 소리쳤다. 장리는 총을 핑에게 던졌다.

핑은 단번에 총을 잡아 문을 향해 방아쇠를 당겼다. 펑. 문은 얼마나 등신같이 살았는지 곧바로 뒤로 발라당 넘어졌다. 오피스텔 문이 드디어 박살 났다. 검은 괴물들이 결코 물러설 줄 모르는 좀비처럼 절박하게 등장했다. 핑은 결투를 앞둔 서부의 총잡이처럼 검은 괴물들을 정면으로 응시하고 있었다. 어쩌면 감당 못할 종말이 될 수도 있었다. 그때였다. 오피스텔 거주자들이 각자의 무기를 장착한 채 케이블방송의 새벽 재방송처럼 등장했다. 칼, 도끼, 방망이, 망치... 험악한 무기는 검은 괴물들을 향해 일렬로 늘어섰다. 새벽 꿀 같은 단잠을 방해받은 오피스텔 거주자들은 쌍욕을 뱉으며 아까부터 참으며 준비해왔던 막장 싸움의 사명을 개시했다. 오피스텔 거주자들과 검은 괴물들의 싸움은 신랄했다. 피가 튀고 살이 튀었다.

핑은 갑자기 옷장 문을 열었다. 순간 얼굴이 하얗게 질려버렸다. 중절모가 없었다. 아버지가 핑에게 선물한 중절모가 없었다. 핑은 중절모 없이 가고 싶지 않았다.

"중절모가 없어졌어. 도둑 맞았나 봐."

핑은 고자질하고 있었다.

"이 와중에 중절모라니? 빨리요... 제발요."

장리는 또다시 재촉했다. 핑은 하는 수 없이 중절모를 포기한 채 장리 쪽으로 달렸다. 그리고 발코니에 서서 12층 아래를 내려다보았다. 까마득한 아래를 보자 다리가 후들거렸다. 하지만 검은 괴물들에게 죽고 싶지는 않았다.

"뭐해요? 자유 낙하라도 할 거예요? 빨리 오기나 해요."

장리는 핑을 확 잡아당겼다. 핑은 장리에게 확 딸려갔다.

"아아아..."

핑은 정글의 타잔처럼 비명을 질러댔다. 그런데 잠시 후 공포의 비명은 희열의 노래로 바뀌었다.

"아아아..."

아버지의 악몽을 벗어났다는 희열이었다. 핑은 어디서 용기가 났는지 장리와 자신의 몸통을 연결하고 있는 허리춤 로프를 더 세게 잡아채 장리를 거칠게 껴안았다. 장리는 놀라는 눈치였다. 하지만 싫어하는 눈치는 절대 아니었다.

핑은 장리와 한 몸 한통속이 되어 옥상으로 훨훨 날아올랐다.

7.

핑이 베이징대학을 졸업하자 장한 교수는 대학 내에 있던 베이징맨 연구실을 주구점 용골산으로 옮기자고 제안했다. 핑은 거절했다. 베이징맨의 추적은 전혀 성과를 내지 못하고 있었기 때문이다. 연구소 위치를 바꾼다고 해서 달라질 것 같지 않았다. 그런데 장한 교수는 또 핑을 붙잡았다. 앞으로 성과를 낼 수 있을 거라고 다독이고 격려했다. 핑은 또 거절했다. 베이징 시내에서도 한참 멀고 교통도 불편한 시골마을이었기 때문이다.

핑은 어영부영 시간을 흘려보내고 있었다. 그때 장한 교수는 다시 한 번 핑을 설득했다. 베이징맨을 처음 발굴했던 페이원중에 대한 오마주로 생각해달라고 했다. 동굴 같은 연구실을 북경협화의원 B동 신생대연구실로 여겨달라고 했다. 핑은 북경협화의원, B동, 신생대연구실이라는 상징적 의미에 홀라당 넘어갔다. 장한 교수의 제안을 받아들인 것이다. 핑은 아지트의 이름을 직접 만들었다. '멘B'였다.

북경협화의원 신생대연구실

스으으 스으으 분명히 발소리였다. 페이원중은 얕은 잠에서 깨어나 눈을 떴다. 눈을 뜨자마자 본능적으로 B금고 쪽을 쳐다보았다. 중국협화의원 B동 신생대연구실 B금고에는 페이원중이 직접 설치한 작은 보안등이 달려있었다. 금고문이 열리면 자동 소등되는 보안등이었다. 다행히 보안등은 그 불빛이 비실비실하긴 했지만 살아있었다. 페이원중은 안도의 숨을 내쉬었다. 하루하루가 보안등과의 피 말리는 싸움이었다. 북경협화의원 B동 신생대연구실 책임자인 페이원중은 연구실 구석에서 쪽 잠을 자며 B금고를 지키고 있었다. 신생대연구실을 포함한 북경협화의원 전체 동은 대부분 어두컴컴했다. 전기가 들어왔다가도 금방 끊겨버리기 일쑤였다. 일본과 한창 전쟁 중이라 전기 공급이 원활하지 않았기 때문이었다.

페이원중은 유리알이 깨진 손목시계를 쳐다보았다. 불과 며칠 전 연구실을 침입한 도적놈과 격투를 벌였던 불우한 손목시계였다. 깨진 유리알이 시침과 분침을 흐려놓아 겨우 시간을 알 수 있었다. 밤 12시가 조금 넘어 있었다.

"벌써 이렇게 흘렀다니... 낭패군."

잠깐 눈을 붙인다는 것이 자정이 되도록 잠을 잔 것이다. 원래는 한 시간쯤 잘 요량이었다. 오늘은 꼭 집에 가야 했다. 집에 못 들어간 지 열흘이 넘어버렸다. 아버지가 침을 튀기며 잔소리할 게 불을 보듯 뻔했다. 매일 새벽 눈을 뜨자마자 마작으로 아들의 운수를 보시곤 '길을 조심해라' '말을 조심해라' '불을 조심해라' 등 별의별 지시 사항을 내리시는 분이었다.

어떤 날은 그날의 운수를 서신에 써서 인편을 통해 보내기도 했다. 아버지는 아들인 페이원중의 건강과 신변에 대한 걱정이 일상이자 삶인 분이었다. 그래서인지 페이원중에게 늘 단도를 지니게 했다. 페이원중은 처음엔 버거웠던 아버지의 간섭을 점점 이해하게 되었다. 아버지가 스스로의 밋밋한 일상과 볼품없는 삶 그리고 곧 닥쳐올 죽음을 아들을 통해 극복하려 한다는 걸 깨달았기 때문이다. 아버지는 숙량흘이 70이 넘어 공자를 얻었다며 페이원중도 늦은 나이에 얻었으니 공자처럼 될 거라며 지치지도 않고 반복했다. 또 고고학자가 된 페이원중을 정말 자랑스러워했다. 페이원중은 아버지의 야합을 알았지만 굳이 말리지 않았다. 내심 아버지의 야합을 충족시키고 싶기도 했기 때문이다.

12시 30분쯤 교대하기로 했던 동료 교수 후청즈는 아직 도착하지 않은 것 같았다. 후청즈라면 이런 발소리를 낼 리가 없었다. 페이원중은 긴장한 채 귀를 기울였다. B동 신생대연구실 복도로 들어서는 발소리는 베이징맨을 훔치려는 도둑놈의 것임이 분명했다. 최근 들어 하루가 멀다 하고 일본이 보낸 도둑놈들이 베이징맨을 훔치기 위해 신생대연구실로 속속 들이닥치고 있었다.

페이원중은 코를 킁킁거렸다. 익숙한 시큼 달달한 단내였다. 페이원중의 짐작이 맞는다면 이 유난한 단내의 주인공은 닝닝일 것이다. 닝닝은 북경협화의원 B동 신생대연구실의 나이 든 여자 청소부였다. 닝닝의 장애를 가진 독특한 다리에 관해 유령이야기처럼 돌고 도는 사연이 있었다. 닝닝의 남편은 오래전에 죽고 없었고 십 오륙 세 정도의 딸만 둘이 있었다. 한창 꽃이 피어나듯 기막히게 예뻤던 두 딸은 그에 걸맞은 멋진 남자를 만나기도 전에 죽었다. 1937년 루거우차오에서 뻔뻔하게 도발한 일본군에게 강간당하고 검으로 자궁을 찔린 채 죽었다. 닝닝 또한 일본군에게 강간당한 후 오른쪽 발목을 잘렸다. 닝닝이 어떻게 살아나게 되었는지 그 사연은 아무도 몰랐다. 하지만 닝닝은 살아남았고 뒤뚱거리는 자신의 발목을 부끄러워하지 않았다.

그렇지 않아도 빛이 어스름한 북경협화의원에서 어쩌다 밤에 가끔 마주치면 유령을 만난 듯 기겁을 했던 터였다. 한쪽 발목이 잘려서 뒤뚱거리는 걸음걸이는 허공을 나는 허깨비처럼 보이기도 했다. 닝닝의 시큼한 단내가 B동 신생대연구실과 복도에 파다하게 퍼지고 있었다. 페이원중은 닝닝의 예상치 못한 출현에 놀라고 있었다. 피아를 구분하지 못하는 닝닝의 정신세계의 파괴가 곧 베이징맨의 정신세계의 파괴와 별다르지 않을 거라는 불길함 때문이었다. 장차 베이징맨이 어떤 삶을 살아야 할지 추측도 되지 않을 정도로 암담했다.

닝닝은 중국 천하를 쥐고 흔드는 일본군에게 매수당한 것이다. 닝닝은 어쩌자고 자신과 자신의 두 딸을 난장질한 일본군을 위해 분노의 횃불을 들어 올리지는 못하고 중국의 보물을 도적질하는 이율배반의 심부름까지 하게 되었는지 도무지 미스터리였다.

"닝닝이 알 리가 없을 텐데... 어떻게 하려는 걸까?"

페이원중은 나직이 중얼거렸다. B금고의 비밀번호는 페이원중과 후청즈만이 알고 있었다. 닝닝은 알 리가 없었다. 그렇다면 닝닝은 도끼나 망치 같은 무식한 흉기로 B금고를 열려고 할 것이다. 자칫 잘못하면 베이징맨이 파괴될 위험이 있었다. 도적질 당하는 것보다 더 큰 일이었다. 도적질 당한 것은 찾아올 수 있지만 파괴당한 것은 찾아올 수 없었다. 일본이 이렇게 허접한 막장을 시도한다는 것은 전쟁도 허접한 막장으로 치닫고 있다는 것일 거다. 핑은 침대 바닥 아래 널빤지를 뜯어 교묘하게 숨겨두었던 작은 총을 찾았다.

페이원중은 하마터면 비명을 지를 뻔했다. 제자리에 있어야 할 자리에 총이 없었다. 총 역시 자신과 후청즈만이 알고 있는 비밀이었다. 이 연구실에 들어올 수 있는 사람은 매우 제한적이었다. 페이원중과 후청즈 그리고 7명의 연구원 그리고 닝닝뿐이었다. 닝닝이 청소를 빙자해서 총을 훔쳤을 것이다. 페이원중은 아버지 덕분에 지니고 있던 단도를 꺼내어 들었다. 아버지의 야합이 마침내 빛을 발하는 순간이었다. 페이원중의 심장은 격렬하게 요동치고 있었다. 페이원중은 이제는 눈을 감고도 걸어

다닐 수 있는 연구실의 금고 쪽으로 걸음을 옮겼다. 순간 닝닝의 흉측한 발소리가 멈추었다.

'앗.'

페이원중은 비명을 삼켰다. B금고를 내리치는 소리를 들었기 때문이다. 닝닝은 전혀 조심성도 없이 아예 대놓고 도둑질을 하겠다고 발악이었다. 페이원중은 닝닝 쪽으로 막무가내로 몸을 날렸다. 콰콰쾅 주변의 물건이 덩달아 엎어졌는지 별나게 시끄러웠다. 콰아앙 닝닝이 엎어졌다. 그리고 그 위로 페이원중이 엎어졌다. 페이원중은 바둥거리는 닝닝의 몸서리를 잠시 동안 느꼈다.

"그냥 날 죽여. 날 죽이라고."

페이원중이 엎어진 닝닝을 향해 악을 썼다. 페이원중은 닝닝의 몸뚱이를 죽어라 눌렀다. 결사의 항전으로 눌렀다.

그때 누군가 신생대연구실의 불을 켰다. 짧은 번개처럼 번쩍하더니 순식간에 밝아졌다. 갑자기 밝아지는 바람에 페이원중은 눈살을 찌푸렸다.

"교수님."

후청즈의 목소리가 찢어졌다. 교대하기로 한 후청즈가 나타난

것이다. 페이원중은 벌떡 일어났다. 온몸이 시뻘건 피로 범벅이
되어있었다. 페이원중은 닝닝을 내려다보았다. 닝닝은 아직도
엎어져 있었다.

"닝닝 아닙니까? 이제 닝닝까지 일본에게 매수된 겁니까?...
어쩌다..."

후청즈의 얼굴이 일그러졌다. 페이원중은 닝닝의 몸을 앞으
로 돌렸다. 닝닝은 입을 한껏 벌리고 죽어있었다. 닝닝의 가슴
에서 피가 꾸루룩 꾸루룩 끝없이 쏟아지고 있었다. 닝닝이 B금
고를 부수던 도끼가 그녀의 가슴을 찍었던 것이다. 페이원중과
함께 엎어지면서 자신을 찍어버린 것이다.

"더 이상은 안 되겠어."

페이원중은 후청즈를 향해 전쟁을 선포하듯 말했다. 후청즈
는 페이원중의 의중을 잘 알고 있었다. 서로 약속된 베이징맨의
운명의 방향이 있었다. 두 사람만의 비밀 협약 같은 것이었다.

"당장 떠나야겠어."

페이원중은 확고했다. 후청즈는 고개를 끄덕였다. 전혀 새로
운 방식의 위험한 각오가 시작되고 있었다. 하지만 너무 위험하
고 도발적인 각오였다. 중국 전역이 일본의 전쟁 놀이터가 되어
있었기 때문이다. 페이원중은 전쟁의 개시를 선언했다.

"베이징맨을 미국의 자연사박물관으로 피신시켜야겠어. 난 록펠러 재단 쪽에 서신을 보내놓겠네."

페이원중은 장차 다가올 악몽 같은 악전고투를 예감하고 있었다.

핑은 자신의 자동차를 직접 몰고 주구점으로 향했다. 주구점으로 가려면 베이징 시내를 통과해야 하는데 오늘따라 시내는 교통상황이 너무 안 좋았다. 평소에도 베이징 시내 교통상황은 트래픽 초과였는데 오늘따라 도시 전체가 초대형 주차장으로 변해 있었다. 주구점까지 약 60킬로 정도의 거리라 결코 만만치 않았다. 설상가상 황사 폭풍으로 인해 한 치 앞도 보이지 않았다. 자칫 잘못하면 충돌사고나 추돌사고를 일으킬 판이었다. 굼벵이 걸음으로 움직이는 자동차들은 도로에 갇힌 야생 짐승들처럼 클랙슨 소리로 아우성이었다. 그야말로 전쟁을 피해 피난 가는 행렬을 무색하게 했다.

장리는 조수석에 앉아 불안한 눈빛으로 후방을 주시하고 있었다.

"주세요. 총이요."

장리는 손을 내밀었다. 핑은 총을 주었다. 장리가 불안해하는 모습이 신경 쓰였기 때문이다. 장리는 총을 받자마자 뒷좌석으로 옮겨갔다. 뒷유리창을 향해 총을 조준했다. 장리는 검은 괴물들이 쫓아 올 거라고 거의 확신하고 있었다. 황사 폭풍이 점점 포악해지고 있었다. 도로의 이정표들이 덜컹거리며 패잔병의 깃발처럼 펄럭였다. 황사 폭풍이 자동차 앞유리창을 닥치는 대로 때리고 있었다. 당장이라도 유리창이 깨질 것 같았다.

"어차피 황사 폭풍 때문에 아무것도 안 보이는데 뭐 하는 거야? 우리도 그들이 안 보이고 그들도 우리가 안 보여. 그리고 이 많은 자동차들 보이지? 우리를 어떻게 찾아? 그러니까 잠이나 자두라고. 갈 길이 머니까."

핑은 장리를 안심시키려 했다.

"안 돼요. 무작정 쳐들어왔던 놈들이에요. 아빠를 납치한 놈들일지도 몰라요. 당연히 언제 다시 쳐들어올지 모른다구요. 검은 괴물들. 검은 괴물들."

장리는 섣부른 간섭을 거부했다. 장리의 시선과 총은 여전히 뒷유리창을 향해 고정되어 있었다. 장리의 고집도 만만치 않았다.

"검은 괴물들 벌써 작살났을 걸? 오피스텔 걔네들 도끼, 망치, 야구방망이 이런 흉기 들고 설치는 무서운 애들이라고."

핑은 검은 괴물들이 완패했을 걸로 짐작했다.

"그리고 장한 교수가 검은 괴물들이 미행했다고 했지. 자신을 납치했다고는 하지 않았잖아?"

핑은 장리의 걱정을 말렸다.

"아빠를 미행했다는 건 계획적으로 움직였다는 거예요. 아빠에 대해서 샅샅이 파악한 후 미행했을 거 아녜요? 그러니까 아빠가 가는 곳마다 나타났을 테고. 그깟 잠자다가 나온 아저씨들... 배불뚝이들... 저질 체력자들... 자다 나와서 뭐 한대요? 프로페셔널과 아마추어의 차이도 몰라요?"

장리는 침을 튀기며 떠들었다.

"하여간... 말이 안 통하네. 검은 괴물들이 나타난들 이렇게 앞뒤 옆옆 꽉꽉 막혀있는데 어떻게 쫓고 쫓기는 카 체이싱을 하겠어?"

핑은 웃었다. 오히려 장리가 귀여웠다.

핑은 느긋하게 운전석에 등을 붙이고 핸들을 건들거렸다. 장리가 하늘에서 뚝 떨어지듯 나타난 이후 모처럼의 여유였다.

"아빠가 검은 괴물들을 언급했다면 반드시 조심할 필요가 있는 거라구요. 조심하면 내가 좋은 거고 우리가 좋은 거고. 뭐 그런 거지... 그리고 검은 괴물들은 미행, 폭력, 살인 전문가들일 텐데?

또 그들 뒤에 엄청난 힘을 가진 조직이 있다고 했고... 죄다 허투루 들었어요?"

장리는 쉼 없이 떠들었다. 스스로 불안감을 줄이는 방법이기도 했다.

도로의 교통 체증은 점점 더 심해졌다. 자동차는 기껏 4킬로 정도의 속도로 움직일 뿐이었다. 멈추었다 섰다 지루하게 반복했다. 핑은 눈을 감은 건지 뜬 건지 졸고 있었다. 급기야 장리는 핑의 귀에다 대고 소리를 질렀다.

"자동차에서 내려야겠어요. 지금 속도는 그냥 걷는 게 더 빠르겠어요. 이렇게 해서 언제 가겠어요? 그냥 어디서 바이크나 하나 빌려봐요. 검은 괴물들이 걸어와도 지금 우리 자동차보다 빠르겠어요. 어서요."

그 순간 누군가 자동차 문손잡이를 거칠게 잡아당겼다. 얼마나 거칠게 잡아당기는지 당장 문이 열릴 것처럼 덜컹거렸다. 핑의 자동차는 이미 10년을 달린 노후 차량이었다. 자동차 문짝은 그 세월만큼 허술했다.

"아아악."

장리는 비명부터 질렀다.

그 바람에 꼭 쥐고 있던 총을 바닥으로 떨어트렸다. 장리는 비명을 지르며 펑이 앉아있는 운전석을 발작하듯 발로 차고 있었다.

"아아악."

장리는 계속 비명을 질러댔고 계속 운전석을 발로 찼다. 펑은 버럭 소리를 질렀다.

"검은 괴물들이 원하는 게 뭐야? 혹시 보물이라도 감추고 있어?"

"보물이 어디 있어요? 당신이야말로 뭔가 갖고 있는 거 아니에요? 이렇게 끈질기게 쫓는 게 이상하잖아요?... 아아악..."

장리는 비명을 그치지 않았다.

그 순간 검은 괴물들은 자동차 트렁크에 도끼질을 하기 시작했다. 도끼로 자동차 트렁크를 내리치는 소리는 극도의 공포였다. 내리칠 때마다 자동차의 앞부분이 시소처럼 펄쩍펄쩍 뛰어올랐다. 드디어 검은 괴물들이 트렁크 덮개를 뜯어냈다. 뜯어낸 트렁크 덮개를 아무 데나 던져버렸다. 그리고 트렁크 속에 얼굴을 처박았다. 무언가 찾고 있는 것이 분명했다.

"걔네들이 박살 냈을 줄 알았는데? 이렇게 되면... 검은 괴물들이 오피스텔도 박살 냈겠군. 도대체 뭘 찾는 거지?"

핑은 아무리 생각해도 알 수가 없었다.

"저들이 찾고 있는 걸 빨리 주라구요. 제발요. 이러다 죽겠어요."

장리는 악을 썼다.

"나도 몰라. 난 아무것도 안 갖고 있어."

핑도 악을 썼다.

"... 당신 머릿속에 있다고 했잖아요? 중요한 건 모두 머릿속에 있다면서요?"

장리는 엉뚱한 소리를 질러댔다.

"그럼 내 머리통을 주란 말이야?"

핑은 화가 나서 씩씩거렸다.

핑은 앞유리창 앞에도 검은 괴물들이 서 있는 것을 보았다. 검은 괴물들은 핑의 얼굴을 향해 총을 겨누고 있었다. 그런데 아직 겨누고만 있었다. 핑은 온몸에 피가 마르는 것 같았다. 곧 죽을 판이었다. 그야말로 개죽음이 될 판이었다. 그때였다. 핑의 자동차 트렁크를 뒤지던 검은 괴물들이 소리쳤다.

"아무것도 없어. 잡아."

"고개 숙여."

장리에게 소리치며 자신도 고개를 숙였다. 검은 괴물들은 마구잡이로 총을 쏘아댔다. 그 충격으로 자동차 앞유리창과 뒷유리창 그리고 옆 유리창마저 몽땅 깨져버렸다.

핑은 고개를 잔뜩 숙인 채 손만 뻗어 핸들을 오른쪽으로 꺾었다. 그리고 왼손으로 엑셀을 밟았다. 그리고 오른쪽에서 등신처럼 서행하던 자동차의 측면을 쿵 박으면서 옆 차선으로 사정없이 밀어버렸다. 핑의 난폭운전 때문에 밀려난 자동차는 바로 옆 차선의 다른 자동차를 쿵 박으며 옆 차선으로 밀어버렸다. 그 자동차 또한 옆 차선으로 밀려나며 바로 옆 차선의 다른 자동차를 쿵 박으며 밀어버렸다.

핑은 이번엔 핸들을 왼쪽으로 꺾으며 엑셀을 죽어라 밟았다. 바로 왼쪽에서 기어가던 자동차의 측면을 우악스럽게 긁으면서 옆 차선으로 가차 없이 밀어버렸다. 핑의 무법운전 때문에 밀려난 자동차는 바로 옆 차선의 다른 자동차를 우악스럽게 긁으며 옆 차선으로 밀어버렸다. 그 자동차 또한 옆 차선으로 밀려나며 바로 옆 차선의 다른 자동차를 우악스럽게 긁으며 밀어버렸다.

핑의 폭동에 가까운 자동차 복합 사고였다.

도로는 그야말로 엉망진창 아비규환이 되었다. 도로 위의 모든 자동차들은 생전 경험하지 못한 복합적인 트래픽에 정신을 놓았고 자동차로서의 생김새와 기능은 모두 박살 나버렸다. 핑은 그제야 똑바로 앉았다. 자동차들을 오른쪽 왼쪽으로 무식하게 밀어버린 덕분에 도로 가운데가 텅 비어있었다. 핑은 텅 비어버린 가운데 도로를 혼자서만 쌩쌩 달렸다. 검은 괴물들은 헐레벌떡 뛰면서 따라왔지만 도로의 뜻밖의 개방성을 질러가는 핑의 자동차를 닭 쫓던 개 마냥 쳐다볼 수밖에 없었다.

핑은 달리다가 막히면 옆 자동차를 쿵 박고 휙 밀어버리고 쿵 박고 휙 밀어버리면서 영화 촬영장 같은 길을 만들었고 자신의 허세와 배짱으로 만든 과장된 길로 계속 달려나갔다. 핑은 앞 유리창 뒷유리창 옆 유리창마저 없는 자동차를 타고 베이징맨의 고향으로 달려나갔다. 이제 검은 괴물들은 더 이상 따라오지 못했다. 핑은 검은 괴물들을 이겼다는 통쾌함에 웃음이 저절로 나왔다.

"이제 나오세요."

핑은 장난치듯 장리를 불렀다. 장리는 뒷좌석 바닥에 숨어있었다.

"오피스텔 벽을 타고 오를 땐 겁나는 게 없어 보이더니 어떤 게 진짜 본인 캐릭터야?"

핑은 장리를 놀리는 게 재미있었다.

장리가 고개를 쏘옥 내밀더니 뒷좌석에 털썩 주저앉았다. 장리는 힘주어 잡았던 총이 땀에 젖은 손바닥에서 떨어지질 않아 한참 동안 씨름을 했다. 총을 겨우 떼어내자 끙끙 앓는 소리를 하며 두 다리를 주물렀다.

"다리에 쥐가 났다구요. 지금에야 겨우 풀어졌네. 휴. 에고 다리야... 근육이 꼬였네. 아이고..."

"그런 다리로 어떻게 암벽을 등반했어? 암벽등반 어쩌구 거짓말이지?"

핑은 계속 놀려댔다. 재미있었다.

"아까 봤잖아요? 건물 벽 타는 거... 내가 총질을 피하는 전문가는 아니니까. 괜히 나섰다가 총 맞으면 아빠도 못 찾게 되고... 내가 총 안 맞은 걸 다행으로 여기세요."

장리는 말 같잖은 변명을 늘어놓더니 조수석으로 넘어왔다.

"어차피 우리를 죽일 생각이 없었어."

핑은 정색을 했다. 장리가 놀란 눈으로 쳐다보았다.

"그 이유는 나도 모르겠어..."

핑은 한숨을 쉬었다.

"야쿠자 같아요. 냄새가 나요 냄새가."

장리는 야쿠자라고 추측하고 있었지만 사실 검은 괴물들이 야쿠자라는 증거도 없었고 야쿠자가 아니라는 증거도 없었다.

"검은 괴물들이 야쿠자든 아니든 우린 이미 노출됐어."

핑은 장난기를 거두었다.

"노출되면 어때서요?"

장리는 철부지 어린아이 같았다.

"아빠가 납치되었는데도 감이 안 와? 우리도 납치될 수 있다는 거야. 그리고 더한 일도 당할 수 있다는 거지."

핑은 겁주려는 건 아니었다.

"나도 모르지 않아요. 베이징맨 때문이겠죠."

"베이징맨 때문인 건 맞는데 우리가 지금 베이징맨을 갖고 있는 건 아니잖아? 도대체 뭘 찾으려는 걸까?"

핑은 짐작도 되지 않았다.

"나도 모르겠어요."

장리도 짐작되지 않았다.

"우리 중 누군가 저들이 원하는 걸 갖고 있는 거 같아. 하지만 나도 내가 뭘 갖고 있는지 모르겠고..."

핑은 아무리 생각해도 알 수 없었다. 장리도 마찬가지였다.

"나도 내가 뭘 갖고 있는지 몰라요."

"우리가 먼저 찾으면 되지. 그럼 저들이 원하는 게 뭔지 알게 되겠지."

핑은 자신 있었다.

"그런데... 지금 찾으러 가는 거죠? 우리?"

장리는 급했다.

"먼저 아버지와 장한 교수를 찾아야지... 꼭 찾을 거야."

핑이 단호하게 말했다. 허풍이 아닌 허풍이기도 했다. 하지만 이 허풍은 앞으로 핑과 장리가 함께 달려갈 격랑의 상징이기도 했다. 끝없는 허풍이 두 사람에게 몰아닥칠 게 뻔했다. 장리가 느닷없이 핑의 볼에 뽀뽀를 했다. 핑의 심장이 쾅쾅 난리법석이 었다.

"그럼 이제 자야지. 깨워요. 도착하면."

장리는 거짓말처럼 금방 잠에 빠져들었다. 거의 3초 만에 코를 골기 시작했다. 입까지 벌리고 잤다. 침까지 흘릴지 몰랐다. 핑은 다른 여자의 이런 모습을 봤다면 기겁을 했겠지만 이상하게도 장리의 이런 모습은 싫지 않았다. 이런 모습이 예뻐 보이기까지 했다.

"내가 미쳤구나. 드디어."

핑은 고개를 흔들더니 주구점의 '멘B'를 향해 달리기 시작했다.

8.

　어느새 주구점에 도착해 있었다. 주구점은 베이징맨이 발견되면서 세계에서 가장 유명한 유적지가 된 곳이었다. 주구점 박물관에 전시된 모형 베이징맨 때문에 관광객들이 꽤 많이 들락거리긴 했지만 그 주변은 옛날 모습의 마을들이 붙박이처럼 그대로였다. 핑의 자동차가 성화광장으로 들어서자마자 경찰 차량 여러 대가 전후좌우로 막아섰다. 전혀 예상하지 못한 상황이었다. 장리는 후다닥 잠에서 깨어나더니 총부터 만지작거렸다.

　"그놈의 총 좀 치워. 지금 경찰이 우리를 포위하고 있는 거 안 보여? 어서 감춰. 경찰에게 총을 겨누면 우리에게 즉시 총을 발포한다고."

핑은 매서웠다.

그렇지 않아도 검은 괴물들의 총질로 모든 유리창이 박살 나고 없는 상태라 경찰 차량의 경광등 불빛이 번쩍번쩍 더 실감났다. 핑은 운전대에서 두 손을 떼고 머리 위로 올렸다. 여러 대의 경찰 차량에서 내린 시골 경찰들은 핑의 자동차 깨진 앞유리창을 통해 총부터 들이댔다. 핑은 십 오륙 명 정도가 총부리를 겨누는 어불성설의 폭력을 똑똑히 보았다.

"도대체 우리가 뭘 가진 거야?"

핑은 역한 도살자의 피비린내 냄새를 맡았다. 결코 벗어나기 쉽지 않은 음모에 빠졌다는 불길함의 냄새였다. 베이징맨을 향한 무차별의 탐욕이 어디까지 닿았는지 끔찍했다. 어쨌든 저 꼴 같잖은 총부리들의 정체를 파악할 필요는 있었다. 핑은 저들의 정체가 시골 경찰이 맞는다면 부패 경찰일 거라고 예측했다. 두둑이 돈만 주면 깡패도 되었다가 도둑도 되었다가 개망나니도 될 수 있는 게 후미진 시골 마을의 경찰들이었다.

핑은 두 손을 위로 올리고 차량 밖으로 천천히 걸어 나왔다. 장리도 핑을 따라 했다. 핑과 장리는 무릎이 꿇려졌고 신체검사도 받았다. 핑은 장리에게 눈치채지 못할 정도의 의미 있는 시선을 주었다. 총의 행방에 관한 무언의 질문이었다. 장리도 눈치채지 못할 정도로 의미 있는 시선을 주었다. 걱정할 필요가 없다는 무언의 대답이었다.

시골 경찰들은 아무런 사전 고지 없이 핑의 물건을 강제로 압수했다. 하긴 미란다 법칙이 통용될 곳도 아니었다. 또 모든 물건이라고 해봤자 핑의 백팩뿐이었다. 시골 경찰들은 핑의 자동차를 뒤지는 걸 포기했다. 앞유리창 뒷유리창 양옆 유리창까지 박살 나고 트렁크까지 박살 난 자동차를 보더니 그냥 돌아섰다. 핑과 장리는 바로 근처에 있는 허름한 경찰서로 연행되었다. 말이 경찰서지 다 쓰러져가는 폐가나 다름없었다. 도저히 경찰서라고 하기 어려웠다. 임시 가건물도 이보다 나을 성싶었다. 핑은 불길한 예감을 떨치지 못한 채 경찰서 안으로 끌려 들어갔다.

들어서자마자 내부를 빠르게 둘러보았다. 구석구석마다 거미줄이 축축 늘어져 있었다. 핑은 겁 없이 손으로 거미줄을 치우면서 장리보다 한 걸음쯤 앞서 걸었다. 장리가 아무 생각 없이 앞서면 다시 잡아 세우고 자신이 한 걸음쯤 앞서 걸었다.
"그 머리카락에 거미줄이 닿으면 안 될 것 같아서."
핑은 자신의 얼굴이 뜨거워짐을 느꼈다. 그런데 사실이었다.

장리의 긴 머리카락이 한쪽 얼굴을 덮었을 때 그 미혹을 잊을 수 없었기 때문이다.

"야. 너희들. 여기까지 와서 연애질이야? 목숨이 몇 개냐?"

핑의 뒤를 바짝 따라오던 시골 경찰 중 한 놈이 깐족거렸다. 남 연애 잘되는 꼴 못 보는 질투심의 폭발이었다. 평생 여자가 있어 본 적이 없을 혐오스런 낯짝이었다.

"난 고고학자요. 범죄자가 아니란 말이오. 그러니까 함부로 대하지 마쇼."

핑이 눈을 부릅뜨고 말했다. 그러자 나머지 시골 경찰들이 단체로 웃기 시작했다. 뭐가 그렇게 웃긴지 배꼽을 잡고 웃어젖혔다. 핑은 합창하듯 비웃고 있는 시골 경찰들 입을 찢어버리고 싶었다. 자신이 고고학자가 아니라는 걸 알고 있을 거라는 자격지심이었다.

"새파란 놈이 고고학자래. 개나 소나 고고학자야. 요즘 왜 이렇게 고고학자들이 많이 드나드는 거야? 여기 용골산에 금궤라도 터졌어?"

핑은 이곳에 온 자칭 고고학자가 자신이 처음이 아니라는 것을 알았다. 또 다른 고고학자들도 왔었던 것이다. 장리가 핑의 옆구리를 쿡쿡 찔렀다. 장리는 시골 경찰들의 협잡도 모르는지 딴 동네 사람처럼 웃었다.

"고고학자. 멋져요. 최고!"

핑은 왜 자신을 고고학자라고 했는지 의문이었다. 왜냐하면 단 한 번도 스스로 고고학자라고 여긴 적이 없었기 때문이다.

"난 내셔널 지오그래픽에서 근무한다구요. 직접 전화해보세요. 신원 확인이 금방 가능하다구요."

장리도 눈을 부릅뜨고 말했다. 자신이 정식 기자가 아니라는 걸 알지도 모른다는 괜한 자격지심이었다.

"전화 한 통만 쓰게 해주세요. 이건 내 정당한 권리라구요."

장리는 당당했다. 그러자 시골 경찰들이 슬쩍 휘파람을 불었다. 장리를 향한 노골적인 휘파람이 경찰서 안을 휘휘 돌아다녔다. 장리는 곧장 입을 다물었다.

그때였다. 경찰복을 입지 않은 대머리 남자가 나타났다. 동시에 휘파람 소리도 멈추었다. 그는 무슨 병이라도 걸렸는지 입술을 계속 실룩거렸다. 실룩거릴 때마다 벌어진 입으로 금이빨이 번쩍했다. 대머리 남자는 테이블 앞에 서더니 압수한 핑의 백팩을 거꾸로 세웠다. 그리고 안에 든 물건들을 우르르 쏟아냈다. 핑은 자신의 맨몸이 드러나는 것처럼 얼굴이 화끈거렸다. 핑은 당장이라도 대머리 남자의 대머리를 주먹으로 내리찍고 싶은 걸 참고 있었다. 대머리 남자는 백팩에서 흘러나온 보자기를 핑 쪽으로 굴렸다. 핑은 순간적으로 경직되었다. 핑의 물건이 아니었기 때문이다. 대머리 남자가 보자기를 열어 풍선 크기의 물건을 꺼내었다. 대마포로 대충 포장되어 있었다. 핑은 대머리 남자와 대마포에 쌓인 물건을 번갈아 보았다. 이윽고 대머리 남자가 대마포를 벗겨냈다.

"앗... 이건..."

핑은 비명을 질렀다.

한눈에 봐도 고인류의 유골이었다. 비전문가인 일반인이 본다면 진짜 고인류 유골로 오해할 정도로 정교했지만 전문가가 본다면 허술했다. 모조품이었다. 그래도 사기꾼들 사이에서 꽤 고가에 거래될 만한 수준이었다. 핑은 음모가 예상보다 격렬하게 폭주하고 있다는 생각을 했다. 베이징맨을 향한 탐욕은 팽팽한 활시위를 떠나 바람보다 더 빠른 화살이 되어 핑을 향해 날아오고 있었다.

'내가 뭘 갖고 있는 거지?'

핑은 이제야 자신을 의심해보았다. 자신의 비밀을 자신만 모른다는 두려움이 급습했다.

"난 모르는 일입니다. 이런 게 왜 내 백팩에 있는지 모른다구요. 지금 처음 봤습니다. 진짜예요."

핑은 강력하게 항의했다.

그러자 대머리 남자의 입술은 아까보다 빠르게 실룩거렸다. 대머리 남자는 자신의 금이빨이 대단한 재산이라도 되는지 자꾸 보여주고 있었다. 핑은 그의 금이빨까지 옥수수 털 듯 털어버리고 싶어서 온몸이 근질거렸다.

"네 가방에서 나왔는데 네가 모르면 누가 알아? 그럼 네가 알아?"

대머리 남자의 입술은 장리를 향했다.

"나도 몰라요. 처음 보는 물건이에요... 대머리 아저... 아니... 아저씨..."

장리는 자신의 결백을 주장하느라 대머리 남자에게 공손했다. 핑은 좀 전까지 지나치게 당당하던 장리의 또 다른 모습을 보며 어안이 벙벙해졌다.

'이 여자? 뭐지? 이중인격인가?'

대머리 남자가 장리의 얼굴 앞으로 바짝 다가왔다. 입술을 한껏 벌리고 금이빨을 자랑했다. 장리는 역겨움에 고개를 옆으로 돌렸다. 썩어빠진 생선 비린내가 물씬했다. 그런데 장리는 다짜고짜 핑을 향해 화를 내기 시작했다.

"이렇게 뒤통수치기예요?"

장리는 자기방어의 작전을 바꾸고 있었다. 핑은 순간 화가 치밀었다가 장리의 자기방어 장단에 적당히 놀아주기로 했다. 장리라도 빨리 내보내고 싶었다.

"뒤통수라니? 하긴 생각해보니 뒤통수가 맞네... 경찰나리님들 제가 이 여자 뒤통수를 쳤습니다. 그러니까 제가 죄인입니다요. 죄 없는 이 여자는 내보내시죠?"

핑은 너무 유치했다. 시골 경찰들을 너무 우습게 보고 있었다. 시골 경찰들의 표정은 일시에 굳어졌다.

"이 괴상한 두개골은 당신 백팩에서 나온 거잖아요?"

장리는 용감해졌다.

"경찰 나리님들. 이건 모함이에요. 모함. 저 뼈다귀 아니 저 해골, 난 전혀 모르는 거예요. 맹세코 본 적도 없어요. 저 남자가 날 모함에 빠트린 거라구요."

장리는 울먹이는 척했다.

"아빠가 경찰 고위 간부예요. 경찰 나리님들도 경찰이잖아요? 그렇다면 우리 아빠가 더 높은 훨씬 높은 상사일 거예요.

그리고 난 기자가 맞고요. 그러니까 저는 내보내 주세요. 그리고 경찰 나리님들. 전화 한 통 씁시다. 아빠한테 전화 좀 할게요.”

장리는 거짓으로 통사정했다. 핑과 마찬가지로 시골 경찰들을 너무 우습게 보고 있었다. 시골 경찰들의 표정이 일시에 험악해졌다. 그렇다고 탈출을 포기할 순 없었다.

“경찰 나리님들. 이 남자가 범인이에요. 저 뼈다귀, 저 해골도 훔쳤고 내 뒤통수도 쳤어요. 그러니까 이 남자만 잡아가면 돼요. 잡아가면 돼요. 난 전혀 관련 없어요.”

장리는 핑을 범인으로 지목했다. 핑은 장리의 지목에 동의하며 고개를 크게 끄덕였다.

“시끄러워. 너희들 어린애야? 얘가 이랬어요. 쟤가 이랬어요 고자질하는 거야? 지금?”

대머리 남자가 꽥 소리 질렀다. 그러자 낯짝에 칼자국 난 놈이 개소리를 던졌다.

“여긴 깡시골이라 재미난 게 진짜 없거든요. 놔두세요. 더구나 젊고 이쁜 여자는 눈 씻고 찾아도 없어요... 흐흐.”

그러자 나머지 시골 경찰들은 아까보다 더 노골적으로 휘파람을 불어댔다. 휘파람 소리가 다시 경찰서 안을 돌아다니기 시작했다.

"저 여자 말대로 내보내 줘요. 재미라도 좀 봅시다. 차례차례 어때? 간만에?"

낯짝에 칼자국 난 놈이 장리를 보고 입맛을 쩝쩝 다셨다.

순간 장리의 얼굴은 얼음처럼 굳어졌다.

"야. 네 낯짝 누가 칼질했는데 그렇게 어정쩡하게 만들어놨냐? 내가 완전히 난도질이라도 해줄까? 완전히 더럽게 만들어줄까?"

핑은 장리의 자기만의 방어 작전 내지는 자기만의 탈출 작전을 완전히 까먹은 채 이성을 잃고 있었다.

"안 돼. 여자는 건드리지 마. 이 변태 새끼들아? 그렇게 궁하면 창녀를 찾든지 해. 이 여자가 창녀야?"

대머리 남자가 호통을 쳤다. 휘파람 소리는 다시 멈추었다.

"흐흐흐. 남자한테 모든 여자는 창녀 아닌가? 에미만 빼고... 흐흐... 그리고 누구 마음대로요? 당신 마음대로? 흐흐흐."

낯짝에 칼자국 난 놈은 불만을 감추지 않았다.

"네 가슴을 뻥 뚫어줄까?"

대머리 남자는 괴상한 협박질을 했다. 그런데 괴상한 협박이 먹혔는지 낯짝에 칼자국 난 놈도 나머지 놈들도 뒤로 슬금슬금 물러났다.

장리는 자신의 살아난 운명에 안도의 숨을 내쉬었다. 그사이 핑이 또 치고 나왔다. 용감한 건지 무식한 건지 하여간 그랬다.

"내보내 줘요."

"입 닥쳐. 이건 어마어마한 범죄야. 너희는 마약 밀매범들이야. 사형될 수도 있어. 입 닥치라고. 이 여자는 말고. 너만."

대머리 남자는 사형을 특히 강조했다. 핑은 충격을 받았다. 경찰서 안은 숨 막히는 정적이 떠돌았다. 장리가 정적을 깨고 나섰다.

"그러니까 확실히 난 아닌 거죠? 사형."

대머리 남자는 방망이로 테이블을 꽝꽝 내리쳤다. 테이블이 두 쪽으로 쩍 갈라졌다.

"마약 밀매범이라니? 너희들 완전히 짜고 치는 고스톱판이구나. 마약 밀매범? 증거 있어? 증거 있냐고?"

핑은 사형이라는 말에 이판사판이 되어버렸다. 대머리 남자가 방망이로 핑의 배를 푹푹 찔렀다. 무방비 상태로 있던 핑은 비틀거리며 뒤로 밀려났다. 배에서 피가 비쳤다. 숨을 거칠게 몰아쉬었다.

핑은 여기서 살아나갈 방법을 궁리하고 있었지만 전혀 떠오르지 않았다. 이 작자들이 누구의 지시를 받고 이 지랄을 벌이는지 모르지만 핑과 장리에게 엉뚱한 죄목을 뒤집어씌우고도 남을 똘마니들은 분명했다.

"여기 왜 왔어? 이 돌대가리 남녀야."

대머리 남자는 또다시 방망이로 핑의 복부를 찌르려 했다. 뒤로 물러나있던 시골 경찰들이 핑을 죽여버리라고 미친놈들처럼 소리 지르고 있었다. 그때 장리가 오른손을 살짝 들었다. 대머리 남자가 고개를 까딱하며 허락했다.

"그런데요, 경찰 나리님... 제가 이해가 안 돼서 그러는데요. 마약이 나왔나요?"

장리는 사형을 두려워하는 척 겁먹은 얼굴이었지만 속내는 강간이 더 두려웠다. 시골 경찰들이 순식간에 장리를 향해 총을 들이댔다.

"하긴... 저놈 집에 가봤는데 이미 죄다 박살 났다고 하네. 먼저 왔다 간 놈들이 있다는 거지. 아무것도 남아있지 않고... 그 놈들이 뭔가 찾았는지 모르겠지만..."

백발의 중년 남자가 들어서며 말했다.

전체적으로 길쭉한 마른 몸매에 얼굴마저 길쭉한 고구마 상이었다. 쪽 째진 가느다란 눈빛이 벌써 죽어버린 저세상 사람처럼 싸늘했다. 대머리 남자가 백발 남자에게 고개를 숙여 정중하게 인사를 했다.

"늦으셨네요."

'이번엔 또 누구야?'

핑은 백발 남자를 노려보았다. 갈수록 오리무중이었다. 백발 남자는 핑과 장리에게 차례차례 살짝 눈인사를 했다. 일종의 우위에 서고 싶은 자의 허세 가득한 매너였다. 핑은 눈빛이 삐딱해졌다.

"왜 차례차례 등장하고 그래? 한꺼번에 등장하면 좀 좋아?"

"난 전문 고고학자다."

백발 남자는 꼴같잖게 자기소개를 했다.

"고고학자가? 전문도 있고 비전문도 있어?"

핑은 깐족거렸다.

"그리고 이거 가짜잖아? 자칭 전문 고고학자가 그것도 몰라?"

핑은 소리를 질렀다. 백발 남자도 소리를 질렀다.

"몸뚱이도 뒤졌어?"

대머리 남자가 백발 남자에게 고개를 끄덕였다.

"우리가 데려간다."

백발 남자는 이렇게 말하고 획 돌아섰다. 백발 남자는 핑과 장리를 번갈아 쳐다보았다. 먹잇감이 스치기만 해도 먹잇감의 몸통을 쫙쫙 찢어버리는 뱀의 새벽 살비늘처럼 섬뜩한 눈빛으로 쳐다보았다.

한 무리의 껄렁한 남자들이 취조실 안으로 들어섰다. 딱 봐도 시골 동네 양아치 꼬락서니였다. 꼬질꼬질한 민소매 티를 입고 담배를 꼬나물고 있었다. 양아치 한 놈이 핑에게 다가오더니 핑의 얼굴에 누런 가래침부터 찌이익 뱉었다. 그리고 같이 가자는 시늉을 했다.

"이럴 권리는 없다구요. 일단 나는 내보내 줘요. 이 남자만 잡고 있으면 되잖아요?"

장리는 씨도 안 먹힐 하소연을 하고 있었다. 핑은 장리 때문에 간담이 서늘했다. 이 무법천지 공간에서 여자 하나 노리개로 만드는 것은 오줌 누기보다 쉬웠다.

"가만있어. 제발 좀."

핑이 속삭였다. 그런데 장리는 막무가내였다. 핑을 향해 악을 썼다.

"누구한테 이래라저래라야? 보물 사냥꾼 주제에. 경찰 나리님들 저 좀 내보내 주세요. 전 마약은 본 적도 없어요. 제발요. 제발요."

장리는 두 손으로 빌면서 사정했다.

핑과 장리는 밖으로 질질 끌려나갔다. 성화광장 앞 공터에는 이미 경찰서만큼이나 허름하고 꼬질꼬질한 트럭이 덜덜덜 불길한 소리를 내며 대기 중이었다. 양아치들은 핑과 장리의 눈을 눈가리개로 가렸다. 그리고 트럭에 태웠다. 트럭 안에는 돼지들이 가득했다. 돼지들이 싸놓은 똥도 가득했다. 돼지들 똥 냄새 때문에 숨을 쉴 수가 없었다.

"아휴, 내가 이 트럭만 나갈 수 있다면 뭐든 할 수 있겠다. 마약을 밀매했다고 실토할 수도 있겠어..."

장리는 토악질을 쏟아냈다. 좀처럼 멀미 증상이 없는 핑도 올라오는 토악질을 참느라 진땀을 뺐다. 트럭은 적어도 이십여 분 정도 이동했고 핑과 장리는 이십여 분 동안 돼지들의 똥 냄새와 사투를 벌였다.

드디어 트럭이 멈추어 섰다. 얼마나 후진 트럭인지 정차할 때도 온몸을 버둥거리다가 멈추었다. 핑과 장리는 돼지 똥 냄새에 녹초가 돼버렸다. 온몸은 식은땀 범벅이었다.

"저 돼지들이 배고파져서 우릴 잡아먹을까 봐 얼마나 걱정을 했는지 몰라요."

장리는 트럭에서 내리면서 비틀거렸다. 양아치들은 핑과 장리를 트럭에서 끄집어내다시피 바닥에 던져버렸다.

양아치들은 핑과 장리의 등을 막무가내로 떠밀었다. 핑과 장리는 앞으로 넘어질 듯 고꾸라질 듯 어디론가 계속 걸어갔다. 십여 분쯤 평평한 길을 걸었다. 그리고 한 오 분쯤 계단을 밟아 내려갔다. 핑과 장리는 지하실로 내려가고 있었다. 눈가리개를 한 채 계단을 밟으려니 여간 힘든 게 아니었다. 핑도 장리도 가파른 내리막 계단을 거치면서 여러 번 발을 삐끗했다. 핑과 장리는 서로가 서로에게 괜찮아? 괜찮아요? 안부를 주고받으며 계단을 내려갔다. 양아치들은 이마저도 꼴 보기 싫은지 입 닥치라고 윽박지르며 핑의 뒤통수에 침을 퉤퉤 뱉었다. 핑의 뒤통수는 더러운 침 때문에 머릿기름이라도 바른 것처럼 번쩍거렸다.

결국 계단은 어디선가 끝이 났다. 핑과 장리는 멈추어 섰다. 그리고 강제로 무릎이 꿇려졌다. 핑은 추모객이 떠난 지 너무나 오래된 무덤처럼 눈물 한 방울 남아있지 않은 메마른 정적의 공기가 느껴졌다. 한 번도 햇빛을 받아본 적 없는 바스러질 듯 한 신경질적인 공기였다. 본 적도 들은 적도 없는 줄기찬 전쟁을 예고하는 살기 띤 공기였다. 그 희한한 재질을 단번에 뚫고

한 남자의 중성적인 음성이 들려왔다.

"난 후지무라다."

"후지무라? 후지무라?"

핑은 자기도 모르게 후지무라라는 이름을 여러 번 불렀다. 후지무라, 이 이름은 고고학자들과 보물 사냥꾼들에게 타산지석이자 어쩌면 삐딱한 롤모델이었다.

핑이 알고 있는 후지무라는 후지무라 신이치뿐이었다. 한때 명성을 날린 일본의 사이비 고고학자였다. 후지무라는 독학으로 고고학에 입문했다고 알려져 있었다. 그가 발굴하는 곳마다 유물이 나와 석기의 신으로 불렸다. 특히 가미타카모리 유적에서 50만 년 전의 고인류 유골을 발굴했다고 발표하면서 일시에 일본의 영웅이 되었던 인물이었다. 거의 베이징맨과 맞먹는 역사였다. 그러나 나중에 이 고인류 유골이 조작되었다는 사실이 밝혀졌다. 그는 조작된 게 아니라 유골 진품을 도둑맞았다며 망나니 같은 항변을 했었다. 당시 일본 언론에서도 크게 다루어진 고인류 유골 조작 사건이었다. 결국 일본의 고인류 역사는 50만 년 전까지 거슬러 올라갔다가 7만 년 전이거나 7만 5천 년 전으로 다시 뚝 떨어져 버렸다. 후지무라는 이 50만 년이라는 숫자에 집착할 수밖에 없는 열등감과 사기성으로 똘똘

뭉쳐진 사기꾼이었다. 핑은 눈가리개로 가려진 상태라 후지무라의 얼굴을 볼 수는 없었다.

"진짜 유골을 훔친 자들이구나. 50만 년 전의 고인류 유골 말이다."

후지무라의 음성은 휘어질 각오가 되어 있는 칼이었다. 후지무라의 사기성은 그렇게 유연했다.

"난 유골을 훔친 적이 없다."

핑은 담담하게 말했다. 아직 후지무라의 모순의 종류를 모르기 때문이었다. 후지무라가 양아치들에게 눈짓을 주었다. 양아치 한 놈이 핑의 눈가리개를 잡아채듯 벗겼다. 그리고 장리의 것도 그렇게 벗겼다. 핑은 밝아진 맨눈으로 후지무라를 보았다. 문득 분기탱천이 휘몰아쳤다. 핑은 이곳까지 막짐승처럼 버둥대며 끌려온 게 못 견디게 화가 났다.

"너희들 무엇 때문에 이러는 거야?"

핑의 음성에 노기가 있었다.

후지무라는 코웃음을 쳤다. 일부러 비웃는 웃음이었다. 핑은 침착하려고 애를 썼다. 인내할 필요가 있었다. 핑에게 사기꾼 고고학자 후지무라의 출연으로 새로운 국면의 파노라마가 펼쳐지고 있었기 때문이다.

"일본의 선사시대 역사를 50만 년 전까지 끌어올린 매우 귀중한 유물이었어. 또한 내가 일본 최고의 고고학자가 될 수 있는 기회였고 세계적인 명성도 얻을 수 있는 기회였지. 그런데 너희들이 이 유골을 훔치는 바람에... 가짜 유골을 흙에 묻어두고 발굴한 척 거짓 쇼를 했다는 일본인들의 원성을 들어야 했지... 그때 나의 고고학자로서의 운명은 끝나버렸어... 이제 내 운명을 다시 돌려받아야겠어."

핑은 자신의 귀를 의심했다.

"방금 내 운명을 다시 돌려받아야겠다고 했는데... 도대체 당신이 돌려받아야 할 운명이 뭐지?"

핑은 흔들림 없는 눈초리로 물었다. 후지무라는 금방 대답하지 않았다.

"그게 뭐냐고?"

핑은 재차 물었다. 후지무라는 또 비웃음을 쳤다. 종잇장처럼 얇은 야박한 웃음이었다.

순간 핑의 뇌리를 스치는 게 있었다. 장한 교수의 영상 메일이었다.

"그는 사기꾼이야. 희대의 사기꾼."

장한 교수는 야마구치 생일 파티에서 희대의 사기꾼을 만났
었다고 말했다. 핑은 장한 교수가 언급한 희대의 사기꾼이 후지
무라가 분명하다고 확신했다.

　　"야마구치 생일 파티에 갔었지?"

　　핑은 단도직입적이었다. 후지무라는 야박한 웃음을 어느새
거두어들였다. 당황하고 있는 표정이 역력했다. 후지무라의 얼굴
은 오랜 항해 끝에 방금 당도한 항구를 다시 떠나야 하는 자의
막다른 비장함이 번지고 있었다.

　　"그래. 나 같은 사기꾼이 너 같은 보물 사냥꾼에게 거짓을 말
해서 뭐 하겠어? 난 베이징맨이 필요했어. 그런데 말이야. 그날
생일 파티는 난장판이 되어버렸지. 그리고 베이징맨은 거짓말
처럼 사라지고 말았어. 베이징맨이 나만큼 절실하게 필요한 누
군가 왔었다는 거지."

　　후지무라의 장광설은 말 그대로 장광설이었다. 앞과 뒤도 없
었고 밑도 끝도 없었다.

　　"베이징맨이 사라졌다고? 진짜 베이징맨이?"

　　핑은 놀란 가슴을 진정시키며 다시 한번 확인하려고 했다.

　　"진짜를 찾고 말 거다. 반드시."

　　후지무라는 연극 대사를 읊조리듯 했다.

"진짜를 찾겠다고? 그렇다면 야마구치 생일 파티에 나온 베이징맨이 가짜였다는 거야?"

핑은 베이징맨이 사라졌다는 사실보다 베이징맨이 가짜였다는 것이 훨씬 더 충격적이었다. 점점 막장으로 전개되는 베이징맨의 드라마는 징글징글하게 혼란스러운 내용으로 이어졌다. 그렇다고 후지무라를 향한 폭격을 멈추고 싶지도 않았다.

"진짜 같은 가짜."

후지무라는 이번에는 사기꾼의 웃음을 웃었다.

"아... 당신이 그게 진짜인지 가짜인지 어떻게 알았지?"

핑은 약 올리고 싶었다. 약을 올려서라도 진실을 알아내고 싶었다.

"가짜만이 가짜를 알아볼 수 있거든."

후지무라는 또 사기꾼의 웃음을 웃었다. 섬뜩한 웃음이었다.

"... 가짜가 사라졌다니? 그 가짜를 누군가 훔친 건가? 하하하... 이거 아주 오래된 데자뷔인걸?"

핑은 후려쳤다.

"데자뷔라니? 장난질이 심한데?"

후지무라는 섬뜩한 사기꾼의 웃음을 멈추었다.

"너희들은 오래전에 베이징맨 유골을 훔쳐 가려고 했었잖아?

시계하루 기억 안 나? 넌 시계하루의 데자뷔인가? 하하하..."

핑은 고의적인 비웃음을 웃었다.

"시계하루? 어떤 시계하루를 말하는 건가?"

후지무라는 까불거렸다.

'어떤 시계하루?'

핑이 그동안 알고 있던 베이징맨에 대한 모든 논리가 와르르 무너지고 있었다.

핑은 더이상 후지무라의 장난질에 놀아나고 싶지 않았다. 핑이 후지무라를 향해 주먹을 날리려는 순간 누군가 핑의 얼굴을 먼저 쳤다. 양아치 중 한 놈이었다. 핑의 얼굴이 옆으로 휙 돌아가면서 입에서 피가 주르륵 흘렀다.

"닦아줘라."

후지무라가 지시를 했다. 핑을 쳤던 놈이 수건을 던져주었다. 후지무라의 처세는 평생 사기질로만 살아온 백전노장의 그것이었다. 그는 자신의 에너지를 쓸데없는 에피소드에 활활 불태우지 않았다. 누군가의 간과 누군가의 쓸개를 바쁘게 왕래할 만한 저력을 가진 사기꾼이었다.

핑은 장한 교수를 미행한 검은 괴물들, 자신의 오피스텔을 박살 낸 검은 괴물들, 자신의 자동차 트렁크를 뜯어낸 검은 괴물들 모두가 한통속임을 깨달았다. 그런데 시골 경찰들 시골 양아치들 대머리 남자 백발 남자 후지무라는 검은 괴물들과 결을 달리하고 있었다.

"하긴... 저놈 집에 가봤는데 이미 죄다 박살 났다고 하네. 먼저 왔다 간 놈들이 있다는 거지. 아무것도 남아있지 않고... 그놈들이 뭔가 찾았는지 모르겠지만..."

둘 다 절대 순혈은 아니었다. 둘 다 이종교배자들이었다.

"그런데 한 가지 궁금한 게 있어. 난 궁금한 게 있으면 꼭 알아내야 직성이 풀리거든. 야마구치 생일 파티에 나왔던 가짜 베이징맨은 어디서 나타난 거지?"

핑은 물었다. 끈질기게 물어볼 생각이었다.

"상자에 들어있었지..."

후지무라는 의외로 쉽게 대답했다.

"상자?"

핑은 계속 다그쳤다.

"야마구치는 얼마나 무식한 새끼인지 자신의 개인 박물관에 상자가 있는 줄도 몰랐다니까. 난 오래전부터 알고 있었지. 그래서 그 개인 박물관을 살펴보았더니... 상자가 있었고 그 상자 안에 그게 있었지. 가짜 말이야.... 하긴 소문이 무성했잖아? 야쿠자가 비밀금고에 보관하고 있다고... 완전히 거짓은 아니었던 거야."

후지무라는 숨기려 하지 않았다.

"야마구치 개인 박물관에 있는 건 또 어떻게 알았어?"

핑은 질문의 내용을 바꿔보았다.

"... 글쎄... 도대체 뭘 알려고 하는 거지? 이봐 애송이. 세상은 적당히 베일 속에 가려져 있어야 해. 그래야 아름답고 행복한 거야..."

후지무라는 인생 설교까지 하고 있었다.

"그래... 그런데 내가 왜 필요하지?"

핑이 후지무라의 사기성을 찔렀다.

"아까 말했을 텐데... 진짜를 찾을 거라고. 반드시."

후지무라는 어쩌면 아까부터 동일한 주제를 중언부언하고 있는 것과 다름없었다.

"그러니까 왜 나야?"

핑은 여유 있는 척 물었다. 후지무라를 눈 아래로 깔고 있다는 것을 알려주고 싶었다.

"어디 있는지 네가 알고 있을 테니까."

후지무라는 천연덕스러웠다.

핑은 그의 후진 정신세계만큼이나 후진 덧니를 보고 있었다. 그리고 후지무라의 병적인 웃음의 근원을 파악하기 시작했다. 그리고 곧 깨달았다.

"난 사실 긴가민가했거든… 그런데 진짜 있구나… 사실이었어… 그런데 구체적으로 어디에 있는지 모르는 거야. 그래서 내 오피스텔을 뒤졌고 내 자동차도 뒤졌지… 그런데 아무것도 나오지 않자 이제 나를 족치고 있는 거고."

핑은 기쁨의 함성이라도 지르고 싶었다. 베이징맨은 진짜 존재하고 있었던 것이다. 장한 교수와 연구를 하던 시절에도 사실은 긴가민가했었다. 베이징맨이 사라졌던 장소를 찾아낼 순 있어도 베이징맨의 실체를 찾아낼 순 없을 거라고 생각했었다. 그런데 이건 신화도 아니고 전설도 아니고 신기루도 아니고 마법도 아니었다.

"우리 아빠는요? 우리 아빠는 왜 납치했어요? 왜요? 왜요?"

장리는 지금껏 참았던 울분을 터트렸다. 그런데 후지무라는 장리의 울분을 이해하지 못했다.

"너의 아빠를 납치? 흐흐 이거 점점 재미있어지는군."

후지무라는 무서운 눈빛으로 장리를 쳐다보았다.

"내가 널 당장 안 죽이는 이유는 지금 말하지 않겠어… 어쨌든 난 납치와 상관없는 사람이다."

후지무라는 단호한 말투였다.

"내게 가져와. 베이징맨. 진짜 베이징맨만이 진짜 큰 세계에서 권력을 가지게 될 수 있거든. 난 그걸 가져야만 해."

후지무라는 단 하나의 지시를 내렸다.

"핑, 너의 아버지... 너의 아버지를 살리고 싶다면... 가져오란 말이야."

후지무라는 협박도 마다하지 않았다.

"당신이 나의 아버지를 볼모로 잡고 있다는 걸 어떻게 믿을 수 있지?"

핑의 눈빛이 격하게 흔들렸다.

"잘 들어. 화가 많은 애송이. 너는 너의 아버지가 10년 동안 사라졌다고 믿고 있었지. 그리고 죽었다는 통보를 받았고. 내가 이런 정보를 알고 있다는 것이 이상하지 않나?"

핑은 아버지가 진짜 살아있다는 사실만으로 그만 유약해지고 말았다. 자신이 그토록 경멸하는 양아치들처럼 이성이 뭉개지고 말았다. 그런데 장리는 오히려 이성을 회복하고 있었다.

"당신은 지금 거짓말을 하고 있어, 무슨 이유인지 몰라도 우리에게 이럴 권리는 하나도 없어. 아버지를 볼모로 협박하는 짓에 넘어가지 않을 거야. 우릴 그냥 보내주지 않으면 대가를 치르게 될 거야."

장리는 전혀 쓸모없는 으름장을 놓았다.

"그래? 그렇다면... 난 당장 너희들을 중국 공안에 넘길 수도 있어. 마약 밀매범으로 사형당할래? 아니면 아버지를 죽일래? 어때? 아주 기막힌 딜레마지?"

후지무라는 사기꾼계의 거물다웠다.

"마약이라니? 백팩에서 장난감 고인류 유골을 꺼냈잖아?"

장리는 바락바락 대들었다. 후지무라가 가짜 유골을 쌌던 보자기를 펼쳐 보였다. 보자기 안쪽에 마약 봉지가 테이프로 딱 붙어있었다. 비로소 장리의 낯빛이 사색이 되었다. 빼도 박도 못할 증거였다. 사형이거나 종신형이었다.

"이제 알겠지? 참, 아버지가 납치됐다고? 내가 먼저 찾아서 죽이기 전에 빨리 가져와야 할 거야."

후지무라는 천천히 몸을 돌렸다. 더 이상의 대화를 차단한 것이다.

9.

핑과 장리는 양아치들의 손에 이끌려 다시 트럭에 태워졌고 다시 돼지 똥 냄새와 사투를 벌였다. 그리고 한참 후 길바닥에 내팽개쳐졌다. 핑과 장리가 땅바닥에서 허우적거리자 동네 똥 개들이 몰려와 시끄럽게 짖어댔다. 동네 아이들까지 몰려와 까르르 웃어댔다. 핑은 똥개들이 짖는 소리와 아이들이 웃는 소리를 듣자 비로소 힘겨운 난장판에서 벗어났다는 안도감이 들었다. 핑과 장리는 아직도 손을 뒤로 묶인 채, 눈을 가리고 있는 채였다. 까르르 웃으며 까불던 아이들이 묶인 손과 눈가리개를 풀어주었다. 핑과 장리는 서로 보자마자 와락 껴안았다. 납치되었다가 살아난 생존자들 같았다.

평과 장리는 나름 악착같던 유치한 싸움 연기는 까마득히 잊었는지 서로 얼싸안고 기뻐했다. 동네 아이들이 손가락으로 얼굴을 가리는 시늉을 하며 까르르 수줍은 웃음을 웃었다. 평은 아버지를 찾는 길이 결국 베이징맨을 찾는 길이 되어버린 운명의 방향이 이상하리만치 즐거웠다.

평이 주변을 돌아보았다. 바로 주구점 입구 성화 광장 앞 공터였다. 다시 원래 위치로 돌아온 것이었다. 평은 장리를 일으켜 세워 옷의 먼지를 털어주었다. 그때 눈에 띄는 노란 스포츠카가 클랙슨을 울리며 나보란 듯이 공터를 뱅뱅 돌았다. 방금까지 평과 장리 앞에서 순하게 웃어대던 아이들이 노란 스포츠카를 향해 우르르 몰려갔다. 시끄럽게 짖어대던 동네 똥개들도 노란 스포츠카를 향해 컹컹 달려갔다. 노란 스포츠카는 아이들과 똥개들과 한바탕 쫓고 쫓기는 놀이를 한 후 평과 장리 바로 앞에 끼이익 멈춰 섰다. 노란 스포츠카는 이 동네를 주름잡고 있는 콩이며 고추며 무며 배추며 소며 돼지며 오리며 토끼며 염소며 그리고 시골 경찰서와도 도무지 어울리지 않는, 지랄맞게 생뚱맞은 자동차였다.

평은 얼굴을 찌푸렸다. 역시 잡놈 랴오위였다. 잡놈 랴오위의 요란한 등장이었다. 랴오위는 노란 스포츠카에서 온갖 똥폼을 잡으며 내렸다. 검은 선글라스는 그중 백미였다.

"날 두고 혼자 가면 어떡해? 형님. 설마 혼자 부자 되려고?"

랴오위는 은근히 떼를 쓰는 말투였다.

"이곳까지 어떻게 알고 찾아온 거야?"

핑은 황당하다 못해 수상했다.

"형님이 오피스텔에서 출발할 때부터 따라왔는데 중간에 놓쳐버렸네? 그래서 무작정 이 근처에서 기다렸지. 내 손바닥 안이요. 안 그래요? 형님?"

랴오위는 말발도 좋았다.

"중간이 어딘데?"

핑은 캐물었다.

"아이고 참 형님도 중간이 중간이지 어디겠소? 옷의 먼지나 좀 텁시다. 어딜 다녀왔기에 더러운 똥 냄새가 납니까?"

랴오위는 핑이 아닌 장리 옷의 먼지를 털어주었다. 장리가 랴오위의 손을 단번에 날려버렸다. 랴오위는 으하하 크게 웃었다.

"랴오위. 우리는 아버지를 찾으러 가는 거야. 금궤를 찾으러 가는 게 아니라고, 그러니까 돌아가."

핑에겐 절체절명의 문제였다. 랴오위가 끼어들 문제가 아니었다. 랴오위의 목숨까지 위험해질 수도 있었다.

랴오위는 펑의 말을 무시했다.

"내가 보물 사냥꾼의 말을 믿을 것 같수? 하다 하다 별 개소리를 다 듣겠네. 아버지를 찾는 거나 금궤를 찾는 거나 다 그게 그겁니다. 형님. 어쨌든 갑시다. 타요."

랴오위는 고집불통이었다.

"자, 타지."

랴오위는 장리에게 허세를 부렸다.

"꺼지세요. 어디 감히 말을 트세요? 성추행자가?"

장리는 눈을 부라렸다.

"성추행자? 난 자기랑 친절한 사이가 되고 싶어서..."

랴오위는 굽신굽신했다. 장리가 이번엔 랴오위의 얼굴을 가격했다.

랴오위는 자신의 입술에 맺힌 피 한 방울을 핥아먹었다. 역시나 또 으하하 웃었다.

"내 몸에 피를 낸 여자는 자기가 처음입니다. 으하하."

랴오위는 장리에게 느끼한 눈길을 보냈다. 당장이라도 이 자리에서 자빠트릴 뻔뻔한 응시였다.

"랴오위, 저 차로 가려고? 그냥 방송을 해라. 저게 온 동네방네나 금궤 털러 온 도둑이요, 이렇게 떠드는 홍보차량이지 뭐냐?"

핑은 강하게 거부했다. 그리고 장리와 함께 성화 광장 구석에 세워져 있는 핑의 자동차로 가서 총을 찾았다. 그리고 아지트가 있는 방향을 향해서 뚜벅뚜벅 걸어가기 시작했다. 랴오위는 별 수 없이 마을 공터에 노란 스포츠카를 주차했다.

핑의 아지트는 주구점 용골산의 주소도 없는 어느 동굴 안에 있었다. 본래 자연 동굴이었지만 사람의 손길이 더해진 인공 동굴이기도 했다. 동굴은 오래전 주구점 박물관 건축 당시 전기공사 직원들의 임시 거처였다. 전기공사 직원들이 작업하던 곳이라 전기선을 갖추고 있었다. 당시 직원들이 사용하던 잡다한 집기들도 남아있었다. 컴퓨터와 그 외 통신기기들은 장한 교수가 새로 사들였고 핑은 인터넷 선을 설치했다. 핑이 아지트 이름을 '멘B'라고 부른 이유는 '멘'은 새로운 세계로 들어가는 문을 의미하는 단어였고 'B'는 베이징맨의 영어 첫 자였다.

핑은 엉망진창이 되어있는 아지트로 들어섰다. 특수부대가 쳐들어와 폭탄이라도 던진 듯한 난장판이었지만 어리숙한 난장판이었다. 닥치는 대로 때려 부수는 오합지졸들의 난장판이었다. 구형이지만 꽤 쓸만했던 컴퓨터는 하드를 복원하지 못하도록 불태워져 나뒹굴고 있었다. 전기공사 직원들이 촘촘히 설치했던 전기선은 죄다 뜯겨서 버려진 거미줄처럼 힘없이 늘어져 있었다. 만약을 위한 비상등은 어찌 된 연유로 살아남았는지 희미한 빛을 겨우 깜빡이고 있었다.

핑은 아지트 내부를 빈틈없이 살펴보았다. 도대체 성한 게 하나도 없었다. 책상과 의자도 다시는 사용할 수 없도록 몸통과 다리가 절단되어 있었고 기타 잡다한 집기들도 죄다 절단되어 있었다. 절대 부활하지 못하도록 고의적으로 파괴한 필사였다. 아지트 '멘B'를 찾아내서 이 지경으로 만든 자들은 베이징맨의 비밀을 찾고 있는 게 확실했다. 순간 핑의 뇌리를 스치는 것이 있었다.

"하긴... 저놈 집에 가봤는데 이미 죄다 박살 났다고 하네. 먼저 왔다 간 놈들이 있다는 거지. 아무것도 남아있지 않고... 그 놈들이 뭔가 찾았는지 모르겠지만..."

후지무라 신이치였다. 후지무라가 아지트 '멘B'에 왔다 간 것이 분명했다.
'... 그런데, 먼저 왔다 간 놈들이 있다고 했어. 그럼 이곳에 누가 먼저 왔던 것일까? 후지무라보다 먼저 왔던 자는 누구일까?'

핑은 아지트의 위치를 알고 있는 장한 교수를 떠올렸다. 그때 장리의 훌쩍이는 소리가 들렸다.

장리는 바닥에 주저앉아 훌쩍이고 있었다. 장리 앞에는 갈기 갈기 찢어진 옷이 버려진 채 있었다. 장리가 미국 아디다스 매장에서 아빠를 위해 어렵게 구했던 후드점퍼였다. 아시아 매장에 없는 흔하지 않은 디자인이었고 아빠가 무척이나 소중하게 여겼었다. 장리는 갈기갈기 찢어진 옷을 보자 아빠가 갈기갈기 찢어진 것처럼 느껴졌다. 핑은 장리 옆에 조용히 앉았다.

'혹시... 장한 교수님이 여기에 들렀던 것일까?'

핑은 장한 교수의 옷을 이렇게 찢어놓을 정도로 원한이 사무친 사람이 있다는 게 의문이었다.

'이 옷을 찢은 사람이 후지무라일까?... 아니야 아닐 거야... 그렇다면 누가 찢은 걸까?... 장한 교수가 먼저 왔었다고 해도 자기 옷을 일부러 찢을 리 없고...'

핑은 의심과 의문의 퍼레이드가 버거웠다. 문득 장리가 핑의 어깨에 머리를 살짝 기대었다. 핑은 장리의 머리에 자신의 머리를 살짝 포갰다. 핑은 장리의 긴 머리칼에 코를 묻으며 그녀의 고통의 체취를 맡았다. 장리의 고통의 체취와 고통의 본령을

나누어 가지고 싶었다. 핑과 장리의 말 없는 시간의 일면들은
이렇게 흐르고 있었다.

　랴오위는 이리저리 껄렁거리며 쏘다니다 휴지통에서 구겨진
메모지 하나를 발견했다. 랴오위는 순간 멈칫했다. 순간 눈빛
이 두려움으로 흔들렸다. 랴오위는 누가 자기를 쳐다보는지 주
변 기색부터 살폈다. 자신을 쳐다보는 사람이 없다는 걸 확인하
자 이번엔 제대로 메모지를 들여다보았다. 심장에서 쿵쿵 북소
리가 나고 있었다. 얼마나 크게 울리는지 떨어져 있는 핑과 장
리가 들을까 봐 걱정스러울 정도였다. 랴오위는 겨우 진정했다.
그리고 다시 주변 기색을 살폈다. 그리고 천천히 핑에게 다가갔
다. 그리고 모른 척 메모지를 건네주었다. 핑은 구겨진 메모지
를 다림질하듯 조심스럽게 폈다.

　급하게 쓴 필체로 보였다. 일본어였다. せ…けんりょく
　글자의 가운데 부분이 안 보여서 더 이상은 알기 어려웠다.
그런데 메모를 휴지통에 버렸다는 것이 마음에 걸렸다. 후지무
라가 이런 메모를 남겼을 리 없었다. 그렇다면 또 장한 교수였다.
그런데 장한 교수라면 분명히 소전체로 써야 했다. 이미 핑과
그렇게 약속을 했었다.

소전체는 진나라의 시황제 때 만들어졌다. 당시 선비들은 이미 소전보다 쓰기 쉬운 예서(隸書)를 애용하고 있었다. 그런데 진나라는 천하통일 15년 만에 망해버렸기 때문에 공식적인 사용 기간은 그리 길지 않았다. 소전은 사라진 문자는 아니었지만 거의 사용하지 않는 문자였다. 사용하지 않고 있는 문자이기 때문에 때로는 암호처럼 사용할 수 있는 장점이 있었다. 핑과 장한 교수는 위급한 경우가 닥쳤을 때 서로가 서로에게 보내게 될 메시지는 소전체를 사용하자고 약속했었다. 암호로 사용할 수 있기 때문이었다. 그리고 휴지통에 버리기로 약속했었다. 비밀스런 보관장소로 사용할 수 있기 때문이었다.

핑은 아직 고통의 중심과 언저리를 헤매고 있는 장리에게 노트북을 켜달라고 부탁했다. 장리가 노트북을 켰고 아빠 장한 교수의 영상 메일을 다시 열었다. 다행히 인근 주구점 박물관에서 사용하는 인터넷을 빌려 쓸 수 있었다. 핑은 장한 교수의 영상 메일을 다시 꼼꼼히 체크하기 시작했다. 장한 교수가 영상 메일에 담았을지도 모르는 비밀스러운 단서가 어딘가에 있을 거라는 생각이 들어서였다. 장리에게 핑과 함께 자신을 찾으러 오라고 했다면 분명히 어느 행간과 여백마다 단서를 숨겨 놓았을 가능성이 충분했다. 핑은 영상 메일을 눈이 아프도록 서너 번

연속적으로 반복해서 돌려보았다. 그러다 문득 장한 교수가 영상 촬영을 하고 있는 장소를 주목했다.

장한 교수는 검은색 벽면을 뒤에 둔 채 촬영을 했다. 검은색 벽면은 누군가 의도적으로 시도한 분명한 목적이 있는 취향이었다. 검은색 벽면에는 뚜렷하게 대비되는 흰색 타공판이 있었다. 그리고 흰색 타공판 바로 우측에는 오벌형의 황금색 거울이 있었다. 황금색 거울도 검은색 벽면만큼이나 분명한 목적이 있는 취향이었다. 장한 교수의 취향은 절대 아니었다. 일반적으로 대학교수들은 대비가 뚜렷한 색상의 조합을 선호하지 않는다. 대부분 무채색을 선호한다. 검은색 벽면과 하얀색 타공판과 황금색 거울은 너무 이상한 조합이었다.

"저런 황금빛 거울, 내가 좋아하는 취향인데…"

장리가 영락없는 십대 소녀처럼 중얼거렸다.

"장리가 좋아한다고?"

핑은 장리의 취향이라는 말이 걸렸다. 핑의 체크는 계속되었다. 황금색 거울 위로 카메라의 빛 반사인지 모를 희미한 번쩍임이 있었다. 이번엔 황금색의 거울을 확대해서 들여다보았다. 개미 새끼 한 마리의 그림자도 없었다. 장한 교수가 촬영하는 동안 앞에 아무도 없었다는 뜻이기도 했다. 핑은 황금색 거울이 어떤 단서를 갖고 있을지 곰곰이 생각해보았다. 하지만 장리가 좋아하는 취향이란 것 외에 달리 없었다. 장한 교수가 딸의 취향을 그리워하면서 가져다 둔 것이라면 모를까.

핑은 메일의 영상을 다음 프레임으로 넘겨보았다. 그제야 흰색 타공판의 다른 부분이 눈에 들어왔다. 앞선 프레임에서 장한 교수가 하얀색 타공판을 자신의 몸으로 가리고 있는 바람에 드러나지 않았던 것이다. 영상의 프레임이 차례로 진행되자 장한 교수의 몸통이 살짝 비껴가면서 하얀색 타공판의 모습이 온전히 드러났다. 우측 모서리에 찢어진 신문지가 압정으로 고정된 것이 보였다. 이것 또한 분명한 목적이 있는 취향이었다. 찢어진 가장자리가 어색했다. 막 찢은 것은 아니라 꽤 공을 들여 찢은 흔적이 있었다. 혹시라도 글자가 하나라도 찢어져서 그 의미를 잃어버릴까 조심해서 찢은 흔적이었다. 누군가 보아주기를 원하는 자세의 신문 쪼가리였다. 신문 쪼가리의 주제는 톈진 축제였다.

'톈진 축제'

핑의 심장은 타타타타 총소리를 내고 있었다. 핑은 손가락으로 모니터상의 톈진 축제를 총 쏘듯 가리켰다. 장리와 랴오위는 핑이 가리키는 곳을 보았다. 분명히 텐진 축제였다. 텐진 축제가 맞았다.

"텐진? 축제?"

장리가 고개를 오른쪽으로 살짝 갸웃했다.

"왜 텐진 축제라는 단어를 고정했지? 무의미한 단어 선택은 아닐 테고, 텐진 축제라... 내가 알고 있는 그 어떤 것도 텐진 축제와 관련이 없어요. 아빠는 축제라는 것 자체를 모르고 살아왔어요... 더구나 텐진은 가본 적도 없을 텐데..."

장리는 일단 실망했다.

"원래부터 있었던 거 아닐까? 전혀 상관없는 거 아닐까? 그럴 수도 있잖아? 형님? 또 저따위 쪽지가 뭐라고?"

랴오위는 눈치 없이 떠들었다. 핑이 랴오위의 뒤통수를 한 대 쳤다.

"넌 머리통에 도대체 뭐가 들었냐? 금궤 말고는 아무것도 안 들은 거야?"

"장한 교수님이 이 영상 메일을 촬영해서 보낼 때, 자신의 얼굴과 내용만 알리려는 것은 아니었을 거야. 모든 것이 단서가 되도록 설정했을 거야. 그렇지 않다면 그냥 글로 쓰는 메일을 이용했겠지. 안 그래? 그런데 텐진 축제라니."

핑은 속이 꽉 막힌 듯했다. 그때 랴오위가 설레발을 풀기 시작했다.

"두 사람, 내 말 들으면 아마 깜짝 놀랄걸? 내가 방금 기막힌 걸 떠올렸거든... 으하하."

"빨리 말해. 그만 좀 웃고."

핑은 닦달했다.

"톈진과 축제라... 톈진은 낭만적인 도시는 아니지만 톈진에 하이어강이 있고 그곳에서 젊은 연인들이 톈진강을 향해 풍등을 날리는 축제가 해마다 있어. 형님. 마침 운 좋게도 내일 축제가 시작된다고... 으하하. 영원한 사랑을 기원하면서 말이야. 내 머리통엔 금궤만 들은 게 아니라고. 천재가 들었다고."

랴오위는 꽤 그럴듯했다.

"너무 낭만적인 아무 말을 하시네요... 태생부터 바람둥이 아니랄까 봐. 낭만적인 풍등축제와... 베이징맨과 납치된 아빠... 전혀 연결이 안 되잖아요? 이건 각각 별개일 뿐이에요."

장리는 랴오위를 몰아세웠다.

"바람둥이라뇨? 나랑 사귀어 봤으면 모를까... 어떻게 그렇게 친절한 분석을... 으하하."

랴오위는 또 웃었다.

"톈진?"

핑이 갑자기 비명을 지르듯 소리쳤다. 장리는 핑의 느닷없는 비명에 깜짝 놀라 핑보다 더 큰 비명을 질렀다.

"뭐예요? 뭐요? 뭘 알아낸 거예요?"

"아버지가 날 데려갔던 곳이 톈진이야. 맞아. 아버지와 함께 톈진행 기차를 탔었어. 확실하다고. 내 기억이 확실하다고."

핑은 비로소 톈진을 기억해 냈다. 아버지와 함께 갔었던 곳이 톈진이었다. 핑의 악몽 속에서 시치미 떼고 숨어있던 톈진의 추억이 순식간에 치고 올라왔다.

"그럼 아빠도 톈진에 있다는 거죠? 맞죠?"

장리가 핑의 팔을 세차게 흔들었다.

"지금 분명한 건 톈진은 장한 교수님이 우리에게 보낸 단서라는 거야. 우리는 점점 가까워지고 있어."

핑은 장리의 얼굴을 어루만졌다. 핑은 장리를 위해서 장한 교수를 꼭 찾아주고 싶었다. 아직은 단서의 얼개들이 허술하지만 곧 그 허술한 얼개도 명징해지리라 확신했다.

"그런데 톈진 어디예요? 톈진이 얼마나 큰 도시죠? 사막에서 바늘 찾기 아니에요? 아니야 말도 안 돼... 지도를 봐야겠어... 아, 내가 왜 이러지? 침착하자. 장리. 침착하자."

장리는 안달복달했다.

"그다음은 거기 가서. 날 믿어."

핑은 장리를 확 껴안아 버렸다. 또다시 마음의 고열이 급격하게 뜨거워졌다. 장리는 잠시 몸을 빼려는 동작을 하다가 그만두었다. 부끄러운지 얼굴이 빨개졌다. 랴오위는 딴 곳을 쳐다보며 으하하 으하하 계속 웃었다.

순간 사람이 움직이는 소리가 들렸다. 가볍지 않은 묵직한 소리였다. 그런데 자신을 감추려는 소리가 아니었다. 드러내는 소리였다. 핑은 또 다른 도적의 출몰에 대비해 절단된 의자의 다리를 주워들었다. 랴오위는 품에서 단도를 꺼내어 들었다. 장리는 총을 꺼내 들었다. 순간 건장한 덩치의 남자가 불쑥 나타났다. 핑은 절단된 의자의 다리를 던졌다. 남자는 한 손으로 가볍게 받아치더니 멀찌감치 획 던져버렸다. 훈련받은 자의 빠른 대응이었다. 랴오위는 단도를 던졌다. 남자는 한쪽 어깨를 옆으로 슬쩍 돌려 단도를 피했다. 단도는 동굴 벽에 박혔다. 장리는 총을 쏘지 못했다. 총을 쥔 손에서 땀이 물처럼 흐르고 있었다.

남자는 호탕하게 껄껄 웃더니 쿵쿵 소리를 내며 핑 쪽으로 거침없이 걸어왔다. 동굴이 흔들릴 정도의 무게감 있는 걸음걸이였다. 걸음걸이만으로도 적을 약화시킬만한 임팩트가 있었다.

"실력이 좋으시네."

핑은 비아냥거림인지 칭찬인지 모를 말을 했다.

"나는 레이더스요. 당신들 찾느라 얼마나 힘들었는지. 여기 진짜 올라오기 힘드네"

남자는 핑과 장리와 랴오위를 차례차례 껴안았다. 핑과 장리와 랴오위는 반쯤 정신이 나간 상태였다.

"혹시... 중국의 자존심을 지킨다는... 그... 레이더스?"

장리는 자신 없는 말투로 물었다. 건장한 덩치의 남자가 고개를 크게 끄덕였다.

장리는 남자를 힘껏 껴안았다. 남자는 차마 장리를 두 팔로 껴안지 못하고 그저 웃기만 했다. 핑은 순간 질투가 났다. 조금 전에 자신이 껴안았던 장리였다. 조금 전 장리를 껴안으며 급격하게 타올랐던 마음의 고열이 창피했다.

"아저씨를 보니까 너무 든든해요. 아빠를 찾을 수 있는 완벽한 팀이 만들어진 거예요."

장리는 남자를 벌써 영웅 취급하고 있었다.

"그런데 나, 아저씨 아닌데?..."

남자는 천진한 소년처럼 얼굴이 빨개졌다.

건장한 덩치를 가진 남자의 이름은 이역봉이었다. 이역봉은 '레이더스-진(Chin)'의 멤버로, 중국의 운명을 지키는 모든 일에 관여하는 일을 하고 있었다. '레이더스-진(Chin)' 누가 만들었는지 누가 운영하는지 알려진 바가 거의 없었다. 그리고 조직원들 사이에서도 누가 조직원인지 알 수 없을 정도로 철저하게 점조직으로 운영되는 조직이었다.

역봉은 핑을 옆으로 슬쩍 불러내더니 한 장의 사진을 보여주었다. 역봉이 보여준 사진은 팔다리가 없는 어떤 몸통이었다. 전염병 때문에 살처분한 짐승 같기도 했다.

"혹시 사람인가요?..."

핑은 두려움에 떨며 물었다. 역봉은 두 눈을 꾹 감았다. 그리고 깊은 한숨을 내쉬었다. 핑은 비극의 예감에 치를 떨기 시작했다. 사진 속의 팔다리 없는 몸통이, 살처분한 짐승이 아버지일지 모른다는 비참한 예감이었다.

'어떤 신이 이런 살기를 창조했을까? 어떤 인간이 이런 살기를 창조할 수 있을까?'

핑은 누가 들을까 속삭이듯 물었다.

"제가 예감하는 것이... 맞습니까?"

역봉은 꾹 감았던 두 눈을 떴다.

"일단 혼자만 알고 계세요."

역봉은 더 이상 말하지 않았다.

왕애지 교수도 그렇게 말했었다. 장한 교수도 그렇게 말했었다. 후지무라도 그렇게 말했었다. 아버지가 살아있다고 말했었다. 그런데 그들이 살아있다고 말한 것은 팔과 다리를 자르고 숨만 붙어 있게 만든 것이었다. 핑은 한참 동안 허공을 바라보다가 또 한참 동안 바닥을 바라보았다. 핑의 악몽 속에서 삶과 죽음의 경계에서 씽씽한 유령이었던 아버지는 현실의 삶과 죽음의 경계에서는 씽씽한 사람이 아니었던 것이다.

역봉은 이 사진을 레이더스 타워에서 받았다. 레이더스 타워는 역봉에게 이 사진을 어디서 얻었는지 그 출처를 밝히지는 않았다. 그리고 이 사진이 베이징맨과 관련이 있다는 것만 알려주었다. 레이더스 타워는 베이징맨의 행방과 관련된 자료의 정보를 확보하다가 핑과 장리를 찾아냈다. 그리고 이역봉을 급파한 것이었다.

"혹시 '몬'에 대해서 알고 있습니까?"

역봉의 낮은 목소리였다.

"사실... 저는 '몬'에 대해 알게 된 지 얼마 되지 않았어요. '몬'에 대해서 얼마나 알고 있습니까?"

핑도 낮은 목소리였다.

"거의 몰라요... 극히 일반적인 정보만 알 뿐... 우리가 상상하는 이상으로 아니 상상하기 어려울 정도로 대단한 조직일 겁니다. 어쩌면 조직이라는 말도 어울리지 않아요. 한 국가의 개념보다 클 수 있으니까요."

역봉은 조심스러웠다.

"'몬'이 최근에 나를 찾아낸 거 같아요. 그런데 장한 교수가 사라진 시기와 일치합니다. 당신 말을 들어보니 당신들이 나를 찾아낸 시기와도 일치하는군요. 모든 게 미리 계획된 것처럼 딱딱 맞아떨어져요."

핑의 표정은 무거웠다.

"그리고 후지무라 신이치를 만났어요. 야쿠자의 야마구치와 한통속인 거 같아요. '몬'의 조직원 같기도 하고. 아버지가 살아있다고 말해주었어요. 그런데 아버지를 볼모로 잡고 있는 것 같습니다. 베이징맨을 찾아서 자기에게 가져오지 않으면 아버지를 죽인다고 했습니다..."

핑은 역봉에게 그동안의 전투 과정을 설명했다. 그야말로 비루한 각개전투의 연속이었다.

"우리는 톈진에 가야 할 것 같아요."

핑은 좀 전의 아버지의 비극에도 불구하고 아버지를 만날지도 모른다는 기대감에 가슴이 떨렸다. 어린 시절의 핑과 아버지와 기차여행과... 그다음은 기억나지 않았지만 아름답고 슬픈 추억의 매혹이었다. 하지만 이렇게 아름답고 슬픈 매혹의 풍경이 혹시라도 신기루의 풍경이 될까 두려웠다. 핑은 아버지를 떠올릴 때마다 과장된 정한을 겪고 있었다. 과장된 정한의 확장과 때때로의 균열을 빨리 봉합해야 했다. 그래야 절망 위에 올라탄 긍정의 국면으로 장차 닥칠 아수라를 돌파할 수 있을 것 같았다.

"장한 교수가 영상 메일에 단서를 뿌려놓았어요. 마치 헨젤과 그레텔처럼 말이에요. 찾으러 오라는 단서를 남긴 것 같습니다. 그 첫 번째가 톈진입니다."

"더 이상 생각할 게 뭐가 있습니까? 갑시다. 그럼."

역봉은 앞서 걸어 나갔다. 그의 무게감 있는 걸음걸이는 힘이 넘쳤다.

핑은 아지트를 떠나면서 뭔가 꺼림칙한 생각을 떨쳐낼 수가 없었다. 핑의 오피스텔, 핑의 자동차, 핑의 아지트를 전부 알고 있는 사람은 장한 교수밖에 없었기 때문이다.

핑은 장한 교수의 영상 메일에 더 전문적인 코드가 숨어있다는 의심이 들었었고 그 의심은 이미 확신으로 변해있었다. 그런데 자신은 숨어있는 코드를 해독할 정도의 전문적인 실력을 갖추지 못했을 뿐 아니라 장리와 랴오위에게도 모르게 비밀스럽게 해독하고 싶었다. 그래서 텐진으로 떠나기 전 친구 황다에게 비밀리에 연락을 했다. 장한 교수의 영상 메일을 전문적으로 해독해 달라고 부탁했다. 황다는 천재적인 프로그래머이자 해커였다. 그가 해독하지 못하는 프로그램은 없다시피 했다. 핑이 후지무라를 만났을 때 들었던 '진짜 큰 세계'는 사실 황다에게서도 들었던 얘기이기도 했다. 황다는 이미 오래전에 '진짜 큰 세계' 딥월드를 핑에게 말해주었었다. 핑은 당시에는 유념하지 않았었다. 황다가 해커의 입장에서 프레임을 짠 자신만의 판타지적인 세계관이라고 생각했었다.

10.

드디어 톈진에 도착했다. 베이징에서 톈진까지 두 시간가량 소요됐다. 벌써 어스름 저녁 무렵이었고 보름달이 크게 밝아오고 있었다. 풍등 축제를 즐기려는 젊은 남자와 여자들이 스스럼없이 몰려들고 있었다. 톈진은 핑의 머릿속에 오랫동안 사라졌었다. 그런데 톈진이 어떤 시치미도 없이 불현듯 나타난 것이다. 불사의 기억이 점점 또렷하게 살아났다.

바로 그날이었다. 아버지와 함께 왔던 그날도 보름달이 크게 밝았었다. 빛의 갈기조차 없는 빈틈없는 보름달이었다. 아버지는 어린 핑의 손을 꼭 잡고 하이허 강변을 산책하고 있었다.

그리고 누군가를 만났다. 그 누군가와 이야기를 나누었다. 어린 핑은 하이허강 속으로 털썩 내려앉은 보름달에 정신을 빼앗기고 있었다. 하이허강 속으로 돌팔매질을 하고 있었다. 그런데 강 속의 보름달은 꿈틀거리기만 할 뿐이었다. 보름달에게 아무리 수작을 걸어도 반응이 없자 심심해지기 시작했다. 그래서 아버지 곁을 뱅뱅 끊임없이 돌았다. 핑은 아버지와 이야기를 나누던 누군가의 얼굴이 좀처럼 기억나지 않았다. 아버지가 누군가와 나누던 이야기도 좀처럼 기억나지 않았다. 하지만 아버지가 만난 그 누군가는 베이징맨과 깊은 관련이 있었을 것이다. 결국 핑은 톈진에 다시 왔다. 하이허강에 다시 왔다. 스스로의 비밀을 잦은 몸살처럼 견디며 이곳까지 왔다.

하이허강은 이미 낮부터 시작된 축제로 북적대고 있었다. 특히 젊은 연인들 천지였다. 핑은 황다에게 연락이 올 때까지 이리저리 쏘다녀야 했기에 길거리 장사치에게서 풍등을 하나 샀다. 내심 장리에게 주려고 산 것이지만 장리에게 무슨 말과 함께 주어야 할지 난감했다. 생각해보니 여자에게 무언가를 준 적이 없었다. 그저 멀리서 바라보기만 했던 여자였다. 핑은 자신이 아버지라는 갑옷을 입은 동정의 사내일 뿐이라는 생각이 들었다. 갑옷 안에서 핑은 여자와의 전투나 전쟁은 한 번도 없었으니까.

　핑은 손에 풍등을 든 채 전전긍긍하고 있었다. 자신의 모습에 실소가 터져 나왔다. 이깟 풍등 하나가 핑의 갑옷을 자꾸 찢으려 하고 있었다. 어느새 장리가 슬그머니 옆에 서 있었다. 핑은 괜히 모른 척 쳐다보지 않았다. 장리에게 무슨 말을 하면서 이 풍등을 주어야 할지 계속 전전긍긍이었다. 잠시 후 핑의 눈앞에 노랗게 불 밝힌 풍등이 쓰윽 나타났다. 기적처럼 아름다웠다. 적어도 핑에게는 그랬다. 핑이 깜짝 쳐다보니 장리의 눈과 입이 활짝 웃고 있었다. 장리는 갓 핀 봄꽃에서 한창 핀 여름꽃이 되어있었다.
　"이곳까지 와서 안 사기도 그렇고 샀는데 안 주기도 그렇고... 축제라잖아요?... 축제... "
　장리는 말끝을 얼버무렸다. 핑은 장리가 주는 노란 풍등을 받으면서 자신이 들고 있던 노란 풍등을 장리에게 건넸다.

　핑이 건넨 풍등의 노란빛이 장리의 얼굴을 환하게 밝혔다. 이 순간 장리는 기막히게 아름다웠다. 하이허강의 저 보름달보다 아름다웠다. 핑은 넋을 놓고 쳐다보았다. 핑의 마음의 고열은 다시 끓어오르기 시작했다.

"톈진 풍등축제는 사랑하는 사람을 위해 기도를 하는 축제 라잖아? 장리는 애인 없지?"

핑은 슬쩍 떠보았다.

"애인이 없다고 누가 그래요?"

장리는 삐친 말투였다.

"단 한 번도 애인 얘기를 한 적이 없으니까 그렇지. 그리고 내 가 생각해 봐도... 똑똑하지 암벽 등반 잘하지... 얼굴 예쁘지... 이 런 여자에게 자신만만하게 도전할 만한 남자가 몇이나 되겠어?"

핑은 간 보듯 장난하듯 떠보았다.

장리는 숫처녀의 월경처럼 새빨개진 얼굴로 대들었다.

"여자가 똑똑하면 뭐요? 여자가 암벽등반 잘하면 뭐요? 여자 가 얼굴 예쁘면 뭐요?... 도대체 뭐가 문제예요?"

장리는 화가 났다. 자신의 마음을 몰라주는 핑에게 화가 난 것이다. 그런데 핑도 화가 났다. 자신의 마음을 몰라주고 화를 내는 장리에게 화가 난 것이다. 장리는 눈치가 빨랐다. 핑의 미 세한 표정의 변화를 눈치챘다. 자기에게 관심이 있다는 것을 간 파했다. 하지만 모른 척 내숭을 떨었다.

"안색이 안 좋아 보이는데요?"

'음... 장리는 아빠만 사랑하나 봐... 그런 생각이 들어서...'

핑은 자신이 장리의 변두리에 머무르고 있다는 생각이 들었다.

"그리고 애인 있었어요."
장리는 자랑하듯 놀리듯 했다.
"아빠는... 어려서부터 저의 애인이었죠. 제 일기장에는 아빠를 허즈번드라고 썼거든요. 허즈번드라는 말이 참 좋았어요. "
장리는 허즈번드라는 단어를 말하면서 핑을 향해 허즈번드라고 말하고 싶다는 걸 깨달았다. 핑을 향한 새로운 정한이 질주하고 있다는 걸 깨달았다. 핑은 장한 교수를 질투하는 자신의 내면을 들킬까 봐 풍등을 들고 강 쪽으로 달려갔다.
"... 진짜 사랑하는 남자가 생기기 전까지만 그렇게 부르려고 했다구요..."
장리는 풍등을 들고 달려가는 핑의 뒷모습을 쳐다보며 말했다. 핑에게 들리지 않을 고백이었다.

핑이 처치 곤란한 풍등을 들고 강가를 어슬렁거리고 있을 때 역봉이 다가왔다. 다짜고짜 물었다.
"랴오위, 저 친구 믿을만한 친구예요? 그냥 거슬려요. 직감일 뿐이지만... 그런데 내 직감이 한 번도 틀린 적이 없거든요."
"십 년쯤 됐나? 왕애지 교수님 때문에 알게 됐어요... 왕애지 교수님이 왜 저런 잡놈이랑 어울리나 이상하기도 했었지요. 이 잡놈이 형님 형님 하면서 따라붙더라구요. 그때부터 형 동생 그렇게 지냈죠. 욕심이 많은 놈이에요... 그러고 보니 아는 게 별로 없네... 고향도 모르고... 하여간 나쁜 놈은 아니에요."

핑은 이상하게도 랴오위만 생각하면 자꾸 불쌍했다. 역봉은 고개를 끄덕이곤 강을 향해 큰 걸음으로 걸어갔다. 핑은 역봉의 떡 벌어진 어깨에 죽음이 묻어있는 것처럼 보였다.

랴오위는 홀로된 아픈 아버지가 있었다. 어머니는 아버지를 떠나서 재혼한 후 소식이 끊긴 지 오래였다. 랴오위는 발 없는 새나 마찬가지였다. 랴오위 아버지는 한쪽 다리를 절며 혼자 힘으로 아들 랴오위를 키웠다. 랴오위는 학력이랄 게 전무했다. 제대로 된 학교를 다니지 못했으니 학교를 졸업하지도 못한 것이다. 또 보물 사냥꾼이라는 명함으로 사업가라는 타이틀로 세상 곳곳을 돌아다녔다. 그리고 돌아다니면서 번 돈은 게임으로 탕진했다.

핑은 아까부터 강바람 속을 서성이고 있는 장리 쪽으로 걸어갔다. 벌써부터 여기저기 풍등이 노란 꽃으로 날아다니고 있었다. 정말 다시 보기 어려운 아름다운 장관이었다. 노란 꽃의 향연을 보는 듯했다. 강바람 속을 이리저리 날아다니는 노란 꽃 사이로 노란 꽃보다 더 아름다운 장리의 옆모습이 보였다. 핑은 장차 장리에게 가는 과정이 망설임과 머뭇거림이 많아진다 해도 반드시 장리에게로 꼭 가야겠다고 다짐을 했다.

핑은 장리 옆에 섰다. 핑과 장리는 서로 다른 방향으로 풍등을 날렸다. 두 개의 풍등은 원래부터 한 쌍이었던 것처럼 어느 하늘에서 함께 만나더니 서로 떨어지지 않고 절정의 보름달을 향해 날아갔다. 한 개의 노란 꽃으로 날아갔다. 핑과 장리는 믿을 수 없다는 듯이 서로 쳐다보며 웃었다.

역봉과 랴오위는 풍등을 날리지 못했는지 손에 든 채 다가왔다.

"형님. 이제 어디로 가?"

랴오위는 심심했다. 함께 풍등을 날릴 연인이 없는 게 심심했다.

"이제 확인해봐야 해. 기다려."

핑은 텐진 풍등축제에 몰려든 젊은 인파를 뚫고 근처 가까운 카페에 들어갔다. 모두 풍등축제에 갔는지 카페 안은 오히려 한산했다. 핑은 노트북을 열고 곧바로 접속했다. 그리고 황다에게 연락을 취했다. 얼마 지나지 않아 황다에게서 답장이 왔다. 황다는 지금까지 알아낸 정보를 곧 보내주겠다고 했다. 핑은 황다의 연락을 기다리면서 오만 가지 생각이 다 들었다.

지금까지 장한 교수의 이동 경로는 야마구치 생일 파티→ 영상 메일 촬영 장소→ 아지트 '멘B'→ 텐진의 어딘가로 추정할 수 있었다. 너무 비약적으로 빠른 속도의 재앙을 보여주고 있었다. 이미 탄탄한 시나리오가 만들어진 영화에서나 가능한 속도였다.

"혹시 짜 맞추어진 설계가 있는 걸까?..."

핑은 혼란스러웠다. 그리고 장리에게 미안했다. 장한 교수에 대한 지속적인 의심을 하고 있었기 때문이다. 장리를 위해서라도 장한 교수가 진짜 납치되었길 간절히 바라고 있었다. 잠시후 황다에게서 기다리던 메일이 도착했다.

황다는 핑이 보내준 장한 교수의 영상 메일을 각각의 프레임을 따로 분리해서 세밀하게 분석했다. 그런데 장한 교수의 몸통 뒤편 검은색 벽면을 차지하고 있는 흰색 타공판 옆 오벌형 황금색 거울이 눈에 들어왔다. 황다는 그 황금색 거울을 주목했다. 황다는 황금색 거울을 확대해서 살펴보았다. 희끄무레한 얼룩을 발견했다. 핑이 황금색 거울 위편에서 얼핏 발견했던 그 얼룩이었다. 이상했다. 황다의 직감이었다. 황다는 처음엔 반사된 빛처럼 보였던 희끄무레한 얼룩에 전문적인 기술을 입혀서

빛의 형태를 포착해냈다. 그리고 빛의 형태 속에서 47이라는 숫자를 발견했다.

이제는 47이라는 숫자의 의미를 알아내야 했다. 황다는 47이라는 숫자의 프레임에 이상한 선들이 슬쩍슬쩍 스쳐 지나가는 걸 포착했다. 이상했다. 특히 네 번째 프레임은 불규칙한 선들이 눈에 띌 정도로 달랐다. 황다는 그 불규칙한 선들을 다시 7등분 해보았다. 그리고 7등분 된 불규칙한 선들을 각각 바코드 리더 사이트를 통해 헥사 코드를 도출해보았다. 그러자 헥사 코드가 나왔다. 황다는 헥사 코드를 다시 2진수로 변화시켜보았다. 그러자 큐알 코드가 나왔다. 황다는 큐알 코드를 다시 이미지화시켜보았다. 그러자 놀라운 문구가 나타났다.

"왕(王)을 믿지 마라."

"왕을 믿지 마라?"

핑은 그만 큰소리로 질러버렸다. 왕을 믿지 마라. 그동안 까마득하게 잊고 있었던 전설이었다.

왕을 믿지 마라 2200여 년 전

진(秦)나라에 노생과 후생이라는 방사(方士)가 있었다. 노생
(盧生)과 후생(候生)은 시황제(始皇帝)를 간교하게 속여먹고
있었다. 신선(神仙)이 어쩌고 진인(眞人)이 어쩌고 하며 시황제
가 불로불사에 빠져들게 한 것이다. 불로불사에 정신없이 빠진
시황제는 온 세상에 사람을 보내 불로불사의 약을 구해오게 했
다. 노생과 후생의 허무맹랑에 빠져든 시황제는 함양(咸陽) 부
근 200리 안에 207개의 건물 모두 구름다리를 만들기도 했다.
땅에 발을 딛지 않고 구름다리로 이동할 수 있게 만든 것이다.
시황제는 구름다리를 통해 여기저기 돌아다녔다. 자신이 진인이
라는 과대망상에 매몰된 것이었다. 이 꼬락서니를 본 노생과 후
생은 시황제를 바보라고 생각했다. 노생과 후생은 시황제 앞에
서 비위를 맞추며 재물을 취하여 부귀영화를 누렸지만 시황제
뒤에서 인격과 부덕을 까발리며 맹렬히 비난하고 돌아다녔다.

天下之事 無小大皆抉於 上

그리고 천하의 크고 작은 일이 바보 같은 황제 한 사람에 의
해 결정된다고 유언비어를 퍼트리고 다녔다. 게다가 한 술 더
떠서 진나라는 호(胡) 때문에 망한다는 예언 같지 않은 망언을

떠들고 다녔다. 노생과 후생의 이런 막돼먹은 경거망동은 결국 시황제의 귀에 들어가게 되었다. 노생과 후생은 시황제에게 자신들의 모순된 정체를 들켰다는 것을 알고 무조건 달아났다. 노생과 후생이 야반도주하듯 도망가 버리자 시황제가 분노한 건 자명한 일이었다. 시황제는 걷잡을 수 없는 분노를 풀어낼 대상을 필사적으로 찾으려 했다. 그러다 자신을 비난하며 삶을 소비하던 수많은 방사들과 유생(儒生)들을 떠올렸다. 시황제는 회심의 미소를 지으며 그들을 모조리 잡아들여서 족쳤다. 바로 갱유(坑儒)의 시작이었다.

그때 왕생(王生)이라는 방사도 끼어있었다. 왕생은 마지막으로 한 번만 기회를 달라며 시황제에게 간청했다. 시황제가 미치도록 갈구하고 있는 불로불사의 약을 꼭 찾아오겠다고 사정했다. 시황제는 '어차피 다 죽일 놈들. 그중 한 놈 늦게 죽인다고 크게 달라질 것도 없다'라고 생각하며 못 이기는 척 조건부의 삶을 허락했다. 시황제는 왕생 아버지의 목숨을 볼모로 잡았고 왕생은 아버지의 목숨을 담보로 불로불사의 약을 구하는 여행을 떠났다. 왕생이 떠난 지역은 다름 아닌 용골산(龍骨山)이었다. 한 번도 죽은 적이 없는 거대한 불로불사의 용이 살고 있고 그 거대한 불로불사의 용이 먹는 용 뼈가 있다는 괴상한 소문을 들었던 것이다. 또한 이 용 뼈를 사람이 먹으면 불로불사한다는 소문도 들었던 것이다. 믿지 않는 사람들도 있었다. 하지만 왕생은 믿어야 했다. 그리고 믿을 수밖에 없었다.

사람들은 용골산에 가면 죽을 것이라며 벌벌 떨었다. 용골산에는 큰 동굴과 작은 동굴이 있는데 큰 동굴은 거대한 용의 집이고 작은 동굴은 용 뼈의 집이었다. 이 용 뼈가 바로 불로불사의 보약이라는 것이었다. 불로불사를 꿈꾸는 사람들이 용 뼈를 훔치려고 작은 동굴로 침입하면 큰 동굴에 사는 불로불사의 거대한 용이 나타나 입에서 나오는 뜨거운 불꽃으로 모두 태워 죽인다고 했다. 그래서 아무도 용 뼈를 본 사람은 없었다. 살아 돌아온 사람이 없었기 때문이었다. 어쩌면 신기루 같은 전설일 수도 있었다. 하지만 왕생은 이도 저도 따질 형편이 아니었다. 불로불사의 거대한 용이 용 뼈를 지키고 있다면 반드시 그만한 가치가 있는 진귀한 약재일 거라는 생각이었다. 불로불사가 아니더라도 만병은 고칠 수 있을 거라는 생각이었다.

마침내 왕생은 자신만만하게 용골산을 올랐다. 용골산에 오르자 어마어마한 크기의 뼈들이 지천으로 널려있었다. 보기만 해도 오줌을 지릴만한 크기의 뼈들이었다. 왕생은 거대 뼈들을 일반 약재로 쓰려고 돌로 절단해서 챙겼다. 그리고 점점 깊숙이 들어갔다. 불로불사의 진귀한 약재인 용 뼈들이 묻혀있는 작은 동굴을 찾아야 했다. 왕생은 몇 날 며칠을 헤매다가 기이하게 생긴 작은 동굴을 찾았다. 왕생이 살펴보니 사람이 겨우 드나들 만한 크기였다. 또한 그 구멍은 계속 기어 내려가야만 하는 구불구불한 모양이었다. 왕생은 이 구멍을 통해 용 뼈의 집인 작은 동굴을 만날지도 모른다는 불굴의 희망으로 기어서 기어서 가장 깊은 바닥까지 기어코 내려갔다.

왕생은 딴딴하게 얼어버린 땅을 파들어 갔다. 한참 파고들어가다 깔때기 모양의 밑바닥을 만났다. 바로 그때였다. 느닷없이 작은 틈새가 벌어진 것이다. 왕생은 떨리는 손으로 그 틈새를 조심스럽게 벌려보았다. 그 틈새 아래 작은 동굴이 보였다. 왕생은 온몸을 부르르 떨었다. 왕생은 준비해 간 끈으로 자신의 몸을 단단히 묶고 작은 동굴 안으로 천천히 내려갔다. 얼마 후 작은 동굴 바닥에 가볍게 발을 내렸다. 오랜 세월 동안 켜켜이 쌓인 나이 든 모래와 그만큼 나이 든 공기가 콧속으로 훅 쳐들어왔다. 왕생의 눈에 눈물이 가득 차올랐다. 가슴은 대책 없이 미친 듯이 뛰었다. 당장 기절이라도 할 정도로 넋이 나갔다.

왕생은 이미 용 뼈의 운명과 자신의 운명을 하나의 운명으로 맞이할 의식을 치를 준비가 되어 있었다. 불을 밝혔다. 왕생은 5십 보 6십 보쯤 걸어갔다. 세상에서 가장 신성한 의식을 치르는 방사처럼 그렇게 겸손하게 걸어갔다. 그리고 갑자기 쭈그려 앉았다. 동굴 바닥에 허연 뼈가 아주 가지런히 놓여있는 것을 보았기 때문이다. 죽은 이후 한 번도 움직임이 없었던 것처럼 너무나 단정한 자세로 누워있는 것을 보았다. 왕생은 무릎을 꿇은 채 허연 뼈 표면의 흙을 털어냈다. 그러자 본래의 모습이 드러났다. 그런데 불로불사의 거대한 용 뼈가 아니었다. 크기로 보아 분명 사람 뼈였다. 왕생은 자신의 두 손으로 두 눈을 비벼보았다. 사람 뼈가 확실했다. 그리고 바로 옆에 두개골까지 있었다. 순간 왕생은 너무나 기쁜 나머지 아무 생각 없이 벌떡 일어났다.

"앗."

왕생은 동굴 천장이 낮다는 사실을 깜빡했던 것이다.

동굴은 어른 남자가 일어나면 머리를 부딪칠 높이 정도였다. 왕생은 동굴 천장에 머리를 부딪쳐 잠깐 기절하고 말았다. 얼마나 기절해 있었던 걸까? 50만 년간 갇혀있던 아수라의 빛무리들이 한데 모여 왕생의 몸으로 쏟아져 내렸다. 막무가내로 쏟아지는 빛무리 속에서 왕생은 서서히 깨어났다. 머리에서 피가 흐르고 있었다. 왕생은 울부짖었다.

"내가 찾았어."

왕생은 자신이 발견한 두개골을 자신이 영원히 모셔야 할 진짜 왕이라고 생각했다. 시황제 따위와는 감히 비교도 안 되는 진짜 불로불사의 왕이라고 생각했다. 왕생은 한 번도 죽은 적이 없는 불로불사의 거대한 용이 지켜왔던 불로불사의 두개골을 찾은 것이다. 왕생은 그날 밤 이 작은 동굴에서 밤을 보냈다. 그리고 준비해 간 죽간에 자신이 찾아낸 두개골을 그림으로 그렸다. 얼굴 하나만을 커다랗게 그렸다. 왕생은 그림을 다 그린 후 죽간 아래 이름을 적었다. 왕의 이름을 적었다. '眞王'

왕생은 다음 날 작은 동굴을 나오려다 불로불사의 거대한 용 울음을 들었다. 천둥 같은 울음이었다. 왕생은 정신없이 도망치느라 자신이 찾은 두개골, 진짜 왕을 그냥 둔 채 진짜 왕을 그린 그림만 가지고 용골산을 떠나고 말았다.

왕생은 진짜 왕을 그린 왕 그림을 시황제에게 바치고 그의 아버지를 살리려고 했다. 왕 그림을 바치며 '왕 그림을 가진 자가 불로불사의 진짜 왕이 된다.'라고 설파하기도 했다. 시황제는 코웃음을 치고는 단박에 왕생의 팔다리를 잘라버렸다. 그의 아버지

또한 팔다리를 잘랐다. 그런데 시황제의 아들 호해가 왕생의 왕 그림 소식을 듣게 되었다. 왕 그림을 가진 자가 불로불사의 왕이 된다는 희한한 소식도 듣게 되었다. 호해는 왕 그림을 훔쳤다. 자신이 불로불사의 진짜 왕이 되고 싶어 환관 고조와 승상 이사와 짜고 저지른 패륜의 짓거리였다. 결국 시황제는 불로불사하지 못하고 죽었고 호해의 진나라도 불로불사하지 못하고 얼마 안 가 멸망했다.

이 사건 이후, 세간에서는 '왕을 믿지 마라'라는 노래가 불리기 시작했다. 바로 **不信王言**, 노래였다. 그리고 이 왕생의 왕 그림은 호해가 죽은 후 누군가에 의해 오랫동안 보관되었다. 이후 이 왕 그림이 어떻게 흘러 다녔는지 전혀 알려진 바도 없었고 기록도 없었다. 필사(筆史)의 역사에서 완전히 사라지고 만 것이다.

그런데 이 왕 그림이 원세개 때 느닷없이 나타났다. 원세개(위안스카이)의 손에 들어간 것이다. 원세개는 점과 무당을 신뢰하던 매우 천박한 자였다. 점쟁이 무비자에게서 왕 그림을 손에 넣은 후부터 그는 자신이 중국의 왕이 돼야 한다고 대책 없이 믿기 시작했다. 노생과 후생을 거쳐 또다시 반복된 무비자의 허무맹랑이었다. 그리고 원세개는 우연인지 왕 그림 덕분인지 진짜 왕이 되었다. 그런데 왕이 된 원세개는 또 무엇에 홀렸는지 스웨덴 학자 요한 구나르 안데르손을 불러들였다.

원세개로부터 중국북양정부농상부광정사고문이라는 신분을 받은 요한 구나르 안데르손이 발굴하려던 광석은 다름 아닌 왕생의 왕 그림의 주인공 베이징맨이었다. 결국 베이징맨의 발굴은 이미 오래된 운명이었던 것이다. 그리고 또다시 노래가 불리고 있었다. "왕을 믿지 마라." '不信王言'

소문에 의하면 원세개가 왕이 아니라 무비자가 진짜 왕이라는 해괴망측한 설이 파다했다. 그래서 무비자는 왕비자라고 불리기도 했다. 결국 원세개는 얼마 되지 않아 왕의 자리에서도 내려왔다.

핑의 온몸에 소름이 돋아났다. 진시황과 진생과 후생 그리고 진시황과 왕생 그리고 진시황과 호해 그리고 원세개와 무비자 그리고 원세개와 요한 구나르 안데르손 그리고 베이징맨 그리고 아버지 그리고 장한 교수 그리고 핑... 그리고... 거창한 운명의 거대한 그림이었다.

핑은 황다에게 다시 연락했다. '진짜 큰 세계'와 '딥월드'의 정체가 무엇인지 물었다. 잠시 후 황다는 답신을 보내왔다. 이 세계의 드러나는 모든 현상은 서피스월드의 현상일 뿐이며 마치 물 위에 드러난 빙산처럼 일부분일 뿐이고 이 세계의 드러나지 않은 모든 현상은 딥월드의 현상일 뿐이며 마치 물 아래 드러나지 않은 빙산처럼 전체라고 했다. 또한 서피스월드의 현상이 1%라면 딥월드의 현상은 나머지 99%라고 했다. 그래서 딥월드는 '진짜 큰 세계'라고 말할 수 있다는 것이다. 그리고 딥월드를 지배하는 거대한 대제국과도 같은 조직이 있지만 그 조직에 대해선 자신도 잘 모른다고 했다.

핑은 황다가 말한 딥월드가 혹시 '몬'일까 하는 추측을 잠시 해보았다. 핑의 이 추측은 몹시 강렬하게 지속되어서 거의 진실처럼 여겨졌다. 핑의 새로운 노이로제가 될지도 몰랐다. 이 새로운 노이로제를 바로잡아야 했다. '몬'과 딥월드는 같은 얼굴을 가진 다른 이름일 수 있었다.

"앗, 그렇지? 47? 47구역? 47번지?..."

핑은 황다가 발견한 47이라는 숫자를 기억해 냈다. 핑은 재빠르게 구글맵을 검색해보았다. 그런데 47이라는 숫자가 뚜렷하지 않고 자꾸 명멸했다. 핑은 47이라는 숫자가 사라질까 봐

조마조마해 하며 47에 몰입했고 결국 47이라는 숫자를 건져냈다. 다행히도 텐진에는 47이라는 숫자에 해당하는 무엇이 있었다.

그런데 이 47이라는 숫자가 어떤 구역을 가리키는지 아니면 어떤 건물을 가리키는지 어떤 주소를 가리키는지 지도상으로는 알기 어려웠다. 47이라는 숫자가 명멸하기를 반복하다가 툭 튀어나왔을 뿐이었다. 핑은 구글맵에 47이라는 숫자가 나타났다는 사실이 이상하다고 생각했다. 하지만 그런 우문을 하기 전에 일단 현답부터 찾아야 했다. 핑은 47이라는 숫자를 가진 무엇이 텐진 하이허강에서 아주 가깝다는 걸 알아냈다. 핑은 카페를 나와 일행을 찾았다. 그리고 47이라는 무엇에 대해 빠르게 알려주었다.

랴오위가 즉시 택시를 불렀다. 모두 택시를 급하게 탔다. 핑은 조수석에 앉자마자 택시기사에게 황다에게 받은 단서 47을 물어보았다.

"47이요? 이 근방에 그런 주소는 없어요. 이곳의 주소는 그렇게 쓰지 않아요. 혹시 잘못 알고 있는 거 아니세요?"

택시기사는 일찌감치 승차를 거부하고 고개를 저었다. 핑은 카페에서 구글맵을 검색했던 상황을 다시 떠올렸다. 자신이 어쩌면 잘못 보았을 수도 있었다. 47이라는 숫자에 강박적으로 매달리다 보니 헛것을 보았을 수도 있었다. 그렇다 해도 금방 포기할 수는 없었다. 황다가 47이라는 단서를 알려주었기 때문이다. 장한 교수의 영상 메일을 분석한 천재 해커의 검색 엔진에 걸렸다면 47이라는 단서는 아무 의미 없는 단서는 아니었다. 그렇다면 고유명사이거나 대명사였다.

"그럼 이 주소와 비슷한 곳은 있나요? 주소가 아니더라도 건물의 이름이거나 구역의 이름이라도 혹시 떠오르는 곳 없으세요? 아니면 사라지거나 잊힌 동네라도..."

핑은 다급했다. 그런데 택시기사는 귀찮은지 대꾸조차 없었다. 핑은 택시기사를 패기라도 해서 알아내고 싶은 심정이었다.

"정말 중요한 일입니다. 제발 도와주십시오."

핑은 정중하게 부탁했다. 도와주십시오. 라는 말을 서너 번은 했다.

"지금 택시가 놀고 있잖아요? 정차요금 주세요... 그럼 알아봐 드릴게요."

택시기사의 요구는 단순명료했다. 핑은 고개를 끄덕였다. 그러자 택시기사는 어딘가에 전화를 걸었다. 여러 사람에게 전화를 거는 것 같았다. 그런데 말투가 너무 느렸다. 느려도 너무 느렸다.

"어디서 47이라는 숫자를 봤는지 모르겠지만 47이라는 주소는 없어요. 구역도 없어요. 건물도 없어요. 그런데 47이라는 이름을 가진 오래된 객잔은 있답니다."

핑은 속으로 쾌재를 불렀다.
"좋습니다. 그럼 그리로 빨리 가주세요."
그런데 택시기사는 전혀 움직일 생각을 하지 않았다. 느릿느릿이 아니라 아예 꼼짝도 하지 않았다.
"그런데 그곳은 현재 사람들이 살지 않는 동네라고 해요..."
택시기사의 말은 그야말로 망측했다.
"네에? 그럼 아무도 없고 아무것도 없다는 뜻이에요?"
핑은 미칠 지경이었다.
"누군가 있기는 하지만... 저라면 가지 않겠어요. 다른 택시를 타면 좋겠어요."
택시기사는 냉정하게 거절했다.

핑은 택시기사를 다시 설득했다. 핑은 실종된 아버지를 찾아야 한다고 동정심에 호소해 보았다. 장리와 랴오위와 역봉도 합세해서 아버지를 찾아야 한다고 사정하고 읍소했다. 택시기사는 한참 머뭇거리더니 겨우 승낙했다. 하지만 필수 옵션이 있었다.

또 돈타령이었다.

"그렇다면... 돈을 더 주셔야 합니다."

택시기사는 요금을 올렸다.

"당연히 그래야죠, 그런데 얼마나요?"

핑은 부글부글 끓고 있었다.

"그곳은... 47객잔은... 봉변당하기만 한대요. 지난주에도 대낮에 누가 죽었대요. 죽은 시체가 가슴이 뻥 뚫렸대요. 가슴이 텅텅 비었대요. 그래서 경찰도 그곳에 안 들어간다고 하고..."

택시기사는 진짜 난색을 표명했다. 핑은 택시기사의 시체의 가슴이 뻥 뚫리고 가슴이 텅텅 비어 있다는 말을 어떻게 해석해야 할지 난감했다. 그 말이 맞는다면 장기밀매자들의 소행일 수도 있었다. 악랄한 범죄자들의 소굴일 수도 있었다. 어쨌든 직접 가서 그 진위를 확인해야 했다.

"세 배 드릴게요. 제발요."

핑은 필사적으로 매달렸다.

"다섯 배요. 입구까지만 갑니다. 그리고 선금 주세요. 지금까지 정차요금이랑 같이."

택시기사의 요구가 끝났다. 핑은 곧바로 요금을 지불했다. 그리고 오랜 설왕설래를 지나 47객잔으로 출발했다. 47객잔에 무엇이 있는지 누가 있는지 몰랐다. 가슴이 뻥 뚫린 시체를 만날 수도 있었고 가슴이 텅텅 비어있는 시체를 만날 수도 있었다. 하지만 가야 했다.

그런데 핑의 가슴 한편에는 일행에게도 들키기 싫은 무질서한 의문들이 마구잡이로 횡행하고 있었다. 지역 택시기사도 잘 모르는 허름한 객잔에 불과한 47이라는 숫자가 어떻게 구글맵에서 검색될 수 있었을까? 하지만 핑은 헛것을 본 것은 아니라고 믿고 싶었다. 그리고 이것 때문에 이 모든 운명의 여정이 파국으로 치닫지 않기를 기원했다.

택시기사는 으슥한 골목길 앞에 택시를 세웠다. 택시기사는 쏜살같이 가버렸다. 47객잔을 향하는 골목 안은 악몽만 설쳐댈 것 같은 깊은 동굴처럼 보였다. 지옥만 날뛸 것 같은 깊은 동굴처럼 보였다. 아무런 선입견 없이도 기분 나쁜 마을이었고 아무런 편견 없이도 꺼림칙한 마을이었다. 핑은 골목 안을 노려보았다. 골목 안으로 첫발을 들여놓았다. 핑이 발을 들여놓기 무섭게 짐승 살가죽 타는 냄새가 공기를 가르면서 먼저 달려왔다.

11.

핑이 먼저 앞서갔다. 마을 안으로 한참 들어서도 깜깜했다. 생명을 가진 것은 아무것도 없는 것인지 등 하나 없었다. 유령 만이 살고 있는지 쥐새끼 한 마리도 없었다. 골목 구석구석 짐 승 살가죽 타는 냄새만 있었다. 핑은 묵묵하게 걸어 나가기만 했다. 얼마쯤 가자 드디어 사람인지 짐승인지 분간이 힘든 어설 픈 행색이 나타났다. 핑은 다리에 힘을 실으며 걸었다. 여차하 면 어설픈 행색을 때려눕혀야 할지도 몰랐기 때문이다. 그런데 어설픈 행색은 걸인들이었다.

걸인이라고 하지만 언제 어디서든 아무렇게나 객사할 준비가 되어있는 위험한 짐승들이었다. 해골에 가까운 몰골과 입가에 말라붙은 핏자국은 살아있는 피비린내에 맛을 들인 좀비들 같았다. 그들은 찌그러진 양철통에 불을 피우고 모여있었다. 양철통에서 역한 노린내가 피어올랐다. 핑은 그들과 눈이 마주쳤다. 소스라치게 놀랐다. 생명이 없는 유리알 같았다. 가짜 눈알들이 깜깜한 어둠 속에서 유령처럼 번들거렸다.

핑은 장리의 팔을 꼭 붙들었다. 여자가 살아남기 힘든 마을이었다. 역봉이 어느새 앞서 걸어가고 있었다. 핑은 장리를 가운데 두고 맨 뒤로 물러났다. 역봉이 맨 앞에 가고 핑이 맨 뒤에 가면 일행들이 좀 더 안전할 것 같다는 생각이었다. 또 한참 흔들림 없이 걸었다. 저만치 어슴푸레 불빛이 흘러나오는 집의 형태가 보였다. 핑은 갑자기 달리기 시작했다. 그리고 어슴푸레한 불빛을 내보내는 집의 형태에 누구보다 먼저 도착했다. 심장이 터져나갈 듯 뻐근했다. 페인트칠이 벗겨진 낡은 문은 차가운 바닷속에 오랫동안 가라앉은 선박의 갑판처럼 보였다. 낡은 문에는 긴 칼로 난도질한 것처럼 47이라는 문패가 있었다. 제대로 찾아온 것이다.

"47이야."

핑은 47이라는 문패를 보자마자 어린 시절의 기억이 새로이 떠올랐다.

"47호라고. 47호... 술집 이름치곤 이상하지? 넌 어려서 잘 모르겠지. 감옥도 아니고 말이야."

핑은 말 수 없는 아버지가 그날따라 말이 많다고 생각했다. 핑은 아버지의 말에 어떤 대꾸도 할 수 없었다. 이 마을이 너무 무서웠기 때문이다. 핑은 아버지를 따라오면서 줄곧 땅만 내려다보면서 왔다. 가끔씩 얼굴을 들면 얼굴에 흰 붕대를 감고 있거나 얼굴이 흐물흐물 녹아내린 사람들이 보였기 때문이다. 핑은 집에 돌아가서도 이 마을에 관한 악몽을 꿀까 봐 벌써부터 걱정을 했다. 자꾸 오줌이 마렵기도 했다.

핑은 핏발이 선 눈으로 역봉을 쳐다보았다. 도와달라는 무언의 신호였다. 역봉은 핑의 어깨를 툭툭 치더니 두 다리를 쩍 벌리고 섰다. 스모선수가 덤벼도 절대 쓰러지지 않을 허세도 과장도 없는 정직한 자세였다. 핑이 문을 쾅... 쾅쾅... 쾅 두드렸다. 문 안쪽에선 아무 대답도 없었고 아무도 나오지 않았다. 핑은 문의 성질머리에 바짝 약이 올랐다. 핑에게 문은 늘 이 모양이었기 때문이다. 악몽 속에서의 아버지는 조금의 여백도 없이 문을 닫았었다. 핑은 아버지가 닫은 문을 열었었다. 또 문이 나타났었다. 아버지는 어느새 또 문을 닫았었다. 핑은 또 열었었다.

이제는 핑 앞에 47이라는 문의 악몽이 다시 버티고 있었다. 핑은 이 문을 열어야 했다. 다시 문을 쾅... 쾅쾅... 쾅 두드렸다. 그러자 끼이익 소리와 함께 공포영화의 한 장면처럼 문이 열렸다. 완전히 술과 약에 절은 아직 안 죽은 게 이상한 남자가 누런 이빨을 드러내며 겨우 걸어 나왔다. 술과 약에 혀가 꼬였는지 발음이 심하게 휘어있었다.

"누... 규...?"

"술 좀 마십시다."

핑은 다짜고짜 시비조였다. 일부러가 아니었다. 저절로 싸움을 걸고 있었다.

"술 좀 마십시다."

핑은 다시 시비조였다. 하지만 남자는 발을 질질 끌며 몸통을 돌렸다. 그대로 안으로 들어가고 있었다. 핑은 남자를 몸으로 밀어붙이면서 들어가려고 했다. 그러자 남자는 두 팔로 문설주를 붙든 채 기어코 막아섰다. 그리고 재빨리 문을 닫고 들어갔다. 핑은 다시 문을 쾅... 쾅쾅... 쾅 두드렸다. 문안에서는 아무 대답도 들리지 않았다. 핑은 다시 문을 쾅... 쾅쾅... 쾅 두드렸다.

순간 문은 신경질적으로 다시 열렸다. 남자는 핑의 얼굴에 누런 가래침을 획 뱉었다. 거의 동시에 핑은 남자의 면상을 뻑 갈겼다. 남자는 문과 함께 뒤로 벌러덩 나자빠졌다.

남자가 자빠지면서 문도 자빠졌다. 47객잔의 비밀스러운 내용이 샅샅이 드러났다. 아편 연기가 자욱했다. 핑은 아편 연기를 천천히 걷어내며 47객잔 안으로 들어섰다. 47객잔에는 검은 후드와 검은 양복과 검은 마스크를 쓴 몰골들이 가득했다. 47객잔은 검은 괴물들의 집단 서식지였다.

'... 오피스텔에 쳐들어왔던 검은 괴물들과 자동차를 쫓아왔던 검은 괴물들과 이들은 동일한 유전자의 조직원들이다.'

핑은 이제야 알 것 같았다. 후지무라는 동일한 유전자의 이복형제인 셈이었다. 핑은 자신을 둘러싼 음모의 중심을 향해 겁없이 걸어 들어갔다. 자빠진 문을 거침없이 밟으며 걸어 들어갔다. 문은 얼마나 약해 빠졌는지 핑이 밟는 순간 자지러지듯 빠개졌다. 핑은 부서진 문을 보며 뿌듯하고 기뻤다.

47객잔은 술과 안주를 준비하는 주방이 오른쪽에 위치해 있었다. 그리고 주방 벽면에 '몬'이라는 붉은 글자를 박은 검은 휘장이 크게 드리워져 있었다. 47객잔의 면적과 전혀 형평성이 맞지 않는 거대한 크기였다. '몬'이라는 휘장은 47객잔의 아편 연기에 찌든 검은 괴물들을 내리깔며 혼자 독불장군으로 장쾌했다. 핑은 '몬'이라는 붉은 글자가 꽤 익숙했다. 검은 휘장도 익숙했다.

그때도 누런 먼지가 세상을 뒤덮었었다. 사람들은 하늘에서 내리는 눅눅한 누런 먼지를 흙비라고도 했다. 아버지는 어린 핑을 데리고 보물 사냥꾼들의 아지트인 47객잔에 들렀다. 잔술을 즐기는 대부분의 가난한 보물 사냥꾼들에게 적합한 싸구려 술집이었다. 아버지는 어린 핑에게 왕사탕 한 개를 쥐어 주고는 곧바로 몇몇 보물 사냥꾼들과 이런저런 소식을 주고받았다. 아버지는 이곳에서는 참 수다스러웠다. 어린 핑은 수다스러운 아버지가 참 좋았다. 허허 사람 좋은 자주 웃는 아버지가 참 좋았다. 어린 핑은 왕사탕을 입에 물고는 47객잔이라는 고대 유적을 탐사하고 다녔다.

그때 주방의 벽 전면에 도배되어 있다시피 한 검은 휘장을 한참 보았었다. 검은 휘장 안에는 붉은 글자가 똬리를 틀고 있었다. 어린 핑은 이상할 정도로 똬리 튼 붉은 글자에 끌렸다. 읽을 수도 없는 글자였는데도 말이다. 붉은 글자는 뱀처럼 꿈틀거리다가 어린 핑을 노려보았다. 어린 핑은 화들짝 놀라서 뒷걸음질 쳤다. 그러다 멈추어 서서 붉은 글자를 노려보았다. 붉은 글자는 화들짝 놀라서 뒷걸음질 쳤다. 그러다 멈추어 서서 어린 핑을 노려보았다 어린 핑이 앉자마자 아버지의 목소리는 누구보다 크고 활달해졌다. 그래서 몇 마디 정도는 알아들을 수 있었다. 야마시타 금궤, 골든릴리, 루손섬, 바기오, 서태후 음부 야광주 등이 기억에 남는 아버지의 즐거운 슬로건이었다. 핑은 아버지를 흉내 내는 놀이를 하기 시작했다. 아버지가 웃으면 따라서 웃었고 아버지가 찌푸리면 따라서 찌푸렸다.

그때 47객잔으로 그 남자가 들어왔다. 아버지는 벌떡 일어나 그 남자를 반갑게 맞이했다. 아버지는 그 남자를 만나기 위해서 47객잔에 들른 게 틀림없었다. 아버지는 그 남자를 만나고부터 목소리가 급작스레 작아졌다. 하지만 어린 핑은 분명히 기억했다. 아까부터 아버지의 말과 행동을 따라 하는 놀이를 하고 있었기 때문이다. 핑은 아버지가 만나고 있는 그 남자의 얼굴을 곁눈으로 쳐다보았다. 바늘과 실로 얼기설기 꿰매놓은 그 남자의 깊이 팬 오른쪽 뺨이 흉측했다. 뺨 아래 허연 뼈가 보였다. 어린 핑은 얼른 눈길을 돌렸다. 그리고 그 남자의 눈을 만나지 않으려고 자꾸 딴 곳만 바라보았다.

어린 핑이 자꾸 시선을 회피하며 딴청을 부려도 아버지가 아무리 낮게 속삭여도 귀에 박히는 한 마디가 있었다. 아버지의 한 마디가 있었다. 아버지는 자꾸 어떤 이름을 말했다. 시게하루였다. 분명히 시게하루라고 했다. 아버지는 그 남자에게 시게하루에 관해서 물었고 그 남자는 시게하루에 관해서 대답을 했다. 또 아버지는 나가사키 마쓰가에 출신이라는 말도 했다. 아버지는 그 남자와 한참 동안 얘기를 했다. 핑은 의자에 앉아 깜빡 잠이 들었었다. 아버지는 그 남자와 대화가 끝났는지 핑을 흔들어 깨웠다. 그리고 마지막 유언처럼 말했다.

"핑, 시게하루는 할복자살하지 않았어. 꼭 기억해라."

아버지는 핑의 마음에 시게하루를 억지로 구겨 넣었다. 그리고 그 남자와 함께 47객잔을 나갔다. 그리고 그 길로 아버지는 다시 돌아오지 않았다. 이것이 아버지의 마지막 모습이었다.

핑은 47객잔의 비어있는 테이블에 앉았다. 장리와 랴오위 그리고 역봉도 따라 앉았다. 핑은 주변에 있는 검은 괴물들이 여간 신경 쓰이는 것이 아니었다. 검은 괴물들의 시선이 온통 핑을 향하고 있었기 때문이다.

"아버지가 이 47객잔에서 어떤 이름을 말하셨어."

핑은 검은 괴물들을 신경 쓰며 낮은 목소리로 말했다.

"시... 게... 하... 루..."

핑이 시게하루라는 이름을 말하자 47객잔은 일순 조용해졌다. 핑은 검은 괴물들을 한 놈씩 천천히 둘러보았다. 겁먹지 않았다는 자세를 보이고 싶었다. 그러자 검은 괴물들은 언제 그랬냐는 듯이 다시 소란스러워졌다. 소란스러움을 가장하고 있었다.

"시게하루? 시게하루라면 베이징맨을 찾겠다고 페이원중을 데려다 고문하던 그 악질 일본인 아니야?"

랴오위도 낮은 목소리였다.

"시게하루는 할복자살하지 않았다. 이렇게 말하고 사라진 곳이 바로 여기야. 47객잔."

핑은 와락 눈물이 나올 뻔했다. 아무도 귀 기울여 주지 않았던 아버지의 왜곡되었던 불우한 운명이 갑자기 너무나 불쌍했다.

"그리고 시게하루는 실제로 심한 고문을 하지 않았어. 심문 정도였지."

핑은 시게하루의 불우한 운명도 심하게 왜곡되어 있음을 깨달았다. 아버지와 시게하루 모두 동일한 삶을 살았을 것 같은 생각이 들었다.

"아버지가 시게하루가 할복자살하지 않았다고 했던 이유는 시게하루가 베이징맨을 찾지 못한 죄책감으로 자살했다고 알려진 게 사실이 아니라는 거야. 만약 시게하루가 할복자살하지 않았다면 결국 베이징맨을 찾았다는 것이지."

핑은 지금까지 대놓고 아버지를 자랑스러워하지 못한 게, 대놓고 아버지의 편이 되어주지 못한 게 미치도록 미안했다.

"형님. 형님 말이 틀렸어. 아니 형님 아버지 말이 틀린 건가? 하여간 시게하루는 할복자살했어. 형님."

라오위의 음성은 기어이 높아졌다. 라오위의 허세 가득한 똥고집이었다.

시게하루는 베이징맨을 발굴한 젊은 고고학자 페이원중을 고문한 일본 조사원으로 알려져 있는 베일에 싸인 인물이었다. 누군가는 일본 헌병이라고도 했고 누군가는 일본 조사원이라고도 했다. 또 누군가는 일본 폭격기 조종사라고도 했다. 또 누구는 미국 FBI 요원이라고도 했다. 그가 일본 헌병인지 일본 조사원지 일본 폭격기 조종사인지 미국 FBI 요원인지 정체가 불분명한 자였다. 아니면 이 넷 모두인지 아니면 이 넷 모두가 아닌지 모를 만큼 정체가 불분명한 자였다. 시게하루의 신분에 관해 알 수 있는 정보는 새빨간 거짓말처럼 아무것도 존재하지 않았다. 시게하루는 베이징맨의 역사의 한쪽 페이지에 슬쩍 끼어들었다가 베이징맨과 함께 감쪽같이 사라진 불길한 망령 같은 존재였다.

베이징맨은 당시 친황다오에 정박해 있던 상선 프레지던트 해리슨 호에 실려 있었다. 곧 미국의 자연사박물관이 있는 뉴욕으로 출발하려는 찰나였다. 하지만 일본이 느닷없이 미국의 진주만을 공습하는 바람에 미국적 모든 상선은 전투용으로 치환되었다. 베이징맨의 실종 내지 약탈은 두 가지 방식으로 분분했다. 1. 베이징맨은 상선 프레지던트호에 실리기 전에 이미 약탈당했다. 2. 베이징맨은 상선 프레지던트호에 실린 후에 약탈당했다. 하여튼 베이징맨은 이 중 한 가지의 방식으로 사라진 것이다.

그 후 텐진에 베이징맨이 다시 나타났다는 소문이 돌기 시작했다. 시게하루는 자신이 직접 고문하던 북경협화의원 B동 신생대연구실 책임자인 페이원중과 연구원들을 갑자기 모두 풀어주었다. 그리고 베이징맨을 찾기 위해 텐진으로 빠르게 달려갔다. 그리고 얼마 후 시게하루가 베이징맨을 찾지 못했다는 얘기가 맴돌았다. 그리고 또 얼마 후 시게하루가 충격으로 미쳤다는 얘기가 나돌았다. 그리고 또 얼마 후 시게하루가 죄책감으로 할복자살했다는 얘기가 떠돌았다. 하지만 시게하루의 이런 모든 시작과 과정과 결말은 죄다 소문뿐이었다. 어쨌든 시게하루는 완전히 종적을 감춘 것이다.

그런데 아버지는 핑에게 시게하루는 할복자살하지 않았다고 우기듯 강조했었다. 핑은 한숨을 내쉬었다.

'시게하루가 훔쳤다면 누구에게 준 것일까? 그리고 어디 있는 것일까?'

이러나저러나 시게하루는 난공불락의 요새와 같은 미스터리였다.

"시게하루... 이미 오래전에 설계된 운명이야... 베이징맨이 누구의 운명으로 질주하는지 모르겠지만... 언젠가 알게 되겠지."

핑은 운명의 정체보다 먼저 도착한 운명의 언저리가 만들어낸 재난의 스펙트럼이 지나치게 저열하다고 생각했다. 이 재난을 지나치게 빨리 돌파해야 한다고 생각했다.

"술이 당기네."

역봉은 술 생각이 간절한지 껄껄 웃기만 했다. 핑은 깜빡하고 지금까지 술과 요리를 시키지 않은 것이다. 핑은 아버지와 함께했던 과거 그 지점으로 인서트 컷처럼 삽입된 에피소드 때문에 살아서 떠드는 자들을 깜빡하고 잊었던 것이다.

핑은 객잔을 주의 깊게 살펴보았다. 47객잔 내부는 객잔이 세워지고 한 번도 대강의 손질조차 거치지 않았는지 케케묵고 진부했다. 구석구석 거미줄 없는 곳을 찾기도 어려웠다. 거미줄은 거미줄 위로 내려앉은 먼지의 무게 때문에 축축 처져있었다. 핑은 삐딱하게 앉아서 아편을 꼬나물고 있는 주인장과 시선이 부딪혔다. 주인장은 핑을 노려보고 있었다. 주인장은 핑을 깔보고 있었다. 핑은 주인장의 꼴같잖은 시선을 지나 주방 벽면의 '몬'이라는 검은 휘장과 붉은 글자를 다시 보았다. 정기적으로 손질을 하는지 거미줄 하나 없었다. 먼지 한 톨도 없었다. 47객잔과 형평성이 맞지 않는 깔끔한 취향이었다.

주인장은 짙은 화장을 한 늙은 여자였다. 술장사로 살아온 지루한 세월이 얼굴의 갈라진 주름을 찌르듯 박혀있었다. 말고기 색깔의 거무튀튀한 입술과 가늘게 찢어진 눈은 너무 오래 살아 지겨운 마녀의 눈이었다.

"이 휘장, 언제부터 여기에 있었던 겁니까?"

핑은 주인장에게 다가가서 물었다. 주인장은 대답 대신 또다시 아편을 꼬나물었다. 그리고 막술 한 잔을 벌컥벌컥 쭈욱 들이켰다. 그 모습을 보니 술이 당긴다고 하던 역봉이 떠올랐다. 또 깜빡했던 것이다.

"술과 간단한 요깃거리."

핑은 돈을 테이블 위에 두둑이 던졌다. 허세를 부려보았다. 그제야 주인장이 슬그머니 탐욕스런 웃음을 드러냈다. 주인장은 덥석 돈부터 잡았다.

"오랜만이네."

주인장의 목소리는 쇠를 긁는 쇳소리였다. 다른 테이블에서 술과 아편을 빨던 검은 괴물들도 돈을 물끄러미 바라보았다. 돈이다, 돈... 돈. 돈, 돈이라는 웅얼거림이 쇳소리로 술렁이고 있었다. 순간 삐이이 휘파람 소리가 47객잔을 한 바퀴 돌아 주인장의 손을 세차게 때렸다. 휘파람 소리도 쇠를 긁는 쇳소리였다. 주인장은 돈에서 얼른 손을 거두며 뒤로 바짝 물러났다.

핑은 돈 때문에 사달이 날지 모른다는 걱정 때문에 벌써부터 도피로를 찾기는 싫었다. 하지만 검은 괴물들의 불온한 무장을 해제하지 못 한다면 죽어라 도피로를 찾아 도망부터 가야 할지도 몰랐다.

"난 여기 주인 아니야. 난 주인이 누군지 몰라. 묻지 마."

주인장의 쇠를 긁는 쇳소리는 이물스러웠다.

"그럼 진짜 주인 언제 와요?"

핑이 다시 물었다. 주인장은 고개를 세차게 흔들었다. 세차게 흔들며 눈깔을 빙글빙글 굴렸다. 아까 골목 안에서 본 그 유리알 눈깔 같았다. 주인장은 계속 눈깔을 빙글빙글 굴렸다. 질병처럼 보일 정도였다. 누군가의 눈치를 보고 있었다. 하지만 핑은 물러날 생각이 추호도 없었다. 아직 도피로도 몰랐다.

"한 가지만 더요. 저 휘장 누가 가져온 거예요?"
핑은 주인장의 유리알 눈깔이 누구를 두려워하는지 배려할 마음이 없었다. 답을 할 때까지 계속 물고 늘어질 생각이었다.
"몰라. 그들이겠지. 그들 집이니까."
주인장은 아차 싶었는지 그만 입을 다물었다. 주인장 얼굴은 말고기 색깔의 입술만큼이나 거무튀튀해졌다. 무덤에서 방금 뛰쳐나온 좀비 얼굴 같았다. 그때 핑의 일거수일투족을 주시하고 있던 검은 괴물들이 테이블에서 서서히 일어났다. 주인장은 겁에 질린 표정으로 야금야금 뒷걸음질 쳤다. 뒷걸음질을 치다 손에 걸린 술병들이 와장창 깨지고 부서졌다. 오만 가지 산전수전 다 겪은 술집 주인장도 검은 괴물들을 겁내고 있었다.

핑은 탁자에서 일어난 검은 괴물들의 진짜 면면을 보았다. 검은 괴물들은 깊이 눌러쓰고 있던 검은 후드를 벗었다. 그리고 검은 마스크를 벗었다. 얼굴의 눈 코 입이 문드러져 있었다.

검은 괴물들은 한센병 환자들이었다. 핑이 어렸을 때 보았던 그들의 얼굴이었다. 택시기사가 결코 헛소리를 떠벌린 것은 아니었다. 이 마을에서 가슴이 뻥 뚫린 시체가 나온 건 검은 괴물들의 소행이 분명했다. 검은 괴물들이 장기를 먹거나 장기를 밀매하거나 둘 중 하나였다.

"이걸 어떻게 하지?"

랴오위는 허우대랑 상관없이 겁부터 났다. 지나가던 개가 웃을 정도의 과장된 허세와 배짱을 부리던 랴오위답지 않았다.

"전염병은 아니니까... 걱정하지 마... 그런데 이상한 습성을 가졌을 수는 있어. 의학적으로 검증이 안 되었다 해도 절대적인 진실로 받아들일 순 있으니까."

핑은 안심시켰다.

"한센병 환자는 살아있는 사람의 내장을 먹으면 완쾌된다는 잘못된 정보로 죄 없는 사람을 많이 죽이기도 했거든. 어쨌든 조심해... 무지가 제일 무서운 거야."

핑은 탁자 위에 놓인 돈을 검은 괴물들에게 던져주었다.

조금 전에 돈이다. 돈, 돈, 돈 하던 자들이었으니 돈이 통할 수 있다는 생각이었다. 돈 때문에 시작된 사달이라면 돈만 줘 버리면 끝장날 사달이었다.

"자아, 이제 우리들은 그만 갈게요."

핑은 어쩌면 자신이 부숴버린 문으로 도로 나가야 했다. 핑은 여차하면 저 부서진 문을 도피로로 삼아야 했다. 핑은 천천히 나갈 채비를 했다. 그리고 검은 괴물들의 꿍꿍이를 살폈다. 그런데 검은 괴물들은 돈에는 전혀 관심이 없는 척했다. 조금 전까지만 해도 돈, 돈, 돈 돈에 환장해서 떠들던 쑥대밭은 사라지고 없었다. 검은 괴물들은 하나둘씩 몸에서 시퍼렇게 날이 선 칼을 꺼내었다. 칼은 반복된 칼질로 피비린내가 진동했고 잦은 칼질로 살기가 진동했다.

"형님, 돈을 거부한다니... 돈을 싫어하는 자들도 있나? 저들이 원하는 게 장기요? 뭐요?"

랴오위는 거의 울먹이고 있었다. 핑은 싸울 자세부터 잡았다. 괜히 무술 도장을 들락거렸던 것이 아니길 바랐다. 살판 죽을 판의 싸움을 시작해야 했다. 그리고 싸움에서 이긴 후 아버지와 함께 살아서 돌아가야 했다.

"레이더스가 괜히 있나?"

역봉이 앞으로 불쑥 나섰다. 두 다리를 쩍 벌렸다. 절대 넘어지지 않을 성벽처럼 벌렸다. 역봉은 핑을 점잖게 말렸다. 물러나라는 손짓을 주었다. 핑은 난처한 표정을 지었다.

"나도 만만치 않아요. 레이더스."

그때부터 핑과 역봉은 한센병 환자들과 아수라의 전쟁을 시작했다. 그런데 핑은 곧 깨달았다. 이런 아수라의 전쟁 속에서 취권은 장난질밖에 안 된다는 것을. 무술과 무술의 싸움이 아니었다. 칼을 든 자들과 칼이 없는 자들의 막 싸움이었다. 장리도 아무거나 잡히는 대로 던졌다. 산 채로 장기를 빼앗길 순 없다는 필생이었다. 잔뜩 겁먹었던 랴오위도 과장과 허세의 고함을 지르며 아수라에 합세했다. 그런데 랴오위는 지나치게 까불대다 검은 괴물들에게 순식간에 잡히고 말았다. 랴오위는 조금 전의 과장과 허세는 장난인 것처럼 온몸을 바들바들 떨었다. 산 채로 장기를 털린다는 극단의 공포에 잠식당한 것이다. 랴오위는 한센병 환자에게 죽고 싶지는 않았다.

"형님... 제발 날 살려줘..."

핑이 랴오위를 잡고 있는 검은 괴물들에게 다가갔다. 랴오위가 아무리 잡놈이라 해도 장기 적출과 장기밀매의 산 제물로 바칠 순 없었다.

"얼마면 돼? 이 친구를 놔줘."

핑은 담판을 시작했다. 자신이 갖고 있는 돈 전부를 검은 괴물들에게 펼치듯 보여주었다. 그래도 검은 괴물들은 꼼짝도 하지 않았다.

"형님, 아까부터 돈을 거부했었잖아? 형님... 난 죽어도 괜찮아. 그런데... 지금은 안 돼... 지금은 안 된다고..."

랴오위는 울먹이고 있었다.

"모자란다는 거야? 이 정도면 너희들이 원하는 새 장기를 얼마든지 살 수 있다고. 자 보라고."

핑은 야바위꾼처럼 딜을 해보려 했다. 하지만 핑이 갖고 있는 돈은 새 장기 한 개를 사기에도 부족했다. 핑은 이제 담판을 도박으로 바꾸었다.

"자, 이건 어때?"

핑은 자신의 백팩에서 묵직한 보자기 하나를 꺼냈다. 핑은 보자기를 벗겼다. 보자기에서 요술처럼 큰 구슬 하나가 나왔다. 핑은 구슬을 검은 괴물들에게 자랑하듯 보여주었다.

"형님... 서태후의 음부 야광주... 이걸 어떻게 형님이... 형님... 내가 이 야광주를 못 찾은 걸 알면서도 속아준 거야? 형님?"

랴오위는 이 와중에도 서태후의 음부 야광주를 보자 미친놈처럼 흥분했다. 핑은 아지트 '멘B'에 갔을 때 서태후의 음부 야광주를 챙겼었다. 만약의 위험한 순간에 돈 이상의 돈이 될 수 있는 막강한 보물이었기 때문이다.

"랴오위, 입 닥치고 있어."

핑은 랴오위에게 펀치를 날리듯 일갈했다.

검은 괴물들은 서태후의 음부 야광주에 관심을 보였다. 가까이 다가와서 야광주를 만져보았다. 검은 괴물들의 손을 탄 서태후의 음부 야광주는 잠에서 깨어나 오묘한 오로라 빛으로 살아났다. 그리고 47객잔을 빛의 향연이 되어 무작위로 날아다녔다. 그야말로 마법 같은 순간이었다. 검은 괴물들은 난생처음 보는 신묘한 빛줄기의 마법에 미친 채 어리둥절 했다.

"너희들이 평생 만지지도 못할 돈을 선사할 거야. 어때? 충분하지? 어서 그 친구를 풀어주라고."

그때 검은 괴물들 뒤편에 서서 이 모든 이판사판의 개수작을 지켜보던 한 남자가 나타났다. 검은 괴물들과 달리 검은 후드도 검은 양복도 검은 마스크도 없는 남자의 민얼굴은 놀랍게도 한센병 환자가 아니었다. 검은 괴물들이 그 남자를 보더니 양 옆으로 물러나며 길을 터주었다. 검은 괴물들은 남자에게 존엄과 경의를 표시하고 있었다.

"그래서?"

핑은 아무 말이나 치고 나갔다.

"알려주려고 한다."

남자의 목소리는 차분했다.

"뭘?"

핑도 최대한 차분하게 대꾸했다.

"베이징맨을 찾지 못하면 너희는 우리한테 죽어. 그때 우리가 너희들의 팔딱팔딱 뛰는 싱싱한 장기를 거두기로 하지. 그러니까 베이징맨을 찾기 전까지 절대 죽지 마."

남자의 타이르는 말투는 소름 끼치게 무서웠다.

핑은 남자의 차분함을 위장한 협박이 꼴 같지 않았다.

"만약 못 찾는다면?"

핑은 전혀 꿀림 없이 반골을 던졌다.

"보여줄 게 있다."

남자가 휘파람을 삐이이 불었다. 47객잔을 돌아다니던 휘파람 소리의 주인공이 바로 이 남자였던 것이다. 휘파람 소리가 신호가 되었는지 검은 괴물들이 일사불란하게 47객잔의 벽면으로 몸을 최대한 밀착시켰다. 그러자 47객잔의 가운데에 텅빈 빈자리가 만들어졌다. 남자는 핑에게 눈짓을 보냈다. 핑은 남자가 보낸 눈짓을 따라갔다. 텅 빈 자리에서 정면으로 바라

본 벽면에 가을 낙엽처럼 바짝 마른, 고인류 화석 하나가 걸려 있었다. 핑은 점점 다가갔다. 고인류의 화석이 점점 낯이 익었다. 핑은 걸음을 멈추었다. 소스라치게 놀랐다.

하마터면 헛발질하며 넘어질 뻔했다. 주구점 성화 광장 근처에서 만났던 희대의 사기꾼 후지무라 신이치였다. 핑에게 기막힌 딜레마의 수수께끼를 던져주었던 후지무라였다. 그런데 후지무라의 가슴이 크게 갈라져서 벌어져 있었다. 가슴이 텅, 텅, 텅 비어 있었다. 가슴이 뻥, 뻥, 뻥 뚫려 있었다. 바이킹의 이글블러드가 생각나는 잔혹함이었다. 바이킹의 이글블러드는 산 채로 등짝을 가른 후 갈비뼈를 하나씩 잘라낸 다음에 내장을 꺼내어 죽이는 징벌이었다. 벌어진 후지무라의 가슴에 내장이라곤 단 하나도 없었다.

"후지무라는 살아있는 권력에 도전장을 내밀었다는 거다."
남자는 세상에서 가장 잔혹한 징벌을 전시하며 가장 비굴한 굴복을 유도하고 있었다. 애초의 검은 괴물들의 무장은 칼 따위의 무기가 아니었다. 검은 괴물들의 무기는 강박적인 살해 형태였다. 핑은 지나친 잔혹함 앞에 오히려 두려움도 없어졌다.
"살아있는 권력이라니?"

핑은 전혀 겁나지 않았다.

"아직도 그 권력을 못 느꼈나?... 흐흐..."

남자는 아주 낮게 웃었다.

"너와 여자를 시골 경찰서에 잡아가고 너의 아지트를 뒤지고... 그리고... 그리고... 우리의 계획을 엉망으로 만들어버렸지."

남자는 여전히 차분했다. 순간 핑은 입을 다물었다. 핑의 짐작대로 후지무라도 아지트 '멘B'를 찾았던 것이다. 그런데 남자는 후지무라가 아지트 '멘B'를 뒤졌다고 했다. 그렇다면 후지무라가 먼저였고 장한 교수가 나중이었다.

"베이징맨에 다가오면 죽는다."

남자는 처음으로 단호했다.

"가까이 다가오면 죽는다고 협박하면서 베이징맨을 찾아오라고? 도대체 후지무라든 너희든 왜 베이징맨을 가지려는 거지? 베이징맨은 돈도 아니고 금궤도 아닌데 말이야. 그리고 너희 같은 것들에게 베이징맨 그 자체가 무슨 의미가 있는 거야?"

핑은 소리를 질렀다. 남자는 그래도 화내지 않았다.

"후지무라는 베이징맨 그 자체를 가지려 한 게 아니야."

"뭔 개소리야?"

핑은 드디어 욕설을 했다.

"베이징맨을 통해서 거대한 권력을 가지려 한 거지. 진짜 세계에서. 너희 같은 것들은 그 어마어마한 세계를 모른다. 절대 알 리 없다."

남자는 또 아주 낮게 웃었다. 핑은 또 한 번 놀랄 수밖에 없었다. 시쳇말로 진짜 멍한 상태가 되었다. 핑에게 베이징맨과 권력과 진짜 세계는 이제 흔한 보통명사처럼 너무나 자연스러워졌다. 여기저기 발부리에 채는 돌부리처럼 흔한 일상어가 되어버린 것이다.

그때였다. 장리가 커다란 쟁반을 아무 방향도 없이 던졌다.

"우리 아빠도 저렇게 만들었어? 이 나쁜 놈들..."

장리는 후지무라의 시체에서 아빠 장한 교수의 죽음을 간접 체험한 것이다. 그런데 하필이면 장리의 이 과감한 쟁반은 남자의 정수리를 정확히 강타했다. 남자는 순식간에 뒤로 나자빠졌다. 지금까지의 고상한 협박과 도무지 어울리지 않는 시시껄렁이었다. 장리는 돌처럼 굳어졌다. 그리고 살금살금 뒷걸음질 쳤다. 이런 참사를 의도했던 것은 아니었다. 핑은 서태후의 음부 야광주부터 챙겼다. 그리고 장리를 따라 뒷걸음쳤다. 검은 괴물들은 물밀듯이 밀려오고 있었다. 핑과 장리는 점점 주방 쪽으로 들어가고 있었다. 역봉과 랴오위도 주방 쪽으로 들어갔다.

그러자 이번엔 주인장이 지랄해댔다. 고래고래 소리를 질러댔다. 귀에 꽃이라도 꽂아주면 영락없는 늙은 미친년이었다.

"유령들. 너희들이 유령들의 문을 열었어."

주인장은 늙은 미친년답게 섬뜩한 예고를 제멋대로 날렸다.

"시끄러. 입을 꿰매버리던지. 저 미친년 때문에 정신이 나가버리겠네."

랴오위는 주인장을 향해 쌍욕을 해댔지만 소용없었다. 주인장은 끝도 없이 소리 지르며 불길한 예고를 주문처럼 달달 외웠다.

검은 괴물들의 파국을 향한 전진은 결국 주방을 포위하기에 이르렀다. 핑과 장리 그리고 랴오위와 역봉은 주방 안쪽에 갇힌 꼴이 되어있었다. 이제 도망갈 도피로는 전혀 없었다. 47객잔의 자빠진 문은 한참 멀어져 있었다. 해자도 없었고 성벽도 없었다. 죽음만이 있었다. 검은 괴물들에게 완벽하게 포위된 상황이었다. 그때 뒤로 자빠졌던 남자가 정신을 차리고 일어났다. 머리에 피가 흐르고 있었을 뿐 아니라 입술에도 피가 흐르고 있었다. 장리의 과감한 쟁반은 남자가 피를 보게 한 것이다. 핑은 그 남자가 대규모 살육의 전쟁을 몰고 올 거라는 예측을 하며 막판의 각오로 질러댔다.

"넌 도대체 누구야?"

남자는 자신의 이름을 시를 외우듯 아름답게 읊조렸다. 핑은 그 찰나의 순간만큼 남자가 오래전에 시인이 아니었을까 상상해보았다. 하여간 남자는 절창이었다.

"시게하루."

핑의 온몸에 전율이 흐르며 머릿속으로 온갖 생각이 주마간산으로 내달렸다.

어떤 시게하루를 말하는 건가? 어떤 시게하루... 어떤 시게하루... 후지무라는 어떤 시게하루냐고 물었었다.

그런데 어느새 장리가 고래고래 소리를 질러대던 주인장의 목에 총을 들이대고 있었다. 후지무라의 시체를 본 장리는 한시라도 빨리 아빠를 찾아야 한다는 목표뿐이었다.

"할망구, 빨리 비밀 문 말해. 비밀 문 있을 거 아냐? 진짜 쏠 거야."

장리가 총으로 진짜 죽일 듯 협박했지만 주인장은 정말 시체가 될 작정인지 눈을 감았다. 절대 말하지 않겠다는 더러운 심술보였다. 장리는 화가 뻗쳐서 주인장을 발로 뻥 차버렸다. 주인장은 뒤로 두두두 밀려나더니 주방 아래 팬트리에 쿵 부딪혔다. 그런데 거기서 끝나지 않았다. 주인장이 쿵쿵쿵 소리와 함께 어딘가로 훅 빨려 들어간 것이다. 귀신이 곡할 광경이었다. 주인장이 사라진 바로 그곳에 접이식 문이 위아래로 펄럭이고 있었다. 주방 바로 아래 팬트리가 비밀 문이었던 것이다. 핑은 장리에게서 총을 빼앗아 허공에 대고 펑 쏘았다. 검은 괴물들이 칼을 들고 달려오다 주춤했다. 시계하루라는 이름을 가진 남자가 검은 괴물들을 한사코 말렸다.

"아직 죽이면 안 돼."

그사이 장리와 랴오위 그리고 역봉이 비밀문안으로 전광석화처럼 몸을 날렸다. 그리고 핑은 다시 총을 쏜 후 몸을 날렸다. 아아아... 핑은 자신의 악몽 속으로 다시 떨어지고 있다고 생각했다.

12.

　"어디지?"

　핑은 묘한 기분이 들었다. 거대하고 고요한 흑암의 숲으로 들어선 것 같았다. 그런데 언젠가 경험한 적이 있는 공기의 재질이었다. 추모객이 떠난 지 너무나 오래된 무덤처럼 눈물 한 방울 남아있지 않은 메마른 정적의 공기, 한 번도 햇빛을 받아본 적 없는 바스러질 듯한 신경질적인 공기, 어디서 들은 적도 배운 적도 없는 줄기찬 전쟁을 예고하는 살기의 재질을 가진 공기... 바로 후지무라 신이치를 만났을 때 느꼈던 바로 그 공기의 재질이었다. 핑은 앞으로 더 큰 전쟁이 기다리고 있는 상징의 공간에 들어선 것이었다.

핑은 손으로 바닥을 더듬어보았다. 땅의 단단함이 아니라 흙의 푹신함이 있었다. 흙의 푹신함은 촘촘한 풀 때문이었다.

"모두 괜찮아요?"

핑은 흑암 속에서 장님처럼 더듬더듬 일어나며 안부를 챙겼다. 순간 찰나의 번개처럼 빛의 갈기가 휘몰아치더니 불현듯 밝아졌다. 웅장한 숲의 내부가 훤히 드러났다. 그리고 웅장한 숲의 내부보다 더 웅장한 문이 훤히 드러났다. 열고 닫는 문도 없는 문의 형태만 있는 문이었다.

장리도 랴오위도 역봉도 저마다 문의 상징과 위력에 감탄을 토해냈다.

'누가 이런 걸 만들 수 있을까?'

핑을 매혹시킨 이 문은 폐쇄된 미망(迷妄)이었지만 이제는 아버지의 제국으로 들어가는 확장된 미망(彌望)이기도 했다.

"이곳은 능(陵)이야."

핑은 보면서도 믿을 수가 없었다. 어마어마한 규모의 능이었다. 지상의 성 전체를 그대로 옮겨놓았다고 해도 무방했다. 넓은 중앙 광장의 중정(中庭)은 정원사가 오랫동안 가꾸고 다듬은 흔적이 역력했다. 수백의 누대와 수백의 방우가 사치스러울 정도였다. 연못엔 불로의 잉어들이 불사의 꿈을 꾸며 놀고 있었다. 게다가 서늘한 소나무까지 천지였다. 소나무 솔향기가 이제껏 경험한 적 없는 피안의 세계에 들어섰음을 느끼게 해주고 있었다. 이곳이 무릉도원이냐고 묻는다면 그렇다고 대답할 수 있었다. 방금 차안(此岸)의 세계를 통과한 핑에게 이곳은 영 비현실적이었다.

천생 남자인 역봉까지 귀신에 홀린 듯했다.
"저 폭포 좀 봐. 아름다운 선녀가 목욕하고 있을 것 같지?"
역봉의 말대로 정말 실감 나는 인공 폭포였다. 폭포수 아래에는 정자만 수십을 헤아렸다. 핑은 이런 극락의 아름다움이 꺼림직할 정도로 수상했다. 이 능의 주인은 왜 이런 황홀한 몽밀의 세계를 지상이 아닌 지하에 만들었을까? 핑은 능의 창조자이자 문의 창조자를 만나고 싶었다.

이렇게 사방팔방 낙원을 걷다 보니 긴 계단이 돌연 나타났다. 긴 계단의 시작은 얕은 어둠이었다. 저 멀리 보이는 긴 계단의 끝은 깊은 어둠이었다. 핑은 첫 번째 계단 앞에 섰다. 그리고 첫 번째 계단을 밟았다. 그러자 얕은 어둠이 조금씩 밝아졌다. 한 계단 한 계단 오를수록 조금씩 더 밝아졌다. 핑은 계단을 빠르게 뛰어 올라갔다. 계단 하나를 밟을 때마다 악몽 속에서 아버지가 쾅쾅 닫았던 문이 떠올랐다. 그동안 문은 어려웠었다. 그런데 이제 문은 어렵지 않았다. 핑은 이제 문의 내용을 알 것 같았다. 아버지는 문의 형식을 닫으려 했고 문의 내용을 열려고 했던 것이다.

더 이상 다른 길은 없다.

피안의 이쪽도 저쪽도 건너지 못한 채

아아아, 소리치며

수없이 들어갔고 수없이 나갔다.

난, 너를 감히 쳐다보지 못했다.

그저 안에서 서성이고

그저 밖에서 서성이며

먼 그리움으로 반짝이는 너를

간단하게 문이라고 부르는

눈먼 장님이었을 뿐

이제야 가차 없이 드러내 보이는 너.

이미 오래된 운명의 수작은

이리도 친절하게 쏟아져 내리는가.

아수라의 등짐을 벼랑 아래로 던지리라.

더 이상 길이 없는 벼랑에서

너를 마주하려는 지금,

지나간 가엾은 시간의 빛들이 쏟아져 내린다.

내가 너에게로 간다

-하지윤

펑이 길고 긴 계단의 끝에 도달하자 긴 계단의 끝에 있던 깊은 어둠이 완전하게 사라지고 독보적인 성채가 나타났다. 성채는 그 어떤 고대 문명에서도 볼 수 없었던 그 어떤 고대 유적에서도 볼 수 없었던 형태와 장르의 총체였다. 고전성과 진보성이 완전하고 완벽하게 화합된 전혀 새로운 탐미의 정점이었다. 그 탐미의 정점에 압도적인 검은 휘장과 붉은 글자가 있었다. 어린 펑이 절대 지지 않겠다고 감히 노려보던 그 휘장과 글자였다. '몬'이었다. 펑은 그만 자발적으로 무릎을 꿇을 뻔했다. 그만 자발적으로 복종을 맹세할 뻔했다.

"드디어 문안으로 들어왔군."
탐미의 정점 속에서 한 남자의 목소리가 들려왔다.
"여기까지 오다니... 허세인가?... 아니면 용기?"
남자는 그 모습을 드러냈다. 검은 가면을 쓴 얼굴이었다. 그런데

もん

핑이 그동안 검은 괴물들에게서 숱하게 보아왔던 그 검은 마스크와 검은 선글라스가 아니었다. 남자의 검은 가면은 언뜻 현생 인류의 얼굴을 형상화한 것 같았지만 그도 아니었다. 언뜻 고대 인류의 얼굴을 형상화한 것 같았지만 그도 아니었다. 현생 인류처럼 완벽한 얼굴은 아니었지만 고대 인류처럼 완벽한 얼굴은 아니었지만 모든 세계를 장악할만한 거장의 사유가 있는 얼굴이었다. 또한 전혀 낯설지 않은 우리의 얼굴이기도 했다. 매우 익숙한 우리의 얼굴이기도 했다.

검은 가면 남자의 주변에 그들이 다가섰다. 바로 장한 교수가 지칭한 검은 괴물들이었다. 검은 후드와 검은 양복과 검은 선글라스의 검은 괴물들이었다. 핑의 오피스텔로 쳐들어온 검은 괴물들, 핑의 자동차를 부숴버린 검은 괴물들 그리고 핑의 아지트를 박살 낸 검은 괴물들이었다. 모두 동일한 유전자를 가진 검은 괴물들이었다.

"야마구치 생일 파티에 갔었지?"

핑은 후지무라에게 했던 똑같은 질문을 던졌다

"그래. 나 같은 사기꾼이 너 같은 보물 사냥꾼에게 거짓을 말해서 뭐 하겠어? 야마구치도 베이징맨이 필요했고 나도 베이징맨이 필요했지. 그런데 말이야. 그날 생일 파티는 난장판이 되어 버렸지. 그리고 베이징맨은 거짓말처럼 사라지고 말았어. 베이징맨이 필요한 누군가 왔었다는 거지."

핑은 검은 가면 남자가 베이징맨을 훔쳤다고 확신하고 있었다. 그러자 검은 가면 남자는 대답이 없었다.

"야마구치 생일 파티에 나온 베이징맨이 가짜인 건 어떻게 알았지?"

핑은 또다시 후지무라에게 했던 것과 똑같은 질문을 던졌다. 검은 가면 남자는 또다시 대답이 없었다. 핑은 검은 남자를 향해 한 발짝 다가갔다. 그러자 검은 가면 남자가 입을 열었다.

"난 평생 딱 한 번의 큰 좌절을 겪었지. 그런데 그때는 너무 어려서 그 좌절의 이유를 알 수가 없었어. 그저 누군가를 원망하기만 했지."

"이봐, 우린 방금 만났어. 내가 왜 당신 히스토리까지 들어야 하지?"

핑은 겁먹지 않았다.

"... 야마구치 생일 파티에 진짜 베이징맨이 나온다는 소식을 듣고서야 난 깨달았다. 그 좌절의 이유가 베이징맨이었다는 것을.

그동안 베이징맨 때문에 그 문안으로 들어갈 수 없었던 거다."

검은 남자는 독백이거나 방백을 연기하고 있었다.

"그런데... 가짜였던 거다. 난 베이징맨을 제 맘대로 갖고 노는 수장이 후지무라 신이치라는 것을 알고 경악했다. 그런 사기꾼이라니... 그런 사기꾼이... 그건 치욕적이었다. 나에게도 베이징맨에게도."

검은 가면 남자는 그때의 상황이 아직도 사무친 듯했다. 핑은 검은 가면 남자의 검은 가면을 벗겨버리고 싶었다. 핑이 의심하고 있는 장한 교수와 똑같은 아픔과 분노를 열연하고 있었기 때문이다.

"가짜인 걸 언제 알았지?"

검은 가면 남자가 대답하기 전에 먼저 쳐들어갔다.

"가짜만이 가짜를 알아볼 수 있으니까. 어때? 당신도 역시 가짜야."

핑은 갑자기 웃음을 터트렸다. 베이징맨에 대한 지난한 맥락이 뚜렷해졌기 때문이다.

"그래. 어이 카게무샤. 도대체 베이징맨이 어떤 권력을 주는 거지? 지하에 숨어 사는 당신이 차지할 더이상의 지상의 권력은 없을 것 같은데?"

핑은 끈질겼다. 베이징맨과 권력의 불가분 관계를 파헤쳐야 했다. 검은 가면 남자는 아주 낮게 읊조렸다.

"카게무샤라... 아주 작은 보물은커녕 아주 작은 권력도 쥐어 본 적 없는 미개한 보물 사냥꾼이 카게무샤를 운운하다니... 어이 보물 사냥꾼."

검은 가면 남자가 마치 복수하듯 핑을 불렀다.

"... 그리고 지상의 권력이라니? 그게 권력의 축에 끼기라도 하나? 넌 모른다. 진짜 세계에서의 권력. 너는 상상도 못할 권력이지."

핑은 점점 더 검은 가면 남자의 검은 가면을 벗겨버리고 싶다는 치열한 열망에 시달렸다. 핑이 의심하고 있는 장한 교수와 똑같은 대사를 날리고 있었기 때문이다. 핑은 속으로 '제발 장한 교수가 아니라고 말해' '난 장한 교수가 아니라고 말하란 말이야.' '말하라고' '이 비겁한 놈아 어서 말해...' 쉼 없이 중얼거리고 있었다. 병적으로 중얼거리고 있었다.

"당신은 아직 진짜 베이징맨을 갖지 못했어. 진짜 권력을 갖지 못했지. 가짜 권력을 갖고 있지. 그러니까 가짜 맞아. 그러니까 카게무샤 맞아. 아닌가?"

핑은 말의 검으로 찔렀다.

검은 가면 남자는 이상스럽게 웃기 시작했다. 데스노트의 라이토가 음험하게 웃는 웃음소리였다. 소름 끼치게 웃는 웃음소리였다. 그러다 문득 웃음을 멈추었다.

"네가 진짜를 가져오게 될 거다. 내게."

핑은 말문이 막혔다. 검은 가면 남자는 핑에게 베이징맨을 가져오라고 명령하고 협박하고 있었다. 아버지를 볼모로 협박할 게 뻔했다.

그때였다. 역봉이 핑의 어깨를 툭 건드렸다. 그리고 눈을 끔뻑였다. 핑은 역봉의 눈짓을 금방 알아챘다. 핑은 검은 가면 남자에게 사진 한 장을 던지듯 건넸다. 역봉이 핑에게만 보여주었던 그 사진이었다. 검은 가면 남자가 사진을 슬쩍 보더니 도로 돌려주었다.

"난 포괄적 지시를 내릴 뿐 부분적 지시는 내리지 않는다."

검은 가면 남자는 일단 부인했다.

"그럼 누구냐?"

핑이 검은 가면 남자에게 갑작스레 다가갔다. 그러자 검은 괴물들이 빠른 몸짓으로 핑을 포위했다. 수백 수천의 목을 땄을 살인의 칼을 들이밀었다.

핑은 자신의 오랜 취권을 살려냈다. 아버지의 야합이 빛을 발하는 순간이었다. 핑은 춤을 추듯 유연한 동작으로 날아갈 듯 움직이며 검은 가면 남자의 멱살을 단번에 낚아챘다. 변장의 멱살을 단번에 낚아챘다. 검은 가면 남자는 찰나의 순간에 목이 꺾일 수도 있었다. 검은 가면 남자는 많이 놀랐는지 숨소리가 거칠어졌다. 하지만 핑은 검은 가면 남자의 목을 따려는 것이 아니었다. 검은 가면 남자의 검은 가면을 따려는 것이었다. 순간 검은 괴물들이 쏜살같은 몸짓으로 핑을 떼어내더니 바닥에 내던져버렸다. 그리고 이번엔 수백 수천의 머리통을 뚫었을 살인의 총을 들이밀었다. 그런데 검은 가면 남자가 검은 괴물들을 제지했다.

"아직 안 돼."

핑은 검은 괴물들 중 한 놈에게서 금이빨을 발견했다. 주구점 성화 광장 앞 경찰서에서 만났던 대머리 형사가 퍼뜩 떠올랐다. 시골 경찰들에게 장리를 욕망의 대상으로 넘겨주는 것을 막았던 대머리 형사였다. 순간 핑은 머릿속이 하얘지는 걸 느꼈다.

'대머리 형사는 후지무라 사람 아니었나? 검은 가면 남자의 사람이었나? 도대체 이들의 조직은 어디까지 연결된 거지?'

핑은 몸을 일으켜서 두 손을 두 볼에 가져갔다. 검은 가면 남자의 멱살을 낚아챘던 두 손에 사람의 온기가 남아있었다. 검은 가면 남자는 악몽 속의 유령도 아니었고 현실의 허깨비도 아니었다. 진짜 사람이었다. 핑은 어쩌면 온 세상 사람들이 검은 괴물들이거나 검은 괴물들과 연관된 사람들이라는 끔찍한 상상을 해보았다. 베이징맨의 역사마저 검은 괴물들의 역사라는 더 끔찍한 상상을 해보았다.

"우리는 어디에도 있고 어디에도 없다…"

검은 가면 남자는 핑에게 자신들의 권리장전을 읽어주듯 했다. 핑의 심장은 쿵쿵 쿵쿵 북소리처럼 요동을 쳤다.

"시계하루는 어디에도 있고 어디에도 없다…"

핑은 검은 가면 남자의 권리장전을 이구동성으로 치환해보았다. 오피스텔의 검은 괴물들, 주구점 성화 광장 앞 시골 경찰들, 대머리 형사, 백발 남자, 양아치들, 후지무라 신이치… 이들은 모두 성씨도 없는 시계하루였을 뿐이다. 모두가 검은 가면 남자의 진짜 세계 속에 살고 있는 시계하루였을 뿐이다. 필요에 의해서 보통명사가 되기도 하고 고유명사가 되기도 하고 대명사가 되기도 하는 시계하루였을 뿐이다.

"그렇다면 당신도 시계하루의 데자뷰인가? 하하하…"

핑은 검은 가면 남자에게 묻고 있었지만 굳이 대답은 들을 필요가 없었다. 이미 예상하고 있었다.

"시계하루? 어떤 시계하루를 말하는 건가?"

핑은 부처님 손바닥 안이라는 구도의 오도송이 떠올랐다. 검은 가면 남자도 결국 어떤 시계하루를 들고 나온 것이다.

"네가 다니는 길목마다 내가 있었다."

검은 가면 남자는 극도의 건조함으로 말했다.

"어차피 야쿠자든 야마구치든 후지무라든 또 누구든. 그들 모두 각각의 길드를 대표할 뿐, 혼자서 성공하기 어려운 퀘스트를 수행하기 위해 구성된 일종의 TF 팀에 불과하다. 단기 목표 성취를 위한 임시 조직이니까. 물론 임시조직은 정규조직이 되기도 하지. 아주 가끔... 또 길드끼리 서로가 서로를 제거하기도 하지. 하지만 넌 내가 직접 찾아냈고 아주 오랫동안 관찰했다."

검은 가면 남자의 통제와 통치의 해법은 신의 영역에 근접하고 있었다.

"당신은 진짜 '몬'인가? 아니면 당신은 진짜 딥월드인가?"

핑은 정색으로 물었다.

"너의 아버지가 있는 곳으로 데려다주지."

검은 가면 남자는 정색으로 대답했다.

왕생의 그림 '몬'

왕생의 왕 그림은 이미 오래된 운명대로 스스로 주인을 선택하며 이리저리 옮겨 다녔다. 그리고 몇백 년 전 여섯 손가락을 가진 하시바 히데요시라는 인물에게 건너갔다.

귀모라고 불리던 천하의 책사 구로다 요시타카는 혼노지의 변(本能寺変)으로 유명한 오다 노부나가(織田信長)의 횡사 소식을 듣자마자 하시바 히데요시에게 빠른 바람으로 달려갔다. 그리고 빨리 회군할 것을 간곡하게 진언했다. 그러나 하시바 히데요시는 회군을 결정하지 못하고 고심하며 갈등만 했다. 귀모는 당대의 술사답게 뱀의 혓바닥으로 하시바 히데요시를 꼬드겼다.

"히데요시 님에게 드디어 천하의 길이 열렸습니다. 저의 충성을 받아주십시오."

귀모는 자신이 갖고 있던 왕생의 왕 그림을 바쳤다.

"이 그림을 가진 자는 왕이 됩니다."

하시바 히데요시는 왕이 될 수 있다는 왕 그림을 본 후 고심과 갈등을 버리고 자신의 이름을 도요토미 히데요시로 바꾸었다.

하시바 히데요시가 도요토미 히데요시로 이름을 바꾼 후 원숭이 얼굴을 닮았다고 놀림을 당했던 외모는 왕의 얼굴로 바뀌었다. 왕의 얼굴로 외모가 바뀌자 왕의 태도까지 갖추게 되었다. 도요토미 히데요시가 갖추게 된 왕의 얼굴과 왕의 태도는 진짜 큰 세계를 지배한다는 일종의 천명이었다. 그에게 진짜 큰 세계란 전 세계를 뜻했다. 마침내 도요토미 히데요시는 일본 전체를 정복하고 통일했다. 나아가 아시아 전 지역을 정복하려는 야망까지 갖게 되었다. 그래서 조선도 침략했다. 조선은 중국으로 가는 발판이었다. 도요토미 히데요시는 '진짜 큰 세계'를 만들겠다고 주변에 호언장담했다. 하지만 이런 호언장담도 무색하게 너무 어이없이 죽고 말았다. 진짜 큰 세계를 이루겠다는 천하 대망은 허망하게 허무하게 사라져버린 것이다. 이루기 전에 너무도 어이없이 죽고 말았다. 너무도 허망한 죽음이었다.

도요토미 히데요시가 갑자기 죽자 그의 천하 대망을 따르던 사무라이들은 그를 신격화하여 신사에 신(神)으로 봉안하였다. 그런데 도요토미 히데요시의 뒤를 이어 천하를 통일한 도쿠카와 이에야스는 그의 멸문을 지시했다. 당시 도요토미 히데요시의 멸문지화로 인해 가문의 씨가 마를 때 유일하게 살아남은 자가 있었다. 바로 그의 아들 도요토미 히데요리의 서녀였던 나아히메였다. 나아히메는 무서운 세상을 버리고 곧바로 비구니가 되었다. 그리고 얼마 후 도요토미 히데요시의 천하 대망을 잊지 않은 심복 다케나카 시게하루가 나아히메를 찾아왔다. 다케나카 시게하루(竹中重治)는 나아히메와 혼인한 후 그의 수하들을 이끌고 도요토미 히데요시의 왕 그림을 수습해서 자신들만의 비밀조직을 만들었다. 그리고 그 비밀조직을 바로 '몬'이라고 불렀다.

베이징맨을 약탈하려고 페이원중을 고문했던 그 시게하루, 톈진으로 베이징맨을 찾으러 갔다가 할복자살했다고 알려진 그 시게하루, 그 시게하루가 '몬'을 재정립한 다케나카 시게하루의 후손이었다. 그는 도요토미 히데요시 가문의 후손이었었다. '몬'의 후손이었다.

"아버지가 있는 곳을 안다는 것은 아버지는 확실히 살아있다는 것이겠군. 아닌가?"

핑은 의중을 떠보았다. 핑에게 가장 중요한 명제는 아버지의

생존이었다. 반드시 확인해야만 했다.

"너의 아버지는 베이징맨이 어디 있는지 알고 있었다. 하지만 결코 말하지 않았다. 아니 오랫동안 말할 수 없었지. 너의 아버지는 자신이 누구인지 모른 채 살았으니까."

검은 가면 남자는 알 수 없는 말을 했다.

"자신이 누구인지 모른 채 살아왔다고? 그게 무슨 소리지?"

핑은 아버지의 소식에 당혹했다.

"내가 네 아버지의 히스토리까지 들려줘야 하나?"

검은 가면 남자는 가소롭다는 듯이 웃었다.

"... 그래 그렇다면 아버지를 살려준다는 말을 어떻게 믿을 수 있지?"

핑은 마음먹고 도발적이었다.

"난... 보물 사냥꾼이 아니다."

검은 가면 남자는 단호했다.

"그럼 고고학자라도 된다는 거야?"

핑은 소리 질렀다. 검은 가면 남자는 고개를 돌려 외면했다,

"그래그래.... 나의 아버지의 생사는 알겠는데, 장한 교수의 생사도 알려줘야지. 안 그래?"

핑은 아까부터 입이 근질근질했었다. 그런데 검은 가면 남자는

대답할 생각이 전혀 없는지 그냥 뒤돌아섰다. 장리는 결국 참지 못하고 검은 가면 남자 쪽으로 달려갔다. 이때까지 아빠의 소식을 물을 기회만 기다리고 있었기 때문이다. 장리는 검은 가면 남자의 손목을 힘주어 꺾어 잡았다. 그리고 돌려세웠다. 검은 가면 남자는 화들짝 놀라며 손목을 빼려 했지만 결코 만만치 않았다. 장리의 손목과 팔의 힘이 장난 아니게 남달랐기 때문이다.

"당신 아버지가 누구인지 모르지만 아마 영원히 못 만날지 모른다."

검은 가면 남자는 장리의 눈길을 피한 채 대답했다. 건조하거나 단호하지 않았다. 지금까지와 다르게 목소리가 흔들리고 있었다. 장리는 검은 가면 남자의 손목을 스르르 놓아주었다. 검은 괴물들이 검은 가면 남자를 에워쌌다. 핑은 검은 가면 남자의 그 모습을 놓치지 않았다. 지금까지 보여주었던 침착함과 차분함과는 도무지 거리가 멀었다. 장리의 눈에 눈물이 가득했다. 장리에게는 아빠 장한 교수에 대한 사형선고나 마찬가지였기 때문이다.

"내가 보물 사냥꾼 따위에게 더 이상 구걸하게 하지 마라. 이제 가라."

검은 가면은 지시가 아니라 명령을 했다. 그리고 다시 뒤돌아서 걸어갔다.

"보물 사냥꾼을 경멸한다고 생각했었는데 보물 사냥꾼에게 열등감을 느끼는 거였어. 하하하... 열등감이었어. 열등감."

핑은 검은 남자의 뒷모습에 대고 마음껏 비웃어주었다. 유치해도 어쩔 수 없었다.

"앗..."

핑은 정신이 아득해졌다. 검은 가면 남자의 걸음걸이가 어쩐지 익숙했다. 우아한 백조의 자맥질 걸음걸이였다. 물 위를 스치듯 떠다니는 것처럼 보이는 걸음걸이였다. 악몽 속의 아버지의 경공을 닮은 걸음걸이였다. 이건 데자뷰가 아니었다. 실제였다.

"... 아..."

검은 가면 남자는 이제 계단을 오르고 있었다. 내리막이 끝나고 오르막을 오르는 멋진 풍경이었다. 핑은 자신의 의심을 기필코 확인하고 싶었다. 핑은 멀어져가는 검은 가면 남자를 쫓아 계단을 단번에 다다다다 뛰어올랐다. 어쩌면 다시는 만날 수 없을지 몰랐기 때문이다. 핑은 그의 정체가 궁금해서 미칠 지경이었다. 핑은 헉헉 숨을 몰아쉬며 검은 가면 남자를 잡으려고 안간힘으로 달렸다. 검은 괴물들의 견제를 물리치며 모질음으로 달렸다.

그리고 긴 계단의 끝에 도달했다. 검은 가면 남자가 오른쪽에 위치한 자신의 방문을 열고 있었다. 핑은 계단을 급하게 달려오느라 온몸은 땀으로 범벅이었고 얼굴은 시뻘겠다. 검은 괴물들이 격렬하게 견제했지만 검은 가면 남자는 또다시 그들을 제지했다.

"당신 이름을 알아야겠어."

핑은 흥분해 있었다. 하지만 검은 가면 남자가 자신이 상상하는 사람이 아니기를 제발, 제발 바라고 있었다.

"이미 알고 있을지도... 그리고 앞으로 알게 될지도..."

검은 가면 남자는 명멸하는 시간의 가루 같은 불립문자의 선문답을 남기고 문을 열고 방 안으로 들어갔다.

검은 가면 남자가 방문을 닫으려는 그 순간 방의 형식과 방의 내용이 낱낱이 드러났다. 정갈한 다다미방의 모든 벽이 검은색이었다.

'다다미방의 벽면이 검은색이라니...'

핑은 비틀거렸다. 정신을 차릴 수가 없었다.

'장한 교수가 영상 메일을 녹화하고 있는 장소는 어딘지 알 순 없었지만 검은색 벽면을 등지고 앉아있었어. 일반적인 가정집은 벽에 검은 페인트칠을 하거나 검은 벽지를 사용하지 않아.

호텔도 마찬가지고 모텔도 마찬가지야. 그리고 흑암의 우주 같은 검은색 벽면에 밝게 증폭된 하얀색 타공판이 있었어. 서로 악과 선을 겨루듯 막강한 대비를 만들고 있었지. 하얀색 타공판 바로 우측에는 오벌형의 황금색 거울이 있었어. 황금색 거울도 검은색 벽면만큼이나 분명한 목적이 있는 취향이었어. 장한 교수의 취향은 절대 아니었어. 일반적으로 대학교수들은 대비가 뚜렷한 색상의 조합을 선호하지 않거든. 대부분 무채색을 선호하거든... 검은색 벽면과 하얀색 타공판과 황금색 거울은 너무 이상한 조합이었어.'

핑은 다시 크게 비틀거렸다. 그것을 보았기 때문이다. 다다미 방의 검은색 벽면 아래 검은색 탁자에 중절모가 있었다. 백합꽃과 백합꽃 향기와 함께 나타나서 핑에게 주었던 바로 그 중절모였다. 세상의 모든 사라진 전설을 본 아버지, 세상의 모든 사라진 운명을 본 아버지, 그 아버지의 중절모였다. 오래되고 질긴 보물 사냥꾼의 원형질을 물려준 그 아버지의 중절모였다. 죽음을 예감한 구겨진 유서까지 물려 준 아버지, 그 아버지의 중절모였다. 그런데 그 중절모가 가짜 베이징맨의 머리 위에 놓여 있었다. 핑은 분노를 느꼈다. 핑은 치욕을 느꼈다. 핑이 더 이상 묻기도 전에 검은 가면 남자는 문을 쾅 닫았고 검은 괴물들이 핑을 성벽처럼 막아섰다.

핑은 도저히 믿기 어려운 장면에 자신의 얼굴을 감싸고 괴로워했다. 너무나 웅장한 스펙터클이었다. '몬'의 가공할 장악력은 결코 비명횡사도 없을 듯했다. 순간 어디선가 기차 경적소리가 어렴풋이 들려왔다. 핑은 이제는 놀랄 기력도 없었다. 장한 교수의 영상 메일에서도 어렴풋이 들었던 그 기차 경적 소리였다. 장리가 말했던 기차 경적 소리이기도 했다

"장난감 기차만 갖고 놀았죠. 항상 어딘가로 떠나고 싶었거든요... 어쨌든 아빠와 도망치듯 떠난 후 다시 가본 적도 없고요." 그때도 지금도 진짜 기차의 경적소리인지 장난감 기차의 경적소리인지 구분하기는 어려웠다. 핑은 미치광이가 되어 방문을 부수고 쳐들어가고 싶었다. 쾅... 쾅쾅... 쾅 문을 두드렸다. 검은 괴물들이 핑을 막무가내로 끌어내고 있었다. 핑은 짐승처럼 질질 끌려갔다. 그때 검은 가면 남자가 문안에서 나지막이 말했다.
"나와 함께라면 진짜 세계를 손에 넣을 수 있을 텐데..."
핑은 왈칵 눈물이 쏟아졌다. 검은 가면 남자는 장한 교수 코스프레를 하고 있었다.

황다는 장한 교수의 영상 메일에서 세 번째 프레임 전체를 하나하나 체크해 나가고 있었다. 세 번째 프레임에서 특이한 조짐은 보이지 않았다. 그런데 네 번째 프레임에서 발견되었다. 프레임의 3분 26초와 4분 39초 사이에 또 다른 헥사코드가 지나가는 것을 발견한 것이다. 황다는 이미 도출해낸 적 있는 47이라는 숫자를 암호키에 넣어보았다. 그리고 그 암호키를 XOR과 CIPER에 넣고 해독해보았다. 잠시 후 해독된 단어들이 나타났다. 그런데 해독된 단어들은 규칙적으로 반복되고 있었다. 황다는 일정한 단어들의 규칙적인 반복 속에서 일정한 패턴을 도출해냈다. 그리고 하나의 완성된 문장을 발견했다.

"왕을 가진 그가 진짜다"

13.

북경협화의원 B동 신생대연구실

희미한 어둠에 잠겨있는 B동 신생대연구실엔 긴장된 들숨과 날숨만 오락가락하고 있었다. 페이원중과 후청즈 그리고 7명 연구원들의 긴장감을 비집고 나오는 절체절명의 억눌린 숨소리였다.

"아무도 우리를 영웅이라고 불러주지 않을 겁니다."

페이원중은 자신의 부하들을 살육의 전장에 내보내는 장수답게 비장했다.

"아무도 우리를 기억해주지 않을 겁니다."

페이원중의 비정한 선전포고였다. 연구원들은 결국 흐느끼기 시작했다.

"훗날 우리는 오늘의 일을 이렇게 기억할 겁니다."

연구원들의 흐느낌은 꿰매고 꿰매서 덮어놓았던 진한 고름처럼 툭 터져 나왔다. 이제는 제대로 울고 있었다.

"우리는 지켰다... 고... 말입니다."

페이원중도 울고 있었다. 연구원 하나가 한쪽 팔을 우뚝 쳐들었다. 그의 손에 무기는 없었지만 이미 스스로가 무기였다. 페이원중의 말을 되뇌어 외쳤다.

"우리는 지킨다."

나머지 연구원들도 차례로 각자의 오른팔을 우뚝우뚝 쳐들고 외쳤다. 우리는 지킨다. 우리는 지킨다. 연구원들은 페이원중과 후청즈 주변을 둥글게 에워쌌다. 장차 위대한 적벽이 될 터였다.

잠시 후 페이원중과 후청즈는 희미한 어둠보다 더 희미한 불빛 아래서 두 개의 고인류 유골을 포장하기 시작했다. 페이원중과 후청즈는 얇은 면포와 부드러운 종이와 의학용 솜 그리고 투명 종이와 의학용 세마포 등으로 고인류 유골을 겹겹이 덮었다.

세상에서 가장 신성한 의식을 치르는 경건한 사제들의 겸손한 모습이었다. 그 어떤 의식도 이렇게 신성하고 경건하고 겸손할 수 없을 것이다.

페이원중과 후청즈는 베이징맨의 진짜 두개골과 가짜 두개골을 두 개의 상자에 각각 담았다. 두 개의 상자는 구분이 안 갈 정도로 똑같았다. 두 개의 마지막 모습과 마지막 치장을 다시 한 번 확인했다. 다시는 만날 수 없을지도 몰랐고 영원히 만날 수 없을지도 몰랐다. 어디서든 제발 무사하기를 기원했다. 그동안 무던히도 울컥했고 어지간히 참아냈다. 페이원중과 후청즈는 완전하게 밀봉을 마친 두 개의 상자에 자신들만이 알아볼 수 있는 표식을 내기 시작했다. 베이징맨의 새로운 운명의 방향을 창조해낼 표식이었다. 페이원중과 후청즈는 심하게 손을 떨고 있었다.

"P. M."
페이원중이 표식을 남겼다.
"B. M."
후청즈가 표식을 남겼다.

페이원중과 후청즈의 가슴은 베이징맨의 운명을 통째로 책임져야 하는 고열로 펄펄 끓고 있었다.

"이제부터가 큰일이네."

페이원중은 또 다른 전쟁에 직면했다. 지금 이 순간까지 일본이 보낸 도적놈은 나타나지 않았다. 아직 오늘의 비밀을 알아채지 못한 것이다. 하지만 곧 알아챌 게 분명했다. 베이징맨을 내놓으라고 고문했던 그 시계하루가 알아챌 게 분명했다.

"일단 친황다오까지만 무사히 가면 돼."

페이원중의 두 눈은 시뻘겠다.

"일단 톈진까지만 무사히 가면 돼."

후청즈의 두 눈도 시뻘겠다.

그때 연구실 밖에서 망을 보던 연구원이 숨죽이며 들어오더니 조용히 말했다.

"트럭이 대기 중입니다."

페이원중과 후청즈가 페킹맨과 베이징맨을 포장하는 동안 나머지 연구원들은 B동 신생대연구실 앞을 지키고 있었다. 연구원들은 저마다 무기를 하나씩 들고 있었다. 누가 보더라도 영락없이 불량배이고 양아치였다. 페이원중의 심장이 쾅쾅 뛰었다. 자신의 귀에 들릴 정도였다. 누군가 심장이라는 문을 격렬하게 두드리는 것 같았다. 도적놈들이 이 소리라도 들을까 봐 겁이 났다. 베이징맨을 약탈하지 못할 바에야 베이징맨의 파괴를 열렬히 갈구하는 도적놈을 박차고 나가야 했다. 페이윈중이 상자를 품에 안아 들었다. 'P. M.'이었다. '페킹맨'이었다. 후청즈가 다른 상자를 품에 안아 들었다. 'B. M.'이었다. '베이징맨'이었다.

연구실 밖에서 망을 보고 있던 서너 명의 연구원들이 더 들어왔다. 페이윈중과 후청즈를 호위하듯 에워쌌다. 연구원들에게 포위된 페이윈중과 후청즈는 그 모습이 전혀 보이지 않았다. 혹시 연구실 복도에서 예상치 못한 누구와 마주쳐도 페이윈중도 후청즈도 보이지 않을 것이고 두 개의 상자도 전혀 보이지 않을 것이다. 페이윈중과 후청즈는 문을 열고 있었다. 철저하게 정체를 감춘 베이징맨과 페킹맨이 B동 신생대연구실의 문을 열고 있었다. 하루가 멀다 하고 도적과 역적들이 징글맞게 숨어들던 문을 나가고 있었다.

연구실 복도는 빛조차 조심스러웠는지 어두컴컴했다. 페이윈중과 후청즈는 절대 급하게 걷지 않았다. 한 발 한 발 천천히 걸었다. 하지만 단호하게 걸었다. 북경협화의원 B동 신생대연구실 건물을 나오자 곧 동이 트고 있었다. 전혀 새로운 날의 여명이었다. 새벽의 한기가 상자의 안위를 덮쳤다. 페이원중과 후청즈는 상자의 안위에 상처라도 생길까 봐 더 깊이 안았다. 갑자기 번쩍 번개가 치는가 싶더니 가는 비가 후두두 내리기 시작했다. 페이원중과 후청즈는 이런 자잘한 비마저 불안했다. 연구원들이 윗옷을 벗어 상자의 안위를 겹겹이 덮었다.

B동 신생대연구실 건물 앞에는 이미 미군용 트럭 한 대와 일반 트럭 한 대가 기다리고 있었다. 미 해병대 미군용 트럭이면 검문을 통과할 수 있었다. 돼지를 실은 일반 트럭이면 검문을 통과할 수 있었다. 페이원중은 연구원에게 상자를 잠시 건넸다. 그리고 미 해병대 트럭 뒤에 올라탔다. 페이원중이 트럭에 올라타자 연구원은 상자를 페이원중에게 돌려주었다. 페이원중은 가장 깊숙이 들어가서 앉았다.

후청즈도 상자를 연구원에게 잠시 건넸다. 그리고 일반 트럭 뒤에 올라탔다. 후청즈가 트럭에 올라타자 연구원은 상자를 후청즈에게 돌려주었다. 후청즈는 가장 깊숙이 들어가서 앉았다.

대학생으로 변장한 연구원들은 페이원중과 함께 미 해병대 트럭에 탔고 농부로 변장한 연구원들은 후청즈와 함께 일반 트럭에 탔다. 그들은 트럭 뒤에 검은 천막 덮개를 덮었다. 잠시 후 미군용 트럭과 일반 트럭은 출발했다. 새로운 운명의 방향을 향해 각각 떠났다. 후두두 잔매를 닮은 가는 비는 점점 몽둥이매를 닮은 굵은 비로 변해가고 있었다. 그렇게 두 대의 트럭은 오랫동안 달렸고 어디쯤인가 두 개의 갈래 길을 만났다. 두 대의 트럭은 멈추었다.

숲속의 두 갈래 길

두 길 갈 수 없어

아쉬운 마음으로 그곳에 서서

한쪽 길을 한참 바라보았다

그러고 다른 쪽 길을 택하였다.

똑같이 아름답지만

한쪽 길은 나중에 가리라 생각했는데

다른 쪽 길은 또 다른 길로 이어지며

다시 돌아오지 못할 것을 알았다.

먼 먼 훗날 언젠가

나는 이렇게 말할 것이다

두 갈래 길을 만났을 때

나는 내가 선택한 길을 갔노라고.

그리고 모든 게 달라졌다고.

- 프로스트의 시, 수정본

드디어 페이원중은 친황다오로 후청즈는 톈진으로 서로 작별 인사도 없이 내달렸다. 각자가 책임진 베이징맨의 운명의 길을 열심히 내달렸다.

핑은 아버지를 만나게 될 시간이 다가올수록 초조해졌다. 사진 속의 지옥도였던 아버지를 현실 속의 지옥도인 아버지로 맞닥뜨려야 하기 때문이다. 아버지의 모습을 똑바로 대면할 수 있을지 자신이 없었다.

"... 난 아빠를 못 찾을지도 몰라요... 하지만 살아있을 거예요. 내가 찾으러 올 때까지 살아있겠다고 했잖아요?"

장리는 아빠인 장한 교수의 죽음을 부정하고 있었다. 장리는 검은 가면 남자의 사형 선고가 좀처럼 뇌리에서 사라지지 않았다. 또 아빠인 장한 교수를 잘 알고 있는 듯한 말투도 도무지 뇌리에서 사라지지 않았다.

"당신 아버지는 영원히 못 만날지도 몰라."

핑은 누구보다 장리의 마음을 잘 알고 있었다.

"검은 가면 남자가 장한 교수가 돌아가시는 모습을 직접 목격한 것도 아니야. 그리고 장리가 영안실에서 장한 교수의 시신을 확인한 것도 아니잖아? 저따위 종이 쪼가리 하나 없는 예의 없는 죽음의 통보는 그냥 개꿈이라고. 개꿈."

핑은 거침없이 말했다. 핑의 심장은 쪼그라드는 것 같았다. 오래전에 왕애지 교수에게 대들었던 바로 자신의 속마음을 다시 꺼내 들었기 때문이다.

"장한 교수의 죽음을 인정하지 마. 그런데 장리의 부정은 나처럼 비겁하지 않아. 오히려 떳떳해. 오히려 당당해."

핑은 장리의 손을 잡았다. 장리의 얼굴이 조금 밝아져 있었다.

"장리. 잘 생각해봐. 우리가 아버지를 찾으러 주구점으로 떠나려는 순간 검은 괴물들이 들이닥쳤어. 난... 그들이 몰랐다고 생각해."

핑은 장리의 손을 쓰다듬었다.

"뭘 몰랐다는 거예요?"

장리는 반문했다.

"장리가 나타날 줄 몰랐던 거지. 그러니까 장리가 복병이었던 거야. 그리고 복병은 또 있었어."

핑은 장리의 손을 힘주어 잡았다.

"오피스텔 불한당들... 사실 그들이 그때 우리를 구했던 거야. 만약 그들이 그때 우리를 구하지 못했다면 아마 전혀 다른 상황을 경험하고 있겠지. 시골 경찰서에서 후지무라도 만나지 않았을 테고... 성화 광장에서 랴오위도 만나지 않았을 테고... 아지트 '멘B'에서 역봉도 만나지 않았을 테고... 톈진 축제도 가지 않았을 테고... 47객잔에도 가지 않았을 테고... 검은 가면 남자의 지하세계도 가지 않았을 테지..."

핑은 숨이 찼다.

장리도 숨이 찼다.

"검은 괴물들은 우리가 곧바로 아지트 '멘B'로 갈 줄 알았을 거야. 그런데 중간에 후지무라가 우리를 납치한 거지. 검은 괴물들은 우리가 후지무라에게 무슨 비밀이라도 넘길까 봐 선수를 치기로 한 거야. 우리가 시골 경찰서에 납치되어 있는 사이, 아지트 '멘B'에 들렀어. 그런데 도착해보니 이미 난장판이었던 거야... 검은 괴물들은 후지무라가 먼저 들렀다는 걸 알고는 경악했겠지. 결국 후지무라를 죽였잖아? 그리고..."

핑은 랴오위가 건네주었던 일본어로 기록된 메모에 대한

이야기는 꺼내지 않았다. 지금 장리는 어떤 말을 해도 믿지 않을 게 뻔했기 때문이다. 그리고 제발 장리만은 자기처럼 아빠에 관한 악몽을 겪지 않기를 바랐기 때문이다.

"왕애지 교수님은 연락 안 왔어요? 혹시..."

장리는 솔직히 궁금했다.

"안 왔어... 솔직히 왕애지 교수님이 치매였으면 했어. 그렇지 않고서는 내가 견딜 수 없을 거 같아서. 난 아버지를 자랑스러워하지 않았을 뿐 아니라 아버지를 부정하기까지 했었거든. 그리고 그렇게 어리석을 수 있었던 이유가 왕애지 교수님 때문이었으니까. 난 대번에 굴복했었으니까. 그런데 그런 사람이 사기꾼이라면... 난 그 사기꾼 때문에 아버지를 모욕한 거잖아... 제발 아니기를 바라고 있어. 다른 사정이 있기를 바라고 있어... 치매이기를 바라고 있어..."

핑은 정말 고통스러웠다.

"전 괜찮아요."

장리는 원래의 장리로 돌아왔다. 다시 씩씩해진 것이다.

"아버지는 진짜... 보물 사냥꾼이었을까?"

핑은 농담처럼 얘기했다.

"아빠는 진짜... 고고학자였을까요?"

장리는 진담처럼 얘기했다.

그때 한 남자가 불쑥 핑 앞에 나타났다. 필리핀인처럼 보이는 얼굴이었다. 나이는 꽤 들어 보였지만 몸매는 청년처럼 단단하고 꼿꼿했다.

"벤입니다."

벤의 음성은 묵직한 저음이었다.

"벤?"

핑은 벤이라는 이름이 낯설지 않았다. 그렇다고 금방 낯익은 얼굴도 이름이 떠오르지도 않았다. 남자는 핑의 의문을 눈치챘는지 자신의 이름을 설명했다.

"아버지의 이름을 그대로 따랐습니다. 벤입니다."

"검은 가면 남자..."

핑은 벤에게 물었다.

"로드이십니다. 이번에 퍼스트 로드가 되셨습니다."

벤은 로드라는 말을 입에 올릴 때 최상의 존경심을 품고 고개까지 숙였다. 아마 벤에게 퍼스트 로드인 검은 가면 남자는 감히 쳐다보기도 어려운 이모탈일 것이 분명했다. 핑은 또 물었다.

"퍼스트 로드요?"

핑은 퍼스트 로드라는 단어가 생경했지만 영 생경하지도 않았다.

"이번에 큰 업적을 이루셨습니다. 그래서 퍼스트 로드가 되셨죠. 곧 그랜드 로드가 되실 분입니다."

벤은 충실한 집사 같았다. 최상의 존경에 대한 자발적 복종의 자세를 완전하게 갖추고 있었다.

"혹시 퍼스트 로드의 진짜 얼굴을 본 적이 있어요?"

장리가 벤에게 물었다.

"감히… 볼 수 없습니다. 또 보려고 하지도 않습니다."

벤은 퍼스트 로드를 극도로 두려워하고 있었다. '몬'에서 퍼스트 로드의 위치는 상상 이상의 영향력이 있다는 의미였다.

로드와 퍼스트 로드와 그랜드 로드

장한 교수의 고향을 정확히 아는 사람은 아무도 없었다. 스스로 중국인이라고 말했지만 중국인이 아니라는 사람들도 있었다. 스스로 일본인이라고 말했지만 일본인이 아니라는 사람들도 있었다. 여하간 장한 교수가 일본어를 사용하는 걸 본 사람은 거의 없었다.

장한 교수는 부모님을 따라 나가사키 마쓰가에로 가서 살았다. 그곳에서 중학교에 다녔다. 무슨 이유에서인지 고등학교

무렵에 중국으로 다시 돌아왔고 나머지 학업을 마쳤다. 그 후 다시 나가사키 마쓰가에로 돌아갔다. 얼마 후 도쿄대학에 입학했다. 도쿄대학을 졸업한 후 마쓰가에로 다시 돌아왔다. 그리고 결혼을 했다. 그런데 아내가 딸 장리를 낳자마자 죽었다. 장한 교수는 아내가 죽은 후에도 공부를 계속했다. 도쿄대학에서 석사와 박사 학위까지 받았다. 모든 학위 과정을 마치고 다시 중국으로 돌아왔다. 장한 교수는 중국으로 돌아오자마자 베이징대학에 정교수로 임용되었다.

장한 교수 스스로 만든 공식적인 프로필이었다. 그리고 장한 교수가 자신의 또 하나의 고향처럼 말하는 나가사키 마쓰가에는 평범한 도시였지만 평범한 도시가 아니기도 했다.

1865년 일본 마쓰가에 47번지 집의 출입문에 이상하고 낯선 엠블럼이 붙어있었다.

평범한 마을 사람들은 47번지 앞을 지나면서 그 문에 새겨진 엠블럼이 낯설고 이상하다고 생각했지만 그렇다고 딱히 궁금해하지도 않았다. 일본은 신이 많은 나라인 만큼 가족 신을 모시는 집이라고 생각했던 것이다. 하지만 이 47번지 집에 터전을 이룩한 사람들은 '몬'의 창시자였던 다케나카 시게하루의 후손들이었다.

'몬'의 세력은 중국 진시황 때부터 시작된 비밀스러운 권력 집단이었다. '몬'은 세계의 모든 현상에 직간접으로 관여하며 권력을 크게 확장해 왔다. 특히 가까운 현대로 올수록 주로 젊은 사람들 포섭에 심혈을 기울였다. 현대는 인터넷이 무한하게 발달하고 있었고 인터넷의 사용자들은 주로 젊은 사람들이었기 때문이다. 그리고 이를 발판으로 첨단 테크놀로지를 이용한 딥월드의 세계를 빠르게 구축해나갔다. 단순히 눈에 보이는 1%의 현상보다 눈에 보이지 않는 99%의 현상이 훨씬 강력하다고 생각했기 때문이다. 눈에 보이지 않는 99%의 강력한 현상이 거대한 권력을 창조한다고 생각했기 때문이다. 그 거대한 권력이 전 세계를 지배한다고 생각했기 때문이다. 그리고 '몬'은 전 세계 99%의 권력을 지배하기 시작한 것이다.

일반적인 사람들은 서피스월드에서 활동하고 있었고 이런 서피스월드의 표면적인 활동은 표면적으로만 대단해 보일 뿐 간단한 검색 기술만으로 모두 잡아낼 수 있었다. 얼마든지 감시와 조종이 가능한 것이다. 하지만 고작 1%였다. 지상 정부가 통제하고 통치할 수 있는 세계는 고작 1%였다. 하지만 보다 특별한 사람들은 딥월드에서 활동하고 있었고 이런 딥월드에서의 내면적인 활동은 베일이 가려있는 만큼 간단한 검색 기술로는 결코 잡아낼 수 없었다. 도저히 감시와 조종이 불가능한 것이다. 그런데 99%였다. 지상 정부는 통제하고 통치할 수 없는 99%였다.

'몬'은 진시황과 도요토미 히데요시가 전 세계 권력을 장악하지 못한 이유가 지상 정부만 건설하려 했기 때문이라는 다소 만화적인 해석을 맹신하고 있었다. 간혹 고대 유적이나 고대 유물을 찾는 보물 사냥꾼들처럼 딥월드를 찾아 헤매는 사람들이 있었다. 이들을 트레져헌터라고 불렀다. 하지만 아무리 날고 긴다는 트레져헌터라도 '몬'을 찾아내지는 못했다. '몬'을 알아내기란 여간 어려운 것이 아니었다. 하지만 이 '몬'을 찾아내기만 한다면 결국 진짜 큰 세계로 입성하게 되는 것이었고 결국 딥월드의 길드 하나가 될 수 있는 것이었다.

딥월드의 길드가 되기만 하면 '몬'으로부터 상당한 권력과 지원을 받을 수 있었다. 물론 '몬'의 명령과 지시를 철저히 따라야 했다. '몬'의 지시와 명령이란 다름 아닌 99%의 세계를 건설하고 사수하기 위한 작은 전투와 작은 전쟁 그리고 큰 전투와 큰 전쟁이었다. 딥월드에서 활동하는 사람들 대부분은 어둠의 세계에 속하는 사람이었다. 마약, 무기, 성매매, 금궤... 모두 열거하기도 힘든 각종 범죄자들의 세계였다. 하지만 이들 범죄자들의 경제력은 타의 추종을 불허하는 것이었다.

콜롬비아의 마약왕 파블로 에스코바르의 전성기 시절 재산이 40조라는 말이 있었다. 추위에 떠는 딸을 위해 땔감으로 50억 원의 돈을 태웠다는 말도 있었다. 그래서인지 파블로 에스코바르가 '몬'의 퍼스트 로드였다는 말이 있었다. 또한 터널 왕으로 알려진 멕시코 마약왕 호아킨 구스만의 재산도 23조에 달한다는 말이 있었다. 하지만 구스만은 현재 미국 교도소에 수감 중이다. 그의 23조는 누가 갖고 있는 것일까? 호아킨 구스만 역시 '몬'의 퍼스트 로드라는 말이 있었다. 어쨌든 '몬'의 경제력은 보통 사람이 상상하기도 힘들 정도다.

'몬'에게는 왕생의 왕 그림이 매우 중요한 상징물이다. 왕 그림은 나치의 상징인 하겐 크로이츠와 같았다. 그리고 왕 그림의 현실화된 실물 상징물이 바로 베이징맨이다. 베이징맨은 '몬'의 영원한 정체성이다. 또한 '몬'의 엔진웹의 대문에는 베이징맨이 형상화되어 있다. 완전하고 완벽한 게슈탈트다.

'몬'의 최고 권력자는 그랜드 로드라고 했고 그랜드 로드는 전 세계의 대통령이라는 미국 대통령의 능력과 영향력도 능가하는 것이었다. '몬'의 권력의 지향점은 드러난 권력을 지배하는 드러나지 않는 권력이었다. 이들은 전 세계의 권력자들을 충분히 갖고 놀 수 있었다. '몬'은 프리메이슨과 대척점에 있는 권력이자 빅브라더를 능가하는 또 다른 팬옵티콘이었다. '몬'은 지상정부를 통제하고 통치하는 세계 최대 지하정부인 것이다.

핑은 벤이라는 집사의 안내에 따라 비행기에 올랐다. 그리고 얼마 후 필리핀 마닐라 공항에 내렸다. 핑은 내리자마자 자신의 노트북을 부팅해서 황다가 보내온 메일이 있는지 먼저 확인했다. 황다의 메일 메시지는 매우 간단명료했다.

"왕을 가진 자가 진짜다?"

핑은 갈수록 수수께끼가 되어가는 메시지가 매우 의도적이라는 의심이 들었다. 아니 의심을 넘어 이제는 확신에 가까워졌다.

도대체 장한 교수가 왜 이렇게 어려운 단서를 영상 메일 속에 내면화시켰는지 도무지 납득이 가지 않았다. 이렇게 곤란한 단서를 영상 메일 속에 숨겼는지 더더욱 납득이 가지 않았다.

'다른 사람에게도 이 단서를 들키고 싶은 건 아닐까? 아니면...'

핑은 검은 가면 남자와 장한 교수가 결국은 동일인이라는 인정과 동일인이 아니라는 부정을 쉴 새 없이 오가고 있었다. 오로지 장리 때문이었다. 부정의 가장 큰 이유는 장한 교수가 자신의 딸 장리를 위험한 일에 끌어들였을 리 없다는 생각 때문이었다. 하지만 지금은 달라졌다. 장리를 끌어들이는 바람에 자신도 의심 없이 따라나섰다는 생각이 들었다.

'왕을 가진 자가 진짜다?'

왕을 가진 자가 누구인지 보다 더 궁금한 건 장한 교수가 누구인지였다. 장한 교수 도대체 그는 누구였던가? 장한 교수는 도대체 그는 누구인가?

핑은 일단 랴오위를 붙잡고 설득했다. 진언이었다.

"랴오위, 우리 이쯤에서 헤어지자. 나와 장리는 아버지를 찾아야 한다는 같은 목표가 있고 역봉은 레이더스라는 책임감이 있고... 너까지 위험한 일에 연관되지 않는 게 좋겠어. 아무래도 느낌이 안 좋아."

랴오위는 버럭 화를 냈다

"난 루손섬으로 갈 거야. 누가 뭐라고 해도 갈 거라고. 여기까지 와서 포기하라는 거야? 형님? 이게 말이 돼? 여기까지 오느라 별 개고생을 다 했는데 막상 보물섬 앞에 도착하니까 날 내쳐? 그런 거야?"

랴오위는 악을 썼고 그 악은 쉽게 가라앉지 않았다.

"랴오위. 너를 위해서야. 잘못하면 개죽음이라고, 후지무라를 봤잖아? 어서 집으로 돌아가."

핑도 악을 썼다. 랴오위가 진짜 돌아가기를 바랐다.

그런데 랴오위가 웃기 시작했다. 평소 랴오위의 으하하 웃음이 아니었다. 살 비늘이 돋을만한 섬뜩한 웃음이었다.

"형님. 그들이 우리를 어디로 데려갈 거라고 생각하고 있소?"

랴오위는 계속 웃어댔다. 핑은 대답하지 못했다. 당연히 아버지가 있는 곳으로 데려갈 거라고 생각하고 있었을 뿐 다른 생각은 해보지 않았던 것이다. 핑은 아버지를 찾으러 나섰다가 베이징맨도 찾아야 하는 명분이 생겨버렸다. 결국 아버지와 베이징맨은 같은 명분이 되어버린 것이다. 설사 골든릴리 동굴로 데려간다 한들 금궤는 핑과 아무런 상관이 없었다.

"골든릴리... 라고 말하는 거지?"

핑이 먼저 랴오위가 원하고 있는 가장 강력한 떡밥을 던져 보았다.

"그래. 골든릴리."

랴오위는 골든릴리 골든릴리 여러 번 반복했다. 반복하면서 벅찬 기쁨으로 숨 막혀 했다.

"골든릴리가 너의 기적이구나."

핑은 랴오위의 대장정의 시작과 끝이 골든릴리 금궤임을 명확하게 알게 되었다. 랴오위는 골든릴리 금궤가 자신의 거덜 난 삶을 살려줄 기적으로 여기고 있었다.

"네가 말한 대로 결국 골든릴리 금궤로 오게 되었네? 그럼 이 모든 게 너의 계획이었던 거야?"

핑이 소리쳤다. 랴오위는 섬뜩한 웃음을 한참 웃었다. 그리고 멈추었다가 또 웃었다. 마치 자신의 기적에게 바치는 환희의 송가라도 부르는 것 같았다. 랴오위는 이미 골든릴리 금궤를 차지한 기적을 경험한 눈빛이었다.

"골든릴리의 175개 동굴에 있는 금궤는 일본 것도 아니고 야쿠자 것도 아니란 말이오. 그걸 아직도 모르겠소? 형님."

"애초에 네 계획이었냐고 묻고 있잖아? 누가 골든릴리 역사를 말하라고 했어?"

핑은 랴오위의 멱살을 잡아 틀었다. 이 순간만큼은 랴오위를 패고 싶었다. 그런데 랴오위는 전혀 겁내지 않았다. 이미 골든릴리의 금궤를 차지한 기적을 경험한 눈빛은 전혀 겁대가리가 없었다.

"난 그저 들은 대로 떠든 거야. 내가 뭘 알겠소? 형님. 내 정보망 알잖아? 다 알면서 왜 그래요? 그리고 제발 정신 좀 차려요. 이건 80억 분의 1의 확률이야. 지구상 80억 명의 인간들 중 오로지 1명 만이 얻을 수 있는 천하의 기회라고. 알아들어? 형님? 평생에 한 번 올까 말까 한 기회라고. 이건 기적이야. 기적. 우리가 지하 능에서 만난 검은 가면 남자, 그 퍼스트 로드라는 작자가 골든릴리의 주인이라고. 아직 모르겠소? 어때? 내 말? 감이 오지?... 그런데 금궤의 주인이 우리를 그곳으로 보내려고 하고 있잖아? 이건 허락된 도굴이라고. 이건 금궤를 그냥 거저 먹는 거라구. 무려 175개의 동굴이야. 175개. 내가 금궤를 몽땅 가져가는 것도 아니잖아? 그저 몇십 개만 가져오자고. 뭐 어때? 그들이 원하는 것만 가져다주면 되잖아? 그들이 베이징맨을 원하잖아? 그 망할 베이징맨으로 뭘 하려는지 몰라도... 뭐 허장성세에 필요한 건지 모르겠지만 말이야. 뭐 인생 살다 보면 그런 허장성세가 유용할 때가 있지. 사람들이 그런 거에 약하더라니까…"

랴오위는 큰소리로 마구잡이로 대놓고 떠들었지만 마냥 마구 잡이는 아니었다. 제대로 계통을 갖추지 못하고 있을 뿐이었다.

핑은 랴오위의 멱살을 더 세게 잡아 틀었다. 랴오위는 지치지도 않았다. 계속 같은 내용의 말만 떠들었다.

"퍼스트 로드가 우리를 왜 골든릴리 동굴로 보내겠소? 형님?… 제발 정신 좀 차리라고. 형님…"

"… 아버지에게 데려다준다고 했잖아?"

핑은 갑자기 자신이 없어졌다.

"형님 아버지가 있는지 없는지는 난 모르겠고. 그곳에 가면 금궤가 있고 베이징맨이 있다는 것만 알고 있소."

랴오위의 말은 점점 이상해졌다.

"보물 사냥꾼들이 들어가기만 하면 죽어 나오는 골든릴리 동굴에 왜 하필 우리를 보내겠냔 말이오? 동굴이 175개나 된단 말이오. 175개나 되는 동굴이 일렬로 줄 서 있답니까? 박물관처럼 한 바퀴 돌면 된답니까? 참 형님도 답답하네요. 우리가 175개 동굴을 죄다 뒤져서 찾아내면 된단 말이오. 그는 우리를 도우려는 거요. 형님은 베이징맨을 찾으면 아버지를 돌려받는 것이고. 난 금궤를 받으면 된단 말이오. 형님. 제발 말귀 좀 알아들어요. 젠장... 오피스텔 좀 박살 나면 어떻고? 자동차 좀 박살나면 어떻소? 아지트 좀 박살 나면 어떻소? 형님은 아버지만 찾으면 되고? 저 여자도 아버지만 찾으면 되고? 젠장... 무슨 음모가 어쩌구저쩌구? 음모가 좀 있으면 어때? 아버지만 찾으면 되잖아? 그러니까 형님은 베이징맨인지 뭔지 찾아주라구. 형님, 난 금궤를 찾을 거니까."

랴오위는 꼭 술 빨거나 약 빤 놈 같았다. 랴오위의 횡설수설은 자신이 범인 중 한 명임을 자백하고 있는 꼴이기도 했다.

핑은 더이상 참지 못하고 랴오위를 바닥에 힘껏 내동댕이쳤다.

"그리고 이 잡놈아. 베이징맨이 그곳에 있다는 걸 알고 있다면 왜 굳이 우리를 보내겠어? 동굴이 175개나 돼서 못 찾는다고? 이 잡놈아. 검은 괴물들 못 봤어? 후지무라 죽이는 거 못봤어? 왜 못 찾아? 이 잡놈. 동굴에 있기만 한다면 175개든 1,750개든 벌써 찾아냈다고. 동굴에 베이징맨은 없어. 없다고. 있다면 벌써 그자가 차지했을 거 아냐? 골든릴리에 베이징맨은 없어. 아버지가 있다고. 아버지."

핑도 약 빨거나 술 빤 놈처럼 굴었다. 순간 랴오위는 아연실색했다. 더 이상 말을 잇지 못했다. 어느새 눈에 눈물이 그득했다.

"이 잡놈아. 내가 알고 있는 거 알려줄게. 골든릴리에 금궤가 있는지 없는지는 난 모르겠어. 하지만 그곳에 아버지가 있다는 것만 알아. 베이징맨은 없어. 아버지는 있어. 이 잡놈아."

핑은 거칠게 숨을 몰아쉬었다. 랴오위는 정신이 나간 표정으로 뒷걸음질 치며 달아나듯 멀어져갔다. 역봉이 랴오위를 잡으려고 했다. 핑이 말렸다.

"여기서 어딜 가겠어요? 저놈은 골든릴리에 꼭 갈 겁니다. 좀 있다 나타날 겁니다."

핑은 랴오위가 이용당하고 있다는 생각이 들었다. 랴오위가 등신이라서 걱정스러웠다. 랴오위가 잡놈이라서 더 걱정스러웠다.

14.

필리핀 루손섬 175개의 동굴에 있는 골든릴리 금궤는 사실 일본 것도 아니었고 야쿠자 것도 아니었다. 일본 천황의 사촌 동생인 다케타 왕자가 골든릴리 작전을 지휘했다고 해서 일본의 소유라고 주장하기는 매우 어려웠다.

다케타 왕자는 자신의 수하 야마시타에게 금궤의 관리를 맡겼는데, 그 야마시타가 바로 나가사키 마쓰가에 출신이었다. 나가사키 마쓰가에라면 당시 '몬'의 본부가 있던 곳이었다. 야마시타는 그 금궤를 자신이 혼자 차지하기가 겁이 났는지 '몬'의 지도자인 그랜드 로드에게 바쳤다. 그리고 퍼스트 로드가 되었다.

어차피 다케타 왕자는 루손섬에 가본 적도 없었고 그 금궤의 총량이 얼마나 되는지도 몰랐다. 그리고 루손섬에 직접 간다고 해도 찾을 수도 없었다. 골든릴리 동굴은 그렇게 쉽게 찾을 수 없을 뿐 아니라 찾는다 해도 무려 175개나 되었다.

게다가 일본 패망 후 일본은 필리핀에서 철수했다. 루손섬은 분명히 필리핀 땅이기 때문이다. 어쨌든 다케타 왕자는 골든릴리 금궤를 단 한 개도 만져보지 못하고 죽었다. 골든릴리 금궤의 시작과 끝의 정체를 알고 있는 자가 사라진 것이다. 그 이후 야마시타 덕분인지 골든릴리의 금궤는 '몬'의 최대 수입원이 되었다. '몬'의 최대 자산이 되었다. 이때부터 '몬'은 폭발적으로 성장하기 시작했다. 폭발적으로 성장하면서 여러 문파가 생겨나기 시작했다. 여러 문파는 서로 경쟁하고 서로 제거하는 권력 투쟁을 치르며 빠른 속도로 확장하기 시작했다.

그래서 그들은 '몬'이라는 왕 그림의 실제 주인공을 악착같이 찾아야 했다. 그런데 어느 날 '몬'의 실물 주인공인 베이징맨이 발견되었다는 소식을 듣게 된 것이다. 그들은 베이징맨을 다시 찾아오려고 했다. 그들에겐 약탈이 아니었다. 원래 자기들 것이었으니까 말이다. 그들은 시계하루를 비밀리에 투입했다. 시계하루는 일본 헌병으로 위장하고 난징으로 떠났고 일본 조사원으로 위장하고 베이징으로 떠났고 일본 군인으로 위장하고 톈진으로 떠났다. 그런데 이런 일련의 과정에서 베이징맨이 사라지고 말았던 것이다. 그런데 이 시계하루는 성씨가 있는 시계하루였다. 바로 조사 시계하루였다.

펑의 말대로 랴오위가 다시 모습을 드러냈다. 화장실에서 펑펑 울기라도 했는지 눈알이 새빨갰다. 얼마나 울었는지 눈두덩이 퉁퉁 부어 있었다. 펑은 랴오위 얼굴을 보자 마음이 쓰리도록 아팠다. 그래도 꼭 물어야 하는 게 있었다.

"네가 말했었지? 시치안이 뒤를 봐주고 있으니까 골든릴리에 함께 가자고. 나를 만나러 도장으로 찾아왔을 때 그렇게 말했었잖아?"

랴오위는 멈칫했다. 또다시 시작된 펑의 공습에 당황했다.

"그래? 안 그래? 랴오위 내 눈을 보고 똑바로 말해."

펑이 랴오위의 눈만 뚫어져라 보고 있었다.

"이거 왜 이래? 난 아니라고. 아니야. 날 순순히 보내줘야 할 거야. 아니면 큰일을 당하게 될 거라고."

랴오위는 방귀 뀐 놈이 성낸다고 되레 큰 화를 내며 생지랄이었다. 펑은 조금 전에 랴오위의 얼굴을 보고 마음 아파했던 게 후회스러웠다.

"시치안이야?"

핑은 화를 억누르며 다시 물었다. 그런데 랴오위는 조금 전의 생지랄을 버리고 너무 쉽게 고개를 끄덕였다.

핑에게 미안했던 게 분명했다. 고백하고 싶었던 게 분명했다.

"그럼 시치안을 봤어?"

장리가 총을 꺼내 랴오위에게 겨누며 물었다. 그동안 장리도 랴오위의 아군과 적군 사이를 오가는 이상한 전투 대열을 의심하고 있었던 것이다. 랴오위는 쩔쩔맸다. 말까지 더듬거렸다.

"사실... 사실... 시치안을 본 적은 없어."

장리는 실망스러운 표정이 되었다.

"그럼 시치안을 어떻게 알게 됐지? 누가 소개했어?"

핑은 등신 랴오위를 잡놈 랴오위를 작살내기로 마음먹었다.

"나에게 메일로 접근했어. 형님 진짜야. 메일로 나에게 일을 시켰어."

랴오위의 말은 점점 더 가관이었다. 믿어주기도 힘든 어린아이 장난 같은 말만 지껄였다. 핑은 한숨이 절로 나왔다.

"그래? 네 말이 맞는다면 그 메일 보여줘 봐."

핑이 집요하게 따지고 들자 랴오위는 땀을 줄줄 흘리며 고개를 절레절레 흔들었다. 이번에 또 무슨 자작 소설을 만들고 있는지 궁금하지도 않을 지경이었다. 덩치 좋고 풍채 좋고 넉살 좋은 랴오위의 모습은 온데간데없었다. 외교관 뺨 처먹는 퍼포먼스의 랴오위는 온데간데없었다. 사업가라는 타이틀로 여자들을 후리던 랴오위는 온데간데없었다. 핑이 알고 있는 랴오위의 모습들은 모두 가짜였다. 랴오위는 겁쟁이였다.

"하긴... 47객잔에서도 찔찔 짜기만 했었어..."

핑은 화를 억누르기 힘들었다.

"형님. 지금부터 내가 하는 말은 다 진짜야. 그러니까 내 말을 믿어줘야 해. 형님."

랴오위는 통 사정부터 시작했다. 핑은 큰 한숨과 함께 고개를 끄덕였다.

"게임이었어. 진짜야. 게임하고 있었는데... 내 아이템들이 자꾸 사라지는 거야. 처음엔 대수롭지 않게 느껴졌어. 그런데 나중에는 전부, 몽땅 사라져버리는 거야. 진짜라고. 어느 날 보니까 죄다 사라져버리고 없었어. 그러니까 해킹 당한 거야... 해킹 당한 거였어. 그런데 난 그동안 게임 유저들 중에 최고였거든. 최고 말이야. 1등이었단 말이야. 그런데 아이템들을 다 잃고 나서...

나한테 무기가 없으니까... 순위가 50위까지 추락했어. 정말 힘
들어서 죽고 싶었어. 난 자살하고 싶었다고. 진짜 자살하고 싶
었어. 그런데 아이템을 살 돈도 없었어. 그렇다고 돈이 있어서
새 아이템을 산다고 해도 해결되는 것도 아니야. 그때 그가 나
타났어. 시치안이 구세주처럼 나타난 거야. 그리고 나를 유혹했
어. 내가 그동안 잃어버렸던 아이템을 전부 다시 줄 테니 자기 부
탁을 들어달라는 거야. 그게 다야. 난 아이템을 찾고 싶어서 그
의 부탁을 들어준 것뿐이야."

랴오위의 말을 믿어야 할지 믿지 말아야 할지 신뢰와 배신의
딜레마였다.
"또또... 사기 치네. 게임 유저가 본명을 말한다? 시치안이 본
명이야 뭐야? 너. 계속 이빨 털래?"
장리는 총을 관자놀이에 갖다 댔다.
"아니... 그건 내가 나중에... 나중에... 물어본 거고... 그러니
까... 그 이름은 맞아. 아니 맞을 거야... 맞을 거라고..."
랴오위는 관자놀이를 누르고 있는 총 때문인지 지나치게 버
벅거렸다. 퇴로가 없는 그의 정신이 급격하게 흔들리고 있었다.
"그래? 시치안이 본명이 맞는다면, 게임상의 닉네임은 뭐지?
그 게임 유저의 닉네임이 뭐냐고?"

장리는 관자놀이를 힘껏 눌렀다. 아예 짓눌렀다. 랴오위는 울고 있었다. 굵은 눈물을 뚝뚝 흘리고 있었다.

"킹이야..."

랴오위는 울음과 함께 토해냈다.

펑과 장리는 서로를 한참 응시했다. 랴오위의 거짓말 같은 진실에 잠깐 긴가민가했다. 그것도 잠시 서로 고개를 끄덕이며 의미 있는 눈빛을 교환했다.

"야마구치의 별장 안으로 들어가서 달팽이 계단을 서른한 번째 밟았을 때 FBI 요원 브래드를 만날 것이며 암호는 킹."

펑과 장리는 동시에 한 자도 틀리지 않고 똑같이 말했다.

"킹... 맞아요."

역봉이 랴오위의 모가지를 우악스럽게 잡았다.

"쥐새끼가 드디어 밝혀졌군, 목을 꺾어버릴 거다."

역봉은 당장 랴오위의 목을 꺾을 참이었다. 랴오위는 눈을 스르르 감았다. 점점 정신을 잃고 있었다. 순간 펑이 역봉의 팔을 잡았다. 말렸다. 솔직히 랴오위를 죽이고 싶지는 않았다. 역봉은 별수 없이 랴오위의 목을 풀어주었다. 랴오위는 잠시 후 겨우 눈을 뜨더니 캑캑거렸다.

"암호는 킹... 왕을 가진 자가 진짜다. 킹과 왕. 모두 한 사람인 건가? 아니면 서로 다른 사람인 건가? 우릴 갖고 노는 자가 그 자인가?"

핑은 이 엉망진창의 형국을 예측하기 어려웠다. 누가 공세이고 누가 수세인지도 예측하기 어려웠다. 다만 킹이든 왕이든 시치안이든 그자가 누구든 장한 교수만은 아니길, 제발 아니길 바랐다.

"형님. 내가 아는 건 이게 다야. 난 골든릴리 가야돼. 제발 같이 가게 해줘. 난 베이징맨은 관심 없다고. 제발 부탁이오. 형님. 난 금궤 몇 개만 챙길게. 절대 귀찮게 안 할게. 제발."

랴오위는 이 와중에도 거지 구걸하듯 했다. 핑은 한숨을 푹푹 쉬었다.

"우리가 감시하지 않아도 어차피 '몬'의 퍼스트 로드라는 자가 감시할 겁니다. 랴오위 뿐 아니라 우리 모두를 감시하고 있을 테니까요. 데리고 가보죠."

역봉이 뜻밖의 의견을 제시했다. 랴오위는 기쁜 나머지 역봉을 와락 껴안았다. 역봉은 랴오위를 땅바닥에 부리나케 패대기 쳤다.

"한 번만 더 배신한다면 그때는 허리를 반으로 꺾어버릴 거다."

랴오위는 겁에 질려서 일어날 생각조차 못했다.

역봉이 느닷없이 허허 웃기 시작했다. 조금 전의 랴오위에 대한 살해 협박은 난데없이 사라졌다. 역봉은 지나치게 불길하고 불안한 모두의 경직된 풍경을 잠시라도 바꾸려 했다.

"뭐 좀 먹고 갑시다."

순간 랴오위가 지금까지보다 더 등신 같은 더 잡놈 같은 소리를 지껄였다.

"형님, 서태후의 음부 야광주 도대체 어디서 났소?"

핑은 랴오위의 질문을 되돌려주었다.

"너, 나를 만나러 오기 전, 서태후의 음부 야광주를 찾으러 누굴 만나러 갔다고 했지? 넌 그때 어디 갔었던 거야?"

랴오위는 표정이 굳어진 채 겨우 말했다.

"... 게임하고 있었어."

핑은 랴오위와 더 이상 진실게임을 하고 싶지 않았다. 랴오위가 딱하고 애처로웠다.

핑은 공항 레스토랑에 자리를 잡고 앉았다. 일행과 함께 식사를 하면서 모처럼 평화로운 휴식을 취하고 있었다. 식사를 마치자 너나 할 거 없이 엎드려 잠이 들었다. 장리는 잠시 쇼핑하러 간다며 자리를 떴다. 핑도 반쯤 눈을 감은 채 잠이 들었다. 얕은 잠이었다. 오피스텔을 떠난 이후 단 한 번의 편한 잠도 없었다.

그야말로 종착점도 모르는 폭주의 연속이었다. 그런데 그사이 한 번도 악몽이 없었다는 사실을 깨달았다. 아버지가 자신의 악몽에서만 살아있는 것이 아니라 현실에 살아있다는 것을 믿게 된 이후부터였다. 핑은 아버지가 없는 자신의 삶이 진짜 악몽이었다는 사실을 비로소 깨달았다. 악몽은 사실 현현기경이었던 셈이다.

핑은 검은 가면 남자의 또 다른 지시를 기다려야 한다고 되뇌다가 좀 더 깊은 잠에 빠져들었다. 핑은 꿈속에서 방황하고 있었다. 아버지는 땅을 박차고 날아다니지도 않았다. 아버지는 문을 닫지도 않았다. 아버지는 문을 열고 있었다. 아버지는 핑을 기다리고 있었다. 핑은 자신을 기다리고 있는 아버지에게 다가가려고 했다. 그 순간 잠에서 깨어났다. 누군가 핑의 어깨를 툭툭 건드리고 있었다. 레스토랑 직원으로 보이는 여자가 핑을 빤히 보고 있었다. 여자는 계산서를 쓱 내밀었다. 핑은 자리 차지하지 말고 빨리 나가 달라는 의미로 받아들였다. 여자에게서 받은 계산서를 테이블 위에 놓았다. 그리고 계산을 위해 지갑을 찾았다. 핑은 지갑을 열다가 문득 이상한 느낌이 들어 다시 계산서를 들여다보았다. 이상하게도 계산서에는 계산된 금액이 없었다. 빈 계산서였다. 아무것도 쓰여 있지 않았다. 핑은 얼른 계산서 뒷면을 살펴보았다. 계산서 뒷면에 갈겨쓴 짧은 메모가 하나 있었다.

'어린 안내자를 만나라.'

핑은 눈이 휘둥그레졌다. 핑이 혼수의 잠 속에 빠져든 그 순간에도 악전고투의 파노라마는 멈추지 않고 있었던 것이다.

"어린 안내자를 만나라?"

핑은 자리에서 벌떡 일어나 계산대로 갔다. 그리고 방금 계산서를 가져다준 여자에 대해 문의를 했다. 하지만 레스토랑 사장은 자신의 레스토랑에 여자 직원이 없음을 확인해주었다. 남자직원만 있는 레스토랑이었다. 순간 핑은 머리에 벼락을 맞은 듯했다. 장차 아수라를 몰고 올 번개의 조짐이었다. 베이징맨에 대한 논리뿐 아니라 알고 있는 모든 사람들에 대한 논리가 무너지고 있었다. 핑은 부랴부랴 장리를 찾았다. 그런데 자리에 없었다. 그 순간 장리가 목에 폴라로이드 카메라를 걸고 나타났다. 쇼핑을 끝내고 온 참이었다.

"나 이거 샀어요. 폴라로이드 카메라. 이쁘죠?"

"장리. 미국 내셔널 지오그래픽에 근무하는 메이슨이 보냈다는 메일 좀 보여줘."

핑은 장리의 쇼핑 취향에 관심 가질 여유가 없었다. 장리는 엉겁결에 노트북을 펼쳤고 자신의 받은 메일함을 열었다. 고개를 갸웃했다. 이번에는 메이슨의 메일만 따로 모아놓은 파일을 찾아보았다. 고개를 또 갸웃했다. 이번에는 스팸 메일함과 휴지통까지 뒤졌다. 고개를 좌우로 흔들었다. 장리는 마우스를 놓지 못하고 계속 클릭, 클릭을 이어갔다. 결국 마우스를 내려놓고 말았다. 장리는 멍한 눈빛으로 핑을 쳐다보았다.

"없어요. 누가 내 메일을 해킹한 건가... 이건 말이 안 돼요. 내 계정의 메일을 내가 삭제하지 않았는데 어떻게 삭제가 될 수 있죠? 어떻게 메이슨의 메일만 삭제될 수 있죠? 원래 없었던 것처럼 아무것도 없어요."

장리는 울먹이면서 말했다. 핑은 어안이 벙벙했다. 술이라도 한 병 있었으면 병나발을 불고 싶은 심정이었다. 입술이 탔다. 목이 탔다.

핑은 장리의 노트북을 뺏다시피 받아 장리의 메일함을 직접 들여다보았다. 거의 석 달가량의 메일을 빼놓지 않고 뒤졌지만 역시 없었다. 메이슨이라는 이름을 검색어로 두고 뒤져보아도 없었다. 메이슨이 장리에게 보낸 메일은 없었다. 장리가 메이슨에게 보낸 메일도 없었다. 핑은 장리가 자신의 오피스텔로 쳐들어왔던 그 시간, 자신의 노트북이 갑자기 부팅되고 알람시계가 알람을 울렸던 그날의 기억을 떠올렸다. 누군가 핑과 장리의 노트북을 맘대로 해킹해 조작하고 SNS까지 들여다보고 조작한 게 틀림없다는 확신이 들었다.

"장리, 지금 당장 메이슨이 근무하는 사무실로 연락해봐. 어서."

장리는 핑의 말을 듣자마자 자신의 휴대폰으로 메이슨에게 연락을 시도했다. 하지만 장리의 얼굴은 곧 어두워졌다. 장리는 계속 전화를 시도했다. 하지만 곧 절망스러운 표정이 되었다.

"전화 연결이 되지 않아요... 없는 번호라고 안내가 나와요."

장리는 손까지 부들부들 떨고 있었다. 그러다 무슨 생각이 들었는지 공항에 설치되어 있는 전화 부스를 향해 빠르게 달려갔다. 누가 말릴 새도 없었고 누가 물어볼 새도 없었다. 핑은 초조함에 속이 타들어 갔고 역봉도 속이 타들어 가긴 마찬가지였다. 장리는 십여 분 후가 돼서야 돌아왔다. 좀 전보다 더 멍한 눈빛이었고 더 절망스러운 표정이었다.

"내 전화를 일부러 받지 않나 싶어서 공항 전화로 다시 시도해 봤는데 역시 그런 전화는 없다고 안내가 나와요. 마찬가지예요. 또 잠시만요."

장리는 다시 자신의 휴대폰으로 어디론가 전화를 걸었다. 곧 장리의 얼굴은 백지장이 되었다. 곧 쓰러질 것 같았다.

"메이슨의 사무실 번호로 걸어봤어요. 그런데 담당자 말이 한 달 전쯤에... 갑자기 퇴사했다고 해요... 게다가 그는 정직원도 아니었고 팀 리더도 아니었고 파견 근무였다고 해요. 게다가 어디서 파견되었는지 잘 모르겠다고..."

장리의 말꼬리는 점점 내려가더니 마지막 말은 거의 들리지도 않았다.

"우리는 그 메일 한 통으로 여기까지 온 거잖아? 도대체 어디서부터 조작인 거야?"

핑은 도저히 믿기지 않았다. 장리는 바닥에 주저앉아 버렸다.

"다 거짓말이라니... 메이슨까지... 메이슨은 나의 베스트프렌드였어요. 이 가방도 메이슨이 내 생일 선물로 준 거예요..."

"메이슨이 베스트프렌드? 메이슨 만나서 무슨 얘기를 나눴어?"

핑은 다그쳤다.

"내 노트북을 들여다보며..."

장리는 벌떡 일어났다.

"그때 내 노트북을 건드렸어요... 메이슨이..."

장리는 다시 주저앉았다.

"그들이 장한 교수를 납치할 계획으로 그랬다는 겁니까?"

역봉도 도저히 믿을 수 없다는 표정이었다. 장리는 다시 벌떡 일어났다. 메이슨의 메일 내용이 떠올랐기 때문이다.

"베이징맨이 실존한다고 믿는 사람은 나밖에 없는 줄 알았거든. 음... 생각해보니 또 한 사람이 있긴 하네..."

"후지무라... 후지무라였어. 메이슨이 말한 '또 한 사람'은 후지무라였어... 메이슨은 후지무라와 한통속이었어. 그렇다면 시한 교수 프로젝트도 다 거짓이었던 건가? 그렇다면... 그렇다면... 메이슨은 나와 친해지기 위해 접근한 거야... 그래야만 내가 메이슨이 보낸 야마구치 생일 파티 초대장을 의심 없이 받아들일 테니까... 그런데 왜 나한테 그랬을까?"

장리는 넋이 나가 있었다.

"그럼 아빠는요? 아빠는 야마구치 생일 파티에 간 건 맞아요?"

장리는 화난 사람처럼 물었다. 사실은 자신에게 화가 나 있었다.

"... 장한 교수가 말했잖아? 후지무라도 말했잖아? 베이징맨이 감쪽같이 사라졌다고? 그러니까 장한 교수가 그 생일 파티에 간 건 맞아."

핑은 장리가 뭔가 알아챌까 봐 조심스러웠다.

"... 그런데 그날 베이징맨만 사라진 게 아니야."

핑은 자신이 의문을 가졌던 것들이 하나둘씩 풀리고 있음을 느꼈다.

"그럼 또 뭐가 사라진 거예요?... 아..."

장리는 말하다 말았다.

"장한 교수. 그날 사라진 건 베이징맨과 장한 교수야. 이 두 가지가 감쪽같이 사라졌어."

핑은 장리의 눈치를 살폈다.

"아빠가 베이징맨을 훔쳤다는 거예요?"

장리는 버럭 소리를 질렀다.

"그날 베이징맨과 아빠가 사라졌다면... 그리고 아빠가 베이징맨을 갖고 사라졌다면... 만약에요, 만약에... 아빠가 베이징맨을 보호하고 있는 건지도 모르잖아요?"

장리는 제 맘대로 해석하고 있었다.

"누구로부터 보호한다는 거야?"

핑이 물었다.

"후지무라요. 후지무라가 계획한 거잖아요?"

장리는 확신에 찬 말투였다. 더 이상 의문을 차단하는 말투이기도 했다.

"후지무라가 보낸 초대장이야. 아니 47객잔의 시게하루의 말을 빌리자면 도전장이지. 야마구치 생일 파티를 핑계로 자신이 의심하는 몇몇 인물에게 초대장을 보낸 거야. 후지무라는 누군가를 만나고 싶었던 거지. 검은 가면 남자를 만나고 싶었던 거야. 그날 검은 가면 남자와 후지무라는 서로 만나지 못했을 수도 있어. 검은 가면 남자가 모습을 드러내지 않고 숨어서 보았을 수도 있으니까. 그랬을 거야. 돌다리도 두드려 보고 건널 정도로 매주 조심스럽고 매우 신중한 사람일 거야. 그랬다면 두 사람은 만나지 못한 거지. 검은 가면 남자는 베이징맨이 진짜인지 그리고 베이징맨을 차지하려는 자가 누구인지 몰래 보았을 테니까. 하여튼 두 사람은 서로 경쟁자야. 베이징맨을 두고 경쟁하고 있었던 거지. 결국 후지무라가 죽었지. 가짜 베이징맨을 내놓은 바람에..."

핑은 자신의 말이 점점 꼬이고 있음을 알았다. 장리 때문에 더 이상 말하지 못하는 것이 있었기 때문이다.

"아뇨 말이 안 돼요. 후지무라가 메이슨을 통해 나한테 야마구치 생일 파티 초대장을 준 거잖아요? 그게 검은 가면 남자랑 무슨 상관이에요?"

장리는 핑을 노려보았다.

"나를 통해 아빠를 초대하려 한 거잖아요? 아빠한테 꼭 말하라고 했다고요, 아빠한테 말하라고 했어요... 꼭..."

장리는 목이 메어서 제대로 말도 못했다.

"장리... 그게 아니야... 장한 교수는 베이징맨에 관해선 세계 최고잖아? 그러니까 초대한 거야. 아무리 후지무라가 가짜라고 확신한다지만 진짜 전문가의 검증을 받고 싶었을 거 아냐? 후지무라가 장리와 장한 교수에게만 초대장을 보낸 건 아니잖아? 물론 속이긴 했지만... 또 장리만 속은 건 아닐 거야. 어쩌면 메이슨도 속았을 수 있잖아? 내 말 믿어. 장리."

핑은 장리를 위해 최선의 변명을 해주었다. 장리의 얼굴이 비로소 밝아졌다.

핑은 후지무라와 검은 가면 남자의 패권 다툼에 휘말려든 사람이 바로 자신의 아버지라는 것을 깨달았다.

'아버지는 베이징맨이 어디 있는지 알고 있는 게 확실해.'

핑이 통쾌하게 웃었다. 의심이 풀릴수록 의문이 풀릴수록 수수께끼가 풀릴수록 아버지는 싸구려 보물 사냥꾼이 아니라는 증거만 나오고 있었기 때문이다.

"지금 중요한 건 우리가 상상조차 할 수 없는 거대한 조직 '몬'이, 99%의 세계를 지배한다고 스스로 자부하는 '몬'이 베이징맨의 소재만 모른다는 거야. 아이러니하지 않아? 이상하지 않아? 아마 세계의 모든 컴퓨터와 세계의 모든 SNS를 들여다보고 있을걸? 그런데 그들은 아직 모른다는 거야. 하하... 난 그래서 이 게임에 승산이 있다고 보는 거야. 우리가 잘만 한다면 아버지도 찾고 베이징맨도 찾을 수 있어. 그리고 난 그들에게 넘기지 않을 거야. 아버지도 베이징맨도. 절대."

핑은 이를 악물었다.

그때 필리핀 남자아이 하나가 "young guide role."이라는 피켓을 들고 공항 로비를 돌아다니고 있었다. 핑은 처음엔 그저 어린아이라고만 생각했다. 그러다 끝도 없이 공항 로비를 빙빙 돌고 있는 그 어린아이에게 주목하게 되었다. 레스토랑 여직원을 사칭했던 여자가 놓고 간 계산서 뒷면에 쓰인 바로 그 어린 안내자라는 걸 알아차렸다.

"young guide role."

핑은 필리핀 어린 안내자에게 다가갔다. 어린 안내자는 핑이 말을 하기도 전에 먼저 아는 척을 했다.

"핑?"

어린 안내자는 분명히 핑이라고 말했다. 핑은 어린 안내자에게 자신의 이름을 확인시켜 주었다. 그런데 어린 안내자는 핑의 목에 걸린 목걸이를 뚫어지게 쳐다보았다. 그리고 만져보기까지 했다. 어린 안내자는 갑자기 쏜살같이 어딘가로 달려갔다. 핑은 어린 안내자를 따라 달렸다. 장리도 역봉도 랴오위도 달렸다. 모두 공항 건물 밖으로 나갔다.

도로에는 낡은 승합차가 이미 기다리고 있었다. 승합차의 차창은 검은색으로 짙게 선팅 되어 있었다. 핑을 포함한 일행 모두가 승합차에 올라탔다. 승합차에 타자마자 장리는 핑의 볼에 뽀뽀했다.

"고마워요..."

핑은 장리를 껴안아 주었다. 랴오위는 어느새 기분이 좋아졌는지 금궤를 차지한 후에 빨간색 스포츠카를 사겠다며 열심히 떠들고 있었다.

승합차는 선착장에서 멈췄다. 그리고 어린 안내자의 지시에 따라 배에 올라탔다. 핑은 루손섬으로 가는 배 안에서 황다에게서 세 번째 메일을 받았다. 황다는 방위표시와 '몬'이라는 황다는 장한의 영상메일 속에서 깨진 사진을 발견했다. 그는 데이터 모쉬라는 기법으로 깨진 사진 속에 숨겨진 데이터 정보를 찾아냈다. 그리고 깨진 사진을 뷰어 프로그램을 이용하여 다시 복구시켜 보았다. 그러자 파일 데이터가 16진수로 변환되었다. 트레이서 코드였다. 잔상에 규칙적 코드가 숨겨진 코드였다. 황다는 베이스 64라는 코드로 숨겨진 코드를 다시 해석해보았다. 베이스 64는 암호화시키는 도중에 추가적인 알고리즘이나 데이터를 삽입하여 이중 삼중으로 암호화를 시키는 코드였다. 잠시 후 황다는 깜짝 놀랐다. 숨겨진 코드는 방위표시였다. 방향 방위표시가 나타난 것이다. 그리고 방위표시 뒤편으로 위압적인 글자가 하나 나왔다. '몬'이었다.

もん

39904.211 116.40739

글자를 보내왔다.

핑은 황다가 보내준 수상한 좌표를 보며 까무룩 잠이 들었다. 꿈속에서도 루손섬 지도를 뒤지기에 바빴다. 그리고 아버지에게 가까이 다가갈수록 너무 쉽게 잠이 드는 자신을 나무라기도 했다. 얼마 후 장리가 핑을 깨웠다. 드디어 배가 섬에 도착한 것이다. 핑은 선착장에 서서 고인류가 현재까지 살고 있다고 해도 믿을만한 원시의 섬을 감탄의 눈으로 쳐다보았다. 필리핀의 루손섬이었다. 핑은 황다가 알려준 좌표의 의미를 찾아내지 못한 채 배에서 걸어 나왔다. 이제 아버지에게 가는 길만 남아있었다.

15.

루손섬은 흔히 생각하는 남태평양의 많고 많은 그런 작고 예쁜 섬이 아니었다. 필리핀은 크고 작은 1,000여 개의 섬으로 이루어진 나라였고 그중에서도 루손섬은 최대 크기의 섬이었다. 또한 모든 보물 사냥꾼의 성지이자 약속의 땅이기도 했다. 루손섬에는 일본이 전쟁의 마지막 몸부림으로 만든 175개의 인공 동굴에 숨겨둔 천문학적인 금액의 금궤가 있었다. 어린아이들 동화책에나 나올법한 이야기였다. 판타지 소설에나 나올법한 이야기였다. 그래서 믿지 않는 사람들이 더 많았다. 한때는 페르디난드 마르코스가 이 금궤의 일부를 찾아내서 대통령 선거의 비용으로 충당했다는 소문도 있었다. 루손섬은 동굴 천지였다. 빽빽한 밀림 속에 감추어져 있는 동굴들은 원주민도 다 파악하지 못하고 있을 정도로 많았다. 게다가 사람의 접근성이 떨어지는 대단히 배타적이고 위험한 동굴들이었다.

최근에는 이 섬의 한 동굴에서 멸종된 새로운 고인류의 화석이 발견되기도 했었다. 호모 루조넨시스라고 불리는 이 고인류 화석은 아프리카를 떠난 조상 고인류가 동남아시아로 이동했음을 의미하는 증거였다. 현생 인류의 조상이 동남아시아 지역에 도착했을 때 이 지역에는 이미 세 종 이상의 고인류가 존재하고 있었다. 반지의 제왕으로 유명해진 호빗, 호모 플로레시엔스도 그중 하나였다. 그런데 루손섬은 호모 플로레시엔스가 살았던 플로레스섬에서 3,000킬로나 떨어져 있었다. 그런데 루손섬은 오직 바다를 통해서만 접근이 가능한 곳이었다. 도대체 고인류 호모 루조넨시스가 어떻게 이 섬에 도착했을지 많은 학자들이 궁금해했다.

어린 안내자는 핑과 일행을 앞서 한참 걸어갔다. 사람이 한 명도 보이지 않았다. 핑은 고인류가 이렇게 걷고 걸어서 자신의 거주지를 넓혀갔을 거라는 진리를 생생하게 경험하고 있었다. 고인류는 하나의 밴드로 이동했고 하나의 밴드가 한 세대에 걸쳐

이동한 거리가 대략 최소 10킬로에서 최대 20킬로 정도밖에 되지 않았다. 아마도 걷고 걷다가 짐승을 보면 사냥을 하고 동굴을 찾아 잠시 살았을 것이고 걷고 걷다가 강을 만나면 물고기를 잡고 동굴을 찾아 잠시 살았을 것이다. 그들에게 있어서 동굴은 금궤가 있건 없건 황금 동굴이었던 셈이었다. 핑은 고인류의 영속성을 베이징맨에서 느낄 수 있을 것이라는 짜릿한 예감이 들었다.

"그래. 아버지는 바로 이 짜릿한 예감을 알고 있었던 거야."

핑은 아버지가 걸어갔을 이 길을 아버지처럼 보물 사냥꾼처럼 걸어갔다. 그리고 드디어 해안 절벽이 있는 곳에 도착했다. 해안 절벽은 핑의 짜릿한 예감처럼 백합꽃이 만발해 있었다. 핑은 아버지가 백합꽃과 백합꽃 향기를 좋아한 이유를 비로소 알게되었다. 아버지에게는 신령스러운 길잡이별이었기 때문이다.

"내가 가장 좋아하는 꽃이다. 백합꽃을 만나면 길을 제대로 찾은 거야. 꼭 기억해라."

핑은 그날 아버지의 백합꽃과 백합꽃 향기를 떠올렸다. 그날 아버지의 길잡이별을 떠올렸다. 아버지의 목소리는 너무도 생생해서 바로 옆에서 바로 뒤에서 온 사방에서 들리는 듯했다.

"여기서부터는 더 이상 걸어서 갈 수 없어요. 전 여기서 끝이에요."

어린 안내자는 핑에게 자신의 임무가 끝났음을 알려주었다.

어린 안내자의 얼굴은 바닷물을 통과한 햇빛의 갈기에 물들어 윤기가 반들거렸다.

"뭐? 무슨 얘기야? 아가야. 그럼 날아가?"

장리는 앞으로 가야 할 길이 막막했는지 툴툴거렸다. 핑이 어린 안내자에게 물었다.

"그럼 어떻게 가야 하는데?"

"그 동굴은 지상으로 진입할 수 없어요. 모두 잠수함을 타고 가야 해요."

"잠수함...? 난 잠수함 싫어."

장리는 바닥에 철퍼덕 앉아버렸다. 핑은 그 순간 호모 루조넨시스가 바닷속을 통해 루손섬의 어느 동굴에 도착했을 거라는 생각이 들었다.

"무슨 영화 찍는 것도 아니고... 잠수함이라니... 난 폐소공포증이 있단 말이야... 레이더스라고 잠수함까지 탈 수 있는 건 아닌데... 더구나 대형 잠수함도 아닐 테고... 허허... 잠수함이 작다면 수압 때문에 짜부라지지 않을까 걱정되네...”

역봉도 잠수함은 영 자신이 없었다.

“수압 때문에 짜부라지는 잠수함도 있어요? 레이더스는 공부도 안 하나 봐. 게다가 잠수함 훈련도 안 하나 봐?”

장리는 역봉의 정체성을 의심하는 눈초리로 쳐다보았다. 물론 장난기를 담은 눈초리였다.

“아무리 특수 요원이라 해도 못하는 게 있단 말입니다. 그리고 공부는 태어났을 때부터 못했습니다.”

역봉은 장리를 향해 주먹을 날리는 장난을 했다. 공부를 못했었다는 것이 창피한지 얼굴이 빨갰다.

“그만 좀 해요. 작작 좀 하라고요. 잠수함이 뭐요? 뭔들 못타고 가겠어요? 난 아무거나 다 타고 갈 수 있어요. 우리는 지구상에서 가장 부유한 부자가 될 수 있단 말이에요. 이 사람들 정말 감이 없나 보네.”

랴오위는 팔짱을 낀 채 뇌까렸다.

어린 안내자가 주머니에서 메모지 한 장을 꺼내더니 열심히 읽기 시작했다. 그 모양새가 깨물어주고 싶을 정도로 귀여웠다.

“걱정하지 마십시오. 당신들이 타게 될 잠수함은 아주 안전합니다. 동굴은 지형상 지상에서 걸어서 진입할 수도 없고 또

산을 타면서 동굴을 찾는 것은 매우 위험하고 너무 오래 걸립니다. 또 골든릴리 같은 특정 동굴은 찾을 수도 없습니다. 또 걸어서 간다 해도 사람을 잡아먹는 식인 원주민들을 만날 수 있습니다. 이 모든 악재를 통과한다 해도 이곳은 사람을 강하게 거부하는 정글입니다. 아무것도 모르는 사람이 들어갔다가 한 시간 만에 뼈만 남는 시체가 되는 곳이기도 합니다. 그렇다고 헬리콥터로 특정 위치에 떨어트려 줄 수도 없습니다. 누군가의 눈에 쉽게 띌 수 있거든요. 누구든 어디든 감시의 눈초리가 있을 테니까요. 이러한 여러 가지 이유로 당신들을 잠수함으로 그 동굴 입구까지 안내하겠습니다."

어린 안내자는 다 읽고선 힘이 드는지 쌕쌕거렸다.

아무리 감추려 해도 천진난만한 표정은 감추어지지 않았다. 어린아이는 어린아이였다. 장리는 평소에도 세상에 나쁜 어린아이는 없다고 생각하고 있었다. 그래서 그런지 어린 안내자가 귀엽기도 하고 짠하기도 했다. 장리는 어린 안내자의 윤기 반들반들한 볼을 살짝 꼬집어주었다.

"고마워. 아가."

장리가 아가라고 불렀다. 어린 안내자는 얼굴까지 붉어지며 웃었다. 이빨을 다 드러내고 웃었다.

핑은 손목시계를 연신 보며 잠수함의 등장을 기다렸다. 잠시 후 섬의 앞바다 절벽과 연결되어 있는 꽤 먼 바다에서 잠수함의 머리통이 삐죽 고개를 내밀었다. 작은 소형잠수함이었다. 주로 스파이들의 빠른 이동용으로 쓰이는 잠수함이었다. 해안 절벽 끝머리쯤에 원주민 청년이 작은 배를 대기시키고 있었다. 잠수함까지 데려갈 작은 배였다.

장리는 헤어짐을 안타까워하며 어린 안내자를 따뜻하게 껴안아 주었다. 그리고 자신이 갖고 있던 폴라로이드 카메라를 목에 걸어주며 사용법을 가르쳐주었다. 어린 안내자는 너무 좋아서 입이 헤벌쭉 벌어졌다. 장리는 함께 사진을 찍은 후 금방 출력된 사진 한 장을 꺼내어 보여주었다. 어린 안내자는 눈을 휘둥그레 뜨더니 장리의 볼에 재빠르게 뽀뽀를 하곤 달아나듯 달려갔다. 손을 끝없이 흔들며 멀리 사라져갔다. 장리도 어린 안내자가 안 보일 때까지 손을 끝없이 흔들었다. 핑과 일행은 작은 배가 있는 쪽으로 다시 걸어서 이동했다.

작은 배에서 장리와 어린 안내자의 이런저런 수작을 유심히 지켜보던 원주민 청년은 거의 헐벗은 구릿빛 피부를 갖고 있었다. 분명 기구를 이용하고 단백질 파우더를 먹으며 운동을 하지 않았을 텐데 몸이 구릿빛의 탄탄한 피부를 갖고 있었고 게다가 팬티 수준의 옷만 입고 있었다. 장리는 원주민 청년의 딴딴한 몸을 대놓고 감상했다. 눈길을 거두지 못했다.

"나도 벗으면 예술품이야. 고대 유물처럼 말이야."

핑이 뜬금없는 대사를 날리자 장리가 픽 웃었다.

"설마? 그쪽 몸은 벌써 다 봤는데요?"

장리가 던진 이 한 마디는 일대 파란을 몰고 왔다. 랴오위도 역봉도 이때만큼은 한 팀이 되어 휘파람 소리를 휘휘 불어대며 놀리기 시작했다.

"둘은 언제가 첫날밤이었어?"

랴오위는 노골적으로 놀렸다. 장리가 주먹으로 랴오위의 턱주가리를 날렸다. 랴오위는 그래도 허허 웃으며 계속 놀려댔다.

"그때 주구점 동굴에서 말이야. 암벽 등반할 때 말이야. 그때지? 그치? 그런데 그때 언제 둘이 했지? 장소도 마땅치 않았는데?... 이상하네... 그 전인가? 으하하... 난 그 시기가 딱 궁금하네. 으하하..."

이번엔 핑이 주먹으로 랴오위의 턱주가리를 날렸다. 랴오위는 미끄러지며 뒤로 자빠졌다. 핑은 옷매무새를 다잡으며 괜히 딴말부터 했다.

"자, 여기서부터 다들 휴대폰 전원을 꺼버려."

핑은 모두를 재촉했고 일일이 확인했다. 핑은 휴대폰을 통한 위치 추적을 불가능하게 만들었을 때 검은 가면 남자가 핑을 찾을 수 있는지 확인해보고 싶었다. 거대한 세력인 '몬'에게는 계란으로 바위 치기지만 일종의 치기이고 오기였다.

원주민 청년은 핑과 일행을 소형잠수함 근처까지 데려다주었다. 그들이 준비했다는 잠수함은 벌써 수면 위로 몸통 윗부분이 드러나 있었다. 핑은 일행들과 함께 잠수함 가까이 다가갔다. 잠시 후 잠수함의 해치가 열렸다. 장리가 먼저 해치를 통해 잠수함 안으로 들어갔다. 그리고 뒤를 이어 한 사람씩 잠수함 안으로 들어갔다. 원주민 청년은 데려다주는 동안에도 단 한마디 하지 않았지만 떠날 때조차 한 마디도 하지 않고 가버렸다.

잠수함 내부는 정말 좁았다. 잠수함을 작동시키는 각종 기기들만 빼고 본다면 몇 사람이 겨우 움직일 정도의 협소한 공간만 있었다. 모자를 쓴 한 남자가 다가와 설명을 시작했다. 국적을 알기 어려운 얼굴의 남자였다. 핑은 '몬'의 조직원일 게 뻔한 남자에게서 시선을 떼지 않았다. 지금부터는 목숨을 잃을지도 모르는 필생과 필사, 딱 두 갈래의 길만이 남아있었다.

"함장입니다. 목표지점은 이곳에서 그리 멀지 않습니다. 앞으로 20분 후면 도착할 예정입니다. 잠수함에 처음 타실 테니 아무거나 단단히 잡고 천천히 심호흡하면서 대기해주십시오."

함장은 기계적으로 말했다. 절도가 있는 말투였다.

"그리고 여기에 잠수복이 준비되어 있습니다. 이 잠수복을 입고 목표지점까지 가서 작업을 완수하십시오. 저는 동굴 근처에서 여러분을 기다릴 겁니다. 주어진 시간은 두 시간입니다. 그 시간까지 돌아오지 않는다면 여러분은 스스로 탈출구를 모색해야 할 겁니다. 그럼..."

함장은 질문 따윈 받지 않겠다는 듯 휑하니 가버렸다. 함장 옆에는 잠수복과 산소통과 수중 시계 등 각종 장비가 준비되어 있었다.

이번엔 또 다른 남자가 나타났다. 역시 모자를 쓰고 있었다.

"부함장입니다."

"이 코딱지만 한 잠수함에 함장, 부함장이 뭐람?"

장리가 우습다는 듯이 투덜거렸다. 부함장은 장리가 뭐라고 이야기하건 말건 핑에게 지도 한 장을 던지더니 역시 휑하니 가버렸다. 물속에서 볼 수 있도록 특수 처리가 된 지도였다. 부함장이 건넨 지도는 다름 아닌 필리핀 루손섬 아래 바다와 골든릴리 동굴의 상세 지도였다. 핑은 아직까지 이 정도 수준의 루손섬과 골든릴리 동굴의 지도를 본 적이 없었다. 이 지도를 만든 사람은 골든릴리 동굴을 샅샅이 파악하고 있음이 확실했다. 그리고 175개의 동굴에 있는 금궤의 완전하고 완벽한 주인임이 틀림없었다.

'등신 같은 잡놈. 베이징맨이 이곳에 있다고? 이 정도의 지도를 만들 수 있는 자들이 베이징맨을 못 찾았을 것 같아?'

핑은 랴오위가 안쓰러웠다.

핑과 장리 그리고 랴오위와 역봉은 입고 입던 옷 위에 잠수복을 덧입었다. 그리고 각자 손목에 수중 시계를 찼고 서로 시간을 맞추었다. 그리고 각자 산소통을 멨다. 그리고 바닷속으로 내던져질 시간을 기다렸다. 함장이 설명한 20분은 어떤 사람에게는 짧다면 짧을 수 있고 어떤 사람에게는 길다면 긴 시간일 수 있었다. 핑에겐 초조함과 지루함이 한 데 섞여 발버둥 치는 짧고도 긴 시간이었다. 핑은 잠수복을 입고 산소통을 메고 있는 장리를 유심히 보았다. 운 적도 있고 실망한 적도 있고 절망한 적도 있지만 그래도 씩씩했고 그래도 용감했다. 그리고 단한 번도 불평한 적이 없었다. 단 한 번도 포기한 적이 없었다. 핑은 갑자기 장리가 더 사랑스러워졌다.

'당장 죽을지도 모르는 마당에... 사랑이라니... 그래 그러니까 사랑이다.'

핑은 이 상황에 사랑 타령을 하는 스스로가 한심하기도 했다. 그러나 한편으로는 유한한 시간의 프레임 속에 갇혀 있기에 더 뜨겁게 타오르는 것이기도 했다. 그때 부함장이 다시 나타났다. 20분의 시간이 지났음을 알려주는 출현이었다. 부함장은 여전히 표정 없는 로봇의 얼굴이었다.

"따라오십시오."

핑과 일행은 부함장을 따라갔다. 모두 바닷속으로 던져질 준비를 하고 차례로 줄을 섰다. 엄청나게 긴장되는 순간이었다. 부함장이 문을 열기만을 기다렸다. 모두 숨을 최대한 들이마셨다. 드디어 부함장이 바다로 나가는 문을 열었다. 그리고 크게 소리 질렀다.

"빨리요."

핑과 장리 그리고 랴오위와 역봉은 그렇게 바닷속으로 내던져졌다. 핑은 일행 맨 뒤에서 헤엄쳐 가다가 문득 잠수함을 돌아보았다. 소형잠수함이 떠나가는 모습이 보였다. 기다린다는 말은 새빨간 거짓이었던 것이다. 베이징맨이 어디 있는지 알아내도 죽을 것이고 알아내지 못 해도 죽어야 한다는 것이었다.

핑은 어두워진 표정으로 고개를 앞으로 향했다. 그리고 유유히 헤엄쳐나갔다.

필리핀 해역은 남태평양 해역답게 바닷물이 맑고 따뜻했다. 어류의 수종도 셀 수 없이 많았다. 반면에 깊은 수중에는 물살이 매우 거친 지점도 있었다. 루손섬 아래 바다는 한류와 난류가 교차하는 지점이 있었기 때문이다. 매우 위험한 지점이기도 했다. 한류와 난류가 교차하는 꼬리에 갇히면 절대 살아나올수 없었다. 자신의 시체도 찾을 수 없는 건 당연했다. 전문 다이버들도 극도로 조심하는 비상 해역이었다.

핑은 부함장이 건넨 수중 지도를 보며 이번엔 앞장서 헤엄쳐갔다. 한참을 헤엄쳐 갔다. 그런데 도무지 동굴의 입구를 찾을수가 없었다. 무성한 바다 수풀과 그보다 더 무성한 산호초 때문에 계속 같은 곳을 뱅뱅 돌고 있었다. 바닷속은 전후좌우를 분간하기 어렵기 때문이었다. 이런 바닷속에서 뱅뱅 돌다 길을 잃고 죽어버리면 물고기 밥이 되는 것이다. 무덤도 없는 죽음이, 비석도, 비문도 없는 죽음이 되는 것이다. 랴오위가 핑에게 수중 시계를 가리키는 손짓을 했다. 시간이 얼마 없다는 의미였다. 핑은 고개를 크게 끄덕이며 엄지손가락을 추켜세웠다. 산소통의 산소가 소멸되기 전에 동굴을 빨리 찾아야 했다. 그런데 부함장이 던져준 수중 지도에 있어야 할 그 위치에 동굴이 없었다. 아무리 두리번거려도 동굴은커녕 동굴의 입구도 보이지 않았다. 핑은 속이 바싹바싹 타들어 갔다. 산소통의 산소가 훌쩍 줄어들어 있었다.

핑은 모두에게 자신을 따라오라는 수신호를 보냈다. 마음이 급했다. 그리고 주변 해역을 샅샅이 다시 수색하며 돌아다녔다. 지도상으로는 이 주변 해역이 분명했다. 그러나 한참을 돌아다녀도 역시 헛수고였다. 도저히 갈피를 잡을 수가 없었다. 핑의 속이 문드러질 무렵 유난히 바다 수풀이 두툼하게 엉켜 있는 작은 협곡을 발견했다. 누군가 동굴을 감추기 위해 의도적으로 억지로 덮어놓은 것으로 보였다. 핑은 일단 혼자서 걷어내 보았다. 의도적으로 덮어놓은 것은 예상외로 쉽게 걷어낼 수 있었다. 동굴의 입구를 발견한 듯했다. 핑의 예측이 맞았다. 하지만 의도적으로 덮어놓은 것이 아닌 원래의 바다 수풀은 아직도 한참 걷어내야 했다. 얼마 남아있지 않은 시간 안에 이 수풀을 다 걷어낼 수 있을지 몹시 걱정스러웠다. 동굴 문은 언뜻 보아도 인공구조물임이 분명했다. 핑은 역봉과 랴오위를 손짓으로 불렀다. 그리고 모두 있는 힘을 다해 바다 수풀을 걷어내기 시작했고 얼마 안 가 모조리 걷어냈다. 그러자 물 때 묻은 흐릿한 '몬'이라는 음각 글자가 드러났다.

그런데 이번에는 동굴 문이 열리지 않았다. 꼼짝도 하지 않았다. 핑은 '몬' 이라는 음각 글자를 힘주어 꾸욱 눌러보았다. 도움이 되지 않았다. 여전히 동굴 문은 꼼짝하지 않았다.

'아직도 문과 싸우고 있다니. 난 문을 벌써 박살 낸 줄 알았는데...'

핑의 문에 대한 고질적인 노이로제가 다시 시작되었다. 강박증에 숨쉬기도 어려웠다. 산소통의 산소도 거의 바닥을 보이고 있어서 더더욱 숨쉬기가 어려웠다. 모두 숨을 최대한 참으며 조금씩 호흡을 하고 있었다. 잘못하면 바다 아래에서 고대 유골이 될 판이었다. 핑은 다시 '몬'이라는 음각 글자를 꾹 눌러보았다. 역시 아무런 움직임이 없었다. 사실 동굴 문은 돌의 무게와 물의 수압 때문에 쉽사리 열리지 않는 게 당연했다. 이젠 장리까지 합세했다. 모두 힘을 합쳐 죽어라 문을 안으로 밀었다. 물의 힘 때문에 힘을 주기도 쉽지 않았다. 그래도 계속 문을 밀고 밀었다. 그러자 동굴 문이 조금씩 열리기 시작했다. 더 밀고 밀었다. 그렇게 열린 작은 틈으로 장리를 먼저 들여보냈다. 문을 조금 더 열었고 랴오위가 들어갔다. 문을 조금 더 열었고 역봉이 들어갔고 맨 마지막으로 핑이 들어갔다. 그러자 동굴 문은 저절로 닫혔다.

    동굴 안은 아주 얕은 바다였고 얕은 강이었다. 바다와 강이 섞인 바다이기도 하고 강이기도 했다. 루손섬 아래 깊은 바다와 연결되어 있는 동굴 내부의 바다 강이었다. 모두 이 바다 강의 수면을 향해 힘차게 헤엄쳐 올라갔다. 얼마간 헤엄쳐 올라가자 꼭대기에 희미한 빛줄기가 보였다. 자꾸 죽어라 발목을 잡는 유령 같은 바다를 박차고 실제 강의 표면으로 고개를 내밀었다. 드디어 바다를 떨친 완전한 강으로 올라왔다. 모두 수중 헬멧을 벗고 숨을 거칠게 몰아쉬었다. 주변을 둘러보니 꽤 넓은 공간의 강변이 있었다. 모두 강변으로 올라왔다. 한 번도 사람의 발길이 닿지 않은 순결의 강변이었다. 모두 순결한 강변의 모래 위에 벌렁 누웠다. 그리고 팔다리를 한껏 벌리고 숨을 몰아쉬며 잠깐의 꿈같은 휴식을 취했다. 동굴은 참 따뜻했다. 적당한 습기와 함께 참 아늑했다. 십 분쯤 흘렀을까? 핑이 불현듯 소리치며 일행을 몰아세웠다. 핑은 잠수함이 우리를 버리고 갔다는 건 차마 말할 수 없었다.

    "1시간 5분 남았어. 서둘러야 해. 어서 움직여."

핑은 부함장이 준 지도를 보며 앞장서 걸었다. 동굴은 점점 넓어졌고 점점 높아졌다. 나중에는 동굴의 높이가 대략 40미터쯤 되었다. 동굴 천장에는 독특한 모양의 종유석과 석순이 빈틈없이 가득했다. 동굴 벽면은 대리석 절벽이었다. 그 절벽으로 수백만 마리 반딧불이가 은하수의 별빛으로 몰려다니고 있었다. 그리고 은하수로 반짝이는 반딧불이보다 더 찬란하게 반짝이는 이름 모를 광물들이 빼곡히 박혀있었다. 마치 쉴 새 없이 살아 움직이는 북극 지방의 오로라의 물결을 보는 듯했다. 장리는 특히 투명하고 은은하게 빛나는 광물에 관심을 가졌다.

"크리스털 같죠? 아빠가 내 성인식 때 준 목걸이가 크리스털 목걸이였어요, 아빠가 여기서 가져왔나?... 내가 말하고도 너무 이상하네..."

장리는 동굴 벽면에 박혀있는 투명한 광물을 보며 아빠를 떠올렸다. 핑은 엉뚱한 곳에 시선이 가 있는 장리를 조급하게 몰아세웠다.

"관광 온 거 아니야."

핑이 장리를 엄하게 꾸짖듯이 말했다. 장리는 어색한 웃음을 웃더니 도망가듯 앞으로 걸어갔다. 아빠를 만날 것이라는 기대로 가득 찬 어린아이의 빠른 걸음걸이였다. 장리는 역봉과 랴오위 바로 뒤를 따라 걷고 있었다. 핑은 모두의 뒷모습을 보며 애처로운 마음이 들었다.

'우리는 어차피 돌아갈 수 없어. 우리를 기다리는 잠수함은 없어.'

핑은 모두에게 말했다. 어차피 그들에게 들리지 않을 말이었다.

얼마 안 가 광장이 나왔다. 최대 인원 530명까지 수용 가능하다는 대형여객기 십여 대는 들어갈 만한 넓이의 대광장이었다. 동굴의 길이가 수백 킬로는 될 성싶었다. 대동굴 광장에는 큰 강이 흐르고 있었고 그 강은 너무나도 고요해서 마치 정물화를 보는 것 같았다. 강물은 수정처럼 맑았다. 너무 맑아서 거울로 얼굴을 들여다보는 듯했다. 얼굴의 미세한 주름까지 다 들여다보였다. 나르키소스가 빠져 죽을 만한 맑은 강이었다. 그 강을 따라 한참을 걸어가자 신기루처럼 열대우림이 나타났다. 수십 미터에 달하는 나무들이 빽빽하게 서 있었다. 삼나무와 포도나무 그리고 마호가니와 흑단, 자단 같은 나무들이 파죽지세로 뻗어있었다. 양치류와 넝쿨 식물들은 그보다 더 파죽지세로 뻗어있었다.

열대우림은 적도를 중심으로 남미의 아마존강 유역과 콜롬

비아와 에콰도르의 태평양 연안, 적도 아프리카 기니만 연안, 말레이반도, 인도네시아, 뉴기니 등에 나타나는 기후 지역이었다. 필리핀 전체 대륙이 열대권이긴 했지만 루손섬을 품고 있는 바기오 지역은 필리핀의 다른 지역에 비해 연평균 기온이 8도가량 떨어지는 지역이었다. 핑이 생각해 보아도 루손섬 내면의 열대우림은 선뜻 이해가 되지 않았다.

'호모 루조넨시스 고인류 화석이 나온 거야. 아마 그 고인류가 살았을 때도 이런 기후였겠지. 바로 이 동굴에서 삶을 살았을지도 몰라...'

갑자기 장리가 빠르게 달려갔다. 그리고 뒤를 돌아 핑을 향해 빨리 오라고 손짓을 보냈다. 핑은 장리에게로 빠르게 달려갔다. 에메랄드빛 호수였다. 지독한 에메랄드 빛깔의 호수였다. 장리가 호기심에 호수에 손을 직접 넣어보았다. 핑도 손을 넣어보았다. 그리고 호수 속에서 장리의 손을 잡으려고 했다. 장리는 손에 에메랄드빛이 묻어나지는 않는다며 투덜거렸다. 그리고 장리는 또 빠르게 앞으로 달려갔다. 극락조와 앵무새가 보였다. 아름다운 깃털을 가진 이름 모를 새들도 보였다. 장리는 세상에 태어나서 처음 엄마와 시선을 마주친 갓난아이처럼 즐거워하고 있었다. 장리에게 이 모든 광경은 신세계였다.

"저거저거저거 오랑우탄이에요? 아니면 침팬지인가?"

장리가 소리를 꽥꽥 질렀다.

"둘 다야."

핑이 대답했다.

"그럼 악어도 있겠네... 여기 살벌하다... 살벌... 하네..."

그런데 랴오위는 말을 얼버무리며 자꾸 주변을 둘러보았다. 그리고 주머니 속에 손을 집어넣어 무언가를 만지작거렸다. 몹시 불안한 표정으로 만지작거렸다. 역봉은 랴오위가 이상하다고 생각했지만 설마 주머니에 수상한 물건이 있을 것이라고는 생각하지 못했다.

핑은 순간 귀청이 떨어져 나가는 줄 알았다. 동굴 원숭이들까지 나타난 것이다. 수천 마리는 족히 돼 보였다. 빠른 속도로 날아다니는 동굴 원숭이들 때문에 혼비백산한 채 무작정 앞으로 달려갔다. 원숭이들이 사람을 공격하기도 하기 때문이다. 이번에는 주둥이를 딱딱거리며 부딪히는 큰부리새까지 나타나서 자꾸 머리통을 쪼아댔다. 또 혼비백산한 채 무작정 앞으로 달려갔다. 큰부리새가 머리통에 구멍이라도 낼까 봐 겁이 났기 때문이다. 갑자기 천장에서 똥비가 우박처럼 내렸다. 핑이 천장을 올려다보니 동굴 박쥐들이었다. 못해도 수백만 마리였다. 이번에도 혼비백산했다. 그리고 무작정 앞으로 달려갔다. 하늘에서 똥을 뿌려대는 동굴 박쥐떼들 때문에 설 수도 없었기 때문이다. 그리고 동굴 박쥐들이 저 멀리 사라지자 파랑새들이 나타났다. 수십만 마리의 파랑새들은 동굴 벽면 구멍 집에 모여 살고 있었다. 카파토키아 동굴집 같았다. 카파토키아 동굴은 종교 박해를 피해 도망쳐온 기독교인들의 삶의 터전이었는데 작은 파랑새는 어떤 박해를 피해 이 동굴에 살게 되었을지 궁금했다. 핑은 베이징맨도 이런 동굴에서 자신의 가족과 함께 평화롭게 살았을 거라는 생각에 한 장면도 놓칠 수 없었다. 눈 안에 박아 놓고 뇌 속에 구겨 넣고 싶었다.

'어쩌면 베이징맨도 어떤 박해를 피해 주구점 동굴로 들어가게 된 건 아닐까?'

50만 년 전의 베이징맨

벌거벗은 남자아이 하나가 돌무더기 빼곡한 돌밭에서 냇물 쪽으로 빠르게 달려가고 있었다. 남자아이는 바닥으로 점점 차오르는 얕은 냇물을 힘차게 튕기면서 달려가고 있었다. 남자아이는 얼른 냇물로 들어갔다. 물놀이를 할 생각이었다. 그런데 들어가자마자 냇물의 기슭이 갑자기 무너지면서 냇물 바닥의 돌과 흙이 저 멀리 빠르게 쓸려갔다. 남자아이는 순간 멍하게 그 모습을 보았다. 그러다 별걱정 없이 다시 첨벙첨벙 냇물을 발로 튕기며 놀이를 계속했다. 그리고 좀 더 깊어진 냇물에서는 헤엄까지 치며 놀았다. 남자아이는 걸음마를 뗐을 때부터 헤엄을 배웠다. 누구나 배우는 헤엄이었다. 그래서 그런지 남자아이의 헤엄 솜씨는 아주 능숙했다. 남자아이의 친구들은 아버지들의 사냥을 따라갔기에 같이 헤엄치며 놀 수도 없었다. 남자아이는 사냥보다 헤엄이 좋았다. 그래서 아버지의 사냥을 따라가지 않았던 것이다.

하지만 아버지는 남자아이가 헤엄을 치며 놀 때마다 남자아이를 지나치게 단속했었다. 혹시 몰래 냇물에 기어들어 오는 짐승들에게 먹힐까 봐 걱정이 됐던 것이다. 가까운 친구와 가족들이 여럿 죽기도 했었다. 먹을 것이 부족했던 짐승들에게 잡아먹혔기 때문이다. 남자아이는 한동안 이리저리 헤엄치며 놀다가 흐르는 물살을 타고 아래쪽으로 자꾸 떠내려갔다. 냇물의 개울 폭은 더 넓어졌지만 깊이는 더 얕아졌다. 이제는 걸어 다닐 수 있을 정도였다. 남자아이는 깊이가 얕아진 냇물에서 조약돌을 주웠다. 아버지를 쫓아 사냥에 나서게 되면 자신도 한몫

하고 싶었기 때문이다. 큰 짐승에게 돌팔매질을 해 정신을 잃어 버리게 만들 자신이 있었기 때문이다.

남자아이는 조약돌을 여러 개 골라냈고 그중 한 개를 고심 끝에 결정했다. 그런데 갑자기 땅이 크게 흔들렸다. 어디선가 아주 큰 돌이 굴러떨어졌다. 남자아이는 당황했다. 사방을 둘 러보았다. 아버지가 보이지 않았다. 혹시라도 저만치서 아버지 가 자신을 지켜볼지도 모른다는 기대감에 주변을 계속 둘러보 았다. 그런데 아버지는 없었다. 이제는 자신의 몸뚱이까지 흔들 리고 있었다. 겁이 덜컥 나기 시작했다. 땅이 점차 더 세게 흔들 리고 있었다. 남자아이는 이유를 알 수가 없었다. 냇물 바닥이 흔들리며 냇물 바닥 아래 숨어있던 진흙이 거칠게 뿜어져 올라 왔다. 방금까지 잔잔하게 흐르던 개울물은 이제 물살을 거칠게 튕기며 콸콸 흐르고 있었다. 물이 저절로 움직였고 저절로 들끓 고 있었다. 물에서 연기가 났고 물이 뜨거웠다.

순간 냇물 위쪽 나무들의 뿌리가 뽑혀 나갔다. 냇물 바닥의 돌들도 마구 튕겨 나왔다, 그리고 냇물 아래 키가 높은 나무 들이 옆으로 쓰러지고 있었다. 개울물은 순식간에 불어났다. 둑 가까이 있는 나무들도 쓰러지기 시작했다. 뿌리를 드러내며

우지끈 소리를 내며 쓰러졌다. 그런데 쓰러진 나무들은 제대로 죽지 못했는지 쓰러져서도 요동을 쳤다. 남자아이는 소스라치게 놀랐다. 두려운 마음이 들었고 머리가 찌르는 것처럼 아팠다. 하지만 아무것도 할 수 없었다. 남자아이는 주저앉았다. 다시 일어서보려고 했지만 땅이 요동을 치는 바람에 곧바로 넘어졌다. 남자아이는 일어나기 위해 애를 썼고 겨우 엉거주춤 일어섰다. 정면으로 저만치 보이는 오두막 쪽으로 가려고 했다. 그런데 그 오두막에 아버지가 와있었다. 아버지는 사냥 도중에 달려온 것이었다. 남자아이의 기대대로 아버지는 남자아이를 보고 있었다.

아버지가 남자아이를 향해 소리를 지르고 있었다. 아버지가 남자아이가 있는 쪽으로 다가오고 있었다. 그러나 귀를 찢을 듯한 굉음이 울리며 땅이 쩌억 갈라지면서 짐승 시체 썩은 냄새가 올라왔다. 아버지는 남자아이 쪽으로 올 수 없었다. 남자아이는 갈라진 땅속으로 흙과 나무들이 마구 떨어지는 것을 보았다. 땅속으로 모든 게 쏟아져 내려갔다. 땅이 흙과 나무를 우악스럽게 먹어대고 있었다. 남자아이는 오두막의 아버지에게 가야 했다. 그런데 아버지가 있는 오두막에 불이 붙었다. 불이 붙어서 활활 타올랐다. 아버지는 불 속에서도 남자아이를 향해 소리를 질렀다. 남자아이는 울 수도 없었다.

순간 기우뚱하더니 불에 타던 오두막이 갈라진 땅속으로 빨려 들어갔다. 순식간에 아버지가 없어졌다. 아버지가 오두막과 함께 갈라진 땅속으로 사라져버렸다. 남자아이는 겁에 질린 눈으로 무시무시한 광경을 보며 두려움에 떨었다. 지독한 악취를 내뿜으며 벌어진 땅의 아가리가 아버지를 앗아간 것이었다. 남자아이는 울부짖었다. 이제 저 멀리 보이던 산까지 무너져 내리고 있었다. 남자아이는 울면서 엉금엉금 기어갔다. 아버지가 알려준 동굴로 가고 있었다. 위험에 처했을 때 숨을 수 있는 동굴이었다. 그 동굴 주변은 거대한 동물의 뼈들로 가득했다. 남자아이는 땅에 배를 바짝 대고 뱀처럼 기어갔다. 그런데 남자아이의 바로 옆에 있던 땅이 쩌억 갈라졌다.

남자아이는 기겁을 하며 다른 방향으로 뱀이 되어 기어갔다. 그런데 땅이 불쑥 솟아오르면서 남자아이를 멀찌감치 내동댕이쳤다. 남자아이는 잠깐 정신을 잃었었다. 잠시 후 겨우 정신을 차리고 단단한 것을 잡으려고 발버둥 쳤지만 온통 흔들리는 땅 때문에 잡을 것이 하나도 없었다. 아버지가 일러준 동굴 입구가 보였다. 남자아이는 잡을 것 하나 남아있지 않은 땅을 손톱으로 긁어가며 기어갔다. 동굴 입구까지 거의 다 도착했다. 그 순간 땅은 또 한 번 남자아이를 위로 솟구치게 했다. 남자아이는 크게 솟구쳤다가 다시 땅으로 내던져졌다. 그런데 남자아이는 아버지가 일러준 안전한 동굴, 그 비밀 동굴로 내던져진 것이다. 남자아이를 빨아들인 동굴은 우르르 외곽이 무너져 내렸고 무너져내린 동굴 위로 거대한 동물의 뼈들이 다시 우르르 쏟아져 내렸다.

16.

1941년 12월 5일 베이징 주둔 미 해병대

베이징맨을 실은 미군 트럭이 미 해병대 막사에 조용히 도착했다. 미군 트럭에서 먼저 내린 연구원들이 주변에 수상한 자들이 있는지 철저하게 살폈다. 페이원중은 트럭에서 내려 주변부터 두리번거렸다. 연구원들이 이미 주변을 살폈음에도 쉽게 안심이 되지 않았다. 페이원중의 얼굴 표정은 그 어느 때보다 경직되어 있었다. 하지만 며칠째 잠 한숨 못 잤을 그의 눈은 퀭하기는커녕 앞으로 벌어질 삼엄한 의식에 대한 긴장으로 번쩍거렸다. 페이원중은 잠시라도 긴장을 풀기 위해 담배를 물었다.

손이 얼마나 떨리던지 불붙은 성냥이 금세 꺼져버렸다. 여러 번의 시도와 실패 끝에 겨우 불을 붙였다. 치이익 타오르는 담뱃불 속에 드러나는 페이원중의 얼굴에는 극한의 경계에 놓인 무한한 책임감이 드러나 있었다.

페이원중은 아무리 생각을 해봐도 이토록 낯선 불안은 예전에 없었다. 겨우 한 모금 피우고 밭은기침을 뱉어냈다. 담배를 피우는 것마저 뜻대로 되지 않았다. 오로지 혼자서 베이징맨을 책임져야 하는 운명을 가진 자의 막중한 책임감은 오히려 이렇게 사소한 재난으로 나타나고 있었다. 그때 해병대 군의관인 폴리가 나타났다. 폴리는 급하게 달려왔는지 숨을 거칠게 몰아쉬었다. 페이원중은 폴리의 얼굴을 보자 반가움에 목놓아 울 뻔했다.

"페이원중. 공사관 담당자는 베이징맨을 수령할 수 없다고 계속 원칙만을 고집했습니다. 록펠러 재단과의 협약이라고 계속 반복해서 말하며, 절대로 해외로 운송할 수 없다는 겁니다. 저도 이해해 줄 수밖에 없었습니다. 왜냐하면 이번 해외 반출 건은 공사관 담당자의 권한을 넘어서는 매우 중대한 사항이니까요. 공사관 담당자 혼자서 결정할 사항이 아닌 거죠. 당연히 본인이 결정해서는 안 된다고 주장했습니다. 그의 이야기가 맞기는 맞습니다."

페이원중은 오히려 기침만 가져온 시답잖은 담배를 바닥에 던지듯 버렸다. 불도 끄기 싫었다.

"군의관님, 제발 도와주십시오. 베이징맨은 누군가의 부귀영화를 채워주는 금궤 따위가 아니란 말입니다."

페이원중은 쇳소리를 내고 있었다. 쇠를 빡빡 긁는 소리였다. 베이징맨의 탈출을 준비하면서 최대한 말 수를 줄여왔다. 그런데도 목소리가 이 모양이 된 것이 영 기분이 나빴다. 하필이면 지금 죽어버린 닝닝의 쇠를 긁는 목소리가 떠올랐다. 아마 닝닝도 그 당시에는 자신도 예상하지 못한 극한의 책임감에 몰려 있었을 것이라는 생각이 들었다. 닝닝을 이해하지 못했던 것이 미안했다. 닝닝의 지옥도에서 살아남은 칼자국 난 험한 얼굴을 단 한 사람이라도 제대로 이해해 주었다면 베이징맨을 훔치려는 일 따윈 하지 않았을 것이다.

"저도 압니다. 그러니까 도와드리려고 최선을 다하고 있는 겁니다. 저도 이 베이징맨이 제발 미국까지 안전하게 도착하기를 바랄 뿐입니다. 그 어떤 자들도 훔쳐 가서는 안 된다고 생각할 뿐입니다. 그래서 제가..."

폴리는 최선을 다해서 설명하고 있었다.

"그럼 포기해야 한다는 말씀이십니까?"

페이원중의 눈은 시뻘게져 있었다. 폴리가 자신의 주머니에서 약을 꺼내 그의 손에 쥐어 주었다.

"식염수입니다. 소독이라도 하세요. 전쟁터라 전염병이 심합니다."

폴리는 친절했다.

"이까짓 눈알이 뭐가 중요하답니까? 우리는..."

페이원중은 목이 메어서 더 이상 말할 수가 없었다. 폴리가 건네준 식염수는 퍽 소리를 내며 터지고 말았다. 너무 세게 쥔 탓이었다. 폴리는 페이원중을 달래듯이 말했다.

"교수님, 전 긍정적으로 생각하려고 합니다. 최악의 상황에선 오히려 강한 긍정이 도움이 되기도 합니다. 주중대사님께 말씀을 드렸으니 곧 좋은 결과가 나올 겁니다. 시급을 다투는 일이니 빨리 결정해야 한다고 말씀드렸습니다. 저도 목이 빠지게 기다리고 있습니다. 조금만 기다려보십시오. 조금 있으면 결정이 납니다."

페이원중은 살짝 비틀거렸다. 온몸에 힘이 빠져나가는 듯했다. 어쨌든 마지막 기회가 남아 있었다. 그 마지막을 기다려야 했다. 페이원중은 아예 손목시계만 쳐다보고 있었다. 1분이 한 달처럼, 일 년처럼 느껴졌다.

"왜 이렇게 시간이 더디게 가는지..."

페이원중은 끝없이 한숨을 토해냈다. 베이징맨의 불로불사를 안간힘으로 기다리고 있는 시간은 고문을 당하는 것처럼 끔찍했다.

"그런데 후청즈 교수님은요? 함께 오신다고 하시지 않았나요?"

폴리는 물었다.

"다른 곳에 볼일이 있어 그쪽으로 갔습니다. 나중에 합류할겁니다."

페이원중은 들켜서는 안 되는 비밀을 들킨 사람처럼 폴리의 얼굴을 똑바로 쳐다보지 못했다. 괜한 죄책감이었지만 선한 죄책감이었다. 폴리는 페이원중을 수상한 눈초리로 쳐다보았다.

페이원중은 폴리 앞에서 드러낼 수 없었지만 후청즈 쪽의 상황도 미치도록 궁금했다. 이 모든 게 믿을 수 없을 정도로 너무나 무자비한 운명이었다.

"그럼 나머지 연구원들은요? 설마 먼저 돌아간 건가요?"

폴리는 다시 물었다. 페이원중의 표정 변화를 뚫어지게 보고 있었다. 페이원중은 폴리가 자신을 관찰하고 있다는 걸 눈치챘다.

"연구원들은 트럭 안에 있습니다."

페이원중은 무심한 척 대답했다.

'폴리는 누구의 편일까? 난 지금 그 누구도 믿을 수가 없다. 그 누구도.'

페이원중은 폴리를 완전히 믿고 있지는 않았다. 일본뿐이 아니었다. 록펠러 재단뿐이 아니었다. 미국의 FBI도 개입하고 있었다. 페이원중은 고고학자로 살았고 발굴 현장에서만 살았다. 세상의 이해관계와 습속에 대해선 어린아이처럼 아무것도 몰랐다. 페이원중이 이렇게 첨예한 정치적 경제적 치정에 이용당하지 않을 방법은 모두를 의심하는 것뿐이었다.

"제가 퇴역군의관이라 일본군들이 저의 행낭을 결코 의심하지 않을 겁니다. 제가 가져가게 된다면 더할 수 없는 영광입니다."

폴리는 계속 안심시키려 했다.

"감사합니다."

페이원중은 고개 숙여 인사를 했다.

"주중대사님이 허락만 하신다면 제 행낭과 함께 곧바로 미국으로 출발하겠습니다. 이미 록펠러 재단 쪽에 긴밀히 협조를 부탁했기 때문에 미국에 도착하면 재단 관계자들이 차를 가지고 나올 테고 FBI에서는 경호를 맡게 될 겁니다. 그러니까 안심하십시오. 그리고 어느 정도 시기가 지나면 미국 자연사박물관에 오셔서 베이징맨의 진짜 부활을 보셔야 할 겁니다. 아, 정말 감동적인 전시회가 될 겁니다."

폴리도 계속 안심시키고 있었다. 페이원중은 또 고개 숙여 인사를 했다. 그때였다. 폴리가 페이원중의 심장을 칼로 찌르듯 소리쳤다.

"저기 오고 있습니다."

페이원중은 폴리가 손으로 가리키는 방향을 보았다. 폴리의 조수인 데이비스가 헐레벌떡 뛰어오고 있었다. 데이비스는 얼마나 쉬지 않고 뛰어왔는지 페이원중 앞에 도착했을 때 도무지 말 한마디도 할 수 없었다. 얼마나 고통스러운지 한참을 캑캑거렸다. 굉장히 뚱뚱하다고 할 수 있는 데이비스의 온몸은 완전히 물에 빠진 생쥐 꼴이었다. 땀으로 푹 젖은 것이다. 폴리는 데이비스의 입만 바라보았다. 페이원중은 데이비스의 팔을 잡고 흔들었다. 데이비스는 겨우 입을 열었다.

"주중 대사님께서... 이 운송... 작전을... 허락하셨습니다."

데이비스는 오른팔을 들더니 주먹을 불끈 쥐었다.

"감사합니다."

페이원중은 데이비스를 껴안았고 폴리를 껴안았다.

"감사합니다."

페이원중의 눈에서 눈물이 쏟아져 내렸다. 폴리도 데이비스도 눈물을 흘렸다.

"이제 진짜 미국으로 가는 겁니까?"

페이원중은 자꾸 확인하고 싶었다. 지치지도 않고 확인하고 싶었다. 마음 같아선 도장이라도 받아놓고 싶은 심정이었다. 폴리도 지치지도 않고 고개를 끄덕여주었다.

"군의관님 행낭은 유골 상자를 포함해서 총 27개가 될 겁니다. 제가 프레지던트호에 실어놓겠습니다. 그리고 안심하십시오. 미군 퇴역 군의관의 행낭을 아무나 뒤지지 못 합니다. 아무리 일본군이라도요."

데이비스가 페이원중에게 씩씩하게 경례를 붙였다.

"베이징맨이 포장된 상자를 일단 옮기겠습니다."

폴리와 데이비스는 페이원중이 타고 온 트럭 쪽으로 걸어갔다.

"폴리, 데이비스."

페이원중은 두 사람을 불러세웠다. 폴리와 데이비스는 페이원중을 돌아보았다. 페이원중은 쥐어짜듯 말했다.

"그 상자에는 비밀 표시가 있습니다. P.M. 페킹맨의 약자입니다."

폴리와 데이비스는 동시에 엄지손가락을 추켜세우더니 다시 돌아서 걸어갔다. 비로소 한시름 놓은 페이원중은 순간 그동안 쌓여왔던 피곤이 격렬한 통증으로 몰려왔다. 하지만 그 어느 때보다도 날아갈 듯한 기분이었다.

"가짜는 갔다."

그때였다. 페이원중은 건물 모퉁이 어둠 속에서 자신을 뚫어지게 쳐다보는 살기의 눈빛을 보았다. 페이원중은 회심의 미소를 지었다. 시계하루, 조사 시계하루 라고 짐작했기 때문이다. 페이원중은 베이징맨을 내놓으라고 고문을 하던 조사 시계하루가 이곳에 올 것을 이미 알고 있었다. 그래서 기다리고 있었다. 조사 시계하루는 페이원중이 가져온 베이징맨을 훔치러 깊은 밤의 안개처럼 몰래 숨어든 것이다. 페이원중은 안도의 한숨을 내쉬었다. 혹시라도 후청즈의 베이징맨을 쫓아 톈진으로 갈까 노심초사했었다. 그런데 조사 시계하루가 이곳에 나타난 것이다. 그렇다면 후청즈가 가져간 진짜 B.M. 베이징맨은 안전할 것이 분명했다.

또 아무리 미군이라고 하지만 일본은 이미 중국의 몇몇 도시를 점령한 상태였고 몇몇 지역은 미군들도 억류당한 상태였다. 당장이라도 쳐들어와서 베이징맨이 자기들 것이라고 주장하며 빼앗아간다 해도 어쩔 도리가 없었다. 페이원중은 자신이 바꿔치기한 진짜 베이징맨이 어떤 악전고투를 치르더라도 죽지만 않기를, 살아남기를 기도했다.

"죽지만 않는다면 내가 찾으러 간다."

그때였다. 어둠 속에 숨어있던 조사 시게하루가 페이원중을 향해 걸어왔다. 페이원중은 잔뜩 긴장한 채 노려보았다. 조사 시게하루가 걸음을 멈추었다. 어둠이 걷히면서 얼굴이 드러났다. 페이원중은 믿을 수 없다는 표정으로 멱살부터 잡았다.

"누... 누구야...?"

"시게하루..."

시게하루의 목소리는 얼굴만큼이나 애송이였다. 겨우 십 대에 불과한 시게하루였다. 페이원중은 잡았던 멱살을 스르르 풀고 뒤로 점점 물러났다. 조금 전 애송이 시게하루가 숨어있던 그 어둠 속으로 자꾸 물러났다. 페이원중 앞에 있는 시게하루는 베이징맨을 내놓으라고 자신을 고문하던 그 조사 시게하루가 아니었다.

핑은 아직 골든릴리 동굴로 들어가는 입구를 찾지 못했다. 언제 끝날지 모르는 대동굴의 길을 마냥 하냥 갈 수는 없었다. 그때였다. 새 무리들의 엄청난 날갯짓 소리가 들렸다. 아까 보았던 파랑새들이 한 방향을 향해 급하게 날아가는 모습이 보였다. 그 방향이 아직도 한참 남아있는 끝도 모를 대동굴의 곧은 길이 아니라 오른쪽으로 크게 휘어진 길이었다.

"저 파랑새들이 날아가는 곳이 입구일 거야. 저 방향으로 나가자."

핑이 소리쳤다.

"그런데. 랴오위가 안 보여."

역봉이 소리쳤다. 핑이 사방을 돌아보아도 랴오위가 보이지 않았다.

"혹시 악어한테 먹힌 거 아니에요?"

장리는 별걱정을 다했다. 그때였다. 우우우우 크와아앙 천둥소리가 나는 듯했다. 동굴 박쥐들이 전속력으로 날아오고 있었다. 동굴 원숭이들이 비명을 지르며 쏜살같이 달려오고 있었다. 그 뒤를 이어 큰부리새가 날아오고 있었다. 그 뒤를 이어 오랑우탄이, 침팬지가 달려오고 있었다. 그리고 뒤를 이어 누런 연기가 황사 폭풍처럼 달려오고 있었다. 그리고 누런 황사 폭풍 뒤로 랴오위가 달려오고 있었다. 이를 악물고 있는 힘을 다해 달려오고 있었다.

"형님, 파랑새들을 따라 나가요. 어서... 거기가 입구예요."

랴오위는 죽어라 달려갔다. 앞만 보고 죽어라 달려갔다.

"네가 그런 거야?"

핑이 랴오위를 따라잡았다. 그리고 모가지를 잡아끌었다.

"그럼 어떡해요? 빨리 나가야 되는데... 무슨 관광 왔어요? 나 갈 생각을 안 해. 급해 죽겠는데?"

랴오위는 뻔뻔했다.

"그렇다고 동굴에 불을 질러? 이 생명체들 다 어떡하란 말이야?"

핑은 랴오위의 종말론적 파괴성에 치가 떨렸다.

"그럼 어떡해요? 우리가 어디쯤 있는지도 모르겠는데?"

랴오위는 자신의 모가지를 잡고 있는 핑의 손목을 내치곤 그 대로 내달려서 가버렸다.

파랑새들이 한꺼번에 날아간 이유가 있었던 것이다. 어떤 박해를 피해 동굴구멍에 집을 짓고 살았던 파랑새들은 이번에는 인간이라는 박해를 피해서 어디론가 날아간 것이다. 아비규환이 되어버린 대동굴은 대절멸을 겪고 있었다.

핑은 장리와 역봉과 함께 내달렸다. 뒤에서 무시무시한 화마가 쫓아오고 있었다. 소행성충돌로 인한 대절멸이라 해도 믿을만했다. 한참 동안 달렸다. 저만치 희끄무레한 불빛이 보이기 시작했다. 골든릴리 동굴의 입구가 분명했다. 핑은 그 불빛을향해 빠르게 달려갔다. 그리고 그 불빛의 입구에 발부터 들여놓았다. 희끄무레한 그 불빛은 횃불이었다.

얼마 안 가 인공적인 공간이 나타났다. 그동안 지나쳐 왔던자연의 풍경은 말끔히 사라지고 인공의 공간이 나타난 것이다.동굴 벽면은 투박한 붉은색이었다. 붉은색은 황토색에 붉은색이 섞인 특이한 색상의 오커 레드 색상이었다. 붉은 벽은 계속이어졌다. 붉은 벽의 붉은 횃불도 계속 이어졌다. 붉은 벽 '몬'의 음각 글자도 계속 이어졌다. 예상대로 골든릴리 동굴은 이미'몬'이 장악한 곳이었다.

"공기가 다량으로 소통하고 있어… 멀지 않은 곳에 출입구가있다는 뜻이겠지. 또한 이 횃불이 아직도 활활 타고 있다는 건이걸 설치한 시간이 얼마 되지 않았다는 뜻이고. 그리고 그들이이 근처에 있다는 것이고… 이미 와서 기다리고 있어. 기다리고있어. 그런데 너무 조용해. 사냥하다가 너무 조용해지면 내가사냥감이 된 건 아닌지 의심해 봐야 하거든."

핑은 횃불 가까이 다가갔다. 횃불의 받침대에도 '몬'의 글자가 음각으로 뚜렷하게 새겨져 있었다.

"우리를 기다리고 있는 거라면, 아버지가 여기 있다는 거야. 내가 아버지를 찾아서 그냥 도망갈까 봐 먼저 와서 기다리고 있는 거지. 원하는 대답을 얻지 못하면 우리 모두를 죽일 거야... 물론 원하는 대답을 얻는다고 해도 죽이겠지만... 어쨌든 우리보다 한발 앞서가고 있었던 거 같아. 우리의 속도에 맞춰서 말이지."

핑은 주변을 둘러보았다. 아직 그 어떤 낌새도 조짐도 없었다.

"형님."

랴오위는 불쑥 나타났다. 랴오위는 자신의 원래 캐릭터를 한번 버린 이후 좀체 원래대로 회복하지 못했다.

"랴오위, 네가 사냥할 사냥감이 나야?"

핑은 떠보았다. 그런데 랴오위는 안절부절 울상이었다.

핑은 랴오위가 진짜 두려워하는 것이 '몬'인지, 시치안인지, 금궤인지 도무지 그의 때 묻은 질곡을 알 수 없었다. 이상한 것은 랴오위가 과장된 허세와 배짱을 포기한 그때부터 랴오위가 측은하고 불쌍해졌다는 것이다.

"어디 갔다가 다시 나타난 거야?"

역봉이 랴오위를 다그쳤다.

"... 가긴 어딜 가요? 나도 길을 잃었다가 찾아온 거라구요."

랴오위는 당황하는 기색이 역력했다.

"다시 쥐새끼 짓 하면 허리를 꺾어버린다."

역봉이 랴오위를 족칠 듯이 노려보았다.

"... 그런데 이상한 게 있어요. 세계의 다른 권력자들은 골든릴리 금궤를 모르는 것일까요? 그들도 첨단의 정보 시스템을 갖고 있을 텐데요. 대부분 그만한 인프라는 갖추고 있는 거잖아요?"

장리가 물었다.

"골든릴리는 그 자체로 판타지야. 판타지는 한 국가가 추구하는 이데올로기는 아니잖아? 판타지는 대부분 제도화된 사회에서 소외된 자들의 열망이기도 하잖아? 모든 걸 다 가진 기득권자들은 판타지를 꿈꾸지 않아. 그들이 사는 세상이 이미 판타지야. 랴오위처럼 우리처럼... 아무것도 없는 자들이 판타지를 꿈꾸는 거지."

핑의 시선은 랴오위를 향해 있었다.

"베이징맨은 절대 판타지가 될 수 없어. 골든릴리 금궤와 장르가 달라."

핑은 베이징맨과 골든릴리가 마치 펜로즈의 계단처럼 서로 절대 이어질 리가 없다고 생각했다. 베이징맨을 얻으면 필연적으로 골든릴리 금궤를 얻을 수 없고 골든릴리 금궤를 얻으면 필연적으로 베이징맨을 얻을 수 없는 이치인 것이다.

"그리고 세계의 권력자들도 골든릴리의 금궤를 모르지 않을 거야. '몬'은 우리들 속에 유령처럼 섞여 존재하고 있으니까. 이미 정치 자금이나 무기 자금 형식으로 그들을 매수했겠지. 그리고 감시하고 조종하고 통제하고 통치하겠지. 바로 '몬'의 지배 방식이기도 하고."

핑의 머릿속은 점점 복잡해졌다.

"여기로 오기 전에 이상한 경험을 했어요."

장리가 놀란 표정으로 말했다.

"메이슨의 메일을 받은 이후부터 매일 새벽 4시면 시계 알람이 울렸어요. 그날 내가 오피스텔로 찾아간 시간도 4시쯤이었죠? 그렇죠? 그리고 얼마 후 검은 괴물들이 나타났고요..."

"나도 이상한 경험을 했어. 장리가 오피스텔로 무작정 찾아왔을 때였어. 새벽 4시에 시계 알람이 울렸어. 난 단 한 번도 시계 알람을 사용한 적이 없었거든. 또 노트북도 자동으로 부팅되었어... 난 자동 부팅을 설정한 적이 없었거든."

핑은 지금 생각해도 기이했다.

"저는 휴대폰 알람까지 작동했어요."

장리가 흥분해서 소리쳤다.

"4시라는 시간을 암시하고 주입하려고 했던 것 같아."

핑은 '몬'의 주도면밀함에 혀를 내둘렀다.

"왜요? 왜 하필이면 4시예요?"

장리는 점점 더 흥분하고 있었다.

"4시라는 시간이 중요한 게 아니거든. 그들은 감시하고 통제하는 것을 권력이라고 생각하고 있으니까. 우리가 그들이 설정해놓은 4시라는 시간에 길들여진다면 다른 목적으로도 충분히 길들여질 수 있는 거 아닐까?"

핑은 추측해보았다. 그런데 이 추측이 사실로 밝혀지면 너무나 처참할 것 같았다. 그런데 문득 떠오르는 것이 있었다.

"... 그리고 보니 톈진에서 구글 지도를 검색했을 때 47이라는 숫자가 나타났었어. 사실 47객잔은 이미 오래전에 사라진 객잔이잖아? 주소가 있을 리 없잖아? 게다가 그 지역 택시 기사도 모를 정도였으니까 그러니까 그런 이름이 구글맵에 나타날 리 없거든... 노트북 웹캠으로 우리를 감시하거나 우리의 SNS를 감시하거나 도청으로 감시하거나 그러니까 무엇으로든 감시가 가능하다는 거지. 게다가 우리가 키보드를 건들기만 해도 이미 어떤 알고리즘이 작동해서 우리가 검색하는 모든 정보와 나의 정보가 그들에게 흘러 들어갈 수 있다는 거지. 그리고... 나중에 다시 한 번 확인해보니 47이라는 숫자는 구글맵에 다시 나타나지 않았어. 그 순간만 작동되던 알고리즘이었던 거지."

핑은 그동안 말 잘 듣는 꼭두각시놀음을 했던 것이 화가 났다.

"그렇다면 그들이 핑과 장리를 오랫동안 지켜보고 있었다는 것이네요. 언제부터 지켜본 걸까요?"

역봉은 의미심장한 말을 던졌다. 핑은 더 이상 말할 수 없었다. 결국 장한 교수를 의심한다는 아니 확신한다는 고백까지 하고 싶지는 않았다. 핑은 장리가 천천히 알아가길 바랐다. 그동안 핑은 장리가 받을 충격을 완화시켜줄 방식과 방법을 찾고 싶었다. 핑은 다시 움직이기 시작했다.

골든릴리 동굴 혹은 골든릴리 작전의 이름인 골든릴리는 일본 황제가 지은 시의 제목으로 알려져 있었다. 동굴 건설을 담당했던 175명의 엔지니어들은 '터널-8'이라는 암호명에 따라 동굴 창고를 만들기 시작했다. 그리고 175개 동굴 창고가 완성되자 아시아 각국에서 탈취한 금궤를 가득 채웠고 성대한 송별 파티를 열었다. 야마시타를 비롯한 175명의 엔지니어들은 밤새도록 술을 퍼마시며 축하를 했고 황제를 위해 반자이를 외쳤다. 그런데 야마시타는 새벽녘이 되어서야 슬그머니 술자리를 빠져나갔다. 그리고 수석 엔지니어들이 송별회를 벌이고 있는 동굴을 다이너마이트로 폭파해버렸다. 175명의 엔지니어들이 졸지에 생매장당한 것이다. 그 누구도 동굴의 위치를 알 수 없도록 한 것이다. 더구나 동굴의 위치도 천혜의 조건이었다. 바다를 통해서만 도달할 수 있었기 때문이다. 그동안 야마시타도 소형 잠수함을 타고 동굴을 출입했었다.

핑은 만약의 경우에 대비해 도주로를 파악하기 위해 지형을 세심하게 살피며 걸었다. 그런데 동굴 벽면에 47이라는 숫자가 갑자기 뚜렷했다. 핑은 47객잔과 같은 숫자가 또 나타난 것이 불길하기만 했다. 드디어 47동굴에 도착한 것이다.

"저것 봐요. 저것도 고대 유물일까요?"

장리가 소리쳤다. 핑은 걸음을 멈추고 말았다. 두 다리가 마비된 듯이 뻣뻣해졌다. 두 다리에 찌르는 듯한 통증이 몰려왔다. 역봉이 사진으로 보여준 바로 그것이 있었다. 사진으로 보았을 때의 피사체는 생명의 경건성도 역사성도 없는 한낱 무생물의 종류로 보였었다. 그것대로의 충격과 아픔이 있었다.

그런데 직접 보게 된 실물은 생명의 경건성과 역사성을 내팽개친 또 다른 무생물의 종류였다. 살아갈 날 동안 절대 잊을 수 없는 절대 회복할 수 없는 충격과 아픔이었다.

핑은 인간의 언어로는 달리 표현할 길이 없는 이 돌덩이가 아버지가 아니길 바랐다. 아버지라고 추측되는 묵직한 돌덩이는 넓적하고 둥근 돌 위에 앉아있었다. 아니 놓여있었다는 표현이 더 정확할 것이다. 핑의 온몸에 우두두두 소름이 돋아나고 있었다. 온몸의 위치를 바꿔가며 번갈아 돋아나고 있었다. 핑은 주체할 수 없을 정도로 떨리는 손으로 만져보았다. 돌의 느낌이었다. 핑은 그럴 리가 없다는 생각으로 자신의 손을 깨물어보았다. 얼얼하게 아팠다. 얼마나 아프게 깨물었는지 빨간색 피가 비쳤다. 핑은 자신의 손이 정상이라는 것을 확인한 후 다시 만져보았다. 이번엔 돌의 느낌이 아니라 사람의 느낌이었다. 그리고 그것은 아버지의 느낌이었다.

"아아아..."

핑의 얼굴은 일순 밝아지더니 안도의 숨을 토해냈다.

"아아아..."

핑의 얼굴은 일순 어두워지더니 좌절의 숨을 토해냈다.

돌덩이는 아버지가 분명했다. 아버지는 아무렇게나 내던지는 바람에 깨져버린 조각상처럼 팔과 다리가 없었다. 핑은 아버지가 팔을 뒤로 감추고 책상다리로 앉아있을지 모른다고 생각했다. 그래서 아버지를 중심으로 전후좌우를 다 돌아보았다. 그런데 없었다. 팔과 다리가 없었다. 핑은 흑흑 흐느끼기 시작했다. 흐느낌은 점점 거세어졌다. 급기야 오열을 토해냈다.

장리가 핑에게 다가와 핑의 팔을 잡았다. 그러자 핑은 이번엔 웃기 시작했다. 정신 나간 미친놈처럼 웃었다. 웃다가 소리치고 소리치다가 웃었다.

"살아계셨어... 살아계셨어... 아버지... 아버지... 아...버...지."

핑은 피를 토하듯 절규했다. 핑의 절규는 동굴의 벽면을 때리며 마구 돌아다니고 있었다. 아버지, 아버지가 메아리가 되어 마구 돌아다니고 있었다.

"아버지라고요?"

장리는 핑을 잡았던 팔을 스르르 놓고 말았다. 곧바로 뒷걸음질 쳐버렸다. 47객잔의 벽면에 붙어있던 후지무라의 시체보다 더 흉측한 형상이었기 때문이다. 주구점 성화 광장에서 올라탔던 트럭의 돼지들보다 더 추악한 형상이었기 때문이다. 장리는 아빠도 저런 끔찍한 형상일 거라는 강박에 정신을 잃을

지경이었다. 눈알이 빠지도록 아팠다. 속에서 신물이 넘어왔다. 가만있어도 빙빙 어지러웠다.

"아버지..."

핑에게 아버지는 악몽 속에서 경공의 대가였다. 아버지는 악몽 속에서 쌩쌩했다. 핑은 아버지를 다시 악몽 속으로 돌려보내고 싶었다. 악몽 속에 다시 가두고 싶었다. 아, 아버지... 아버지...

"그런데, 아빠는요?..."

장리는 갈수록 비참한 예감에 휩싸였다.

"찾을 수 있을 거야. 장리... 너무 걱정하지 마."

역봉이 장리의 등을 토닥여주었다. 천상 남자 역봉도 심한 충격을 받았는지 그냥 서 있기만 했다. 사진을 보았을 때와 전혀 다른 형태의 충격이었다.

핑의 아버지 몰골은 그야말로 처참했다. 중국 역사 속 희대의 악녀로 꼽히는 여태후의 행각이 저절로 떠올랐다. 여태후는 자신의 남편이 사랑했던 척부인의 두 팔과 두 다리를 자르고 눈알을 뽑고 귀에 약을 붓고 벙어리를 만들어 돼지우리에 던져 죽였었다. 핑의 아버지 또한 두 팔이 잘린 상태였고 두 다리도 잘린 상태였다. 두 귀도 잘린 상태였다.

"그들이 이렇게 만든 거야. 아버지가 베이징맨의 위치를 안다고 생각했으니까. 고문했을 거야. 그런데 아버지가 말하지 않았겠지. 내 아버지는 절대 말하지 않았어. 어느 날 팔 하나를 자르고 어느 날 다리 하나를 자르고... 말을 해야 하니까 혀는 뽑지 못한 거겠지... 그러다 알게 되었겠지. 기억 못하는 척하는 게 아니라는 것을. 아버지가 진짜 베이징맨을 기억 못 한다는 것을... 그래서 나를 찾은 거야... 그들은 내가 알고 있다고 생각했고 그래서 내 오피스텔과 내 자동차, 내 아지트까지 뒤졌지만 못 찾았어. 그들은 내가 아버지를 통해서 알아낼 수 있다고 생각했던 거야. 그리고 지금도 나를 통해서 알아내려 한다고. 젠장."

핑은 자신이 아버지에게 매몰되어 있는 건지 베이징맨에 매몰되어 있는 건지 아니면 둘 다에 매몰되어 있는 건지 지나치게 혼미했다. 자꾸 웃음밖에 안 나왔다. 비참하고 처참한 웃음밖에 안 나왔다. 장리는 핑을 말없이 안아주었다. 핑은 장리의 품속에서 한참 흐느꼈다.

"핑... 지금 이런 말 하기 뭐하지만, 작전이 있다고 했잖아요? 잠깐 동안 그들을 속일 수 있다고요."

역봉은 핑을 돕고 싶었다.

그런데 지금까지 강 건너 불구경하듯 침묵을 지키던 랴오위가 끼어들었다.

"형님, 형님 아버지는 말할 수 없었어. 형님 말이 맞아."

핑은 깜짝 놀라 랴오위를 보았다.

"네가 어떻게 알아? 어떻게 아는 거야?"

"형님 아버지는 기억을 잃어버린 지 오래됐어. 그들이 형님 아버지를 고문한 것도 맞아. 그런데 형님 아버지는 절대 말하지 않았어. 아무리 고문을 해도 말하지 않자 그들은 아버지가 형님과 연락을 주고받는지 감시했던 거야."

랴오위는 거침없이 떠들고 있었다. 핑은 랴오위의 멱살을 바짝 잡아 틀고 으르렁거렸다. 핑의 입에서 침이 튀었다.

"그래서? 그래서?"

핑은 당장이라도 랴오위를 때려죽일 몰골이었다.

"이건 형님 잘못도 있는 거라고, 왜 아버지를 안 찾았어? 아버지를 포기한 건 형님이잖아?"

랴오위는 바락바락 악을 썼다. 이제 핑은 살인귀의 얼굴이 되어 있었다. 바닥에 있던 돌을 들었다. 꽤 큼직한 돌이었다. 랴오위의 머리통을 돌로 쳐 죽일 작정으로 번쩍 들었다.

"형님 아버지와 형님은 아주 가까이에 있었어. 형님만 모르고 있었던 거야. 형님 잘못이라고. 모르겠어? 형님이 왕애지 교수를 아버지처럼 따르는 동안 그 가짜 아버지를 따르는 동안 진짜 아버지는 옆에 있는 줄도 모르고 내팽개친 거라고. 알았어? 그 따위 고고학자가 되겠다고 보물 사냥꾼 아버지를 버린 거잖아?

고고학자가 그렇게 잘난 거야? 그렇게 대단한 거냐고?"

랴오위는 당장의 죽음도 모르는 채 잘도 씨부렁거렸다. 핑은 크나큰 충격으로 손에 쥐었던 돌을 놓치고 말았다. 그리고 심하게 비틀거렸다. 역봉이 핑을 부축하려 하자 손을 휘저으며 소리쳤다.

"관둬. 내버려 둬."

핑은 비틀거리며 동굴 벽에 몸을 기대어 섰다.

"가까이 계셨다고? 어디에 계셨던 거지? 어디에?"

핑은 자신의 머리를 쥐어뜯으며 괴성을 질러댔다. 장리는 감히 핑에게 다가갈 생각도 못하고 울고만 있었다

"오피스텔? 아지트? 어디 어디...?"

핑은 생각나는 대로 아무 말이나 뱉었다.

"훨씬 더 오래전부터야..."

랴오위는 미안한 표정을 지어 보였다. 핑은 순간 자신의 머릿속을 휘젓고 다니는 온갖 잡동사니 같은 생각들을 감당 못한 채 두 손으로 얼굴을 감싸고 괴로워했다. 그러더니 갑자기 두 눈을 부릅뜨고 단말마의 비명으로 외쳤다.

"베이징대학..."

"베이징대학? 학교 다닐 때, 그때 아버지가 옆에 계셨다는

거예요? 맞아? 랴오위?"

장리는 핑을 향해 외치다가 랴오위를 향해 외쳤다. 랴오위는 대답하지 않았다.

"미명호에 근무하는 경비를 유난히 챙겨준다는 소문이 자자했었어. 그래서 모두 그분의 인격을 칭찬했었고..."

핑은 억지로 짜내는 듯이 말했다. 얼굴은 극한의 고통으로 일그러져 있었다.

"난 가까이 계셨는데 전혀 몰랐던 거야... 나는 몰랐어... 몰랐다고..."

핑은 다시 흐느끼기 시작했다. 다시 오열하기 시작했다. 다시 절규하기 시작했다.

왕애지 교수는 고고학과 합격생들의 프로필을 확인하던 중 신분증의 최초 주소지를 바기오로 기록한 학생을 발견했다. 학생의 이름은 핑이었다. 바기오는 필리핀 루손섬 근처 산꼭대기에 있는 작은 마을이었다. 왕애지 교수는 이를 이상하게 여기고 핑의 뒷조사를 해보았다. 그런데 핑의 아버지가 바로 밍이었다.

17.

밍은 전설의 보물 사냥꾼일 뿐 아니라 베이징맨의 실존 위치를 알고 있다고 짐작되는 인물이었다. 그런데 최근 몇 년간 행방불명 상태였다. 왕애지 교수는 밍을 찾게 되면 베이징맨도 찾을 수 있을 거라고 크게 기대했다. 그리고 자신도 세계적인 명성과 권력을 얻을 수 있을 거라고 크게 기대했다. 왕애지 교수는 이런 기회를 절대 놓칠 수 없었다.

왕애지 교수는 핑을 장한 교수의 베이징맨 연구팀에 합류시켰다. 그리고 꽤 오랫동안 지켜본 결과, 핑은 베이징맨에 관해 아무것도 아는 게 없었다. 왕애지 교수는 점점 초조해졌다.

그 무렵, 칭화대학의 시한 교수가 찾아왔다. 미명호 호수 바닥을 촬영한 지도도 갖고왔다. 시한 교수는 미명호 아래 중국의 진귀한 고대 유물이 있다고 주장하고 있는 학자였다. 중국의 진귀한 고대 유물이란 바로 베이징맨이었다. 시한 교수는 왕애지 교수에게 베이징대학의 허락과 지원으로 미명호 호수 바닥을 탐사할 수 있도록 도와달라는 제안을 했다.

그런데 시한 교수가 이런 제안을 한 이유는 아주 우연한 만남 때문이었다. 시한 교수의 외동딸은 베이징대학에 다니고 있었다. 그런데 외동딸은 대학 공부를 게을리했고 학점은 점점 하락하고 있었다. 시한 교수는 외동딸이 남자와 연애에 빠져있다고 짐작하고 불시에 대학을 방문했다. 그런데 외동딸을 찾을 수 없었다. 시한 교수는 학생들에게 캠퍼스커플들이 자주 이용하는 장소가 어디인지 물었다. 학생들은 미명호를 알려주었다. 시한 교수가 직접 가보니 역시나 많은 캠퍼스커플들이 데이트를 하고 있었다. 시한 교수는 외동딸을 찾으려고 미명호 주변을 한참 돌아다녔다. 그런데 외동딸을 찾은 게 아니라 유명한 보물 사냥꾼 밍을 찾은 것이다. 뜻밖의 수확이었다. 시한 교수는 밍이 단순한 보물 사냥꾼이 아닌 건 알고 있었다. 그런데 밍은 미명호 경비로 일하고 있었다. 시한 교수는 밍이 미명호 경비를 하고 있다면 미명호 주변에 베이징맨이 있을 거라는 매우 합리적인 의심을 했다. 시한 교수는 그 후 여러 차례 미명호 답사를 했고 미국 나사에 근무하는 친척을 통해 미명호 호수 바닥에 무언가 있을 수 있다는 답변까지 얻었다. 하지만 그 무언가가 베이징맨일 거라는 답변은 아니었다.

왕애지 교수는 한번 생각해보겠다고 말하며 시한 교수를 돌려보냈다. 그리고 한 달 후 왕애지 교수는 현재 베이징대학은 시한 교수의 프로젝트를 허락할 수 없다고 거절했다. 왕애지 교수는 사실 베이징대학에 이런 제안을 말하지도 않았다. 시한 교수를 도와줄 마음도 없었다. 미명호 호수 바닥을 촬영한 지도도 돌려주지 않았다. 그리고 시한 교수가 이런 제안을 한 이유가 있을 거라고 생각하고 혼자 미명호 근처를 왕래하기 시작했다. 시한 교수가 찾아낸 단서를 자신도 찾으려고 했다. 그러다 시한 교수와 마찬가지로 밍을 찾아냈다. 밍은 미명호를 관리하는 경비로 일하고 있었다. 왕애지 교수가 밍에게 다가가서 아는 척을 해보았다. 하지만 밍은 왕애지 교수를 전혀 알아보지 못했다. 왕애지 교수와 밍은 오래전부터 서로 알고 있던 사이였다. 물론 가까운 사이는 아니었지만 서로 얼굴을 몰라볼 사이도 아니었다.

왕애지 교수는 시한 교수의 제안이 황당했었지만 밍을 발견하자 생각이 바뀌었다. 미명호 호수 바닥 아래 무언가 있는 게 분명했기 때문이다. 그렇지 않고서야 동가식서가숙하는 보물 사냥꾼이 미명호를 관리하는 경비원으로 일할 리 없었기 때문이다. 보물 사냥꾼은 절대 한 곳에 텐트를 치고 살지 못하는 역마살의 족속이었기 때문이다. 또 밍이 보통의 보물 사냥꾼인가? 밍은 전설의 보물 사냥꾼이었다. 또 아들 핑 주변을 배회한다는 것은 베이징맨에 관한 정보를 공유하려는 것일 수도 있었다. 왕애지 교수는 그때부터 밍을 감시하기 시작했다. 그리고 그 감시를 장한 교수에게도 맡겼다. 물론 미명호 호수 바닥을 촬영한 시한 교수의 지도에 대한 얘기는 전혀 하지 않았다. 그 누구에게도 말하지 않을 작정이었다.

장한 교수는 왕애지 교수가 핑과 밍의 감시를 부탁하자, 자신에게 절호의 기회가 왔다고 생각했다. 베이징맨이 자신의 꿈을 이루어줄 것이기 때문이었다. 그때부터 매일 매시 밍을 감시하기 시작했다. 그런데 오랫동안 감시를 해도 밍에게 특별한 징후는 발견되지 않았다. 또한 아들 핑에게 한 번도 찾아가지도 않았다. 장한 교수는 이상하게 생각하고 밍과 대화를 나누어보기도 했다. 그런데 밍은 자신이 보물 사냥꾼이었다는 사실조차 기억하지 못했다. 장한 교수는 처음엔 밍이 거짓으로 연기를 한다고 생각했다. 그런데 시간이 지날수록 밍이 거짓으로 연기를 하는 게 아니라 기억을 상실한 것이라는 의심이 들었다. 그래서 자기가 아는 의사를 대동해서 밍을 상담해 보기도 했다. 결과는 역시 기억상실이었다. 그런데 밍의 기억상실은 부분적 기억상실이라는 판단이었다. 자신이 기억하고 싶은 것만 기억할 수 있다는 것이었다. 밍은 기억을 선택하고 있었던 것이다.

장한 교수는 밍이 기억을 선택한다면 아들 핑과 베이징맨은 반드시 기억할 것이라고 확신했다. 밍이 핑에게 반드시 연락할 것이라고 확신했다. 그래서 베이징 시내 근처에 오피스텔을 얻어주었다. 베이징대학 내에 연구실도 내주었다. 주구점 용골산의 아지트도 만들어주었다. 물론 감시를 늦추지는 않았다. 폐쇄회로 티브이와 노트북을 통한 감시도 했다. 위치도 감시하고 행동도 감시했다. 하지만 아무리 기다려도 핑과 밍은 서로 연락을 나누거나 하지 않았다. 핑은 아버지 밍이 가까이 있다는 것도 모르는 것 같았다. 장한 교수는 더 이상 기다릴 수 없다고 포기하려는 찰나, 야마구치 생일 파티에 진짜 베이징맨이 나온다는 정보를 얻게 된 것이다. 자신의 딸 장리를 통해서 말이다. 장한 교수는 천우신조의 기회가 왔음을 온몸으로 느꼈다. 그렇게 노력해도 나타나지 않던 베이징맨이 느닷없이 너무 쉽게 나타난 것이었다.

"그들은 형님 아버지가 형님을 단 한 번도 만나러 가지 않는 걸 보고 쇼라고 생각했었어. 그런데 형님을 주구점의 아지트에 혼자 두어도 형님 아버지가 찾아가지 않자, 그들도 알게 된 거지. 진짜 아무것도 기억하지 못 한다는 걸. 그 이후는 나도 몰라..."

핑은 사상누각과도 같은 음모론에 기진맥진해 있었다. 겨우 힘을 내어 랴오위에게 물었다.

"너는 이 모든 걸 어떻게 알아?"

"얘기했잖아? 시치안이..."

랴오위는 말꼬리를 흐리며 고개를 돌렸다.

"그럼 이곳까지 오게 된 진짜 이유는 뭐야?"

장리는 랴오위의 머리통에 총을 겨누었다. 역봉은 장리를 전혀 말리지 않았다.

"우리가 이곳까지 오게 된 진짜 이유를 말하라고. 어서."

장리가 눈알을 부라리며 소리쳤다. 잠자코 인내하던 역봉도 더 이상 못 참겠는지 벼락같은 소리를 지르며 랴오위를 몰아세웠다.

"랴오위, 당장 뒈지고 싶지 않으면 대답해."

"이 동굴 책임자는 야마시타였어. 야마시타는 이 동굴에서 들어오고 나가는 길을 안내받기 위해 필리핀 원주민 아이 하나를 데려왔거든. 여섯 살 정도였나 봐. 어린아이였어. 사실 그 아이도 죽였어야 했는데 아이가 너무 어렸고 너무 귀여웠었나 봐. 차마 죽이지 못한 거지. 그 아이 이름은 벤이었어. 그런데 어린 소년 벤은 어느 날 행방이 묘연해졌어. 죽은 게 아니라 사라진 거야."

랴오위의 설명은 갈수록 기괴하고 놀라웠다. 벤이라고 하면 지하 능에서 검은 가면 남자 로드의 명령을 수행하던 그 충실한 집사 이름이기도 했다.

"어린 소년 벤이 퍼스트 로드의 수행원 벤과 관련이 있는 거야?"

펑이 랴오위에게 물었다.

"이 동굴의 위치뿐 아니라 175개 동굴 내부까지 샅샅이 알고 있는 유일한 사람이야. 아직도 살아있고. 이 동굴을 관리하지. 그 이상은 몰라,"

랴오위는 진짜 그 이상은 몰랐다. 모두가 랴오위 입만 쳐다보고 있었다.

"... 내가 골든릴리로 가겠다고 했어. 형님 아버지를 골든릴리에 두라고 했어. 47 동굴에."

"왜? 이유가 뭐야?"

핑은 소리를 질렀다. 다시 살인귀의 얼굴이었다.

"... 금궤 때문에... 그들이 내가 갖고 싶은 만큼 가져가라고 했거든... 그런데 나 혼자 갈 수 없잖아? 이렇게 위험한 곳에? 내가 가져갈 금궤의 무게를 예상해봤어. 도저히 혼자서는 못 가져가. 여러 사람의 도움이 필요하다고."

랴오위는 아직도 게임 맵에서 헤매고 있었다. 게임 시네마틱에서 허덕이고 있었다. 핑은 무릎을 툭 꺾으며 주저앉았다.

"랴오위, 이 잡놈아. 175명의 엔지니어에게 175개의 동굴을 만들게 했어. 그리고 금궤를 감추었지. 그런데 전쟁은 어이없게 끝나버렸어. 그리고 이 동굴의 비밀을 알고 있는 175명의 엔지니어들을 다 죽였어. 그리고 네 말대로 벤이라는 사람만 이 동굴의 위치를 알고 있어. 아직도 모르겠어? 이 동굴의 위치를 아는 사람은 다 죽인다는 거, 아직 모르겠어? 너도 죽일 거라고. 너도 죽일 거라고, 너도 죽일..."

핑은 도리질하듯 고개를 흔들었다. 그러다 불쑥 고개를 들었다.

"그래서 시치안은?"

랴오위는 시치안이라는 이름을 듣자 멈칫했다. 그러더니 주머니에서 무언가를 꺼내 핑에게 보여주었다. 핑에게 가까이 다가와서 보란 듯이 보여주었다. 핑은 어처구니가 없었다. 랴오위한테 감쪽같이 속았다는 게 기가 막혔다.

"위치추적기네... 대동굴에서는 위치추적기가 작동이 안 되니까 불을 지른 거구나, 랴오위... 어쩌려고 그랬어? 너 천벌 받는다. 랴오위,"

"형님, 그러니까 제발 아버지를 설득해봐, 베이징맨이 어디 있는지 말하게 하라고, 아니면 형님은 죽는다고. 아니 여기 있는 모두가 다 죽는다고. 나도 죽는다고. 형님."

랴오위는 진짜 사정하고 있었다.

"형님. 빨리 알아내. 제발 빨리 알아내. 그들이 오기 전에 알아내라고. 형님, 난 베이징맨 때문에 죽고 싶지 않아. 죽더라도 금궤에 깔려 죽고 말 거야. 제발 형님..."

랴오위는 고래고래 소리를 질렀다.

"아니... 그러지 않을 거야. 내 작전을 시작한다."

핑의 목소리가 갑자기 삼엄해졌다. 원래의 핑으로 돌아왔다. 아버지를 찾으러 온 핑으로 돌아왔다. 랴오위는 점점 뒤로 후퇴했다.

"핑, 지금 우리가 있는 정확한 위치를 안다는 거잖아요? 빨리 여길 떠야 해요."

역봉이 다급하게 말했다. 랴오위는 더 이상의 대화를 거부한 채 옆 동굴로 빠르게 달려갔다. 핑은 쫓아가지 않았다. 금궤만 갖게 해달라고 졸랐던 랴오위를 굳이 말리고 싶지 않았다.

"금궤라도 훔치려나 보네... 금궤를 훔쳐서 살아나갈 수 있다고 생각하다니... 어차피 죽일 건데? 우리의 위치만 노출시킨 게 아니라 본인의 위치도 노출시킨 거잖아?"

역봉이 혀를 끌끌 찼다.

"빨리요. 그들이 들이닥치기 전에 여기서 탈출해야 해요."

핑이 서둘렀다.

"탈출로는 있어요?"

역봉이 물었다. 핑이 고개를 크게 흔들었다.

"그런 거 없어요. 베이징맨의 운명을 믿어봅시다. 베이징맨은 야쿠자 보스 생일 파티 같은데 어울리지 않잖아요? 말이 돼요? 그렇게 천박한 곳에? 진짜 화가 나네요. 믿어볼 겁니다."

핑은 아버지를 등에 업었다. 그런데 팔다리가 없는 아버지를 업는 게 어려웠다. 아버지는 핑의 등에서 자꾸 미끄러졌다.

잠시 역봉과 함께 아버지를 등에 업느라 엎치락뒤치락 씨름하고 있을 때 갑자기 랴오위가 다시 나타나더니 총을 들이댔다.

"장리. 총 버려. 아니면 형님이 죽어."

장리는 들고 있던 총을 바닥에 버렸다.

"제발 형님 빨리 물어보라고, 물어봐... 아버님. 저 형님 동생인데요. 제발 베이징맨이 어디 있는지 빨리 말씀해주세요. 제발요. 우리는 여기서 빨리 나가야 해요. 이 금궤 갖고 나가야 해요. 아니면 다 죽는다구요, 우린 여기서 못 나간다구요. 빨리 말해요."

랴오위는 핑이 업고 있는 아버지를 향해 소리를 질러댔다.

그런데 핑의 아버지는 아무런 반응이 없었다.

"독한 영감탱이. 아니, 사람도 아니지. 그냥 돌덩이지. 에라..."

랴오위는 결국 욕을 했다.

"나쁜 놈. 너 그럴 줄 알았다. 내가. 너 이노오오옴..."

역봉이 벼락같은 고함을 질렀다.

그 순간 역봉의 큰 소리에 반응한 동굴이 우두두 울렸다. 동굴이 연쇄 반응을 하며 떨고 있었다. 핑은 자신의 머리통을 겨누고 있는 랴오위의 손이 덜덜 떨고 있는 걸 보았다. 랴오위는 거들먹거리며 허세 떨던 넉살과 달리 총을 든 손을 덜덜 떨고 있는 것이다. 랴오위의 허장성세와 겁쟁이 졸보는 일맥상통하고 있었다. 랴오위는 큰소리만 칠 줄 아는 잡놈이었지 누구를 죽이거나 해칠 잡놈은 못되었던 것이다. 어린아이와 같은 심성이 잠재되어 있었다. 근본이 악한 잡놈은 아니었다.

"제발 형님 나 좀 살려줘. 우리 여기서 나가자. 무사히 나가자. 형님이 말 안 하면 내가 죽는다고. 죽어. 죽는다고."

랴오위는 울먹이고 있었다. 징징 짜고 있었다.

"난 명령대로 할 뿐이야. 난 아버지를 미국의 병원으로 데려갈 거야. 그게 다야. 다리를 만들어 줄 거야. 그게 다라고. 아버지는 혼자 힘으로 나를 키웠다고. 나 같은 양아치를 키웠단 말이야. 그러니까 제발 형님 아버지한테 물어보라고, 베이징맨이 어디 있는지? 빨리 물어봐, 젠장. 그딴 게 뭐가 중요하다고 여태까지 말을 안 하고 저 지경까지 되는 거냐고?"

랴오위는 이제 통곡하고 있었다. 차마 핑을 죽이지 못하고 있었다.

"형님 말대로 난 잡놈이야... 나도 형님 아버지를 보고 놀랐어. 그들이 이 정도일 줄은 몰랐다고. 나도 마음 아파... 그런데 난 이럴 수밖에 없어. 형님 난 아버지를 살려야 해. 형님 제발

날 도와줘."

랴오위는 계속 주저리주저리 떠들면서 통곡했다.

"도대체 시치안이 누구야? 누구냐고? 말해. 이 잡놈아."

핑이 고래고래 소리 질렀다.

"... 그가 날 죽일 거야... 시치안이 날 죽일 거야."

랴오위가 기어코 총의 방아쇠를 당겼다. 총알은 동굴이 무너져 내릴 것 같은 폭탄 소리를 냈다. 결국 총알은 핑과 랴오위가 함께 나누었던 꽤 오래된 세월의 정을 쏘지 못하고 벽을 때렸다. 그리고 그보다 빠르게 역봉이 랴오위에게 총을 쏘았다. 랴오위는 어느새 도망치고 없었다. 랴오위가 서 있던 자리에 핏물이 흘러있었다. 랴오위가 총에 맞은 게 분명했다.

장리는 온몸을 사시나무 떨듯 떨고 있었다. 그때 랴오위의 비명이 들렸다. 극한의 고통으로 괴로워하는 소리였다. 그리고 핑을 애타게 찾고 있는 소리였다. 역봉과 장리가 옆 동굴로 뛰어들어갔다. 핑도 아버지를 업은 채 힘겹게 뛰어 들어갔다. 그런데 정작 랴오위는 없었다. 다시 옆 동굴로 가보았다. 랴오위는 그 동굴 바닥에 완전히 널브러진 채 있었다. 입과 코에서 피를 토해내고 있었다. 온몸의 구멍마다 피를 토해내고 있었다. 목에 가느다란 독침이 꽂혀있었다.

"숨빗이야."

역봉이 중얼거렸다.

"숨빗이요?"

핑은 고통 속에 죽어가는 랴오위를 보며 가슴이 찢어지는 듯했다.

"필리핀 원주민들이 화살에 독을 묻혀 입으로 훅 불어 쏘는 사냥 방식이에요. 주로 짐승들을 사냥할 때 쓰는 방식입니다... 랴오위는 곧 죽을 겁니다."

역봉은 침울하게 말했다.

핑은 랴오위의 허우적대는 손을 힘주어 잡았다.

"형님. 형님... 내가 형님 좋아하는 거 알지? 진짜 형님처럼 생각하는 거 알지? 형님 형님... 내 말 잘 들어. 시게하루는 모든 시게하루야. 시게하루는 각자의 이름이기도 하지만 결국 하나로 완성되는 이름이야. 베이징맨을 훔쳐 간 조사 시게하루는 할복자살하지 않았어. 그가 진짜야. 그가. 진짜를 갖고 있었어. 진짜 베이징맨을 갖고 있었다고."

랴오위는 헐떡거리고 있었다. 곧 숨이 끊어질 듯했다.

"랴오위, 네가 어떻게 알아? 그런 비밀을 어떻게 알아?"

핑은 그의 몸통을 흔들며 물었다.

"난... 난..."

랴오위는 점점 정신을 잃어가고 있었다.

"형님... 우리 아버지... 병원비... 이걸로 우리 아버지 병원비...
부탁해. 형님..."

랴오위는 핑의 손을 잡고 부탁했다. 랴오위의 금궤를 꼭 쥔
손에 피가 범벅이었다. 핑은 랴오위에게 금궤를 받았다. 피가
범벅인 금궤였다. 겨우 한 개였다.

"걱정 마. 랴오위. 이 잡놈아. 겨우... 겨우 한 개야? 더 갖고 오
지 그랬어? 겨우 한 개야?..."

핑은 자신에게 총을 쏜 잡놈이었지만 죽는 걸 차마 보기 어
려웠다. 랴오위는 죽어버렸다. 어떤 비장미도 없이 죽었다. 장리
는 눈도 감지 못하고 부릅뜨고 죽은 랴오위의 두 눈을 감겨주
었다. 랴오위의 다리에서도 피가 흐르고 있었다. 역봉의 총이
스친 흔적이 있었다.

"안 되겠어. 여기서 빨리 빠져나가요. 난 저들에게 베이징맨
의 위치를 알려주지 않을 거예요, 설사 알게 된다고 해도."

핑이 다급하게 재촉했다. 그러자 장리는 반발했다.

"아빠는요?"

"이곳에 없는 게 확실해. 빨리 나가야 해. 빨리."

핑이 장리에게 명령하듯 말했다.

"싫어요. 난 안 가요. 아빠를 찾기 전에 절대 안 가요."

장리도 만만치 않았다. 장리는 어느새 총을 핑에게 겨누고 있었다.

"난 아빠를 찾기 전에 이곳을 떠나지 않을 거야. 나와 함께 아빠를 찾아야 해. 죽기 싫으면."

"... 이 짧은 시간에 두 번이나..."

핑은 그저 웃었다. 하지만 장리를 누구보다 이해하고 있었다.

"이곳에 없어. 이곳에 있어도 동굴이 175개야. 도저히 찾을 수 없어. 동굴 밖으로 나가서 다른 방법을 찾아보자. 내가 반드시 찾을게. 장리. 내가 찾는다고. 날 믿어."

핑은 눈을 부릅뜨고 외쳤다. 빈말이 아닌 진심이었다.

역봉이 장리의 손에서 총을 재빨리 빼앗았다. 장리가 역봉의 품에 쓰러지면서 울었다. 역봉이 우는 장리를 안아주었다. 핑은 아버지를 등에 둘러업고 내달렸다. 그러자 역봉이 장리를 번쩍 둘러업고 내달렸다. 장리는 멀어져가는 동굴을 뒤돌아보며 계속 흐느껴 울었다. 그때 누군가 뒤에서 독화살을 마구잡이로 쏘았다. 그들이 따라오고 있었다. 검은 괴물들이었다. 얼마나 달렸는지 몰랐다. 정신이 아득해지도록 내달렸다. 그런데 역봉이

다리에 독화살을 맞았는지 자꾸 비틀거렸다. 역봉의 다리에서 피가 흐르고 있었다. 다리를 절뚝거렸다. 검은 괴물들은 계속 독화살을 쏘아대며 뒤에서 쫓아왔다. 역봉은 비틀거렸지만 절대 장리를 놓치지도 않았고 절대 쓰러지지도 않았다.

핑은 이제 더 이상 도망갈 곳도 없었다. 절체절명의 순간이었다. 어디로 가야 할지 방향 감각도 없었다. 사방이 미로처럼 생긴 동굴이었다. 동굴은 또 다른 동굴로 이어졌고 그 동굴은 또 다른 동굴로 이어졌다. 이 동굴에 들어온 자는 절대 나갈 수 없게 만든 동굴이었다. 그때였다. 장리가 역봉이 빼앗아 갔던 총을 다시 찾아 동굴 벽면을 향해 쏘았다. 그리고 반대편 동굴 벽면을 향해 또 쏘았다.

"더 이상 쫓아오지 못할 거예요."

순간 동굴이 흔들리기 시작했다. 장리가 쏜 총 때문에 흔들리기 시작한 것이다. 동굴이 와르르 무너지기 시작한 것이다. 동굴은 도미노와 같아서 하나가 흔들리면 연속적으로 다른 것들도 따라 흔들리고 무너지게 되어있었다.

핑은 그대로 앞만 보고 달렸다. 사실 앞이 어디인지도 알 수 없었지만 흔들리고 무너지는 동굴을 피해 그냥 아무 곳으로나 달렸다. 어딘지도 모르고 달렸다. 무작정 달렸다. 달릴 수밖에 없었다. 선 채로 앉은 채로 죽을 수는 없었다. 동굴 천장에서 흙과 돌이 막무가내로 쏟아졌다. 곧 핑과 아버지 그리고 장리와 역봉도 동굴 속에 금궤와 함께 파묻히고 아무도 모른 채 몇만 년이 흐를 것이고 몇십만 년이 흐를지도 몰랐다. 그리고 오래된 유골이 될지도 몰랐다. 그리고 또 하나의 베이징맨이 될지 몰랐다. 핑은 그것도 괜찮겠다고 생각했다. 하지만 아직은 아니었다. 아버지의 왜곡된 운명을 세상 천하에 명명백백하게 밝혀야 했다. 아버지는 그들이 능멸하는 보물 사냥꾼이 절대 아니었다. 아버지는 존경받고 존중받아야 하는 진짜 고고학자였다.

핑은 검은 괴물들이 드나드는 곳이 있을 거라고 생각했다. 골든릴리 동굴을 아무도 빠져나갈 수 없도록 설계했다고 하지만 자기들만이 아는 어떤 표식을 해두었을 것이 확실했다. 하지만 그 표식을 찾는 게 쉬울 리 만무했다. 순간 가까운 곳에서 말소리가 들리기 시작했다. 검은 괴물들이 바로 가까이에 있었다. 침착하지 못한 조급한 말소리였다. 조급한 소리는 앞에도 있었고 옆에도 있었다. 뒤에서 쫓아오는 검은 괴물들을 차단했더니 인제 보니 어디든 있었다.

"도망갔어. 빨리 찾아."

그들의 소리가 꽤 가까운 곳에서 들렸다. 핑은 어디로 가야 할지 정말 막막했다. 아버지를 업고 있어서 그런지 온몸은 쇳덩어리처럼 무거워져 있었다. 그러나 자신의 몸뚱이를 걱정할 조금의 여유도 없었다. 아버지 몸의 온기가 점점 사라지고 있었다. 아버지의 육신의 힘이 빠져나가고 있었다. 아버지의 영혼의 힘이 빠져나가고 있었다.

갑자기 역봉이 멈추었다.

"저놈들 말이야. 만약을 대비해서 자기들이 탈출할 탈출구는 준비해 놓았을 거 같은데. 안 그래?"

"나도 생각은 해보았지만 이 동굴은 175개나 돼요. 더구나 바짝 쫓아오고 있어요. 온 사방에서 쫓아오고 있다고요."

핑은 온몸이 땀으로 푹 젖어있었다.

"부함장이 준 지도 갖고 있죠?"

역봉이 물었다. 핑은 잠시 멈추어 서서 부함장이 준 지도를 다시 보았다. 부함장이 준 지도는 동굴이 위치한 주변 산세까지 상세하게 포함하고 있었다.

"혹시 폭포 같은 거 없어요? 다시 살펴봐요. 그 폭포에 출구가 있을 거예요."

역봉이 말했다. 핑은 역봉의 말대로 지도를 다시 살펴보았다. 가까이에 강이 있었다. 하지만 동굴 안의 방향도 알 수 없는데 지도상 강의 방향은 더 알 수 없었다. 하는 수 없었다. 다시 달렸다. 아버지를 업은 핑과 장리를 업은 역봉은 이제 죽기 아니면 살기였다. 달렸다. 달리고 또 달렸다. 검은 괴물들 또한 지치지 않고 계속 따라오고 있었다. 죽기 살기로 따라오고 있었다. 그때였다. 골든릴리 동굴로 들어오기 전 대동굴에서 보았던 파랑새들이 다시 나타났다. 기적처럼 다시 나타났다.

　수십만 파랑새들은 한꺼번에 푸드드 날갯짓을 하며 한 방향으로 모조리 달아나고 있었다. 장관이었다. 장리가 쏜 총 때문에 무너지기 시작한 동굴의 재난을 피해 달아나고 있었던 것이다. 핑의 눈에 눈물이 차올랐다. 전화위복이었다. 베이징맨의 운명은 이렇게 파랑새의 운명을 따라 제대로 달리고 있었다.

　이윽고 어디선가 폭포 소리가 들렸다. 우르르 쾅쾅 천둥소리처럼 들렸다. 물안개가 자욱하게 피어오르는 게 보였다. 아, 물의 부스러기들이 새로운 삶의 파편으로 이리저리 마구 튀어 다니고 있었다. 핑은 안간힘을 짜내었다. 이제 살 수 있다고 큰소리로 외치고 싶었다. 핑보다 앞에 서서 날아가던 수십만 파랑새들이 떨어지는 폭포 물줄기 속을 힘차게 통과하더니 푸른 하늘로 기적처럼 솟구쳤다. 핑은 파랑새가 몸을 던진 폭포 물줄기 속으로 몸을 내던지듯 통과했다. 그러자 동굴의 끝이자 폭포의 뒤편이었다. 거세게 떨어지는 거대한 폭포의 물줄기 바로 앞에 있었다. 이렇게 또다시 살길을 만난 것이다.

"여기서 어떻게 해야 하지?"

역봉이 힘겹게 말했다. 역봉의 얼굴은 다리에 맞은 독화살 때문인지 핏기가 하나도 없었다. 핑은 또다시 어떻게 살아서 나갈지 암담했다. 이 폭포 물줄기를 뚫고 살아나갈 방법이 없었다. 아버지를 업고 하늘로 날아갈 수는 없었다. 아버지를 업고 폭포를 기어 내려갈 수도 없었다. 핑은 그래도 베이징맨의 제대로 된 운명을 아직 믿고 있었다.

그때였다. 역봉의 등에 업혀있던 장리가 내려왔다. 그러더니 폭포 물줄기 뒤편으로 돌아 무언가를 한참 찾았다.

"아까 역봉 아저씨가 그랬죠? 검은 괴물들도 탈출구가 있을 거라고,"

장리는 암벽등반용으로 쓰이는 밧줄을 보여주었다. 장리는 모두의 생명줄을 찾은 것이다. 장리는 자신의 백팩에서도 암벽등반용 로프를 꺼내었다. 울고불고 슬퍼하던 십 대 소녀에서 다시 용감한 장리로 돌아온 것이다.

핑은 장리의 모습이 새삼스레 반가웠다. 사랑할 수밖에 없는 여자였다.

"암벽등반 선수인 거 기억하죠? 이거예요. 어서요."

장리는 핑과 핑의 아버지를 하나로 묶었다. 또 자신과 역봉을 하나로 묶었다.

폭포 아래로 도착하기까지 오랜 시간이 걸렸다. 영원히 도착할 것 같지 않았지만 그래도 무사히 도착했다. 검은 괴물들과의 전쟁 같은 추격전은 잠정적으로 끝난 것 같았다. 폭포 아래에는 작은 보트가 대기 중이었다. 검은 괴물이 자신들의 만약의 퇴로를 위해 준비해 놓은 비상보트였다. 핑과 역봉은 아버지를 보트에 안전하게 눕혔다. 그리고 윗옷을 벗어 덮어주었다. 장리도 보트에 올라탔다. 핑의 아버지의 체온이 급격하게 떨어지고 있는지 몸이 얼음장처럼 차가웠다. 그때 갑자기 아버지가 핑을 불렀다.

"핑..."

핑은 너무 놀란 나머지 대답도 못하고 아버지를 쳐다보았다. 아버지는 또다시 핑을 부르지는 못했다. 자꾸 입을 움직여 무슨 소리를 내었다. 거의 들리지 않는 소리였다. 핑이 아버지 입술에 자신의 귀를 바짝 갖다 댔다. 아버지는 핑의 귀에 무언가 속삭였지만 전혀 알아들을 수 없었다. 아버지는 갑자기 무슨 힘이 생겼는지 핑의 목에 걸린 목걸이를 머리로 들이받았다. 그러나 그것도 잠시뿐이었다. 곧 죽은 듯이 눈을 감았다.

　핑은 보트의 노를 저었다. 역봉은 다리에 독화살을 맞은 상
태였다. 다행히 심장에서 먼 곳이라 독이 천천히 퍼지고 있었
다. 그래도 빨리 치료를 해야 했다. 치료를 놓치면 죽거나 다리
를 잘라내야 할 게 뻔했다. 장리는 핑의 아버지와 역봉을 보살
피느라 쉬지도 못하고 있었다. 이름 모를 강은 끝도 없이 이어
졌다. 40도가 족히 넘는 찌는 듯한 더위에 마실 물도 없이 노를
젓는 것은 지독한 고역이었다. 아무리 노를 저어가도 사람 사는
집도 사람의 그림자도 사람도 보이지 않았다. 더위가 절정에 오
를 무렵, 태양이 눈을 부릅뜨고 노려볼 무렵 모두 지쳐서 쓰러
지듯 잠이 들어버렸다. 그런데 핑은 잠들지 못하고 있었다.

18.

백합꽃 향기가 코를 찌르고 있었다. 핑이 고개를 들어 둘러보니 강가에 꽃들이 만발해 있었다. 자세히 보니 모두 백합꽃들이었다. 아버지의 말이 다시 떠올랐다.

"내가 가장 좋아하는 꽃이다. 백합꽃을 만나면 길을 제대로 찾은 거야. 꼭 기억해라."

핑은 아버지의 길잡이별이었던 백합꽃을 따라 노를 저어갔다. 백합꽃과 백합꽃 향기가 어디까지 이어지는지 궁금했다. 백합꽃과 백합꽃 향기는 한참 이어졌다. 세상에 백합꽃과 백합꽃 향기밖에 없는 것처럼 한참 이어졌다. 그리고 어느 순간 백합꽃과 백합꽃 향기가 끝이 났다. 그리고 바로 앞에 산이 보였다. 그리고 그 산 바로 앞에 작은 동굴이 보였다. 핑은 작은 동굴 쪽으로 노를 저어갔다. 작은 동굴은 작은 배가 겨우 지나갈 정도로 협소했다. 핑이 작은 동굴 안으로 계속 들어가자 갑자기 빛이 번쩍했다. 핑은 기절했다. 핑이 마지막으로 본 것은 눈을 부릅뜬 태양이 아니라 이 세상 것 같지 않은 섬광이었다.

핑은 진한 약초 냄새를 맡고 눈을 떴다. 눈을 부릅뜬 태양도 온데간데없고 순간 번쩍하던 섬광도 온데간데없고 거친 풀로 얼기설기 엮은 천장이 보였다. 핑은 벌떡 일어났다. 옆에 장리와 역봉이 누워있었다. 다행이었다. 그리고 아버지는 좀 떨어진 곳에 누워있었다. 또한 다행이었다. 서너 명의 여자들이 아버지를 보살피고 있었다. 핑은 안도의 한숨을 내쉬었다. 장리와 역봉이 차례로 일어났다. 역봉의 독화살 맞은 다리는 이름 모를 약초로 덮여있었다. 잠시 후 한 남자가 들어왔다. 핑을 잠수함까지 안내해 주었던 바로 그 원주민 청년이었다. 원주민 청년 뒤로 어린 안내자 역할을 맡았던 어린아이가 고개를 빼죽이 내밀었다. 어린아이는 부끄러운 듯 반가운 듯 해맑게 웃고 있었다.

"우리가 잡힌 겁니까?"

핑이 짧게 물었다.

"우리가 구했습니다."

원주민 청년은 짧게 대답했다. 핑은 원주민 청년이 '몬'이 아닐 수도 있다는 생각이 들었다. 물론 '몬'일 수도 있었다.

"지난번에 제 동생에게 친절하게 대해주시고 카메라도 선물해 주시고... 이렇게라도 보답하게 되어 다행입니다."

원주민 청년은 고개를 숙여 인사를 했다. 그리고 핑에게 자신을 따라오라는 눈짓을 했다. 핑은 원주민 청년을 따라 밖으로 나가보았다. 날씨가 매우 시원했다. 시원한 정도가 아니라 서늘했다. 더위가 조금도 없었다. 더위의 기운이 조금도 없었다. 자신이 지나쳐온 강의 찌는 듯한 더위가 거짓말처럼 느껴졌다. 핑은 부랴부랴 자신의 휴대폰을 찾아서 켰다. 그동안 꺼놓았던 휴대폰이었다. 위치 검색부터 해보았다. 핑이 있는 곳은 필리핀 루손섬 근처가 확실했다. 그렇다면 바기오 부근이 맞을 거라는 생각이 들었다.

"필리핀에 이렇게 시원한 지역이 있나?"

핑은 그제야 백합꽃과 백합꽃 향기가 꿈처럼 사라진 걸 느꼈다. 대신 사방이 소나무였고 솔 향기가 코를 찌르고 있었다. 산세가 높은 곳이기는 하지만 유달리 소나무가 많다고 느꼈다.

소나무 천지였다. 사방이 소나무였다.

"필리핀에 이렇게 많은 소나무라니... 영화 세트장도 아닐 테고... 하긴 영화 세트장 같은 마을이야..."

"여기... 내가 아는 곳이에요."

그때 장리가 소리를 질렀다. 장리는 어리둥절한 표정이었다.

"내가 자랐던 곳과 똑같아요. 마쓰가에."

핑은 자신의 귀를 의심했다.

핑은 이 마을이 장리가 살았던 곳과 자연도 똑같고 환경도 똑같다면 장리가 태어나고 자란 곳이 일본이 아니라 이곳이 아닐까 하는 의심이 들었다. 그때 원주민 청년이 장리를 보며 뛸 듯이 반가워했다.

"우리 마을 출신이군요."

"네?... 혹시 일본에서 오셨어요?"

장리는 원주민 청년이 일본 출신일 리 없다고 생각했다 전혀 일본인의 얼굴이 아니었기 때문이다.

"아니요. 마쓰가에라고 하셨잖아요? 여기가 마쓰가에 잖아요?"

원주민 청년은 정말 반가워했다. 장리는 입을 다물지 못했다. 한 마디도 대꾸하지 못했다.

"소나무가 많은 마을이라는 뜻이잖아요? 이름을 누가 만들었는지 모르지만 우리 마을 이름은 마쓰가에가 맞아요. 당신들이 마쓰가에 강 앞에 쓰러져 있었어요. 따라오세요."

핑은 그동안 자신이 '몬'이 제작한 영화의 캐릭터로 살았던 거라는 생각이 들었다. 핑은 '몬'의 치열한 완벽주의에 몸서리가 쳐졌다. 핑은 이제는 갈채를 보내주고 싶었다.

핑과 장리가 원주민 청년을 따라 도착한 곳은 이 마을의 신당이었다. 핑은 신당을 보자마자 달리듯 걸어갔다. 그리고 문 앞에 익숙한 음각 문양을 보았다. '몬'이었다. 붉은 글씨의 '몬'이었다. 핑은 꼼짝하지 않은 채 문을 노려보았다. '몬'을 노려보았다. 머릿속이 텅텅 비는 것 같았다. 머릿속이 하얘지는 것 같았다.
1865년 일본 마쓰가에 47번지 집의 출입문에 이상하고 낯선 엠블럼이 붙어있었다.

평범한 마을 사람들은 47번지 앞을 지나면서 그 문에 새겨진 엠블럼이 낯설고 이상하다고 생각했지만 그렇다고 궁금해하지도 않았다. 일본은 신이 많은 나라인 만큼 가족 신을 모시는 집이라고 생각했던 것이다. 하지만 이 47번지 집에 터전을

'**もん**'^몬

이룩한 사람들은 제대로 된 '몬'의 창시자였던 다케나카 시게하루의 후손들이었다.

평은 정신을 차리고 원주민 청년에게 물었다.

"누구에게 데려가는 겁니까?"

원주민 청년은 말없이 신당의 문을 열었다. 평과 장리는 신당 안으로 들어갔다. 정면에 검은 휘장이 압도적이었다. 붉은 글씨의 '몬'도 압도적이었다. 압도적인 검은 휘장과 압도적인 붉은 글씨의 '몬' 아래 꽤 큰 제단이 있었다. 그 제단에 한 노인이 앉아 있었다. 백발이 성성한 노인이었다. 그런데 그 노인의 오른쪽 뺨은 바늘과 실로 얼기설기 꿰매놓은 것이 흉측했다. 뺨 아래 허연 뼈가 보였다. 평은 온몸에 힘이 빠져나가는 것을 느꼈다.

어린 시절 47객잔에서 아버지가 만났던 바로 그 남자였다. 노인은 생각보다 많이 늙어 있었다.

노인은 눈도 제대로 못 뜬 상태로 겨우 앉아있었다. 손가락으로 살짝 건들기만 해도 쓰러져 죽을 것처럼 약해 보였다. 핑이 원주민 청년을 쳐다보았다. 왜 노인을 만나게 해주는 건지 그 이유를 눈으로 묻고 있었다.

"목걸이요."

원주민 청년은 목걸이라고 말했다. 그리고 핑의 목에 걸린 목걸이를 가리켰다.

"내 목걸이?"

핑은 자신의 목에 걸린 목걸이를 가리켰다. 원주민 청년은 고개를 끄덕였다.

"아주 오래전에 그 목걸이 주인이 우리 마을에 있었습니다."

핑의 온몸에 살비늘이 우두두 돋아났다. 온몸에 전율이 일었다.

"누구죠? 그게…"

핑은 겨우 물었다. 순간 눈도 못 뜬 채 겨우 앉아있던 노인이 눈을 부릅떴다. 너무 오래 살아서인지 너무 병약해서인지 눈동자

색깔마저 바랜 듯 희미했다. 노인은 자신의 뒤편에 있는 오래된 가구를 열어 작은 상자를 꺼냈다. 가구는 '몬'이라는 글자가 마치 도형처럼 씨줄 날줄로 새겨져 있었다. 그리고 얼마나 정성 들여 탁마를 했는지 윤이 반질반질했다. 그리고 작은 상자를 핑에게 건네주었다. 작은 상자에도 '몬'이라는 글자가 도형처럼 씨줄 날줄로 새겨져 있었다. 핑은 머뭇거리다 작은 상자를 열었다. 작은 상자 안에는 무언가 보자기에 싸여있었다. 가슴이 격렬하게 뛰고 있었다. 핑은 또 머뭇거리다 보자기를 열었다.

"앗... 이건..."

핑은 순간 목이 막혔다. 목이 아팠다. 가슴 밑바닥에 독하게 응축되어 있던 어린 시절의 함성이 터져 나오려 하고 있었다. 어린 시절의 핑과 아버지와 엄마, 이렇게 세 식구가 찍은 가족사진이었다. 목걸이 펜던트 안에 딱 맞게 들어가는 크기의 사진이었다. 왕애지 교수가 잃어버렸다고 말했던 그 사진이었다.

"그때 상황을 말씀해... 주시겠습니까?"

핑은 더듬거리며 노인에게 정중하게 부탁했다.

노인은 오래된 기억을 끄집어내고 있었다. 핑은 노인의 입만 뚫어지게 쳐다보았다.

"우리 마을은 아무도 찾을 수 없습니다. 우리 마을을 한 번

나간 사람도 다시 찾아올 수도 없습니다. 우리 마을은 세상의 지도에 존재하지 않는 마을이니까요. 그런데 그 사람은 우리 마을로 들어왔습니다. 백합꽃과 백합꽃 향기에 미혹되어 저절로 들어오게 되었다고 하더군요. 어쨌든 그 사람은 쫓기고 있었어요. 얼마 후 검은 괴물들 십여 명이 우리 마을로 들이닥쳤습니다. 그 사람이 열어버린 문틈으로 들어온 겁니다 우리 마을은 망가지기 시작했습니다. 그 사람은 자신 때문에 망가져 가는 우리 마을을 보고 괴로워했습니다."

노인의 이야기는 정말 옛날 옛적의 이야기처럼 전혀 현실감이 없었다.

"혹시 그 사람이 이 마을에서 누군가를 만났나요?"

핑은 물었다. 노인은 잠시 말이 없었다. 그리고 다시 입을 열었다.

"누구를 만났습니다. 자신이 찾는 사람을 만났습니다."

"누구요?"

핑의 심장은 미친 듯이 쿵쾅거리고 있었다. 노인의 말 소리가 제대로 들리지 않을 정도였다.

"시계하루. 조사 시계하루."

노인은 시계하루라는 이름을 마치 자신의 이름을 들먹이듯 말했다. 자신의 본명을 들먹이듯 말했다.

"그래서 찾고자 하는 것을 찾았나요?"

핑이 또 물었다. 노인은 대답 없이 핑을 쳐다보기만 했다. 핑도 계속 쳐다보았다. 노인은 전혀 대답할 생각이 없는 듯했다.

"이 마을은 어떤 신을 모시나요?"

핑은 다른 걸 물었다. 분명히 베이징맨과 관련이 깊은 마을이라는 예감이 들었기 때문이다. 게다가 어디든 '몬'이 부적처럼 돌아다니고 있었다. 노인은 한참 말이 없다가 자리에서 겨우 일어났다. 쓰러질 듯 위태위태하게 일어나더니 압도적인 검은 휘장을 단번에 걷어냈다. 핑은 뒤로 넘어질 뻔했다. 똑바로 서있기도 힘들었다. 왕 그림이 있었다. 왕생의 왕 그림이 있었다. 그림 오른쪽 하단에 왕생이 직접 쓴 '眞王' 서명이 눈이 시리도록 명징했다. 눈이 아프도록 명징했다. 진짜 왕 그림이었다.

"우리가 모시는 신입니다."

노인의 말은 의미심장했다.

"그렇다면... 이 마을은 '몬'입니까?"

핑은 이 마을마저 '몬'이라는 걸 인정하고 싶지 않았다. 백합꽃이 만발했다가 백합꽃 향기가 코를 찌르다가 다시 소나무가 만발했다가 소나무 향기가 코를 찌르는 이 아름다운 마을이 '몬'이라는 것을 인정하고 싶지 않았다

"... 원래의 '몬'입니다."

노인의 말은 점점 신통해졌다.

"원래의 '몬'이라는 게 무슨 말씀이신지요?"

핑은 노인의 이야기에 빨려 들어가고 있었다.

"... 우리는 진시황 시대의 왕생으로부터 모모야마 시대의 도요토미 히데요시에 이르는 '몬'의 적통입니다. '몬'을 재정립하고 제대로 창시한 다케나타 시게하루의 적통입니다. 그런데 그때부터 누대에 이르기까지 왕 그림을 노리는 도적들에게 괴롭힘을 당하며 살았습니다. 도적들은 끊임없이 우리를 괴롭혔습니다. 우리는 진나라가 망하자 진시황의 아들인 호해로부터 왕 그림을 되찾은 후 죽은 듯이 숨어 살았습니다. 아주 오랫동안 숨어 살았습니다. 그러다 원세개 황제 시대에 잠깐 분실하기도 했습니다. 무당 무비자가 훔쳐서 달아났던 겁니다. 하지만 우리는 다시 왕 그림을 되찾았습니다. 그렇게 또 죽은 듯이 숨어 살았습니다. 그러다 1929년에 왕 그림의 주인인 왕의 유골이 나타났다는 걸 알게 되었습니다. 이 무렵부터 '몬'은 여러 문파가 크게 성장하기 시작했습니다. 여러 문파는 서로 질주하듯 베이징맨을 둘러싸고 무섭게 경쟁하기 시작했습니다. 또 다른 도적들의 출몰이었습니다. 피비린내 나는 살육이 다시 시작되었습니다.

그때 우리는 왕 그림의 주인인 왕의 유골을 찾아야 한다는 걸 깨달았습니다. 결국 우리는 찾았습니다. 찾아서 이 마을로 숨어 들었습니다. 또 죽은 듯이 숨어 살았습니다."

노인의 이야기는 한 편의 전설이자 신화였다. 옛날 옛적의 이야기가 아니었다.

"왕의 유골을 찾아서 이 마을로 들어오셨다구요?"

핑은 깜짝 놀라서 물었다.

"... 그런데 또 도적들이 출몰한 것입니다. 그래서 왕의 유골을 도피시키려고 했습니다. 그런데 검은 괴물들이 눈을 부릅뜨고 감시하고 있었습니다. 그때 우리를 도와주신 분이 바로 이 목걸이의 주인입니다. 그런데 그분은 우리 마을 사람들이 죽어나가자 죄책감으로 괴로워하다가 왕의 유골을 도피시켜주기로 약속했습니다. 그리고 검은 괴물들에게는 거짓 약속을 했습니다. 우리 마을을 살리려고 거짓 약속을 했던 겁니다. 검은 괴물들에게 왕의 유골을 주겠다고 거짓 약속을 했던 겁니다. 그분은 왕의 유골과 함께 우리 마을을 떠났습니다. 그런데 검은 괴물들이 왕의 유골을 찾지 못했다는 소식을 들었습니다. 그러니까 그분은 검은 괴물들에게 왕의 유골을 주지 않았던 겁니다. 우리는 그분이 왕의 유골을 무사히 도피시켰다고 믿고 있습니다."

노인은 이야기를 할수록 점점 더 기운이 솟는 듯했다. 안색이 점점 밝아졌고 눈빛도 점점 진해졌다.

"... 그럼 이 왕 그림은 어떻게 무사할 수 있었습니까?"

핑은 정신이 혼미했다.

"왕 그림과 왕의 유골은 하나가 되어야 합니다. 검은 괴물들은 이걸 모르고 있었습니다. 왕 그림과 왕의 유골을 억지로 꿰어 맞춘다고 맞추어지지 않으니까요."

노인은 갑자기 힘들어하고 있었다.

"... 스스로 옮겨 다닌다?..."

핑은 중얼거렸다.

"... 네... 아직 왕을 선택하지 않은 겁니다. 진짜 왕 말입니다."

노인은 점점 더 힘들어하고 있었다.

"도대체 하나가 된 왕 그림과 왕 유골이 선택한 왕이 하는 일이 무엇입니까?"

핑은 진짜 궁금했다.

"그건 진짜 왕만이 알고 있겠죠."

노인은 몸을 벽에 기대고 말았다. 노인은 기력이 다한 것이다. 핑은 자리를 물러날 수밖에 없었다.

"오래전에 우리 마을을 떠난 사람들이 여럿 있었다고 들었습니다. 정확하게 말하면 쫓겨난 겁니다. 왕 그림을 훔치려다가 쫓겨난 겁니다."

원주민 청년은 핑을 배웅하면서 말했다.

"자발적으로 나간 사람은 없습니까? 아니면 어떤 특별한 이유가 있어서 나간 사람은 없습니까?"

핑은 아버지가 이 마을을 어떻게 찾았는지 알고 싶었다. 백합꽃과 백합꽃 향기만으로는 설명이 안 되는 게 있었다. 원주민 청년은 입을 다물었다.

"그럼 그때 왜 우리를 잠수함까지 데려다주는 일을 했던 겁니까?"

핑은 정말 궁금했다.

"이 아이가 당신 목에 걸린 목걸이를 보았거든요. 공항에서 보았거든요. 물론 돈을 받고 물건을 옮겨주거나 사람을 이동시켜주는 일을 하지만, 이번 일은 아마 그들도 모를 겁니다."

원주민 청년은 옆에 서 있는 어린아이의 머리를 쓰다듬었다.

"... 아이가 이 목걸이를 알고 있다구요?"

핑은 믿어지지 않았다.

원주민 청년은 핑에게 그림 한 장을 보여주었다. 바로 핑의 목에 걸린 목걸이를 그린 그림이었다. 목걸이의 앞면과 뒷면 그리고 내면의 내용까지 세밀하게 그린 그림이었다. 핑은 더 이상 자세히 들여다보지는 않았다.

"누가 그린 겁니까?"

핑은 아버지가 그렸을 거라는 짐작을 했다.

"그분이 그렸습니다. 그 목걸이에 무슨 사연이 많은 건지 아주 정성을 들여 그렸고 우리에게 주고 가셨습니다."

원주민 청년은 고개를 숙여 마지막 인사를 했다.

"혹시 이 마을에 언제 들어오셨습니까?"

핑은 마지막으로 물었다.

"왕 유골을 찾았을 때입니다. 그때 이곳으로 들어왔다고 들었습니다."

원주민 청년은 또 고개를 숙여 인사를 했다.

핑은 이 마을에서 쫓겨난 사람 중 하나가 장한 교수일 거라고 생각했다. 그리고 마쓰가에 마을 사람들은 팔과 다리가 잘린 아버지를 그때의 그분이라고 생각지도 못하는 것 같았다. 핑은 마쓰가에 마을을 빨리 떠날 수밖에 없었다. 아버지를 병원에 데려가야 했다. 어린아이는 핑에게 와서 안기기도 했다. 장리에게 와서 안기기도 했다. 좀체 떨어지려 하지 않는 어린아이를 겨우 떼어내고 빠르게 움직였다. 한참 걸어갔을 때였다. 원주민 청년이 핑에게 뭐라고 소리를 질렀지만 핑은 들을 수가 없었다.

"그분이셨어요... 어떤 특별한 이유로 마을을 떠났다가 다시 돌아오셨던 겁니다..."

핑은 떠나가면서 제임스 힐튼 소설의 잃어버린 지평선 속의 샹그릴라를 떠올렸다. 그야말로 무릉도원이자 호접지몽이었다. 아마도 다시는 마쓰가에 마을을 찾아내지 못할 것이다.

핑은 장리와 역봉에게 일등석 좌석을 구해주었다. 자신과 아버지도 마찬가지였다. 핑이 갖고 있던 돈의 대부분을 쓴 것이다. 핑은 승무원들이 아버지의 상태를 짐작도 못하도록 옷과 모자로 꽁꽁 싸서 변장까지 시켰다. 그리고 얼마간의 팁까지 챙겨주었다. 뇌물이라면 뇌물이었다. 핑은 비행기 안에서 곰곰이 생각에 잠겼다. 자꾸 웃음이 나왔다. 얼마나 우스운지 웃음이 멈추어지지 않았다. 장한 교수는 자신이 살고 있던 마을 안에 베이징맨이 있다는 걸 모른 채 마을 밖에서 찾고 있었던 것이다.

"이런 아이러니가 또 있을까?"

문득 랴오위가 죽기 전에 했던 말이 스쳤다.

"형님. 시계하루는 모든 시계하루야. 시계하루는 각자의 이름이기도 하지만 결국 하나로 완성되는 이름이야. 베이징맨을 훔쳐 간 조사 시계하루는 할복자살하지 않았어. 그가 진짜를 갖고 있었어. 진짜 베이징맨을 갖고 있었다고."

랴오위는 모든 시계하루라고 했었다. 후지무라는 어떤 시계하루냐고 반문했었다.

"무슨 말일까? 마치 클론처럼 시계하루라는 사람이 수없이 있다는 건가? 아마 각각의 길드 이름을 시계하루라고 불렀을 거야."

아버지가 만나러 갔던 시계하루는 조사 시계하루였다. 오른쪽 뺨이 바늘과 실로 얼기설기 꿰매놓은 것이 흉측한 조사 시계하루였다. '몬'의 적통인 조사 시계하루였다. 그래서 그는 고문을 멈추고 텐진으로 달려갔고 그곳에서 베이징맨을 찾아서 마쓰가에 마을로 사라진 것이다.

"베이징맨은 어디 있을까? 아버지는 어디에 감추었을까?"

핑은 황다가 보내준 아직 풀지 못한 단서를 잊지 않고 있었다. '왕을 믿지 마라.' '왕을 가진 그가 진짜다'... 핑에게 이 단서를 설명해줄 아버지는 현재 상태가 좋지 않았다. 검은 괴물들은 계속 쫓아올 것이다. 베이징맨의 비밀을 알려주기는커녕 아버지와 함께 도망친 핑을 계속 쫓아올 것이다. 검은 괴물들은 어디선가 핑을 기다릴 것이다.

핑은 마쓰가에 마을 노인에게서 받은 가족사진을 펜던트에 끼우려고 목걸이를 만졌다. 순간 목걸이 펜던트가 저절로 딸깍 소리를 내며 앞쪽 뚜껑이 아닌 뒤쪽 뚜껑이 열렸다. 한 번도 뒤쪽 뚜껑이 스스로 소리를 내며 열린 적이 없었다. 핑이 열려고 한 적도 없었다. 핑은 아버지가 작은 보트에서 알아들을 수 없는 말을 하며 목걸이를 부여잡았던 기억을 떠올렸다. 목걸이를 살피기 시작했다. 그런데 전에 보지 못했던 목걸이의 잠금쇠 부분에 초소형 추적기가 달려있는 것을 발견했다. 스파이 영화에서나 봄직한 아주 정교한 추적기였다. 핑은 왕애지 교수가 오래전부터 자신을 감시했다는 증거를 드디어 찾아낸 것이다. 그렇다면 왕애지 교수도 '몬'이었을 것이다.

"자네 아버지 목걸이야. 고고학 전문 기자 A가 가져왔네."

왕애지 교수는 이렇게 말하며 핑에게 목걸이를 주었었다. 그런데 장리가 밝혀낸 대로 A라는 고고학 기자는 존재하지 않았다.

결국 왕애지 교수가 목걸이에 추적 장치를 달았다는 얘기였다. 핑은 왕애지 교수에게 이용당하고 배신당했다는 치솟는 분노로 벌떡 일어났다. 그런데 비행기 안이라는 사실을 잊고 있었던 것이다. 천장에 머리를 부딪친 것이다. 비행기 객실 천장이 낮다는 사실을 깜빡했던 것이다. 객실은 성인 남자가 일어나면 머리를 부딪칠 정도의 높이였다. 핑은 객실 천장에 머리를 부딪쳐 잠깐 기절하고 말았다. 얼마나 기절해 있었던 걸까? 50만 년간 갇혀있던 아수라의 빛무리들이 한데 모여 핑의 몸으로 쏟아져 내렸다. 왕생에게, 페이원중에게 쏟아져 내렸던 아수라의 빛무리였다. 50만 년간 갇혀있던 빛무리였다. 막무가내로 쏟아지는 빛무리 속에서 핑은 서서히 깨어났다. 머리에서 피가 흐르고 있었다. 장리와 역봉이 핑을 내려다보고 있었다. 비행기 승무원들도 핑을 내려다보고 있었다. 장리는 걱정스런 눈빛으로 물었다.

"괜찮아요?"

"왕? 왕이 왕애지 교수? 왕이 왕애지 교수라면 '그런데 왕을 믿지 마라,' 그런데 또 '왕을 가진 자가 진짜다?'..."

핑은 누운 채로 횡설수설했다. 그리고 또다시 벌떡 일어나더니 추적기를 목걸이에서 분리해 발로 힘껏 밟아 부숴버렸다. 그런데 추적기가 떨어져 나가면서 펜던트의 거울이 있는 부분이 딸깍 열렸다. 원래 핑의 가족사진이 있던 곳이었다. 가족사진이 사라진 그곳에서 초소형의 USB가 나왔다. 여자들이 네일아트 받을 때 사용하는 투명한 큐빅보다 더 작은 것이었다. 그러니까 손톱의 반도 안 되는 크기였다. 핑이 USB를 자세히 살펴보았다. 특별한 목적을 갖고 특수 제작된 게 분명했다. 그리고 USB 측면에 MING이라고 새겨져 있었다. 밍은 바로 핑 아버지의 이름이었다.

핑은 자신이 이미 갖고 있던 USB에 초소형 USB를 연결했다. 꼭 맞았다. 그리고 하나로 합체된 USB를 노트북에 연결했다.

페이원중과 후청즈는 두 개의 상자에 자신들만이

알아볼 수 있도록 그리고 구분될 수 있도록 표식을 했다.

아주 작은 글자였지만 두 상자의 모서리에 글자를 남겼다.

그들의 손이 심하게 떨리고 있었다.

'P.K.(Pekingman)'

페이원중이 흔적을 남겼다.

'B.M.(Beijingman)'

후청즈가 흔적을 남겼다.

핑, 조사 시게하루는

왕 그림을 지키는, 베이징맨을 지키는 '몬'의 적통이다.

그는 베이징맨을 훔친 게 아니다.

원래 자신들의 것을 찾아온 것이다.

조사 시게하루는 후청즈의

베이징맨 B.M.(Beijingman)을 찾아냈어.

진짜였지. 진짜를 다시 찾은 거지

그리고 그는 할복자살했다고 소문을 냈다

그리고 마쓰가에 마을로 사라졌지.

난 그 마을로 들어가서 그를 만났다.

그리고 왕의 유골을 보았다. 베이징맨을 보았다.

그런데 검은 괴물들이 쫓아온 거야. 나 때문이지.

난 마쓰가에 마을이 완전히 파괴되기 전에

그 마을을 살려야 했어.

그래서 난 거래를 했다.

마쓰가에 마을을 그대로 둔다면

내가 베이징맨을 가져다주겠다고.

베이징맨이 어디 있는지 알고 있다고.

그런데 베이징맨은 이미 내가 갖고 있었어.

난 일단 그 마을을 떠나야 했다.

그리고 베이징대학으로 갔지.

난 너를 멀찌감치에서 볼 수 있었어

하지만 다가갈 수가 없었다.

검은 괴물들이 너에게 해코지라도 할까 봐 였다.

그리고 난 스스로 나의 기억을 지우기 시작했지.

의도적이었다...

나에게 남은 기억은 핑과 베이징맨 뿐이었다...

그리고... 내가 조사 시계하루다

조사 시계하루의 후손 조사 시계하루다.

갑자기 윈도우가 깨지며 노트북이 종료되었다. 화면이 깜깜해졌다. 핑은 노트북을 재부팅 해보았지만 먹통이었다. 흑암처럼 깜깜했다.

"그들인가?..."

핑은 불쑥 의심이 들었다. 그동안 핑의 노트북과 SNS를 맘대로 갖고 놀았던 자들이라면 절대 사라지지 않을 것이기 때문이다. 반드시 다시 찾아올 것이기 때문이다. 잠시 후 위잉 소리가 나며 노트북이 다시 부팅되고 모니터가 밝아졌다. 그리고 난생 처음 보는 이상한 사이트 주소들이 마구잡이로 뜨기 시작했다. 핑은 바이러스에 감염되었다고 생각하고 얼른 USB를 분리했다. USB에 저장된 정보가 삭제되거나 해킹당할 수도 있기 때문이다.

"아... 아아... 앗."

핑은 터져 나오는 비명을 간신히 눌렀다. 노트북의 이상한 상황은 계속되었다. USB를 분리했음에도 의문스러운 사이트 주소들은 끝도 없이 이어졌다. 눈알이 핑핑 돌 지경이었다. 핑은 노트북을 강제 종료하려고 했지만 강제 종료마저 되지 않았다.

핑은 수많은 주소창이 어지럽게 지나가는 것을 보고 있을 수밖에 없었다. 순간 핑은 눈을 크게 뜨고 어떤 주소를 뚫어져라 노려보았다. 핑이 알아볼 수 있는 주소가 있었다. 아니 꽤 많았다. 핑은 일단 눈에 익은 몇 가지를 작게 소리 내어 읽어보았다. 심장이 걷잡을 없이 쿵쾅쿵쾅 뛰기 시작했다. 핑의 그동안의 인내와 용기와 열정과 탐미와 허영이 아니 모든 지향점이 다 박살 나고 있었다.

shigeharu.pk.com

yamaguchi.pk.com

masskae.pk.com

mason.pk.com

christeen.pk.com

fujimura.pk.com

31.pk.com

bread.pk.com

b.pk.com

47.pk.com

이 모든 주소는 하나의 사이트로 연결되어 있었다.

바로 **king.pk.com** 이었다.

핑은 손 하나 까딱하지 못했다. 그야말로 엄청난 충격이었다. 시계하루도 '몬'이었고 야마구치도 '몬'이었고 메이슨도 '몬'이었고 크리스틴도 '몬'이었고 브래드도 '몬'이었고 47도 '몬'이었다. 시계하루도 '몬'의 하나의 사이트였고 야마구치도 '몬'의 하나의 사이트였고 메이슨도 '몬'의 하나의 사이트였고 크리스틴도 '몬'의 하나의 사이트였고 브래드도 '몬'의 하나의 사이트였고 47도 '몬'의 하나의 사이트였다. 검은 가면 남자, 퍼스트 로드의 말대로 그들은 '몬'의 각각의 길드를 대표하고 있었다. 핑이 예상했던 대로 모두 클론처럼 유전적으로 똑같은 시계하루였다.

핑은 떨리는 손으로 그중 하나를 클릭해보았다. 그러자 곧바로 그 얼굴이 나타났다. '몬'의 얼굴이었다. 진시황 때부터 시작되었던 왕 그림, 베이징맨의 얼굴이었다. 진시황 치세 때 왕생이라는 자가 그린 왕 그림이었다. 구로다 요시타카가 도요토미 히데요시에게 주었던 왕 그림이었다. 무비자 혹은 왕비자가 원세개에게 주었던 왕 그림이었다. 베이징맨은 이들이 왕의 세계로 들어가는 깊고 깊은 문이었다. 그런데 가짜 왕 그림이었다. 가짜였다. 그림 오른쪽 아래에 왕생의 서명 '眞王'이 없었다. 검은 가면 남자는 죄다 가짜였다. 가짜로 만든 권력이었다. 사상누각의 권력이었다. 검은 가면 남자는 가짜로 진짜 세계를 지배하고 있는 셈이었다.

핑은 노트북을 닫았다. 땀도 나지 않았다.

19.

핑과 장리와 역봉은 베이징에 무사히 도착했다. 핑은 공항에 내리자마자 먼저 자동차부터 렌트했다. 그리고 아버지를 뒷좌석 중앙에 앉히고 안전벨트로 단단하게 고정했다. 아버지가 아직도 살아있다는 안도감이 밀려왔다. 비로소 한시름 놓았다. 역봉은 아버지의 가드 역할을 하느라 일부러 문 쪽에 앉았다. 역봉의 화살 맞은 다리는 마쓰가에 마을 사람들의 약초 치료로 일단 안정적인 상태였지만 어쨌든 빨리 병원을 가야 했다.

"다행히 교통상황이 최악은 아닌 것 같아요."

장리 역시 뒷좌석 문 쪽에 앉아 뒷유리에 눈을 떼지 않았다. 총을 겨누고 있었다.

"나타났어요."

장리가 조용히 말했다. 예전처럼 난리법석은 아니었다. 한 번 경험한 탓인지 침착했다. 검은 괴물들의 검은색 자동차가 나타난 것이다.

"아버지 병원이 급한데..."

핑은 마음이 초조했다. 아버지가 오래 버티지 못할 거라고 짐작은 하고 있었지만 제대로 치료라도 해드리고 싶은 심정이었다. 이것마저 못 한다면 평생 감당 못할 후회 속에 살 것 같았다.

"갑자기 검은색 자동차가 안 보여요."

장리는 이번에도 조용히 말했다. 핑은 다행이라고 생각했다. 검은 자동차가 사라졌으니 마음의 초조도 잠시 사라졌다.

"우리는... 병원으로 먼저 간다."

핑은 병원으로 먼저 가기로 결심했다. 핑은 가속페달을 세게 밟았다.

그때였다. 핑의 자동차가 달려가고 있는 바로 옆 고가도로에서 검은색 자동차 한 대가 허공을 날더니 핑의 자동차 앞으로 뚝 떨어졌다. 누가 봐도 하늘에서 뚝 떨어진 자동차였다. 그야말로 영화에서나 가능한 카 체이싱이었다. 핑의 자동차는 급정거하면서 바로 앞에 떨어진 검은색 자동차와 격렬하게 추돌하고 말았다. 검은색 자동차의 후면과 곧장 추돌한 것이다. 폭탄이라도 터진 듯 펑 소리가 무시무시했다. 핑의 자동차 앞 범퍼가 찌그러졌고 타이어는 찢어졌고 휠은 휘어졌다.

핑은 에어백에 얼굴을 처박았고 역봉은 앞 좌석에 얼굴을 들이받았다. 그런데 그 순간에도 역봉은 핑의 아버지를 자신의 팔로 막고 있었다. 역봉은 팔에 얼마나 힘을 주고 있는지 부들부들 떨고 있었다. 핑의 아버지를 보호하기 위한 처절한 자세였다. 장리 역시 총을 놓친 채 바닥에 얼굴을 박았다.

검은색 자동차는 정차 상태에서 요란하게 차량 바퀴를 굴렸다. 포장된 도로의 시멘트가 살갗처럼 뜯어지며 허연 먼지를 뿜어내고 있었다. 검은색 자동차는 기어이 차체를 돌리더니 핑의 자동차와 정면으로 마주 섰다. 그리고 빵, 빵, 빵, 빵 클랙슨을 크게 울려댔다. 계속 울려댔다. 핑은 발광하는 클랙슨 소리 때문에 귀청이 떨어질 것 같았다. 정신이 나갈 것 같았다. 게다가 제대로 터지지 않은 에어백 때문에 얼굴은 피투성이였다. 핑은 또다시 뒷좌석을 확인해 보았다. 역봉이 이제는 두 팔로 아버지를 안고 있었다. 장리는 어느새 일어나 아버지를 안고 있는 역봉을 안고 있었다. 장리의 코에서도 피가 흐르고 있었다.

"내가 저들의 시선을 돌려볼 테니까 빨리 병원으로 가요."

역봉은 자동차 문을 열려고 했다.

"안 돼요, 나가면 바로 죽음이에요. 내가 방법을 생각해볼 게요."

핑은 극구 말렸다. 장리도 한사코 말렸다.

"잠깐만요. 가지 말아요, 저들은 총을 갖고 있어요. 아니 총 뿐이 아니에요."

역봉은 피식 웃었다. 그런데 그 웃음이 너무나 헛헛했다. 핑은 역봉의 웃음이 마지막일 수 있다는 불길한 예감이 들었다. 갑자기 가슴이 찢어지듯 아파왔다.

"가지 말아요. 제발."

장리는 이번엔 역봉의 손목을 꺾어 잡았다. 역봉이 쉽게 빠져나가지 못할 거라고 생각했다. 하지만 역봉은 장리의 팔과 손목의 힘을 너무나 손쉽게 빠져나갔다. 자동차 문을 열고 빠르게 밖으로 나갔다.

"난 레이더스예요. 나도 그깟 총 있어요."

역봉은 핑의 자동차에서 내려 장리를 향해 일갈하고는 큰 걸음으로 걸어갔다. 핑은 역봉의 뒷모습을 보았다. 텐진의 하이허

강변에 풍등을 들고 걸어가던 그 헛헛한 뒷모습이 떠올랐다. 역봉의 떡 벌어진 어깨에 묻어있던 죽음이 생각났다. 핑은 벌써부터 울음이 터지고 있었다.

검은색 자동차에 탄 검은 괴물들은 아직 아무런 움직임이 없었다. 역봉이 걸음을 멈추고 두 다리를 쩍 벌리더니 당당하게 그들과 마주 섰다. 47객잔 문 앞에서 보여주었던 모습이었다. 스모선수가 덤벼도 절대 쓰러지지 않을 허세도 과장도 없는 정직한 자세였다. 그때 검은색 자동차에서 검은 괴물 한 놈이 내렸다. 내리자마자 씨익 웃었다. 금이빨이 반짝이며 드러났다. 핑이 성화 광장의 시골 경찰서에서 만났던 바로 금이빨 대머리 형사였다. 핑이 검은 가면의 지하 능에서 보았던 바로 금이빨 검은 괴물이었다. 순간 핑은 오늘 이 자리에서 역봉이 기어코 죽고 말거라는 실감이 들었다. '몬'의 저력이 몸서리치게 무서웠다.

검은 괴물들은 역봉을 향해 득달같이 달려들지 않았다. 이상할 정도로 침착한 대오를 유지하고 있었다. 그때였다. 핑의 자동차 허리춤으로 대형버스가 전속력으로 달려오고 있었다. 장리가 비명을 질러댔다. 다시 야단법석으로 돌아간 것이다.
"아아아악"

핑은 자동차를 얼른 뒤로 후진했다. 그런데 자동차는 쉰 소리를 내며 덜컹거리기만 했다. 전혀 움직이지 않았다.

"이 망할 놈의 자동차."

핑은 급한 나머지 자동차 문을 열고 밖으로 나갔다, 그리고 뒷좌석의 아버지를 둘러업었다. 그리고 달렸다.

순간 대형버스는 핑의 자동차 옆구리를 들이받으면서 앞으로 끼이익 줄곧 밀고 나갔다. 핑의 자동차를 탱크처럼 벽으로 밀어붙였다. 핑의 자동차는 우그러들며 종잇장처럼 얇게 눌리고 있었다. 핑은 오징어처럼 납작하게 짜부라진 자동차 근처 쓰레기통 뒤에 숨어있었다. 아버지의 숨소리는 거의 없는 듯했다. 핑은 온몸의 피가 마르는 듯했다. 빨리 병원으로 가야 한다는 절박함밖에 없었다. 옆에 있는 장리는 마른오징어가 된 자동차를 보며 사시나무 떨듯 떨고 있었다.

"장리. 별거 아니야. 우리는 살아서 나갈 거야. 안심해..."

핑은 장리를 안심시키려 했다. 허세였지만 마냥 허세만은 아니었다.

"제발 그만 떠들어요. 시끄러워서 더 무서워 죽겠어요."

장리가 두 귀를 막고 중얼거렸다. 목소리도 떨고 있었다.

대형버스는 쓰레기통 쪽으로 달려들고 있었다. 핑과 장리를 발견한 것이다. 그런데 갑자기 어디선가 외로운 전투처럼 외로운 총소리가 났다. 역봉이 검은 괴물들에게 먼저 총을 쏜 것이다. 그런데 역봉이 쏜 총은 금이빨 검은 괴물의 얼굴을 살짝 스쳤을 뿐이었다. 볼에서 피가 흘러내렸다. 대형버스는 이제 역봉 쪽으로 방향을 틀었다. 여차하면 역봉 쪽으로 돌진할 태세였다. 곧이어 시건방진 전투처럼 시건방진 총소리가 났다. 검은색 자동차에서 기어 나온 또 다른 검은 괴물이 역봉에게 총을 쏜 것이다. 역봉은 어깨를 맞았는지 한번 크게 휘청이더니 한쪽 팔을 아래로 축 늘어트렸다. 늘어진 한쪽 팔에서 피가 주르륵주르륵 쉼 없이 흘러내렸다.

대형버스는 다시 방향을 틀어 핑과 장리 쪽으로 쳐들어왔다. 그때였다. 역봉이 몸의 방향을 틀어 대형버스 운전자를 향해 마구 총을 쏘아대기 시작했다. 그 바람에 대형버스 앞유리창이 산산이 깨졌고 운전자는 머리에 총을 맞고 운전대를 놓아버렸다. 대형버스 운전자가 핸들에 머리통을 꼬라박는 바람에 클랙슨 소리가 미친 듯이 울려댔고 대형버스는 브레이크를 늦추지 못해 고삐 풀린 망아지처럼 저절로 내달렸다. 대형버스는 방향을 잃은 채 미친 속도로 비틀거리더니 결국 어딘가에서 멈추었다.

역봉은 다시 검은색 자동차 쪽으로 몸의 방향을 틀었다. 핑은 순간 아연실색했다. 검은색 자동차 뒷좌석에서 내린 검은 괴물들이 일본도를 들고 나온 것이다. 전혀 생각지 못한 무기의 등장에 살과 뼈가 서늘해졌다. 차마 눈뜨고 볼 수 없는 지옥도였다. 벌써부터 지겹도록 슬픈 피비린내가 느껴졌다. 핑은 속마음으로 소리를 질렀다.

'제발 총으로 죽여라. 제발.'

"역봉아저씨. 레이더스. 레이더스. 얼른 이리로 와요."

장리는 온 힘을 다해 소리쳤다. 장리가 평소에 생각하던 무시무시한 사무라이의 긴 칼과 닌자의 암기가 눈앞에서 실제로 횡행하고 있었다. 장리는 아랑곳하지 않고 소리쳤다.

"빨리 차에 타요. 어서요. 역봉 아저씨. 아저씨는 레이더스잖아요? 용감한 레이더스잖아요?"

장리는 계속해서 소리쳤다. 계속해서 울부짖었다. 이미 검은 괴물들에게 들통나버려서 살길을 찾기가 어려웠지만 그래도 역봉이 칼을 맞는 건 도저히 제정신으로 지켜볼 수 없었다.

"이리 와요. 어서요."

장리가 다시 소리쳤다. 다시 울부짖었다.

"어서 차에 타라고요. 잡히면 안 돼요. 어서."

장리는 계속 소리쳤고 계속 울부짖었다. 핑은 아버지를 살려야 한다는 극단적인 이기심 때문에 소리칠 수도 울부짖을 수도 없었다. 검은 괴물들이 아버지에게 달려들까 봐 소리칠 수도 울부짖을 수도 없었다.

　핑은 멈추어버린 대형버스에 올라탔다. 운전대에 머리를 처박고 죽은 검은 괴물을 옆으로 치웠다. 장리도 핑을 따를 수밖에 없었다. 울며불며 대형버스에 올랐다. 핑은 아버지를 긴 뒷좌석에 눕혔다. 그리고 장리에게 아버지를 보살피도록 부탁했다. 장리는 한쪽 팔로 아버지를 감싸 안았지만, 시선은 역봉을 향해 있었다. 역봉을 뚫어지게 쳐다보았다. 역봉의 마지막을 한 순간도 놓칠 수 없었다.

　"보지 마. 평생 악몽 속에 살게 될 거야."

　핑은 장리를 말렸다.

　"평생 악몽 속에 살아도 상관없어요. 내가 악몽 속에 살기 싫다고 아저씨가 혼자 외롭게 죽게 내버려 두지 않을 거예요. 당신도 평생 악몽 속에 살기 싫다고 아버지를 혼자 외롭게 죽게 내버려 둘 수 있어요? 당신도 그럴 수 없으니까 아버지를 구해온 거잖아요? 그리고 병원에 데려가려는 거잖아요?"

　장리는 핑을 원망하듯 쳐다보았다.

핑은 가슴이 미어지는 듯했다. 장리가 옳다는 걸 알고 있었다. 하지만 역봉을 살리는 건 불가능하다는 것도 알고 있었다. 핑은 운전대를 힘주어 잡았다. 모질게 처박혔던 대형버스는 시동이 잘 걸리지 않았다. 당연했다. 핑은 다시 시동을 걸어보았다. 그래도 마찬가지였다.

"큰일이네..."

핑은 계속 시동을 걸어보았다. 역시 시동은 걸리지 않았다. 핑이 대형버스를 포기하려는 순간 뒷좌석에 있던 장리가 운전석으로 빠르게 달려오더니 핑을 밀어버리고 운전대를 잡았다.

"어서요. 아버지를 구하세요. 난 역봉을 구할래요."

장리는 핑이 실패한 시동을 다시 걸어보았다. 그런데 거짓말처럼 시동이 걸렸다. 장리는 곧장 가속페달을 밟았다. 장리는 역봉 쪽으로 대형버스의 방향을 힘차게 틀었다.

"여기를 빠져나가요. 어서. 빨리 빠져나가라고."

역봉은 자신 쪽으로 방향을 틀어버린 대형버스의 장리를 향해 계속 도망가라며 소리를 질렀다. 그러나 장리는 역봉을 향해 무조건 달렸다. 드디어 대형버스는 속도가 붙기 시작했다. 그 순간 역봉은 검은 괴물들에게 총을 쏘아댔다. 검은 괴물들이 대형버스의 장리에게 총질을 할까 봐 시선을 돌리고 있었다.

하지만 중과부적이었다. 역봉이 할 수 있는 마지막 몸부림이었다. 역봉은 지금 삶과 죽음의 경계 어디쯤 그렇게 있었다.

장리는 펑펑 울고 있었다. 눈물이 앞을 가려 잘 보이지 않았다. 핑이 장리를 설득했다. 역봉을 결코 포기하는 것은 아니었다. 역봉이 레이더스의 임무를 다하고 명예롭게 죽게 하고 싶었다. 역봉의 삶을 완벽하게 완성시키고 싶었다.
"역봉의 삶을 이제 놓아줘."
핑의 눈에도 눈물이 한가득이었다.

결국 장리는 대형버스를 뒤로 후진했다가 역봉과 반대 방향으로 돌렸다. 그리고 그대로 내달리기 시작했다. 전속력으로 내달리기 시작했다. 장리는 백미러로 홀로 남아 고군분투하는 역봉을 쳐다보았다. 역봉은 총알이 다 떨어졌는지 기운이 떨어졌는지 그저 하늘을 쳐다보고 있었다. 저 하늘의 어떤 별이 자신의 별이 될지 가늠해보고 있었다. 역봉 혼자서 감당해야 하는 혼자만의 죽음이고 죽음 저편이었다. 검은 괴물들이 역봉에게 다가가더니 역봉의 머리통을 일본도로 곧장 내리쳤다. 장리는 눈을 감고 말았다. 잠시 후 눈을 뜨고 백미러로 다시 역봉을 찾았다. 역봉은 그대로 무릎을 툭 꿇고 앉아있었다. 흐트러짐도 없이 꼿꼿이 앉아있었다. 그의 머리통 위로 피가 분수처럼 솟구치고 있었다. 검은 괴물들은 다시 한 번 일본도로 역봉의 머리통을 내리쳤다. 장리는 소리 내어 울고 있었다. 꺼억꺼억 울고 있었다. 핑도 소리 내어 울고 있었다. 그래도 대형버스는 멈추지 않고 앞으로 앞으로 달렸다.

핑은 달리는 대형버스 안에서 그동안 랴오위와 역봉과 통과해 왔던 거친 여정의 지난날을 떠올렸다. 랴오위도 죽었고 역봉도 죽었다. 두 사람 모두 다시 살아 돌아올 수 없는 사람들이었다.

핑은 아버지의 손을 잡아보았다. 아버지의 손은 얼음장처럼 차가웠다. 아버지도 랴오위와 역봉처럼 다시는 살아 돌아올 수 없는 길을 떠나려 하고 있었다. 핑은 아버지가 허깨비 같은 손으로 목걸이를 부여잡았던 그 순간이 다시 떠올랐다. 아버지는 말 한마디 할 수 없었지만 목걸이를 부여잡았다. 불현듯 아버지가 목걸이를 잡았던 이유가 또 있을 거라는 생각이 들었다. 목걸이가 베이징맨의 방향을 알려주고 있을 거라는 생각이 들었다. 목걸이는 아버지의 전부였고 모든 것이었으니까 말이다. 핑은 장리에게 여자 화장품인 파운데이션을 달라고 했다. 운전 중이었던 장리는 가방을 통째 던져주었다. 핑은 장리의 가방에서 팩트를 찾았다. 일반적으로 여자들이 휴대용으로 들고 다니는 파운데이션이었다. 핑은 퍼프에 고체 파운데이션을 묻혀서 펜던트 뚜껑의 흐릿한 음각 문양에 덕지덕지 칠해보았다. 그러자 핑이 분명히 알고 있는 그 상징이 나타났다. 베이징대학의 상징이었다.

핑은 그 많은 의심과 의문이 있었지만 그 많은 모욕과 언쟁이 있었지만 그 많은 아픔과 고통이 있었지만 그래도 웃을 수 밖에 없었다.

핑은 새로워진 기분으로 황다가 보내준 방위표시를 다시 확인해보았다.

39904.211 116.40739

아버지가 숨겨놓은 단서와 황다가 분석한 단서는 정확하게 일치했다. 완벽하게 일치했다. 핑은 이제 큰소리로 웃기까지 했다. 그러다 웃음을 멈추었다. 아버지의 주도면밀함이 경이로웠기 때문이다. 아버지는 목걸이의 앞면과 뒷면 그리고 내면의 내용까지 세밀하게 그린 그림을 마쓰가에 마을 노인에게 주었던 것이다. 아버지는 목걸이에 담긴 모든 비밀을 마쓰가에 마을 노인에게 주었던 것이다. 아버지는 베이징맨의 실존 위치를 마쓰가에 마을 노인에게 주었던 것이다.

"우리는 그분이 왕의 유골을 무사히 도피시켰다고 믿고 있습니다."

핑은 금방 정색이 되었다.
"왕애지 교수는 이 목걸이에 감춰진 단서는 몰랐던 거야...

아버지의 위대한 유산인 USB가 있는 건 몰랐던 거야. 그러니까 추적기만 달아서 날 준거지. 장한 교수도 왕애지 교수도 바보야... 바보..."

핑은 그래도 불안했다. 불길했다. 또다시 알 수 없는 첩첩의 의문을 떨치기 어려웠다.

> 황다는 마지막 작업을 진행 중이었다. 갑자기 영상에서 물음표가 거꾸로 된 상태로 출몰했다. 황다는 고개를 갸웃거리다가 F12 키를 눌렀다. 바이니기어 차이퍼를 통해 방위표시를 얻으려는 것이었다. 황다는 방위 표시를 얻었고 그 방위 표시를 순서대로 나열해보았다. 그랬더니 데이머매쉬 이미지 코드가 나왔다. 그리고 '몬'의 글자가 갑자기 툭 튀어나왔다. 황다는 이번에도 고개를 갸웃거리다가 그 값으로 서버명을 검색해보았다. 그런데 느닷없이 누군가의 진료기록이 나왔다. 심장 박동수가 눈에 보였다. 심장 박동은 약하게 뛰다가 멈추었다 다시 뛰었다. 누군가의 인공심장의 심장박동수 체킹 차트였다. 그리고 잠시 후 진료 차트의 주인 이름이 나왔다.
>
> ## Beijingman –Ming

황다는 핑에게 메일을 급하게 보내느라 다른 컴퓨터를 사용했다. 그리고 약 십여 분 후 황다의 컴퓨터 모니터로 장한 교수의 영상 메일 화면이 다시 켜졌다. 십여 분의 시간을 기다려서 영상 메일의 여백까지 확인하는 사람은 거의 없었기 때문에 그동안 이 부분을 놓쳤던 것이다. 천재 해커 황다도 마찬가지였다. 처음엔 누군가의 얼굴이 희미하게 나타났다. 그러다 점차 뚜렷해지면서 누군가의 얼굴이 선명하게 나타났다. 그의 얼굴은 바로 장리의 아빠 장한 교수였다.

"난 시치안이야."

장리의 아빠는 장한 교수이자 시치안이었다. 시치안은 너무 즐겁다는 듯이 아주 환하게 장난처럼 해맑게 웃고 있었다. 그리고 시치안의 서명이 나타났다.

せかい けんりょく

시치안은 권세勸世를 뜻하는 말이었다, 세상을 지배하는 자라는 뜻이었다. 장한 교수는 핑의 주구점 아지트에서 일부러 메모를 남겼다. せ...けんりょ한 글자를 일부러 빼고 적은 것이었다. 마치 아무렇게 쓴 것처럼 보였지만, 사실은 랴오위에게 알리기 위해서였다. "난 어디든 있다..."라는 강력한 협박을 암시

하는 메모였다. 랴오위를 꼼짝 못하게 만든 메모였다. 랴오위는
이 서명을 알고 있었다. 장한 교수의 게임 맵에서 아이디 이름
이 시치안이었고 캐릭터 이름이 킹이었기 때문이다. 랴오위는
휴지통에서 이 메모를 발견한 후 펑에게 건네주었었다.

  펑의 아버지는 마지막 숨을 몰아쉬고 있었다. 간신히 뜨고 있
는 가는 눈은 먼 허공을 바라보고 있었다.
  "어... 어..."
  아버지는 자꾸 이상한 소리를 냈다. 그런데 아버지의 소리가
아니었다. 사람의 소리가 아니었다. 죽음을 앞둔 마지막 사투의
소리였다. 삶을 뒤에 둔 마지막 운명의 소리였다.
  "아버지... 아버지... 아버지는 진짜 고고학자예요. 아버진 끝
까지 비밀을 지켰어요. 아버지는 완벽한 고증으로 복원된 진짜
베이징맨이에요."
  펑은 웃으면서 말했다. 울면서 말했다. 아버지의 입가에 미소
가 흐르는 듯했다.
  "중... 절... 모..."
  아버지는 마지막으로 중절모라는 한 마디를 남기고 눈을 감
았다. 펑은 다시 살아 돌아오지 못할 아버지의 얼굴에 고개를
파묻었다. 장리는 옆에서 흐느껴 울었다.

"북경협화의원으로 가야겠어. 베이징맨의 출발은 거기서부터였으니까."

핑은 울음도 잠시 아버지를 다시 둘러업었다. 시간이 거의 없었다. 아버지의 대미를 장식해야 했다. 핑은 숨을 거둔 아버지 밍의 시신과 함께 북경협화의원 쪽으로 향했다.

북경협화의원(北京協和醫院-Peking Union Medical College Hospital)의 초록빛 중국식 기와지붕이 보이자 핑은 묘한 안도감이 들었다. 한때 이곳에서 잠시 공부했던 기억은 고향에 온 듯한 느낌을 주었다. 엄숙하지만 아름다운 모습은 여전했다. 베이징맨은 바로 이곳에서 상자에 담겨 여정을 떠났었다. 핑은 아버지도 이곳에서 아버지의 여정을 떠나게 할 작정이었다. 아버지는 보물 사냥꾼이 아닌 고고학자로 죽었다. 아버지는 아버지의 베이징맨을 찾은 것이다. 핑은 핑의 베이징맨을 찾은 것이다.

핑과 장리는 북경협화의원 B동 신생대연구실로 들어갔다. 연구실에서 아버지를 면포와 부드러운 종이, 의학용 솜, 반투명 종이, 의학용 세마포로 조심스럽게 쌌다. 70여 년 전 페이원중과 후청즈가 베이징맨을 조심스럽게 포장한 것처럼 말이다. 이 시간은 꽤 오래 걸렸다. 하지만 가장 신성하고 경건하고 겸손하게 아버지를 모셨다. 핑은 이 모든 일이 끝나자 북경협화의원 별관에 존재하는 왕애지 교수의 연구실에 들렀다. 자물쇠로 굳게 잠겨 있었지만 핑은 조금의 고민도 없이 자물쇠를 부수고 들어갔다. 핑이 어리석었던 잠시 동안의 아버지이기도 했던 왕애지 교수를 때려 부수듯이 부수고 들어갔다. 그런데 왕애지 교수 책상 위의 일간 신문 한 장이 눈에 들어왔다. 일부러 보란 듯이 일 면이 당당하게 펼쳐져 있었다.

'야쿠자 2인자 야마구치 처참한 시신으로 발견되다. 바짝 마른 시신으로 발견된 야마구치의 시신은 누군가에 의해 예리한 검으로 가슴이 갈라져 있었고 내장은 이미 없어진 상태였다. 그의 텅 빈 가슴을 본 야쿠자 부하들이...'

'주구점 성화 광장 성화 경찰서 폭탄 테러. 건물 붕괴. 전원 사망...'

핑은 야마구치가 검은 괴물들에게 살해당했다는 것을 알았다. 검은 가면의 남자이자 퍼스트 로드이자 시치안인 장한 교수는 야마구치의 배신과 배반에 잔혹한 징벌을 내린 것이다. 또 후지무라의 수하를 자처했던 성화 광장 성화 경찰서의 배반과 배신에도 잔혹한 징벌을 내린 것이다.

핑은 연구실을 둘러보다가 수상해 보이는 서랍장을 발견했다. 서랍장에도 자물쇠가 채워져 있었다. 핑은 자물쇠를 부쉈다. 그리고 서랍을 열었다. 각종 서류들이 우르르 쏟아져 나왔다. 대부분 진료차트였다. 핑은 진료차트를 살펴보았다, 날짜별로 일목요연하게 정리가 되어 있었다. 거의 2년간의 진료차트였다. 왕애지 교수는 진료차트를 한 장도 빠짐없이 보관해놓았던 것이다. 그건 핑의 아버지 밍의 진료차트였다.

"왕애지 교수가 의사도 아닌데? 아버지의 진료 차트를?..."

핑은 무지막지하게 뛰고 있는 심장을 억누르며 왕애지 교수의 컴퓨터를 켰다. 그리고 황다가 알려준 **Beijingman –Ming**을 패스워드로 입력해 보았다. 역시 진료차트가 나왔다. 인공심장을 관리하는 진료차트였다.
"아버지가?... 인공심장을?... 왜? 도대체 왜?..."
핑은 새로 등장한 충격적인 사실에 정신이 나가 있었다.

왕애지 교수가 아버지의 인공심장을 관리하고 있었다. 사실이었다. 그리고 불과 두 시간 전 왕애지 교수는 인공심장을 정지시키는 버튼을 눌렀다. 아버지를 죽인 것이다. 핑은 지난 2년간의 진료차트를 빠르게 읽어나갔다. 잠시 후 핑은 심하게 비틀거렸다. 핑은 의자를 찾아 앉았다. 아버지에게 인공심장을 이식한 사람도 왕애지 교수였고 아버지의 인공심장을 죽인 사람도 왕애지 교수였다. 핑은 겨우 정신을 차려 왕애지 교수에게 연락했지만 연락이 닿지 않았다. 연락이 닿지 않는 게 당연했다.

"왕을 믿지 마라... 왕애지였어. 왕은 왕애지였어... 그는 장한 교수와 마찬가지로 내가 밍의 자식인 것을 알고 접근했던 거야. 그리고 그 둘도 한통속이었던 거지. 참 내게 준 책도 [왕의 그림]이라는 책이 있었어. 그래 그 책..."

핑은 대학 신입생 때 왕애지 교수가 핑에게 보여주었던 그 책이 떠올랐다

핑은 왕애지 교수의 또 다른 서랍장에서 [왕의 그림] 책을 찾았다. 그런데 전에는 발견하지 못했던 게 눈에 띄었다. [왕의 그림]이라고 쓰여 있는 제목 표지가 이상하게 거슬렸다. 원래도 표지 부분과 내용 부분의 시간차 질감이 느껴지던 책이었다. 지금 보니 표지 부분이 책에 원래 붙어있던 게 아니라 따로

덧붙인 것 같았다. 누군가 고의로 책을 위장한 게 틀림없었다. 핑은 책상에 돌아다니는 미세한 면도칼로 [왕의 그림] 표지 부분을 살살 떼어내 보았다. 그러자 책의 원래 표지와 원래 제목이 나타났다. [베이징맨]이었다. 아버지의 트로이의 목마 [베이징맨]이었다. 책 표지 아래에 아버지의 이름이 서명되어 있었다. 왕애지 교수는 아버지의 책 [베이징맨]까지 이용한 것이었다. 핑은 분노를 참지 못하고 연구실 의자를 벽에 던져버렸다. 그러다 곧 호탕하게 웃기 시작했다. 승리자의 웃음이었다.

"그래 아버지가 이겼어. 하하하. 왕애지 당신은 고고학자가 아니야. 당신은 당신이 그렇게 능멸하던 싸구려 보물 사냥꾼이라고. 보물 사냥꾼. 하하하... 왕애지 당신 어디 있는 거야? 죽은 거야? 숨어있는 거야?"

핑은 웃었다. 한참을 슬프게 웃었다.

"그렇다면 왕을 가진 그가... 시치안이구나..."

핑은 점점 치를 떨었다. 장한 교수, 검은 가면 남자, 퍼스트 로드, 시치안... 치가 떨렸다. 이 모든 사람은 자신의 필요에 의해 이용했던 사람들을 모두 노출시켰고 모두 죽였다.

"난 포괄적 지시만 내릴 뿐 부분적 지시는 내리지 않는다."

"어차피 야쿠자든 야마구치든 후지무라든 또 누구든. 그들 모두 각각의 길드를 대표할 뿐. 혼자서 성공하기 어려운 퀘스트를 수행하기 위해 구성된 일종의 TF팀에 불과하다. 단기 목표 성취를 위한 임시 조직이니까. 물론 임시조직은 정규조직이 되기도 하지. 아주 가끔... 또 길드끼리 서로가 서로를 제거하기도 하지. 하지만 넌 내가 직접 찾아냈고 아주 오랫동안 관찰했다."

장한 교수의 영상 메일은 일종의 살생부였던 것이다. 그의 통치 방식이었다. 가장 강력한 경쟁자들을 제거하는 방식이었다. 자신의 손에 피 한 방울 묻히지 않고 제거하는 방식이었다. 영상 메일은 핑과 장리만 볼 수 있었던 것은 아니었을 것이다. 자신이 통치하는 길드도 볼 수 있었을 것이다. 야마구치와 후지무라를 간단히 제거한 장한 교수는 그 업적으로 퍼스트 로드가 되었을 거다. 지금은 가짜 베이징맨으로 또 모두를 속이며 가짜 권력을 구가하고 있을 것이다. 마지막으로 진짜 베이징맨을 손에 넣으면 그는 그랜드 로드가 될 것이다.

"그렇게는 안 될 거다. 장한. 결코 그렇게 되지는 않을 것이다."

핑은 이를 악물었다.

핑은 아버지를 등에 메고 자신이 다녔던 베이징대학 캠퍼스로

갔다. 그리고 아버지를 조용한 곳에 묻어드렸다. 그곳은 미명호 근처였다. 탐미주의로 치장한 아름다운 호수였지만 이름은 '이름 없는 호수'였다. 핑의 베이징맨은 미명호에 잠든 것이다.

　베이징대학 캠퍼스는 학생들이 수도 없이 지나다니는 곳이었다. 학생들이 24시간 내내 쉬지 않고 지나다니는 땅이었다. 수십 년간 중국의 젊은이들이 이 캠퍼스 땅을 밟고 다녔다. 핑은 이곳에서 찬란한 젊음을 보았다. 젊은 대학생들이 웃고 떠드는 소리가 온 땅과 온 하늘을 울리고 있었다. 이 활기가 곧 각자의 미래일 것이다. 곧 모두의 미래일 것이다. 학생들은 자신이 밟고 있는 이 땅 아래 어딘가에, 혹은 미명호 아래 어딘가에 우리들 모두의 아버지, 베이징맨이 묻혀있는지 알고 있을까? 베이징맨이 이 땅을 단단하게 지켜주고 있다는 것을 알고 있을까? 이 땅을 든든하게 보호하고 있다는 것을 알고 있을까? 베이징맨은 이 젊은 학생들의 두터운 전체 배경이었다. 핑은 또 언젠가 다시 우리 앞에 나타날 그때의 베이징맨을 기다려 보기로 했다.

　"아이고, 형님이 무슨 고고학자라고 양심이니 정의감이니 세계 질서니 우주 평화니 뭐 이런 거 아니겠죠? 으하하."

랴오위의 넉살 좋은 목소리가 들리는 듯했다.

"랴오위, 네 아버지는 걱정 마라. 거기서 편히 쉬어."

핑은 금궤 하나를 꺼내 장리에게 보여주었다.

"어디서 났어요?"

장리는 크게 놀랐다.

"내 거 아니야. 랴오위 거야."

"그리고 잘 봐. 금궤."

핑은 장리에게 금궤의 앞면을 보여주었다. '몬'의 음각 문양이 있었다.

"나치가 이런 짓을 했었어. 정복한 국가의 민간인 희생자들에게서 약탈한 금의 원소유주의 흔적을 없애기 위해 금을 용해시켜서 주괴로 재주조한 거야. 그리고 라이히스방크의 갈고리 십자와 블랙이글 마크를 찍었어. 반환이 불가능하도록 만든 거지. '몬'의 문양이 보이지. 이 금궤를 아예 훔칠 수 없도록 만든 거야. 누군가 '몬'의 금궤를 훔쳐서 유통하려 한다면 금방 발각되고 말 거야."

"그럼 랴오위 아버지는요?"

장리는 안타까웠다. 핑이 백팩에서 서태후의 음부 야광주를 꺼내 보여주었다.

"랴오위 아버지를 살려야지. 그 잡놈이랑 약속했는데."

핑이 장리의 손을 잡았다.

"아버지가 주신 중절모를 잃어버려서 어떻게 해요?"

장리가 핑에게 물었다.

"괜찮아. 그 중절모는 보물 사냥꾼이 되고 싶어 하는 자의 것이야. 그 중절모를 훔쳐 간 자는 자신이 보물 사냥꾼임을 자백하는 꼴이거든. 하지만 나중에 내가 직접 찾으러 갈 거야...."

핑은 베이징대학 캠퍼스를 바라보며 크게 소리쳤다.

"Beijingman"

핑이 다시 큰소리로 외쳤다.

"넌, 결국 이 땅을 벗어난 적이 없었던 거야."

핑이 감격해서 눈물을 글썽였다.

"이거 세계적 특종인데?... 참 아깝다."

장리가 매우 아쉬워했다.

"내가 고고학 전문 기자로 명성을 얻을 수 있었는데, 이건 풀리처상 뭐 이런 수준 아니에요?"

장리는 투덜거리는 척했지만 얼굴은 사랑이 만개한 꽃처럼 아름답게 웃고 있었다.

"이곳을 파헤치면 베이징맨이 나올 텐데... 그런데 이건 아니야. 베이징맨이 이곳에 있다는 사실이 알려지면 베이징대학은 또 난장판 아수라장이 될 거야. 언젠가 베이징맨이 스스로 다시 나타날 때까지 기다리자. 스스로 왕을 선택할 때까지. 어쨌든 우리 모두가 이렇게 눈을 부릅뜨고 지키고 있잖아?"

핑은 장리를 흘겨보았다.

"역봉 아저씨는 뭐라고 했을까요?"

장리는 역봉이 그리웠다.

"지금 너희들이 보는 여기 학생들 모두가 레이더스야. 레이더스."

핑은 장난스럽게 역봉의 목소리를 흉내 냈다. 베이징대학은 끝도 없이 넓었다. 새로운 빛무리들이 막무가내로 쏟아져 내렸다. 50만 년간 갇혀있던 아수라의 빛무리들이 한데 모여 베이징대학으로 쏟아져 내렸다.

"랴오위의 아버지를 찾아야겠다. 불쌍한 잡놈..."

핑은 랴오위가 많은 죄를 지었지만 참 불쌍하다고 여겼다.

핑은 시치안을 반드시 찾을 거라고 결심했다. 그는 핑과 장리 앞에서 당당하게 검은 가면을 벗지 않았다. 핑은 그의 비겁한 검은 가면을 반드시 벗기고 말겠다고 다짐했다.

'넌 가짜다. 시치안. 시치안... 넌 가짜다.'

핑은 '몬'의 그랜드 로드가 되려는 시치안이라는 이름을 다시 한 번 곱씹어보았다. 장리가 핑의 어깨에 살며시 기대었다.

"아빠를 찾아야 해요."

"그래. 나도 찾을 사람이 있어. 내가 찾아갈 거야... 그가 날 찾기 전에. 내가 주소를 알거든."

핑은 47이 단순한 숫자가 아니라는 것을 알고 있었다. 47번지, 47동굴, 47터널, 47객잔, 모두 '몬'의 주소였다. '몬'은 47이라는 상징적인 숫자를 사용하고 있었다.

검은 가면의 남자가 자신의 방에서 거울을 보고 있었다. 황금색 오벌형 거울이었다. 그는 핑 아버지의 중절모를 쓰고 있었다. 그때 방문이 열리며 검은 괴물들이 문안으로 들어왔다. 검은 괴물들은 검은 가면 남자에게 허리를 굽혀 깊은 절을 했다. 그러자 검은 가면 남자가 자신의 오른손을 거만하게 내밀었다. 검은 괴물들은 차례차례 검은 가면 남자의 손에 입을 맞추었다.

검은 남자를 향한 검은 괴물들의 존경의 인사가 끝나자, 검은 가면 남자는 중절모를 벗었다. 그런데 중절모를 벗다가 그만 바닥으로 떨어트리고 말았다. 마침 방안의 천장 등이 모자 안을 비스듬히 비추었다. 모자 안의 내용은 빛을 받으며 아주 잠깐 드러났다. 이상한 숫자들과 암호 투성이었다. 그리고 이상한 지도도 드러났다. 지도는 시한 교수가 미명호 바닥을 촬영한 지도와 정확히 일치했다. 천장 등의 빛이 사라지자 모자 안의 내용도 사라졌다. 브랜드를 알리는 글자와 그림으로 다시 환원되었다. 하지만 아무도 미처 보지 못했다. 빛을 받으며 아주 잠깐 드러난 이상한 숫자들과 암호투성이와 이상한 지도는 베이징맨이 숨겨져 있는 미명호 바닥의 상세한 지도와 방위 표시였다. 펠림프세스트였다.

원래 글을 전부 지우고 그 위에 다시 글을 쓰고 또 써서 원래 글의 비밀을 감쪽같이 감추는 방식이었다. 검은 가면 남자는 중절모를 베이징맨 유골의 머리통에 씌웠다. 가짜 베이징맨 유골 말이다.

아주 오래전에 신비한 동굴이 하나 있었습니다.
그 동굴에는 용들이 떼를 지어 살고 있었다고 합니다.
용들은 주위에 있는 온갖 동물들을 모조리 잡아먹었습니다.
얼마 후 용들은 마귀가 되었습니다.
마을 사람들은 마귀가 된 용들을 죽이려고 했지만

용들은 마법으로 마을 사람들을 미치게 만들었습니다.

그때 이후로 감히 이 동굴에 들어가는 사람은 없었습니다.

그런데 나중에 알고 보니 그 용은 가짜였습니다.

베이징맨
Missing Beijingman

ⓒ하지윤 2020

초판 1쇄 발행 2020년 6월 25일

지은이 하지윤

펴낸곳 도서출판 가쎄 [제 302- 2005- 00062호]
주소 서울 용산구 이촌로 224, 609
전화 070. 7553. 1783 / 팩스 02. 749. 6911
인쇄 정민문화사

ISBN 978- 89- 93489- 95- 8 03810

값 15,800원

www.gasse.co.kr
berlin@gasse.co.kr